KB250291

語學研究叢書【No. 42】

『交隣須知』
の基礎的研究

片 茂 鎮　著

J&C
Scientific Specialty
Publishing Corporation

はしがき

　この度、博士論文の「『交隣須知』の研究－系統論を中心に－」を「『交隣須知』の基礎的研究」という書名にして単行本で出版する運びとなった。これは、2004年9月に聖徳大学大学院言語文化研究科の教授会に提出し、2005年3月15日付で博士(日本文化)学位を取得した学位論文で、「交隣須知」なる書の本文比較分析という新しいアプローチから、諸本の系統的な関係を究明しようと試みたものである。本論文は、『交隣須知』諸本の書誌的概要と初刊本に関わるいくつかの発見を紹介した第1部の資料篇、本文比較分析と各異本間の系統的関係を論じた第2部の系統論、系統的関係の裏付けという観点から韓国語と日本語の言語現象を扱った第3部の言語篇から成る。本来の論文には、付録として諸本間の語彙対照表などを附しているが、今回の出版にはその<付録>は含まない。

　今回の学位論文は、基本的に、今まで発表してきた関連論文14編と、その『交隣須知』諸本対照本文テキストを用いての本文分析に基づいて作成されたものである。この『交隣須知』諸本対照本文テキストは、これからの『交隣須知』の研究に最も基礎的な資料となるはずで、本書の書名を「交隣須知の基礎的研究」と名付けた所以もそこにある。

　私が「交隣須知」という名をもつ文献資料と初めて出会ったのは、大友信一先生が岡山大学に在職しておられる時である。1983年に岡山大学大学院文学研究科に入学し、大学院の授業で朝鮮資料の『捷解新語』を読んでいったのが契機となった。大友先生は、私が韓国人の留学生であること、また同大学には東洋言語、なかでもとくに韓国語の専門家である辻星児先生がおられるということで、大学院での朝鮮資料の授業を積極的に押し進められ、ついに大友・辻の両先生による『捷解新語』の授業が岡山大学大学院において始まったわけである。

　その時、私は、韓国と日本の両民族の交流があって成立した朝鮮資料でありながら、相対的に研究者たちの関心から遠ざかっていた「交隣須知」の存在に気づいた。つとに故浜田敦先生はこの「交隣須知」について、韓国語と日本語の干渉による二重言語的な現象から両言語の普遍性と特殊性を解き明かし得る対訳資料、両言語の対照研究資料としてその価値を主張されたことがある。が、『交隣須知』は異本が多い。とくに写本類には書誌的に不明なところもあって、本書を体系的に研究するにはいろいろな面で及ばぬ状況であった。

　そこでまず、それまで発見された『交隣須知』の異本を整理し、同じ項目別に用例文を再構成する、いわゆる諸本対照本文テキストの必要性を感じた。私は、その時から『交隣須知』の異本の本文を入力し始めたのであるが、最初は浜田先生が京都大学文学部国語学国文学研究室において影印出版された一連の『交隣須知』からして、影印されずにいた他の異本、その存在の知られているすべての異本をつぶさに調べ、なるべく原本に当たって本文をテキスト化してきた。1998年には大阪外国語大学の岸田文隆教授が紹介した旧アストン文庫所蔵の『交隣須知』や、筆者による対馬歴史民俗資料館所蔵本の紹介などもあって、このような新しい異本をも含めた、いちおう『交隣須知』の諸本対照本文テキストを完成するにはあれこれ20年という歳月がかかった。今回の学位論文は、基本的に、今まで発表してきた関連論文14編と、その『交隣須知』諸本対照本文テキストを用いての本文分析に基づいて作成されたものである。

　この『交隣須知』諸本対照本文テキストは、これからの『交隣須知』の研究に最も基礎的な資料となるはずである。長い年月に亙って作業を続けてきた諸本本文テキストを完成したのは、麗沢大学においてである。2002年度に日韓文化交流基金の訪日研究者に選ばれ、1年間麗沢大学で客員研究員として滞在しながら学位論文を纏め上げることができた。もっぱら研究にだけ専念できる環境と提供してくださった梅田博之先生と麗沢大学、そして日韓文化交流基金に心からお礼を申し上げる次第である。渡日する前は韓国の中央大学校大学院の博士課程

に在籍しながら関連研究を続けてきた。今回の学位論文はその時の研究成果があってのこと、中央大学校の時の指導教授でおられる金均一先生と任栄哲先生にも感謝の意を表したい。

　岡山大学から大友先生の弟子入りして今まで学問の道を歩んできている。その道程において先生からは限り無い学恩とご厚誼にあずかった。今回の学位論文の提出も先生のお勧めとご推薦によるもので、いつも師匠としての模範を示してくださる大友先生に心からの敬愛とお礼を申し上げたい。今回の学位論文を審査してくださった、恩師の、聖徳大学の大友信一先生をはじめ、同大学の大口勇次郎先生、麗沢大学の梅田博之先生に改めて深甚の謝意を表するとともに、本書に収めた論文を書くに当たって、その折りいろいろな形でお世話になった多くの方々にも感謝申し上げる次第である。

　学位論文といっても、内容的に完全なものではなく、『交隣須知』の系統立てに関してはまだ推論の域を出ない部分もある。また言語篇における韓国語と日本語の詳察までは至っていない。これからはそのような部分を補いながら、より発展的な『交隣須知』の研究に励んでいきたいと思うのであるが、差当り、本書がこれからの『交隣須知』の研究に何らかの役に立てば、私にとって望外の幸いである。最後に本書の出版を引き受けてくださったJ&Cの関係者にもお礼を申す。

2005年 7月
片 茂 鎮

目　次

序章

第1部
資料篇

第2部
系統論

第3部
言語編

序 章

1. 研究目的と意義

　『交隣須知』は、江戸期から明治初期にかけてもっとも広く使われた、日本における最初の韓国語学習書である。約3,000以上の漢字語を類義別に分け、それと関連した韓国語の短文を主文とし、それに対訳の日本語を付して作成した一種の韓日対訳の文例(用例)集である。この『交隣須知』なる書は18世紀の初頭に成立してから約180年間は写本のまま伝えられ、明治14年(1881)になってはじめて活字本になるのであるが、その刊本に至る過程において、数多くの異本の写本類が存在する。しかし現存する写本類のほとんどは一つ以上の巻を欠く零本で、四巻をもって完結する完本は苗代川本の1写本しかないのである。

　『交隣須知』は、当時の韓国語と日本語の口語を忠実に反映している文献資料として、言語史的価値が大きいと言える。しかし本書を両言語の言語資料として用いるためには、まず、数多く存在する諸本、特に写本類の系統的関係を明らかにすることが先決の課題となる。実際、巻ごとに散らばっている零本が他の零本とどのような関係にあるのかという、写本どうしの関連性に基づいての、より体系的な言語現象の記述が望まれるところである。しかしこれまでの関連した研究は『交隣須知』の諸異本を対象にしたものではなく、大概において、一部の異本を用いた、断片的な研究の範囲を越えるものではない。

　最近、『交隣須知』の成立や成長に関わるいくつかの注目すべき写本が新しく発見された。本論文は、それらを含めた『交隣須知』諸本の系統的関係を明らかにしようと試みたものである。そして、これまで存在が知られていたにも関わらず、研究の対象から漏れていた写本類をもできるだけ拾い上げるとともに、言語的な側面を含めた多角的な分析のアプローチから、より客観的な『交隣須知』の系統図を描き出そうとした。

　事実、『交隣須知』について言えば、本書の成立に関わるいくつかの基本的な書誌的事柄さえも、まだ解明されていないのが現状である。しかも一定の基準に沿った、まとまった諸本の書誌的説明もなされず、

旧説のをそのまま引用する場合がほとんどである。なお一部の写本については、その説明に不正確な内容もあり、新しい書誌的事実を付け加えた訂正の必要性が出てきた。そのような諸問題について再検討を加えた上で、諸異本間の系統的関係を定立することを目的とする。本研究に用いた、再構成された『交隣須知』諸本対照の本文テキストと、それによる韓日語の語彙比較表、そして諸本の系統図は、これからの、『交隣須知』の総合的・体系的研究のための基礎的資料に値するものと思われる。

2. 先行研究

　『交隣須知』に関する研究は、幣原坦氏の書評「『校訂交隣須知』の新刊」(『史学雑誌』15-12)から始まる。これは1904年2月に京城で出版された前間恭作・藤波義貫の共訂による『校訂交隣須知』の批評文で、当時、『交隣須知』の原著者について芳洲説を否定する前間恭作の見解に対して、伝来の芳洲著者説を主張している。このような初期の『交隣須知』の研究は、大曲美太郎を経て、一応、小倉進平により集大成されることになるのであるが、本書を言語資料として用いた本格的な研究は、1960年代の浜田敦氏を頂点にして、福島邦道、安田章両氏によって行われた。『交隣須知』研究における、初期から1960年代までの主要な論文を挙げると、次のようである。

(1) 幣原　坦(1904)「『校訂交隣須知』の新刊」『史学雑誌』15-12
(2) 大曲美太郎(1935)「釜山に於ける日本の朝鮮語学所と『交隣須知』の刊行」『ドルメン』4-3, 岡書院
(3) 大曲美太郎(1936)「釜山港日本居留地に於ける朝鮮語教育　附朝鮮語学習書の概評」『青丘学叢』24
(4) 小倉進平(1934)「釜山に於ける日本の語学所」『歴史地理』63-2
(5) 小倉進平(1936)「『交隣須知』に就いて」『国語と国文学』13-6
(6) 桜井義之(1956)「宝迫繁勝の朝鮮語学書について―附朝鮮語学書目―」『朝鮮学報』9

(7) 浜田 敦(1965)「「が」と「は」の一面―朝鮮資料を手がかりに―」『国語国文』34-4,5

(8) 浜田 敦(1966a)「薩摩苗代川に伝えられた交隣須知について」『交隣須知本文・解題・索引』京都大学文学部国語学国文学研究室編

(9) 浜田 敦(1966b)「交隣須知の言語―二言語の相互交渉―」『交隣須知本文・解題・索引』京都大学文学部国語学国文学研究室編

(10) 福島邦道(1968)「交隣須知の増補本類について」『国文学言語と文芸』57

(11) 福島邦道(1969)「新村の隣語大方および交隣須知について」『国語国文』38-12

(12) 安田 章(1966a)「苗代川の朝鮮語写本について―朝鮮資料との関連を中心に―」『朝鮮学報』39-40

(13) 安田 章(1966b)「辞書と文例」『国語国文』37-2

　小倉進平(1936)は、『交隣須知』の書誌をはじめとした、主要な異本の背景と全貌を把握するのに欠かせない論考である。特に浜田敦氏の一連の論文は、『交隣須知』の言語的性格や言語資料としての価値を明らかにしたもので、その意義多大である。福島邦道(1968)は、『交隣須知』の写本類を苗代川本系と増補本系に分類して、小田本を中心とした増補本類の考察を加えている。一方、大曲美太郎の論文は、草梁館語学所について綿密な考証を行ったもので、そこでテキストとして用いられてきた『交隣須知』の写本から刊本にいたる過程と状況がよくわかる。安田章(1966a)より、それまでの『交隣須知』の写本類の全貌が明らかにされたことで、この分野の研究に与えた影響は大きい。

　70年代の研究の空白期間を経て、90年代に入ってから『交隣須知』研究が活発化するのであるが、それ以前の80年代にもいくつかの関連研究が出された。

(1) 李鍾徹(1982)「沈寿官所蔵本『交隣須知』に대하여」『백영 정병욱 선생 還甲紀念論叢』新丘文化社

(2) 福島邦道(1983a)「「迷惑」考―対訳による―」『国語国文』52-2

(3) 福島邦道(1983b)「『交隣須知』の初刊本」『実践国文学』24

(4) 片茂鎮(1986)「『倭語類解』と『交隣須知』の相互交渉について―原『交隣須知』復元への試みから―」『岡大国文論稿』14
(5) 鄭 光(1988)「薩摩苗代川伝来の朝鮮歌謡について」『国語国文』57-6
(6) 迫野虔徳(1989)「文献方言史総論　交隣須知を例として」奥村三雄編『九州方言の史的研究』桜楓社
(7) 藤井茂利(1989)「朝鮮資料による九州方言史」『九州方言の史的研究』桜楓社

　李鍾徹(1982)は、韓国人としてははじめての、『交隣須知』についての論究であり、しかも古写本の沈寿官所蔵本を引用した点が注目される。福島邦道(1983a)、藤井茂利(1989)は、論考中の一部として『交隣須知』の言語を扱ったもの。片茂鎮(1986)は、苗代川本・増補本・刊本に共通する標題語と用例が原「交隣須知」にあったのではないかとしながら、苗代川本はその共通の標題語と「余り語」からなる、原「交隣須知」の増補本と推定した。しかし、この論究で試みた原「交隣須知」復元については、本論文により訂正されなければならなくった。それは、厳密には原「交隣須知」ではなく、増補本の祖本への復元とすべきである。迫野虔徳(1989)は、『交隣須知』における日本語の地域性を扱った論考で、鹿児島よりは対馬などの九州北部地方の言語環境に属することを明らかにした。なお同氏による「対馬方言集『日暮芥草』」(日本語研究会編『日本語史研究の課題』武蔵野書院、2001)は、『交隣須知』の語彙や、二段活用の一段化のような文法現象に対馬方言が色濃く反映されていることを指摘している。

　90年代になってから、『交隣須知』の研究は一転換期を迎えることになる。それは、福島邦道・岡上登喜男両氏の共編による明治十四年初刊本『交隣須知』の影印と、岸田文隆氏の、アストン旧蔵本の公開による新しい『交隣須知』の発見である。90年代以降の、新しい異本を紹介した論考と、影印出版された『交隣須知』は、次のとおりである。

(1) 福島邦道・岡上登喜男編(1990)『明治十四年版 交隣須知 本文及び総索引』笠間書院

(2) 岸田文隆(1998)「アストン旧蔵の『交隣須知』関係資料について」
『朝鮮学報』167
(3) 片茂鎮編(1999)『明治十四年版　釜山図書館所蔵　交隣須知　解題・本
文(影印)篇』弘文閣(ソウル)
(4) 片茂鎮編(2000)『対馬歴史民俗資料館所蔵　交隣須知　解題・本文・索
引(韓日語)』弘文閣(ソウル)
(5) 片茂鎮(2002)「武藤文庫本『交隣須知』について」『日本文化学報』15
(6) 高橋敬一・不破浩子・若木太一編(2003)『『交隣須知』本文及び索
引』和泉索引叢書50

　福島邦道・岡上登喜男編(1990)は、それまで稀覯本とされていた明
治14年版初刊本の影印とともに、日本語の総索引を付したものである。
これは刊本としてははじめての索引で、写本類として唯一索引がなさ
れた苗代川本(京都大学文学部の影印・索引)と合わせて、この方面の
研究に与えた影響は大きい。とくに片茂鎮編(2000)は、巻一だけでは
あるが、はじめて『交隣須知』の韓国語の索引を試みたものである。
『交隣須知』を近代韓国語の資料として活用するための道を開いたと
言えよう。岸田文隆氏によって紹介されたアストン本類についても、
現在、岸田氏と筆者の共編で、本文の影印と索引作業が進められてい
る。(6)の『『交隣須知』本文及び索引』は、武藤文庫本『交隣須知』
の本文影印に合わせて翻字・索引と解題を付したものである。
　その他、沈保京(1995)(1996)、李康民(1996)(1998)、崔彰完(1994)(1996)(1999)
などがあるが、とくに齊藤明美(2001b)は、『交隣須知』についての一連
の研究成果を博士論文「『交隣須知』의 系譜와 言語」にまとめたも
ので、はじめて『交隣須知』の系譜と言語について概観を示したとい
う面で意義があると思う。しかし齊藤明美(2000)も、『交隣須知』の
諸異本を対象にした体系的な研究には及ばなかった。しかも『交隣須
知』の系譜については、本論文で導き出された諸本の系統と相当異
なった配列を見せている。片茂鎮(2004)は、多角的なアプローチから
『交隣須知』の系統的関係の究明を試みた論考で、概ね本論文の本論に
当たる内容である。これに先立って発表された片茂鎮(2003b)は、今に見

る『交隣須知』は、原「交隣須知」から二段階の編纂過程を経て成り立つものだという、本書の系統に関わる新しい見解を打ち出した論文である。

　一方、『交隣須知』の言語については、このような諸本の系統的な関係を踏まえての、より体系的な研究が望まれるところである。片茂鎭(2001)「『交隣須知』の日本語について(1)―巻一の諸本対照比較による―」(『比較文化研究』57、日本比較文化学会、pp.57-75)は、そのような諸本の関係から日本語の変遷相を通時的に解釈したはじめての試みである。一方、初刊本を用いた韓国語の共時的研究には、이근영(2001)「交隣須知의 音韻論的 研究」がある。

3. 研究方法と構成

　本論文は、『交隣須知』の系統的関係、つまり「交隣須知」なる書の成立から刊本に至るまでの生い立ちを追うものなので、写本類と初刊本が研究の対象となる。これまで知られている『交隣須知』の諸異本を対象にするが、基本的には、本書の系統的な関係を究明する上で有効的な諸本の本文を再構成した、諸本対照本文テキストを用いることにする。

　まず、『交隣須知』の成立と成長に関わる既存の説について再考を加える。本書の書誌的事実を整理する意味も兼ねるものであるが、再考を通して、原「交隣須知」から刊本に至る過程において、写本類における二段階の編纂過程があったという仮説を立てる。そして『倭語類解』との関連性などを手がかりに、その仮説を裏付けていくことにする。

　次に、写本類の部門立てと体裁的な特徴から非増補本類と増補本類の二種類に分類する。そして写本類に属する各異本の、主文たる韓国語文の相違度を記号化して、それを数量的に分析すると共に、標題語に対する韓国語・日本語の語彙の比較から、諸本の親疎関係を明らかにしていく。そもそも二つの異本が同系列に属するかどうかの判断に

は、門立てのような形態的な面と合わせて、両方の本文がどれぐらい類似性を見せるかが重要なポイントとなる。その意味で、本文の相違度は系統論的分析の要と言ってよい。その際、非増補本類については、『交隣須知』が成立した時の古形をより多く保っていると言われる苗代川本を比較の基準とし、増補本類は初刊本を基準にして諸本間の関係を整理することである。現段階では、この苗代川本と初刊本を両軸にして、その間の諸写本の系列を規定していく方法が有効的であると考える。

　なお、韓国語と日本語の表記や語法・文法的現象の比較といった、言語的側面からのアプローチを試みる。そもそも伝統を重んじる時代に伝えられてきた『交隣須知』であるだけに、その言語には、表記における保守性、本文の継承性といった言語外的な要素の影響を受けた側面があることも看過できまい。実際、『交隣須知』の言語について考えてみた場合、写本類と刊本類の間といった巨視的な観点からは、はっきりした言葉の相違や変遷の推移を見て取ることができるが、写本類の間では際立った相違を見出せることは容易ではない。そういう面で、各異本間の系統的関連性を究明するには、この言語的分析はそれほど有効だとは言えないが、系統論と関わる副次的な要素として、諸本間の言語の変異相を考察する。

　本論文の構成は、大きく序章・本論・結論に分け、本論は、第1部の資料篇と、本論文の中心的内容に当たる第2部の系統論、第3部の言語篇となる。

　第1部の第1章は、『交隣須知』諸異本を14種類に分けて、各々の書誌に関わる基本的な事柄を、概要的に説明したものである。これまで知られている諸本、とくに写本類については直接原本にあたり、書誌に関わる旧記述の内容を確認する過程において新しく発見したことを追加し、旧記述の内容に不正確なところがある場合は、それらを正して記した。写本類の中で原本を確認できなかったのは、現在、沈寿官翁のところにもその所在が不明な沈寿官本の巻一(部分)と、ロシアにあるアストン本類である。

　第2～4章は、初刊本『交隣須知』と関連した、新しい発見と周辺的な背景について調査研究した拙稿をもとにした論考である。写本から刊本に至る過程や、日本外務省の主導で行われた、近代期の韓国(草梁館語学所)と日本(東京外国語学校)での朝鮮語教育の実態が浮彫りにされるであろう。

　第2部の第1章は、いわゆる『交隣須知』の系統論研究の導入となる。本書の成立に関わる著者の問題、成立時期の問題、諸本の分類などについて再考を加え、新しい仮説の根拠となる幾つかの私見を提示する。その核心は、「交隣須知」なる書は、祖本から二段階の編纂過程を経て刊本に至ったということである。

　第2章は、『交隣須知』の系統論の中で中心的な部分である。本文の相違度を記号化して数量的に処理した、『交隣須知』の系統を立てるための客観的な分析を試みる。とくに分析の対象である諸本の本文テキストは、現伝する諸異本の本文を同一項目別に集めて再構成したもので、これからの『交隣須知』研究のための画期的な資料となるであろう。合わせて、この資料に基づいた、標題語に対する韓国語と日本語の語彙が諸本にどのように現われるかも考慮に入れて検討する。

　第3～4章は、諸本の本文テキストを用いた相違度の数量的分析を、実証的に試みた事例研究である。ここでは、本書の系統に関わる幾つかの重要な写本類において、その系統的関係が明らかになる。

　第5章は、『交隣須知』の写本類の中でも苗代川本には、本文中に数多くの修正・加筆された部分がある。苗代川本は『交隣須知』の最も古形を保っている写本であるだけに、それらを詳しく検討することにより、本書の成立に関わる有力な手がかりを得ることができる。

　第6章は、『交隣須知』の成立と深い関係にある『倭語類解』との比較を試みたものである。『交隣須知』の系統を論じる時は、『倭語類解』との比較は欠かせない。両書における類似語彙の分布と片寄りは、『交隣須知』の系統と関連して重要なヒントを与えてくれる。第2部第1章で立てた仮説を裏付ける一証拠となるであろう。

　第7章は、『交隣須知』と『象胥紀聞拾遺』との関連性を指摘したうえで、日本語の対馬方言資料として『象胥紀聞拾遺』を紹介したものである。

　第3部の第1章は、言語篇として、『交隣須知』における韓国語の表記法から諸本の系統的関係を読み取ろうと試みた。既発表の片茂鎮(1991)「『交隣須知』의 韓国語에 대하여」がベースとなった。

　第2章は、韓国語文に現れる誤用の表記例の手がかりに、『交隣須知』の系統的関係に推論を加えたものである。

　第3章は、『交隣須知』の日本語を通時的な観点から考察すると同時に、本論の系統論で設定した二段階編纂説の適用をも試みる。既発表の片茂鎮(2001)「『交隣須知』の日本語について(1)―巻一の諸本対照比較による―」がベースとなった

　ところで筆者は、『交隣須知』の系統に関して、これまで次のような論考を発表してきた。

(1)「『倭語類解』と『交隣須知』の相互交渉について―原「交隣須知」復元への試みから―」『岡大国文論稿』14(pp.22-33)、1986
(2)「『交隣須知』의 韓国語에 대하여」『瑞松李栄九博士華甲記念論叢』(pp.249-272)、1991
(3)「『交隣須知』の筆写本と刊行本の日本語について」(「活用篇」)大友信一博士還暦記念論文集刊行会編『辞書・外国資料による日本語研究』(pp.375-394)、和泉書院、1991
(4)「釜山市立市民図書館蔵『交隣須知』에 대하여」『古岩 黄聖圭教授 停年退任記念論文集』(pp.175-189)、한누리미디어、1998
(5)「対馬本『交隣須知』에 대하여」『日本文化学報』5(pp.139-157)、韓国日本文化学会、1998
(6)「東京外国語大学所蔵の『交隣須知』」『韓日語文学論叢』(pp.879-895)、梅田博之教授古稀記念論叢刊行委員会、2001
(7)「交隣須知の系統―巻一の対照比較分析―」『稜伽林学報』(pp.255-267)、大友信一博士古稀記念論集刊行委員会、2001
(8)「『交隣須知』の日本語について(1)―巻一の諸本対照比較による」『比較文化研究』57(pp.57-75)、日本比較文化学会、2001

(9)「東京大本『玉嬌梨』の裏打紙に用いられた初刊本「交隣須知」」
『日本의言語와文学』10(pp.97-109)、檀国日本研究学会、2002

(10)「武藤文庫本『交隣須知』について」『日本文化学報』15(pp.139-
157)、韓国日本文化学会、2002

(11)「交隣須知の系統(2)―巻二の対照比較分析―」『岡大論稿』34(pp.
(18)-(26))、岡山大学文学部、2003

(12)「写本類『交隣須知』の修正・加筆部分について―苗代川本を中心
に―」朝鮮語研究会口頭発表、2003

(13)「『交隣須知』再考」『麗沢大学紀要』77(pp.27-45)、麗沢大学、
2003

(14)「『交隣須知』の系統について」『朝鮮学報』190(pp.17-51)、
2004

　本論文は、すでに発表した上記拙稿を再編成したものと、新たに執
筆したものでまとめられることになる。しかし再編成した論考には大
幅に加筆訂正した部分もある。この研究を続ける過程で新しく発見し
たり既刊拙稿の誤りに気づくこともあって、それらの点は、すべて本
論文にフィードバックしてある。本論文にしても、まだ修正すべき点
が多々あるだろうが、これをもって現段階における一応のまとめとし
たい。

第1部 資料篇

第1章

『交隣須知』の諸異本と書誌的概要

　『交隣須知』の諸本の書誌的事実については、まだまとまった解説がなされていないのが現状である。『交隣須知』の系統的な関係を究明するための前段階として、また『交隣須知』の体系的な研究のためにも、本書の書誌的事実を明らかにする必要がある。本章ではこれまで知られているすべての『交隣須知』について、書誌的な概要を示す。

1. 京都大学文学部図書館所蔵『交隣須知』: 苗代川本

　4巻4冊。袋綴の和装本。大きさは縦26cm×横19.3cmである。外題は巻一に「交隣須知　壱」とあり、ほかの巻は漢数字の「二」「三」「四終」である。ただし、巻三だけは題簽が剥落してなく、直接表紙に墨書されている。本文の丁数は巻一60丁、巻二62丁、巻三72丁、巻四56丁となっており、写本類のなかで唯一、欠落のない完本である。基本的に1面6行の文例をもつ体裁で増補欄はない。序跋ともにないので書写期は不明であるが、他の苗代川伝本の朝鮮語学習書との関連から、大体、文化期(1804～)から安政期(～1859)までの、つまり19世紀の前半期に書写されたものと推定されている(浜田1966a:22)。

　この書は、大正6年(1917)、新村出博士が鹿児島県日置郡苗代川(現、東市来町美山)の韓国系帰化人の子孫から集書したもので、苗代川伝来の『交隣須知』である。この苗代川本は、対訳の日本語を欠くところが多いことなど、「交隣須知」なる書の古態を示していると言えよう。また、本書の巻一とほかの巻の間では、対訳日本語文のあり方に相違が存する。それは、巻一の前半部は基本的に韓国語文の右側に対訳が

付けられたのが、後半部とそれ以降の巻においては左側に固定されていくことである。『交隣須知』の他の諸本はもちろん、当時の韓国語学習書における日本語の対訳は、韓国語文の右側に付けるのが一般的であった。ともあれ、苗代川本の巻一はほかの巻とは異質的な面があり、それは原「交隣須知」なる書と何からの関係性を示すものと思われる。

　なお本書には、墨書や朱書による修正・加筆の個所が多くあって、『交隣須知』の成立に関わるいくつかの問題に重要な手掛かりを与えてくれる。同時に、本書の本文には韓国語と日本語の干渉による言語現象が混じっていて、本書が苗代川の地において独自の成長を成し遂げてきた背景がうかがえる(浜田1966b参照)。現段階での『交隣須知』の系統的関係は、本書を中心とした、諸本との関連性によって定められることになる。

　京都大学文学部国語学国文学研究室編(1966)『交隣須知本文・解題・索引』に影印収録。

2. 沈寿官家所蔵『交隣須知』: 沈寿官本

　巻一(部分)、巻三の2種、巻四(部分)。袋綴の和装本。大きさは共に縦26.3㎝×横20㎝であり、現在、第14代沈寿官翁のところに蔵されている。巻三の2種と巻四はきちんとした装幀の外形となっており、それぞれのおもて表紙には、沈寿官翁の若い時の自筆による「交隣須知(文政本)」「交隣須知　天保本」(以上巻三)と「嘉永五年本　交隣須知四ノ二」(巻四)という題簽がある[1]。しかし残念なことに、巻一(部分)の原本は現在沈寿官翁のところにも見当たらない状態である。とくにこの巻一は虫損の状態がひどく、苗代川本と同じ一面6行の文例で、表紙から苗代川本の3丁の表までの本文と16丁の裏からの本文を欠くもの

---

1) 14代沈寿官翁の話によると、先祖の13代の時、朴寿悦家旧蔵の「交隣須知」を含めた一連の写本類の学習書を京都大学の安田章教授に托した際、全面的な装幀の整備が行われ、今日にも古形が保たれるようになったと言われる。表紙などもその時に付けられたものであろう。

となっている。この巻一は、他の巻一の異本との対照比較を通して、可能なかぎり本文を復元して用いることにする。

巻四も一部分で、1丁から27丁の表までを欠く。表紙に「交隣須知 四ノ二」とあるので、落丁の部分は「四ノ一」に該当するものであろうが、それは本来の巻名がそうであったのではなく、欠落した部分を意識しての、書写者の便宜的な書き方だったと推定される。一面6行の文例、増補欄はなく、中間部分に10個所ぐらい朱書で修正を加えたところがある。後ろには「嘉永五歳 子 八月十一日作之」「安政二年 卯 八月廿三日チウ」という二つの注記と「朴寿悦」の名前がみえる。この「朴寿悦」は5代「求成」の世襲名で(大武1996:26)、安政七年(1860)の『和韓問答』の書写者でもある。また、巻一の後ろには、「交隣須知 四ノ二」とともに、巻四と同じ「嘉永五歳 子 八月十一日作之」という注記が付いている。巻一に「交隣須知 四ノ二」と書いたりしたものでその信憑性に疑問を感じるが、巻一・巻四ともに朴寿悦と関わりがあるように思われる。実際、両書は書体などもよく似ていると見受けられる。ただし巻四だけが苗代川本と近い本文であることから、両書の底本は違う系列に属するものと推定される。嘉永五年は1852年で、安政二年は1855年である。

巻三には2種の写本がある。ともに増補欄のない古写本である。巻末に「文政十年 亥 十二月中旬 朴林達」とある文政本は、文政十年(1827)に「朴林達」という人が書写したものと思われ、苗代川朝鮮通事であった朴寿悦家の4代「林達」であろう(大武1996:26参照)。外題は「交隣須知 三」とある。虫損の部位もあるが、大体において判読に支障はない。ただし、一つの丁の中に同じ標題語(「冠」:1a,「々」:1b)が置かれるなど、未整然の部分もある。巻末に「天保十三年 寅 十一月廿八日 朴泰元」とある天保本は、天保十三年(1842)に「朴泰元」という人が書写したものである。この朴泰元は、同じく苗代川に由来する京都大本『淑香伝』(1846)の書写者でもある。この天保本は文政本よりも苗代川本と非常に近い関係にあり、文政本は増補本類との関連性を示す例が多い。たとえば

苗代川本<二09b>鐥　나야의 를 담아 오나라 놋 싯샤
　　　　　　　　　カナタライニ ミツ イレテ コイ カヲ アラヲフ

天保本<三09b>鐥　다야의 믈 담아 오나라 놋 싯쟈
　　　　　　　　　カナタライニ ミツ 入テ コイ カヲ アラヲフ

文政本<三09b>鐥　대야의 믈 써 오나라 놋 싯쟈
　　　　　　　　　タライニ　水　イレテ コイ カヲ アラヲウ

ソウル大本<三33a>鐥　대야(大也)의 믈 써 오느라 놋 싯쟈
　　　　　　　　　タライニ 水 汲テ コイ 顔 アラヲ、

済州本<三33a>鐥　대야의 믈 써 오느라 놋 싯쟈
　　　　　　　　　タライニ 水 汲テ コイ 顔 アラヲ、

武藤本<三30b>鐥　대야의 믈 써 오느라 놋 싯쟈
　　　　　　　　　タライニ 水 クンデ コイ カホ アラヲウ

初刊本<三22a>匜　대야에 물 써 오느라 놋 싯쟈
　　　　　　　　　タラヒニ 水 汲デ コヨ 顔 アラハウ

のように、文例においても苗代川本は天保本と、文政本は増補本、刊
本類と近い場合が多い。なお天保本には朱書で修正を加えた個所が多
く見られるが、文政本にはない。

　文政本と天保本は複製本として鹿児島県立図書館に所蔵されている。

3. アストン旧蔵『交隣須知』：アストン本

　つとに、ロシアの東方学研究所サンクトペテルブルグ支部(Санкт-Пе
тербургсий Филиал Института востоковедения РАН)にアストン(William.
G.Aston)旧蔵本として一連のハングル資料が所蔵されていることが、о.п
.Петрова(1963)及びHayashi,N. ＆ Kornicki,P.(1991)により報告された
ことがあるが、近年、岸田文隆氏の調査研究によりその全貌が明らか
になった(岸田2000)。その中に『交隣須知』巻一の2種(1種は部分)、巻
二(部分)、巻四が含まれている。以下、岸田(1998)を参照してその概要
を示す。

(1) 巻一

巻一に属する写本は3種ある。

a. Manual of Korean［B4］のManual of Korean Vol. I

　　Manual of Korean［B4］(革洋装四冊)の第一冊目に納められている。大きさは縦24cm×横16.5cm。原本の和本をばらし、各丁ごとに洋紙各1枚をはさみ洋装しなおしたもので、その洋紙にはおおむね朝鮮語本文についての注釈がメモ書きされている。和本原本部分76丁、洋紙部分79丁で、1面5行の体裁である。外題に「天文」とあり、アストンの自筆で[Manual of Korean Vol. I]とある。第一冊め終丁に「弘化三丙午年　読始/(墨抹) / 永留氏」とあるので、弘化三年(1846)に書写されたものと見られる。増補欄はないが、部門の配列や文例の内容が増補本類と似ていて、増補本系に属するものである。これまで増補本系の写本はいずれも巻一を欠いたものであるが、本書と、後述の対馬本はその穴を埋める写本として重要な意味をもっていると言えよう。

b.『交隣須知』［C16］

　　1冊11丁。大きさは縦27cm×横19cm。外題に「交隣須知」とある。『交隣須知』の巻一冒頭の部門《天文》と《時節》のみを写したものである。見出し項目などが苗代川本に一致し、増補本類とは相違する傾向が見られるので、本書は苗代川本の系統に属すると考えられる。巻一の後ろの部分がないので書誌的事実を知るすべはないが、苗代川本と同様、大体19世紀の前半期に書写されたものとみて差し支えないと思う。ただし、1面5行の体裁で、苗代川本と異なる。特に本書には韓国語文の左側に仮名音注が施されているのが注目される。このハングルの仮名音注表記は苗代川本にも少し出ているが、当然、韓国語の音韻史資料としても価値があると思われる。たとえば、韓国語史において、二重母音の単母音化は18世紀までには完成したと推定されているが(李基文1972:201-202)、本書には母音「ㅐ、ㅔ」の仮名表記はすべて「カイ(개、게)」のような二重母音である。19世紀に入ってからもまだ二重母音に発音された言語現象がうかがえる。

с. Без заглавия(タイトルなし、朝鮮語会話書[仮題]) 〔C5〕

布洋装一冊512丁。数丁白紙の丁が含まれており、本文が書かれているのは全部で477丁。大きさは縦29cm×横25cmである。終丁には「甲申十一月二十三日小貞洞畢書」とあって、アストンが英国総領事として在韓していた時の1885年に[2]、主に朝鮮人の語学教師に託して書写したものである。本書のpp.57-97が「交隣須知」で、巻一の部門《天文》~《水貌》、《人品》の部分である。ただし、部門名、見出し項目はなく、韓国語の文例のみが書かれていて、『交隣須知』の他の異本と体裁を異にしている。文例の配列が苗代川本とは相違し、増補本類に一致することから、底本になったのは増補本系の一本であったと考えられる。しかし、岸田氏のご指摘のように、本書の文例は底本のそれをそのまま写したのではなく、現代語的に改めたり、複数の見出し項目に当たるものを一つの文例にまとめたりしたところもある(岸田1998:15-19参照)。

Manual of Korean 〔B4〕
　　月　　　둘이 붉으니 심々흔더 말이나 ᄒᆞᆸ새
　　　　　月ガ アキラカナニヨリ サビシイホドニ 咄ナリトモ 致シマセウ
本書(C5)　　달이 발그니 심々흔데 슈쟉(酬酌)이나 ᄒᆞᆸ시다
明治14年刊本
　　月　　　둘이 볼그니 심심헌더 말슴이나 허옵시다
　　　　　月ガ 明カニシテ サビシイホドニ 咄ナリトモ イタシマセウ

Manual of Korean 〔B4〕
　　日暈　　희가 귀엿골 ᄃᆞ랏습너
　　　　　日ガ カサ キマシタ

----

2) Allen, H.N.(1904) p.165には
　　(1884) April 26 W.G. Aston appointed Provisional Consul General, till Oct.22, 1886.
　とあり、アストンが1884年4月26日から1886年10月22まで英国総領事としてソウルに滞在したことが知られる。(岸田1998:25再引用)

月暈	둘이 귀엿골 ㄷ라시니 나와 보옵소
	月ガ カサ メシタニヨリ 出テ 見サシャレイ
本書(C5)	희무리 ᄒ거나 달무리 ᄒ면 일긔 필연 죠치 안이ᄒ오
(日暈)	(月暈)

(2) 巻二

Без заглавия(タイトルなし、朝鮮語会話書[仮題])〔C5〕のpp.98-157
は、アストンの自筆で書いたような「交隣須知」である。巻二の部門
《走獣》～《草卉》《宮宅》、《味臭》の部分を写したものであるが、
底本になったのは増補本類の一本であったと考えられる。たとえば、
部門《走獣》の見出し項目の配列を他の異本と比較してみると、

苗代川本	…,	駝,	獐,	児猪,	犳,	羊, …
ソウル人本	…,	駝,	獐,	鹿,	犲,	貂, …
初刊本	…,	駱駝,	獐,	鹿,	犲,	貂, …
本書〔C5〕	…,	駱駝,	獐,	鹿,	犲,	貂, …

のように、本書は苗代川本より増補本類や初刊本と一致している。一
方、本書の文例においても初刊本との関連性が認められる例が多い。
この類似性と、本書の成立年(1885)が明治14年(1881)の初刊本より後で
あることから、本書が底本としたのを初刊本とする見方も可能である
が、そのほとんどの例は、次の例のように、増補本と刊本の間に置か
れるべき文例である。初刊本が本書の影響を受けたとみるのが妥当で
あろう。

苗代川本<二27b>	菘	비치ᄂ 짐치 ᄒ여 먹습니
		タカナハ ツケモノニ シテ クイマス
済州本<二27b>	菘菜	퓌치ᄂ 침치(沈菜) 돗고니
		ナハ キモスイガ ヨイ
本書〔C5〕	菘菜	비치ᄂ 침치(沈菜) 됸고니
		ナ
初刊本<二20b>	菘菜	비추ᄂ 김치 돗코니
		ナハ ツケモノニ ヨイ

(3) 巻四

　既述のManual of Korean［B4］の第二冊目に納められており、アストンの自筆で[Manual of Korean Vol.Ⅱ]とある。アストン旧蔵本のなかでは唯一「増補」欄の有する増補本で、内容からみて増補本系の巻四である。第二冊めの表紙と見返しの間には、もとの和本原本から剥がれ落ちたものと見える題簽(「増補　交隣須知　冬全」)が挟まっているという(岸田2000:144)。この「増補　交隣須知　冬全」の題簽は小田本の場合と同じである。二冊目の終丁に「天保十三壬寅年　設之 ／ 壮月秋分 ／ 知好」とあるので、本書は1842年に書写されたものと思われる。和本原本部分79丁、洋紙部分85丁で、1面5行の体裁である。

　以上の5種のアストン本『交隣須知』は、片茂鎮・岸田文隆共編による本文影印と索引が近刊予定である。

4. 長崎県立対馬民俗資料館所蔵『交隣須知』：対馬本

　巻一の1冊(75丁)。袋綴の和装本。大きさは縦23cm×横16cmである。1面5行の増補本類で、序跋ともにない。外題は「交隣須知　　仁」とあり、本の末尾には「白水　主」、うら表紙には「白水福治」という墨書が見え、本書の持ち主が「白水福治」であることがわかる。そしておもて表紙の下段には「寄贈者：津江篤郎 ／ (寄贈)年月日：昭62. 5.13 ／ (出処)：某家文書 ／ 分類：雑(B) ／ 記号：耘：1」という書標が貼ってあって、本書が同資料館に寄贈された経緯がうかがえる。これについて長郷嘉寿氏 (長崎県立対馬民俗資料館研究員：筆者注)は、「白水福治」という対馬の朝鮮通詞が持っていた朝鮮語の教材が市中に流れ出たのを津江氏が収集して同資料館に寄贈したものであると言う3)。本書は対馬島の朝鮮通詞であった「白水」という人が使っていた韓国語学習書である

---

3) 鄭光氏は、これが宗家文庫に寄贈されたと、長郷氏から聞いた話を伝えているが(鄭光1996)、筆者が確認したところ、宗家文庫ではなく最初から同資料館に寄贈されたものであるそうだ。

ことがわかる。

　本書の筆写期は不明であるが、最近、関西大学の泉燈一氏の発言により(齊藤2001b:48再引用)、貴重な手掛かりを得ることができた。氏によると、安政元年(1854)と2年(1855)の、対馬における漂流民送りの口上覚(対馬歴史民俗資料館所蔵)の中に、10人の通詞の中の一人として「白水福治」の名前が出ているという。筆者が直接確認してみたところ、確かに安政期の口上覚(断片)に、通詞として「白水福治」という名前が見えている。ただし、通詞は10人ではなく11人で、白水福治は「小田判治」の次の、一番後ろに書いてあった。たぶん白水福治は通詞の中でも下位に属する者で、彼が通詞として活躍したこの時期を前後にして、本書が書写されたとみていいと思う。保存の状態は良好で、おもて表紙の一部を除いては元来の形を維持している。

　対馬本は、部分的に、本文の後ろに文例の増補を試みた個所が見え、いわゆる増補本の初段階の体裁を見せている。片茂鎮(1999)により、本書の本文翻刻と韓日語の索引が出版された。

　片茂鎮編(1999)『対馬歴史民俗資料館蔵　交隣須知　解題・本文・索引(韓日語)』(交隣須知異本叢書2)。

5. 東京大学史料編纂所所蔵『交隣須知』: 小田本

　巻四の一冊(57丁)。袋綴の和装本。大きさは縦27.3cm×横19.3cmである。東京大学史料編纂所の田中健夫氏によって発見されたもので、同大学の旧南葵文庫蔵と言われるものである。しかし本書は、もと宗家文庫に属したもので、一時期南葵文庫に含まれたことがあるが、その後総合図書館を経由して、1962年から史料編纂所に移管された[4]。現在、史料編纂所図書室の特殊蒐書「宗家史料」の中に含まれている。浜田敦氏による京都大学の影印には本来の表紙となっているが、現在の史料編纂所のは元の表紙ではなく、後日作り直したもののようであっ

---

4) 同図書室のホームページに記載された「宗家史料」の解説を参照。

た。そして表紙の右側の下段に「宗家9-35」という書標が貼ってある。

　題簽は「増補　交隣須知　冬」とあって、アストン本の巻四と同じである。ただし、アストン本は他の増補本類と同様1面5行の体裁であるが、本書は1面7行となっている。巻末には「寛政七　乙卯年仲夏修之　小田幾五郎（印）/ 冊主　久光市次郎」のような識語が見え、対馬の朝鮮通詞であった「小田幾五郎」が修したものを「久光市次郎」が所持していたものであることがわかる。「久光」については不明であるが、やはり対馬の人物と思われ、本書は寛政七年(1795)に小田の自筆によるものと推定されている(福島1990:8)。

　小田本の特徴は、全部門に亙る「増補」欄の存在である。『交隣須知』がいつ誰によって修正増補されたかは不明であったが、幣原坦(1904)は、次のように、小田幾五郎によるこの小田本を増補本の嚆矢とする見解を述べている。

> 明治維新の前、小田幾五郎といへる人、朝鮮の事情に通じて頗る其国語に熟達したりしかば(其著象胥紀聞あり)当時の交隣須知に訂正を加へ、且大に増補を試み、近藤真琴に和訳の誤字の修正を乞へりといふ。而して其増補の部は本文と甄別し易からしめんが為に各節の終末に付加して一段低く書するまでに注意せり、然れども節目の変改は毫もなかりしなり。

　確かに小田本は、幣原氏の言う増補本の説明と一致するところがあり、なお1795年という書写期も他の写本より早いことなどもあって、福島邦道氏も幣原説を裏付けるものと見ておられる(福島1968:3)。これに対して迫野虔徳氏は、小田本とソウル大本における一部の項目の食い違いから、ソウル大本は小田本を底本にしたものではなく、両書は共通の底本から出たもの、つまり小田本以前の増補本の存在を認める見解を出しておられる5)。実際、全四巻が揃った場合、小田本の外題は「春、夏、秋、冬」、ソウル大本は「元、亨、利、貞」となるものと

---

5) 迫野虔徳氏は、小田本とソウル大本を共通の底本から出たものとし、小田本の祖本説を否定しておられる(迫野1989:422-423)。

思われ、両者は異なっている。ソウル大本は、同じ増補本でありながら小田本と系列を異にする可能性、たとえば対馬本の系列に含まれることも、完全には否定できないと思う。これと関連して、小田本を直ちに増補本の祖本と見なすにはやや疑問が残る。小田幾五郎自身が、それまでの古写本に全く新しく増補欄を設け、本題までも「増補交隣須知」と名付けるほどの大幅な改編をしながら、ただ「之を修し」たと識語に書いたのだろうか。ある増補本類の写本を修正したものと理解するほうが自然ではないかと思われる。また「近藤真琴に和訳の修正を乞うた」という記述も、事実とは違うようである6)。

　これと関連して一つ推論を加えると、巻四の、苗代川本の《雑語》部門の前半部(34丁)に入っている「険、逼、繁、順、吉、凶、違、免、遁、頼」の10項目が、小田本では《雑語》部門の本文の一番後ろに出ている。そもそも苗代川本をはじめとした古写本類は1面6項目の体裁が基本で、対馬本をはじめとしたアストン本、ソウル大本などのほとんどの増補本類は1面5項目の体裁である。いわゆる増補本の元なる写本は1面5項目の体裁のものであったと思われる。しかし小田本は同じ増補本類でありながら1面7項目である。小田本における、この10項目の順番の食い違いは、5項目の用例文をもつ底本の存在を物語るのではないだろうか。たとえば、小田本を書写する過程において、もともと5項目の用例文をもつ写本の１丁分を書き漏らしたのを本文の後ろに書いた結果と推定したいのである。それまでの「交隣須知」を書き写す時「節目の変改は毫もなかりしなり」ということ、前述の対馬本がより初段階の増補本の形をしていることなどを考え合わせると、小田本を、いわゆる増補本の祖本とする説については、まだ検討の余地が残されていると言えよう。小田本を増補本の嚆矢とみるよりは、それが

---

6) 小倉進平(1936:14)は、幣原博士の批評に対する前間恭作氏の意見として、同氏からの書簡中に

　　唯通詞小田幾五郎が近藤真琴氏に修正云々は錯誤です。近藤氏に和訳を見て貰つたのは確か浦瀬氏で、其の事は同氏の交隣須知の開板序文中に言つてゐたと思ひます。云々。

とあるとして、幣原坦氏の誤解を指摘している。

底本とした別の写本の存在を認めるのが自然だと思う[7]。

　京都大学文学部国語学国文学研究室編(1969)『異本隣語大方・交隣須知補』に影印収録。

6. 東京大学小倉文庫所蔵 『交隣須知』: 済州本

　巻二三の2冊(巻二80丁、巻三88丁)。袋綴の和装本。大きさは縦24.4cm×横16.5cmである。小倉進平博士が昭和5年7月に済州島のある戸籍色(通訳の事を司った役人)の子孫から得られたという(小倉1936:2)。1面5行の増補本類で、外題は「交隣須知」とある。序跋ともにないが、巻三の最後に本書の由来について小倉博士の自筆で記録されている。

> 昭和五年7月済州島に方言調査の為の再度の渡島を試みたる際、同島城内某氏所有の交隣須知により謄写す。前間藤波両氏の校訂本に比較するに項目又は内容に於て間し相違る焦を発尺すれど本書の朝鮮語及び訳語より察する時、明かに著作当時の面影を伝ふるものなることを知るに足る。ただし項目数を校訂本に比較するに遥かに少なければ、本書はもと四巻本の零本に当るべし。　　　　昭和五年九月　進平 誌

　書写者と書写期については、小倉博士が本書とともに済州島から得た『集語』(韓国語の会話書)を書いた「古賀岩助」という少年の筆跡が済州本『交隣須知』と全く同じであることから、大体、古賀少年が14才の明治13年(1880)に渡韓した頃書写したものと推定されている。

　本書はソウル大本との類似性が認められ、底本の関係、もしくは共通の底本から出たものと見える。小田本と同様、京都大学文学部国語学国文学研究室編(1969)『異本隣語大方・交隣須知補』に影印収録。

---

7) この小田本の残りの3冊(巻一、二、三)が最近、対馬厳原市に住んでいる小田幾五郎の親戚の子孫、大浦望人司氏の土蔵で、近世日韓交流史の舞台裏を物語る百数十点の文書と共に、九州大学の松原孝俊教授らによって発見された(2005年1月5日の「西日本新聞」参照)。しかし残念ながら、その時の一連の資料はまだ公開されずにいる。

7. ソウル大学中央図書館所蔵『交隣須知』: ソウル大本

　巻一を欠く巻二・三・四の3冊(巻二80丁、巻三87丁、巻四79丁)。袋綴の和装本。大きさは縦21㎝×横15㎝で、済州本と同様1面5行の増補本類である。本書は、前間恭作氏が昭和6年(1931)に釜山在住の中村庄次郎翁(もと通事、当時80才)から譲り受けたものであり、翁が12才頃書写した『交隣須知』3冊を前間氏が摹写したものである(小倉1936:1-2)。巻三の後半部には本来一部虫損があったらしく、摹写本に□と処理されている以外は、保存の状態は良好である。現在、貴重本(貴3870 11)としてソウル大学中央図書館に蔵されている。題簽はそれぞれ「亨」(巻二)、「利」(巻三)、「貞」(巻四)であり、巻二の題簽には「元冊落」と追記されている。したがって、ソウル大本の巻一は「元」とあったものと思われる8)。巻二の表紙と本文の間の間紙には「慶応四　戊辰年四月三日より」、終丁には「中村庄次郎主」とあり、巻四の最後には「明治六　癸酉年　旧八月十四日　外務省於語学所写終 / 冊主　中村庄次郎写之也」とあるので、慶応四年(明治元年、1868)より明治六年(1873)の間に書写されたことがわかる。本書に関わるその間の事情について、小倉進平博士が四巻の最後に付して説明した文を引用しておく。

　　交隣須知　三冊
　　本書は前間恭作氏が在釜山中村庄次郎氏所蔵自写本につき忠実に臨摹せられたるものにして、特に前間氏の好意により本学に於て譲り受けたるものとす。
　　中村氏は通事として明治四年頃渡鮮、仁川に若干年勤務せられしことある外、大部分釜山の地に居住せられ、本年八十歳の高齢を以て尚ほ矍鑠として同地に在り。
　　本書はもと中村氏の手写にかかるものにして四巻中第一冊を欠くも、其の附記にも見らるゝ如く第二冊は慶応四年四月三日に着手し、第四冊は明治六年八月十四日に書き終れるものなり。交隣須知の旧態

---

8) これは『易』乾卦の「元享利貞」に基づく巻名表記である。(高橋外 2003:
　125再引用)

　を存するものとして極めて尊重すべき資料たるを疑はず。　　（小倉）
　　　　　　　　　　　　　　　　　　昭和六年十二月
　　　　　　　　　　　　　　　　　京城帝国大学附属図書館

　前間恭作・小倉進平両氏の主張のように、本書が済州本とともに、
「交隣須知」の旧態を存するものとして注目されてきた所以であるが、
それはそれなりに妥当性があると思われる。

8. 中村幸彦博士所蔵『交隣須知』：中村本

　巻三の1冊(88丁)。袋綴の和装本。外題は「交隣須知天」とある。本
書は、九州大学教授中村幸彦博士が九州の大分において入手されたも
のと言われる。序跋ともにないので書写者や書写期は不明であるが、1
面5行の増補本類で、一見してソウル大本や済州本とよく似ているよう
に見受けられる。筆者はまだ、中村本と他の異本とを比較してみる機
会を得ていないが、齊藤明美(2001b:77-84)は、本書の日本語が済州本
のそれにより似ているし、いくつかの標題語が中村本に多いと言う。
ソウル大本や済州本と同じ系統に属するものとして、なかでも済州本
との関連性が認められる増補本と言えよう。
　京都大学文学部国語学国文学研究室編(1969)『異本隣語大方・交隣
須知補』に影印収録。

9. 長崎大学武藤文庫所蔵『交隣須知』：武藤本

　巻二の欠く巻一・三・四の3冊。袋綴の和装本。巻一75丁、巻三82
丁、巻四75丁(巻末の「天干」「地支」「時刻」まで含む)。現在、長
崎大学付属図書館経済学部分館内の武藤文庫に所蔵されている
(No.702 M8)。外題はそれぞれ「交隣須知　一」「交隣須知　三」「交隣
須知四(大尾)」とある。この3冊のうち、巻一の表紙は汚損が激しく、
内用紙もかびが生えたりして傷められている部分もあるが、判読には

まだ支障はない。一方、巻三・四は表紙・用紙ともに良好な状態である。表紙の色も巻一は灰色、巻三・四は茶色で、大きさも巻一が縦24.1㎝×横15.7㎝、巻三・四が縦24.1㎝×横16.0㎝で巻一のほうがやや小さい。また各巻の表紙の右下には書写者「久和」の名前が記されているが、巻一の場合は「久和氏」、巻三・四の場合は「久和蔵」となっていて、巻一と巻三・四とでは書写の時期や背景が違うように見受けられる。しかし、巻四の巻末には「明治6年 8月 日 久和馬寿」という記録が見えるので、一応、「久和馬寿」という人が明治6年(1873)に書写したものとする。この久和馬寿という人物は、明治5年(1872)の10月に開所した厳原「韓語学所」の生徒の一人で9)、自ら韓国語のテキストとして書写したものと思われる。

　本書は他の増補本類と同じように、1面に5例文を並べる体裁をとり、巻一中盤以降のいくつかの部分を除いては増補欄があって、増補本類に属するものである。ただし、各巻の本文に入る前に示される部門の目録は、本書にはない。なお、例文に見出し語(項目)の抜けているところが巻三に3、巻四に8個所見える。底本の文字が読めない状態だったのか、さもなければ書写者の手落ちなのかははっきりしないが、本文は流麗な筆跡で書かれている。

　巻一には朱墨で加筆修正したところが2個所、鉛筆で加筆したところが3個所あり、促音・撥音・長音や拗長音には、接する音節と一音化して読むことを示す連続符号が付けられている10)。ほかに、巻三・四では「増補」欄の名称や配置が一定しているのに対して、巻一では「増補」と「増」を併用し、増補欄の項目も配置が一定していない。特に巻一の《時節》《昼夜》門の場合は、もともと増補欄の設けられていなかったところの、後ろの空欄に増補欄を書き入れた個所がある。いずれも巻三・四とは異なる巻一の背景がうかがえる。

　このように、巻一と巻三・四とでは、本文の体裁や表記の面におい

---

9)　外交史料館『朝鮮事務書』巻23(明治6年8月～9月)の「旧韓語学所生徒吉松豊作等八名ヨリ願書」中に「久和馬寿」の名前が見える。
10)　巻三以降では1例があるのみ。

ていくつかの相違点が見られる。まず両者の筆体がやや異なっている。久和馬寿が巻一を筆写した時と巻三・四を筆写した時の時間的ズレがあったとすれば、その間に久和の筆体が変ることもありうるのでそれはそれでいいのだが、単なる筆体の問題ではなく、表記法のそれと絡み合うような例が見える。例えば、韓国語の尊敬命令語尾の「읍소」を巻一では「읍소」、巻三と四では「옵소」と書いているのである。書写期の隔たりと絡み合って、巻一と巻三・四の底本が同一書ではなく別々の異本を書き写した背景を物語るのではないだろうか。

本書の表紙には漢数字の巻次が書いてあるが、それとは別に各巻の小口(書根)にそれぞれ「須知　元」(巻一)、「須知　利」(巻三)、「須知貞」(巻四)と書いてある。これは「享」(巻二)を欠くもので、ちょうどソウル大本(巻二、三、四)にも漢数字の巻次の代わりに「元」「享、利、貞」の字が使われている。何か系統的に関係があるのかもしれない。

高橋敬一・不破浩子・若木太一編(2003)『『交隣須知』本文及び索引』(和泉索引叢書50)に影印収録。

10. 『韓語開諭早引』の「交隣須知」

1冊42丁の横帳。この書は、苗代川の通詞志願生が韓国語を習うために作成した学習帳と見られ(鄭光1990:206)、同じく京都大学文学部の所蔵本である。題簽は「韓語開諭早引全」とあるが、内容は、3個所の各部の間に挟まれる白紙の丁をふくめて37丁までが「交隣須知」である。本文の構成は「交隣須知　壱」「三」「須知　四」に分けられており、巻二の部分を表す表示はない。

本書は、李康民氏の指摘のように、古写本系『交隣須知』の中から必要な文例、または文例の一部を抜粋したもので、その内訳は次の通りである(李康民1996:103)。

　巻一：64例、　巻二：116例、　巻三：150例、　巻四：112例

確かに、本書は苗代川本のような古写本類との関連性が認められる。
たとえば、

本書:「暎」の例文　　　 ユ슐이 하 영지니 눈의 ㅂ의여 보지 못ᄒᆞ올레
　　　　　　　　　　　 アマリ　ウツロフテ　目カ　マハユウテ　ミラレマセン
　　苗代川本<一11a>暎　ユ슐이 하 영지니 눈의 ㅂ의여 보지 못ᄒᆞ올레
　　　　　　　　　　　 (玉)　アマリ　ウツロフテ　(目)　マハユウテ　ミラ
　　　　　　　　　　　 レマセヌ
　　沈寿官本<一11a>暎　ユ슐이 하 영지니 눈의 ㅂ의여 □□□□
　　　　　　　　　　　 玉ガ　ウツロウテ　マハユウテ　ミラレヌ
　　アストン本<一14b>暎 구슐이 하 영씨니 눈의 ㅂ의여 바로 보지 못ᄒᆞ
　　　　　　　　　　　 올레
　　　　　　　　　　　 玉ガ　アマリ　ウツッテ　目ニ　マバユウテ　直ニ
　　　　　　　　　　　 ミラレマセヌ
　　対馬本<一14b>暎　　구슐이 하 영씨니 눈의 ㅂ의여 보지 못ᄒᆞ올쇠
　　　　　　　　　　　 玉ガ　アマリ　ヒカッテ　目ガ　マバユウテ　見ラレ
　　　　　　　　　　　 マセヌ
　　武藤本<一14b>暎　　구슐이 하 영디니 눈의 ㅂ의여 바로 보지 못ᄒᆞ
　　　　　　　　　　　 올쇠
　　　　　　　　　　　 玉ガ　アマリ　ウツッテ　目ガ　マバユウテ　直ニ
　　　　　　　　　　　 見ラレマセヌ

のように、苗代川本と沈寿官本の、不自然な「ユ슐」を本書でそのま
ま踏襲している。本書の文例は、韓国語と日本語ともに、苗代川本や
沈寿官本のような古写本類、なかでも苗代川本との類似性が認められ
る。一方、巻四の場合は、苗代川本よりも武藤本と近い例があって注
目される。

本書:「伸」の例文　　　 펴 보니 빈 손바당이로쇠
　　　　　　　　　　　 ヒロケテ　ミレハ　アキテゞ　ゴザル
　　苗代川本<四01a>伸　펴 보니 빈 손바당이로쇠
　　　　　　　　　　　 ヒロゲテ　ミレハ　テニハ　ナニモ　ナイ
　　小田本<四03a>伸　　펴 보니 빈 손바당이로쇠

ヒロゲテ 見タニ ナニモ ナイ 手ノハラデ ゴサル

ソウル大本<四04a>伸 펴 보니 빈 손바당이로쇠

ヒロゲテ 見ニ ナニモ ナイ 手ノハラデ ゴザル

アストン本<四04a>伸 펴 보니 빈 손바당이로쇠

ヒロゲテ 見ルニ ナニモ ナイ 手ノハラデ ゴザル

武藤本<四03b>伸 펴 보니 빈 손바당이로쇠

ヒロゲテ 見レハ アキテヾ コサル

韓国語「빈 손바당이로쇠」に対する対訳の日本語「アキテヾ ゴザル」は、武藤本と同じである。武藤本の巻四は特に苗代川本と深い関係にあって、本書に集められた文例と、苗代川本系列の写本類との関連性についてはまだ問題が残されていると言えよう。

本書の書写期については、本文の終わったところの39丁に「安政六年 未九月十五日ヨリ考」という記述が見えるので、安政六年(1859)頃作成されたものと思われる。

11. 明治14年版『交隣須知』: 初刊本

4巻4冊。袋綴の日本活字本。大きさは縦26㎝×横18.5㎝である。各巻表紙の題簽には「雨森芳洲編輯 交隣須知」(一、二、三、四)とあり、表紙裏には、中央に「交隣須知」、右方に「外務省蔵版」、左方に「明治十四年一月印行」、上部に「大日本帝国紀元二千五百四十一年」とある。そして各巻第1枚の初頭には「対馬厳原藩士 雨森芳洲 編輯 / 対馬 浦瀬裕 校正増補 / 周防 宝迫繁勝 印刷」と記してある。巻一59丁、巻二57丁、巻三61丁、巻四55丁であり、外に巻一には、巻頭に浦瀬裕の「緒言」「交隣須知隣語大方 釐正引用書目」「凡例」があり、巻四の終わりに韓国語の発音に関する注意書きが1丁付されている。

本書は、江戸時代を通じて写本のまま伝えられてきた『交隣須知』を、浦瀬裕が宝迫繁勝の協力を得てはじめて活字印刷したものである。なお、「緒言」には、浦瀬が教えをうけた朝鮮人の名前が挙げられている。

　　　然レトモ惜ムヘキハ其朝鮮原語ト称スルモノ多クハ東陬ノ郷音相交リ
　　　訛音亦鮮カラス以テ今日学士縉紳応酬款晤ノ用ニ供スルニ足ラサルヲ
　　　知ル・・・
　　　因テ我釜山語学所雇朝鮮国江原道ノ士金守喜ト謀リ更ニ校正ニ従事ス
　　　守喜固ヨリ八道語ニ精シ頗ル刪正スル所アリ

　つまり、韓国語の場合は、従来の写本には方言的要素が多いので公
の用に耐えないということで、江原道出身の金守喜に相談しながら多
くを刪正したということである。

　明治9年(1876)、韓国と日本の間に修好条約が締結されることによ
り、日本側では韓国語の学習所を釜山に設置するとともに、韓国語の
学習書を刊行したのであり、その嚆矢が明治14年版『交隣須知』であ
る。本書は、日本において、ハングルを印刷したはじめての書籍とし
て、なお明治刊本の始まりとして注目すべきである。

　明治14年の初刊本はきわめて稀覯本で、韓国では唯一、釜山市立市
民図書館に1帙所蔵されているし、日本には故浜田敦氏所蔵の1帙（巻一
を欠く）、福島邦道氏所蔵の1帙が知られるのみであった。しかし近年、
他にも東京外国語大学の図書館にも23帙の初刊本『交隣須知』が保管
されていることが報告されている(片茂鎮2001)。

　釜山市立市民図書館所蔵本は、片茂鎮編により韓国で影印され（『明
治14年版釜山図書館所蔵交隣須知［解題・本文(影印)篇]』弘文閣、1
999)、日本では、福島邦道氏所蔵本の本文と索引が福島邦道・岡上登
男共編で影印刊行されている（『明治14年版　交隣須知　本文及び総索
引』笠間書院、1990)。

12. 明治16年版『再刊交隣須知』：再刊本

　4巻4冊。袋綴の日本活字本。大きさは縦26cm×横18.5cmで、書型・
装幀・活字・丁数などが明治14年の初刊本と同じである。初刊本と同
様、釜山で印刷されたものである。各巻表紙の題簽には「再刊　交隣須
知」とあり、表紙裏の見返しには中央に「再刊　交隣須知」、右方に

「外務省蔵板明治十六年二月十六日出版権届」、左方に「明治十六年三月印行」、上部に「大日本帝国紀元二千五百四十三年」とある。そして各巻第1枚の初頭には「対馬厳原藩士 雨森芳洲 編輯 / 対馬 浦瀬裕 校正増補 / 周防 中谷徳兵衛 印刷」と記してあって、初刊本に比べて、印刷者が宝迫繁勝から中谷徳兵衛に変わっている。また、再刊本には、初刊本にはなかった「正誤」「追正誤」表が各巻の後ろに付いていること、巻一に朝鮮人蔡奎庠の識語が増添されていることが初刊本と趣を異にする点である。その序文に、再刊の背景について次のように記している。

> 以来明治十二年対馬州士族浦瀬裕先生以年邵錬熟之人 在象胥之官 承命外務省 受新造日韓活字与器械 増補交隣須知四冊 隣語大方三冊 官刊広布 延今四五年 貿易応酬之道比前倍賤 然其語律之尊卑 字意之闕略 多有疑眩 未詳処 毎対巻輒恨之 特以再刷之意・・・今因浦瀬先生之所告 具申外務省 経承允可 而重修補正之任専委於浦瀬先生 先生亦与余傾 肺通情已三載矣・・・

要するに、前の明治14年版にはなお「語律之尊卑」「字意之闕略」などに不完全な点が多いので再刷之意を訴えたところ、外務省の允可を経て、再び浦瀬氏に委嘱しこれを重修補正し、中谷徳兵衛に印刷させるにいたったということである。確かに、初刊本には誤脱字や古い表記の言葉などが多く現われている。たとえば、釜山図書館本『交隣須知』には、それらを臨時的に墨書きで補筆したり、朱書で直したりしたところが見えるが、再刊本ではそれらが訂正された形で印刷されている。

この16年版について小倉進平博士は、14年版の校正増補とは言いながら、その内容においては著しい変更は加えられなかったとしているが(小倉1936:10)、14年版と16年版の間には「正誤」表の有無のような印刷の仕様はもちろん、字句の修正、標題語の有無のような違いなど、外形的な面においてある程度相違が見られる[11]。より細かい調査が必

---

11) 齊藤明美(2001:107)は、欄外説明の有無による相違が17例、標題語の違いが25例、標題語の有無による相違が11例、語順の違いが3例、対訳日本語

要であろう。

　京都大学文学部国語学国文学研究室編(1968年)『異本隣語大方・交隣須知』に影印収録。

13. 白石氏蔵版『交隣須知』：刪正本

　四巻四冊。巻一44丁、巻二41丁、巻三41丁、巻四31丁。表紙の題簽には「故雨森東原著宝迫繁勝刪正　交隣須知」(元、享、利、貞)とあり、表紙裏には中央に「交隣須知」、右方に「雨森東　原著 ／ 宝迫繁勝　刪正」、左方に「明治十六年二月十六日出板権届　白石氏蔵版」、上部に「大日本帝国紀元二千五百四十三年」とある。巻一の始めには宝迫繁勝による「自序」があり、巻四の最後には「正誤」表が付いている。各巻第一枚の初頭書名の下には「雨森東　原著 ／ 宝迫繁勝　刪正」と記し、巻四の奥付には「明治十六年三月五日出版御届 ／ 仝年九月廿九日刻成御届」「原著者　旧対馬藩士　雨森　東」「刪正者　外務御用掛　宝迫繁勝」「出版者　福岡県士族　白石直道」などと記してある。

　明治16年には外務省蔵版の再刊本のほかにもう一種の、白石版の刪正本が刊行されるわけであるが、宝迫の「自序」には本書の成立にかかわる事情が記してある。以下、福島氏の解読文による(福島1983:29)。

> 明治九年重修旧好以来・・・余常ニ此ノ書ノ成ラザルヲ憾ミ、因リテ諸官ニ乞ヒテ、文法ヲ正シ、複雑ヲ刪シ、校写スルコト一再、漸ク善本ト為ル。頃友人白石直道視テ之ヲ喜ビ、将ニ以テ上木セントス。

　つまり、明治九年修好以降、それまで写本で伝えられてきたものを版本にする要があり、浦瀬本(明治14年版の初刊本)が出るのである。しかし、浦瀬本にはよくないところがあり、「文法ヲ正シ、複雑ヲ刪シ」それを白石氏が出版して刪正本ができたということである。この刪正本の最大の特徴は、以前の官版とは違って、見出し語がなく、ま

の相違が5例あると言う。

た対訳の日本語文を上段に示すような体裁である。見出し語のない体裁の「交隣須知」異本は、写本類の中にもある。アストン旧蔵の『朝鮮語会話書[仮題]』〔C5〕に収められている巻一(部分)は、見出し語と対訳の日本語文のない本文となっているし、『韓語開諭早引』の「交隣須知」にも見出し語抜きの文例だけを引用したものが含まれている。この見出し語のない文例は、どちらかというと「交隣須知」の伝統的な体裁から外れるものと言える。

　明治16年の浦瀬本と宝迫本の違いについては大曲美太郎(1935:34)に詳しいが、大体浦瀬本にあって宝迫本にない語が200ばかりあり、浦瀬本になく宝迫本にある語が20ばかりあるという12)。また浦瀬本の長い話が宝迫本で簡単になっており、語尾なども往々改められたものがある。概して浦瀬本は保守的で、宝迫本は進歩(改新)的・現代的であると指摘しておられる。事実、「交隣須知」なる書の写本の伝統を継承する形で成立したのが浦瀬本ならば、宝迫本は私家版として、その伝統から逸脱した形のものと言えよう。そこには当然、当時の言語事実が反映されやすい面もあると思われる。ともあれ、宝迫の白石版は、内容や辞句の面でいろいろと新味を加えてはいたが、外務省の14年版や16年版の持つ語学書としての伝統には及ばなかったようである。明治37年版の校訂本も、まず見出し語があり、それの用例文が続く体裁、つまり『交隣須知』の伝統を踏むものとなっている。

　京都大学文学部国語学国文学研究室編(1968年)『異本隣語大方・交隣須知』に影印収録。

14. 明治37年刊『校訂交隣須知』：校訂本

　1巻1冊328頁。四六倍判。表紙の中央に「校訂交隣須知」、右方に「前間恭作・藤波義貫共訂」、左方に「明治三十七年二月京城刊行」

---

12) 齊藤明美(2001:113-117)は、前者は199例、後者は27例で、前者のほとんどは巻四に集中しているという。

とある。冒頭に、校訂者による「緒言」があり、後ろの奥付には「明治明治三十七年二月刊行」「著者　韓国京城　前間恭作」「同　藤波義貫」とある。「緒言」には本書にいたるまでの事情が記されているので、一部を引用する。

> 浦瀬裕氏の校正に係はる本書の刊本、絶版後二十年に及ひたれは、今は之が一本を求め得んとすら難事となりて、世間にて本書の名も漸次忘れられんとす。余輩は本書を完璧なりと信するものにはあらざるも、元禄宝永の頃よりして輓近に及ふまて約二百年を其道のものに重宝祝せられたるだけに、今日咄嗟に製出せらるゝ書の及ひ難き所あることは疑を置かざるものなり。今朝鮮語に関する書籍の世に行はるゝもの、簡易なる初学者用のものゝみにて、それ以上の課本之れ無きに際して余輩は此書の校訂刊行を緊要なる企と信したれは、昨年より相謀りてゝか校訂を試み今や愈々其稿を脱するをこととなれり。・・・
> いうまでもなく原本の最も非難を受くる所は、措辞の意義をなさゞるもの、方言、又は謬りたる字句の多きが為め課本たるに耐へさる点にありしか故に、余輩校正の第一義は此等を改竄し修正するにありしかども此外に又本書は二百年間幾回となく、増補添入を経ながら、題目の分類に至りて一度の整理をもなされしことなく雑然秩序なき状態に陥り居るを以て、根底より之を整頓し、又書中和訳は直訳に係り意義判明ならざる上、当国人の日本語を学ふものゝ為め応用せあれざる不利もあるが故に、之は全然改作して意訳の法をとりたり。・・・

　つまり、このごろは、明治16年版の再刊本もなかなか手に入らなくなり、適当な朝鮮語学習書が絶対不足していることで、200年間の伝統をもつ『交隣須知』を校訂刊行することにした。そしてその際は、原本における対訳語の不自然さや方言、誤りの字句などを改正すると同時に、部門や項目の整理、直訳風の対訳の日本語を意訳風に変えるなどの改作を試みたということである。実際、写本から刊本にいたるまでの『交隣須知』は四巻となるものであるが、校訂本は1冊に統合されている。なお本文の韓国語文と日本語文を二段組にするなど、体裁的にも大幅な改変が加えられている。

　幣原坦博士は、本書の「批評」(「校訂交隣須知」の新刊)において

　　新校訂本は韓国現今の口語をそのまゝに諺文に描するよりも寧ろ諺文
　　の形体を壊さゞらむことに意を用ひたり是亦旧本(明治16年の再刊本;
　　引用者注)と異る点也例へば「広うございます」を旧本には너르외
　　다[13]とありしが新本には넓으외다とし・・・然るに字音に至りては本
　　来の正音を棄てゝ皆口語にあらはるゝ音のみを取れり例へば부어(鮒
　　魚)とせずして붕어とし로어(鱸魚)とせずして놓어とし링(冷)とせずし
　　て닝としたる等皆是也是亦学習者を惑はしむる・・・

などと批判している。しかし、韓国語において、当時は形態素表記に
よる分綴表記が一般的だったが、保守的な再刊本に対して、校訂本は
当時の表記を反映していると言えるし、字音語に対しても口語が採用
されるなど、本書は当時の一般的な言語現象を充実に反映するものと
思われる。その点、伝統を重んじた時代に伝えられてきた写本類、そ
してある面においては、その延長線にある官版の刊本類とはまた違っ
た言語史的資料性が、この校訂本にあるのではないかと思われる。
　京都大学文学部国語学国文学研究室編(1968年)『異本隣語大方・交
隣須知』に影印収録。

　これまで資料として扱ってきた『交隣須知』の研究は、単独で「交
隣須知」という書名を有するものだけが対象となっていたが、本論文
では、それらの以外に、ある書の一部として納められている部分的な
「交隣須知」をも対象に入れて、それらの書誌的概要や資料性などを
述べてきた。とくに沈寿官家所蔵の古写本類は、『交隣須知』の歴史
や系統を糾明するうえで重要な手掛かりを与えるものである。しかし、
その貴重な資料性にも関わらず、うちの一部の写本は虫損が多いとい
うことで研究の対象から外されていた。本論文では、それらも他の異
本との対照比較から可能な限り復元して、積極的に『交隣須知』の一
異本として扱うことにする。

---

13) 論文には「너르외다」となっているが、これは「너르외」の誤りである。

第2章
東京大本『玉嬌梨』の裏打紙に用いられた初刊本「交隣須知」

1. はじめに

　江戸時代から明治初期にかけて、日本における韓国語の教科書として有名な『交隣須知』の研究が盛んになったのは、ごく最近のことである。これまでの研究は京都大学で影印・公刊したいくつかの異本に頼ってきたところが大きいが、問題はそれらがほとんど零本で、4巻からなる『交隣須知』を全体的にとらえての研究には限界があったことである。その限界と欠陥を補うための新しい異本の出現が待ち望まれていたところ、1997年に岸田文隆氏によるAston本の公開(岸田1997、1998)、1998年には筆者による対馬本の公開があって(片茂鎮1998)、『交隣須知』の研究に弾みがついた。その後も、稀覯本とされてきた明治14年の初刊本が東京外国語大学に23帙も保管されていることや(片茂鎮2001)、新しい増補本が長崎大学の武藤文庫に蔵されていることなど(片茂鎮1998a、高橋・不破・若木(2003)、本書にかかわる大小の発見が続いた。また2001年6月には、東京大所蔵のハングル翻訳本『玉嬌梨』の裏打紙に初刊本「交隣須知」が用いられているという鄭炳説(2001)の報告があった。筆者はその後、東京大本『玉嬌梨』を閲覧する機会を得、現物を詳細に調べることができた14)。本稿では、その調査結果の報告を兼ねて、契機となった鄭炳説氏の論文で触れなかった部分などを若干補うことにする。

---

14) 裏打紙の調査にあたっては、東京大学大学院博士課程の金賢旭氏の協力を得た。感謝の意を表す。

2. 東京大本『玉嬌梨』と「交隣須知」

　東京大本『玉嬌梨』(図書番号: A00 5762)はハングル筆写本で、全3
冊(第1冊55丁、第2冊57丁、第3冊55丁)となっている。この書は、本来
は東京大阿川文庫本と呼ばれるもので、現在貴重本に分類されている。
中国古典小説の『玉嬌梨』を韓国語の学習のために翻訳したものであ
るが、それの裏打紙に一部「交隣須知」が用いられているのである。
それが明治14年に釜山で日本外務省の官版として刊印された初刊本
『交隣須知』であることは一目でわかる。
　筆者が現物を調べたところ、『玉嬌梨』の表紙まで含めて裏打紙に
用いられたのは「交隣須知」と白紙であるが、そのうち83枚が「交隣
須知」である。詳細を見ると、『玉嬌梨』巻一の表紙から55丁(2、53
丁は白紙)まで、巻二の表紙と32丁から57丁まで、巻三の表紙の裏打紙と
して、「交隣須知」の巻一6枚、巻二12枚、巻三42枚、巻四23枚の計83
枚が用いられている15)。すべてが『交隣須知』の各巻の第1丁目に当た
るもので16)、初刊本の巻一から巻四の最初の部分だけが裏打紙に用い
られているわけである。

2.1. 裏打紙「交隣須知」巻一の場合

　ここで注目すべき点は、鄭炳説(2001)も指摘しているように、今に
見る日本外務省の官版として公刊された初刊本と、部分的ではあるも
のの、いくつかの相違点が存することである。とくに目立つのは、巻
一の第1丁の表に記された書誌に関する内容で、巻一の本文に入る前の、
本書の書誌に関する内容において食違いが出ていて、刊本に至る過程

---

15)『玉嬌梨』巻一の表紙だけは「交隣須知」巻一を3枚使って重ねて裏打して
　　いるが、ここでは1枚と数える。他の部分はすべて「交隣須知」か白紙1枚
　　で裏打している。
16) 裏打紙は「交隣須知　巻之一」のような題簽と巻次の部分が切り取られて見えな
　　い場合が多く、実際に巻二と巻三の場合はすべてそうである。一方、題簽まで
　　出ているのは巻一の3枚、巻四の場合はすべてが切れずに用いられている。

がよくわかる。

- a.（裏打紙）交□須知巻之一
    - 日本国対馬 雨森芳洲 編輯
    - 日本□□馬 浦□裕　朝鮮□□山 金守喜 校正増補
    - 日本□周防 宝迫繁勝 校正印刷
- b.（釜山本）交隣須知巻之一
    - 対馬 厳原藩士 雨森芳洲 編輯
    - 対馬 浦瀬裕 校正増補
    - 周防 宝迫繁勝 ■■印刷

　本来ならば裏打紙に存する7つの空欄(□)には、それぞれ「隣、国、対、瀬、国、釜[17]、国」の字が入るべきところで、字が漏れている。この裏打紙と釜山本とを照らし合わせてみると、裏打紙での日本国名と金守喜に関する内容の削除、雨森芳洲の職名の挿入、宝迫が校正に関与したという内容を消しては残りの漏れ字を補う形にして初刊本の公刊に踏み切ったことがわかる。これは、それまで写本のまま伝えられてきた『交隣須知』が初めて活字本として刊行される過程を克明に示してくれるものである。

　ただし、初刊本の校正増補に携わってきた金守喜の名が最終段階で排除されたことについて、鄭炳説(2001)は、朝鮮人の作業者を公式化するのを避けるためだと推定しているが、特にそれを裏付けられるような根拠はないようである。最初、浦瀬本人が書いた初刊本の原稿には金守喜も校正者として名乗られていた。そして初校の段階で金守喜の名が消されるようになったものと思われる。そうだとすると、途中で浦瀬の気が変わったことになるのであるが、考えられる理由として、校正者も印刷者もそれぞれ一人ずつに整理しようとする意図があった

---

17) 初刊本の「緒言」には、次のように、釜山において本書の校正に従事した江原道出身の金守喜に関する記事がある。
　　因テ我釜山語学所雇朝鮮国江原道ノ士金守喜ト謀リ更ニ校正ニ従事ス守喜固ヨリ八道語言ニ精シ頗ル刪正スル所アリ.偶京城三四ノ学士釜山ニ来ルニ会接ス 依テ之ヲ示シ再其当否ヲ質ス・・・

からではないだろうか。釜山本で、「宝迫繁勝 校正印刷」の「校正」
の2文字が墨書で消されているのも、そのような浦瀬の意図と無縁では
ないと推定するのである。

　いずれにしても、宝迫繁勝の印刷による初刊本は脱字の多い、欠陥
のある書であることが裏打紙により明らかになったと言える。そこで
宝迫は初刊本の刊行者として責任を負わされて、2年後の再刊本からは
宝迫の名は削除されることになったと推定されるが(福島1990:21参照)、
裏打紙に用いられた「交隣須知」を印刷してみた時点で、印刷にかか
わる問題の深刻性が浮き彫りになったのであろう。

2.2. 裏打紙「交隣須知」巻二、三、四の場合

　上述したように裏打紙の「交隣須知」のうち、題簽まで出ているの
は巻一と巻四の場合である。もちろん巻二、三も本文や版心を見てす
ぐ判別がつくし、その書誌的記述の部分も巻四と同じである。裏打紙
の□は·「藩」の脱字である。

    a.（裏打紙）交隣須知巻之四
        対馬　厳原□士　雨森芳洲　編輯
        対馬　浦瀬裕　校正増補
        周防　宝迫繁勝　校正印刷
    b.（釜山本）交隣須知巻之四
        対馬　厳原藩士　雨森芳洲　編輯
        対馬　浦瀬裕　校正増補
        周防　宝迫繁勝　印刷

　裏打紙「交隣須知」巻四を見ると、裏打紙「交隣須知」の巻一とそ
れ以外の巻の間では、その内容がだいぶ異なっていることがわかる。結
局、今に見る明治14年版『交隣須知』は、ある面では初刊本『交隣須
知』の初校本ではなく再校本とも言うべきもので、この初刊本を再び
校正したのが明治16年の『再刊交隣須知』であると言えるのでないか
と思う。

　裏打紙は全巻に「周防　宝迫繁勝　校正印刷」となっているが、釜山本では巻一にのみ墨書で校正(■■)の部分が消され、以下の巻二、三、四には「周防　宝迫繁勝　印刷」となっている。なお、釜山本『交隣須知』巻一の「厳原藩士」の「藩」の字は手書きであるが、巻二、三、四の場合は活字である。版を重ねる度に印刷に必要な活字を続けて鋳造していった過程がうかがえる。

　このような状況から察するに、東京大本『玉嬌梨』の裏打紙に用いられた「交隣須知」は、初刊本を公刊する前にテスト用に刷ったものではないだろうか。鄭炳説(2001)はこれを初刊本『交隣須知』の製作過程から出てきた反古と推定しているが、すべてが各巻の第1丁目に該当するものばかりで、各巻の最初の丁に限定した意図が見受けられることを考え合わせると、製作過程においてよく出てくる反古というよりも、「印字テスト用の初校紙」のようなものであったと考えたい。もちろん各巻の第1丁だけではなく、すべての丁にわたってテスト用の印刷が行われたとすると、それは印字テスト用ではなく完全な初校本になるわけだが、そこまで行われたものではないと思われる。もしそうだとすると、83枚にも及ぶ裏打紙のうち、1枚でも第1丁以外のものが混ざっていても不思議でない。裏打紙の「交隣須知」がすべて第1丁目であることは偶然とは思えないのである。したがって今の段階では、各巻の最初の部分だけをテスト用に印刷して、それを見て誤植や脱字などを正し、なお校正を加えて初刊本の公刊にとりかかったものと推定したい。

3.　「交隣須知」の本文の場合

　各巻の第1丁表の後半から始まる「交隣須知」の本文は、漢字の見出し語の下に韓国語の用例文、その右側に対訳の日本語文、韓国語文の左側には時々韓国語の単語に漢字語を当てる体裁となっている。この巻一、二、三の本文においても裏打紙と釜山本の間でいつかの相違点

が見られ18)、裏打紙「交隣須知」での誤脱字を釜山本で正している。
その相違点を以下に示す。

		裏打紙	釜山本
①	<一01a> 日	日カトク…	日ガトク…
②	<一01b> 月	月カ明カニ…	月ガ明カニ…
③	<一01b> 星	…맛치믄쏟어진…	…맛치믄々어진…
④	<一01b> 星	星カ天ニ…	星ガ天ニ…
⑤	<一01b> 老人星	…長寿スルト云ヒマシ	…長寿スルト云シマシ
⑥	<一01b> 月蝕	…犬カ切リテ…	…犬ガ切リテ…
⑦	<二01a> 麒	긔린은…	긔린은…
		--□ハ…	--麟ハ…(*「麟」は手書き)
⑧	<二01b> 象	코찌리는□구영에…	코찌리는코구영에…
			(*「코」は手書き)
⑨	<二01b> 象	…쥭는다ᄒ옵너니	…쥭는다ᄒ옵너니
⑩	<二01b> 獣	즘셩즁에…	즘셩즁에…
⑪	<三01a> 社	…하늘□졔허는…	…하늘쎄졔허는…(*「쎄」は手書き)
		…天ヲ□ル…	…天ヲ祭ル… (*「祭」は手書き)
⑫	<三01b> 壇	…鬼神ヲ□ル…	…鬼神ヲ祭ル…(*「祭」は手書き)
⑬	<三01b> 夜叉	夜□	夜叉(*「叉」は手書き)
⑭	<三01b> 夜叉	…독□이는…	…독쌉이는…(*「쌉」は手書き)
⑮	<三01b> 斎	지계ᄒ후에…	지계(-戒)ᄒ후에…
		…졔ᄉ□예(預)허게…	…졔ᄉ(祀)참예(参預)허게…
			(*「참」「参」は手書き)
		…□ニタチマジハルヤウニ…	…祭ニタチマジハルヤウニ…
			(*「祭」は手書き)

　裏打紙「交隣須知」と釜山本『交隣須知』を比較してみて、相違するところは大きく次の2点である。日本語の主格助詞「ガ」に裏打紙では濁点が付いていないところを釜山本で正したこと、裏打紙で一部のハングルと漢字の脱しているところを釜山本で手書きして補ったことが挙げられよう。

―――――――――――――――――――
18) 巻四の場合は相違点がなかった。

　まず、日本語の主格助詞「ガ」を「カ」と表記するか「ガ」と表記するかはいわゆる表記上の問題であろう。当時は両方の表記が行われていて[19]、裏打紙(初校紙)の清音表記を釜山本でより標準的な表記に直したということで、厳密には裏打紙での濁音の清音表記は誤植とは言えない。実際に釜山本のような初刊本にはもちろんそれを校正して再刊した明治16年版にも、初刊本よりは減っているものの、依然として濁点のない主格助詞「ガ」の表記が出ている。

　この主格助詞「ガ」の表記と関連して一つ指摘したいのは、裏打紙での「カ」が釜山本ではすべて「ガ」に直されているが、2丁目からは濁点のない「カ」の表記が釜山本に出ていることである。これは初校紙の有無、つまり初刊本(釜山本)の第1丁目は初校紙(裏打紙)があってそれに基づいて校正が行われたが、第2丁目からはその初校紙がなくて校正されることなくそのまま印刷にかかったことによる結果ではないだろうか。もし2丁目以下の初校紙があったのならば1丁のように、「ガ」に直されていたはずと想定するわけである。これは巻一だけの現象ではあるが、いずれにしても、裏打紙の「交隣須知」は、各巻ごとに第1丁目だけをテスト用として印刷したことを裏付けうるものと思われる。

　二番目の脱字の問題は、初刊本を印刷する段階ではまだ一部のハングルや漢字の活字が製作されなかったか足りなかったことを示している。これは巻一以外のところで目立っており、印字テスト用の裏打紙の「交隣須知」では足りない活字の個所を空白にしたが、釜山本ではそれを手書きで補筆して刊行している[20]。もちろんそのような個所も再刊本では活字になっていて、初刊から再刊にかかる間に必要な活字が製作されたことになるのであるが、初刊の時はまだ活字が十分ではなかったようにみえる。実際に釜山本のような初刊本には墨書で補筆したところが多く、「쌉」のような子音の合字体や、「뒁」のような二重母音の入ったハングルは補筆されたものが多い。裏打紙の「交隣

---

19) 濁音を濁点を用いて表すのが原則となったのは第二次大戦後である(佐藤喜代治編『国語学研究事典』p.240)。
20) 初刊本における補筆については、片茂鎮(1999)を参照されたい。

須知』は出版に関わるそのような事情を示してくれる。

　上述のように、初刊本の印刷者であった宝迫繁勝がこのような印刷ミスの責任を問われ、再刊に関与できなくなったと推定されているが、宝迫が刊行の前段階である活字の製作にどれぐらい関わっていたかははっきりしない。初刊本の「緒言」には

　　望ムラクハ本省ニ抵リ朝鮮諺文ノ活字製造ヲ申請スヘシ繁勝之ヲ本省
　　ニ具申ス本省之ヲ允可シ日韓活字及其機械ヲ付与シ且繁勝ニ印刷ノ事
　　ヲ命シ更ニ子ノ校正ヲ賛助セシム・・・

となっていて、確かに宝迫にすべてを託したようには読み取れるが、実は活字の不足による脱字であって、裏打紙「交隣須知」に誤植と見られる個所はほとんどないのである。かえって⑤⑨⑩のように、裏打紙に正しくなっているところを初刊本で間違っているケースもある。この初刊本の印刷ミスと関連してどこまで宝迫が責任を負うべきだったのだろうか。初刊本『交隣須知』は、日本において、はじめてハングルを印刷した画期的な書物で、当時は活字製造などハングルの印刷にはなかなか難しい問題があったようである(福島1990:22)。もちろん欠陥のある本を印刷したということで、官版としての権威は損じられたのであろうが、その責任をすべて宝迫個人に負わせたのだろうか。いま目の前にあるのは各巻の第1丁だけなのでほかに調べられるすべはないが、小倉進平・桜井義之の両氏が推定しておられるように(小倉1936:9-10、桜井1956:457参照)、浦瀬と宝迫の間に意見の相違や齟齬があって、それが、再刊本から宝迫が排除される主な原因となったものと思われる。

4. まとめ

　近世日本における対馬藩儒雨森芳洲に始まる韓国語教育において、学習書として『淑香伝』『崔忠伝』『林慶業伝』などのような韓国の

古典小説が使われたことはよく知られているが(大曲1935:33参照)、中国の古典小説を韓国語に翻訳した『玉嬌梨』もその一つである。このような古典小説類は、18世紀初の雨森芳洲による対馬藩厳原の通詞養成所から、1873年の草梁館語学所を経て、1880年の東京外国語学校の朝鮮語学科に至る過程において、高級レベルの韓国語学習書として、初級の『交隣須知』や『隣語大方』などと連携して利用されてきた(片茂鎮2001:880)。本稿で扱った『玉嬌梨』の裏打紙として「交隣須知」が用いられているのも、そのような背景と深い関連があると思われる。東京大本『玉嬌梨』の裏打紙として初刊本「交隣須知」が用いられていること、それが各巻の第1丁目に当たる部分だけということであるが、書誌的内容が書き込まれている第1丁目だけに、『交隣須知』なる書の、刊本にいたる過程を知るうえで重要な手がかりを得ることができた。『玉嬌梨』の裏打紙に用いられた「交隣須知」は、いわゆる初刊本『交隣須知』の印字テスト用に刷ったもので、結果的には初刊本の初校紙のようなものであったと推定するのである。

第3章
釜山図書館所蔵『交隣須知』

1. はじめに

　本稿で扱う釜山市立市民図書館所蔵『交隣須知』(以下「釜山図書館本」と略称)は、明治14年(1881)1月に、当時日本外務省雇朝鮮語学教授の浦瀬裕が校正増補して日本外務省蔵版として刊行したものである。刊行当時の印刷部数の僅少により今日では稀覯に属する冊子で、釜山市立図書館にある原本は初刊本として韓国で唯一の稀貴本である(金義煥1969:278)。ほかに福島邦道氏が蔵していた別の初刊本が1990年に福島邦道・岡上登喜男氏によって、『明治14年版交隣須知本文及び総索引』という冊名で影印・出刊されることにより、初刊本の全貌が明らかにされた。これは福島氏の所蔵本(以下「福島本」と略記)を底本にしたもので、完本としては戦後現在まで知られていた唯一の本と言える。

　ところが、筆者が釜山広域市市立市民図書館で初刊本『交隣須知』の実物に接して福島本と対照してみた結果、刊行後に修正・加筆された部分の内容に微妙に異なる点が存在することを確認することができた。本章では釜山図書館本に存するこのような現象を手がかりにして、本書のもつ資料的価値および背景について考えてみたい。

2. 『交隣須知』の刊行と釜山図書館本

　日本における韓国語の学習書としての『交隣須知』は、主に対馬島と南九州の苗代川地方に筆写本の形で伝えられ、明治14年(1881)になって初めて日本の活字本として外務省蔵版が刊行されるに至った。い

わゆる対馬島人浦瀬裕の校正増補による明治14年版の初刊本である。
この初刊本は以降の明治16年(1883)の再刊本と刪正本、37年(1904)の校
訂本の根源をなしているのであるが、大曲美太郎(1935)の「釜山に於
ける日本の朝鮮語学所と『交隣須知』の刊行」により、この初刊本の
成立事情が紹介された。大曲氏は論文で釜山図書館本『交隣須知』に
ついて次のように語っている。

　　朝鮮語学書として有名な交隣須知！之れが朝鮮語学教授の浦瀬裕等に
　　よつて改訂増補されて、明治十四年一月印行、又十六年三月再刊され
　　てゐる。何れも釜山(今の西町一町目釜山貯金管理所の所にありし旧
　　家屋)に於て印刷されたものである。

　ところが、このような明治14年版の初刊本『交隣須知』は当時印刷
の部数が僅少だったせいか、戦前は韓国で唯一に釜山図書館本が、そ
して戦後は日本の浜田敦氏の所蔵本(巻一欠)と福島本だけが知られる
ほど、稀覯本となっていた。このうち浜田氏の所蔵本は、釜山で印刷
された初刊本が個人的経路を通じ、韓国の元山を経て日本へ渡って
いったもので、官版の出版物としては、正式のルーツで日本国内へ送
付されたものはなかったものと推定されている(福島1990:17参照)。
　一方、釜山図書館本は、現釜山広域市市立市民図書館に「古737-1」
に分類され所蔵されているのであるが、4巻4冊の白版心、7行21字、四
周双邊、内邊21×14cm、冊の大きさは26×18.5cm、日本式装本の活字
本として、同図書館に「古737-2」として蔵されている明治16年版『再
刊交隣須知』と書誌的状況が大同小異である。なお大曲(1935)でも紹
介されたように、各巻のはじめの丁の匡郭上邊の右側には「在朝鮮国
釜山港日本領事館」という菊花紋の入っている丸印があって、元々釜
山日本領事館所蔵本であったことがわかる。その下には後になって追
加された釜山府立図書館蔵書印とともに、匡郭右邊の余紙に「昭和十
年十二月二十一日釜山府会計ヨリ引継」という印が見える[21]。現在の

----
21) ともに同図書館に蔵されている明治16年版再刊本にも同じ印がある。実
　　際、同図書館の古蔵書類にもこの印の押されているものが多く、昭和10年

保存状態は良好で、ただ表紙において4巻4冊中の巻二だけが本来の表紙で、残りの巻一、三、四は巻二の表紙と紙質が異なるものとなっている。それは表紙に貼付されている題簽がやはり本来のものとは異なっていることからもすぐ分かる。つまり原形の題簽は「雨森芳洲編輯　交隣須知　二」のように、上から編者・書名・巻数順に印刷した洋紙片であるが、巻一、三、四の場合はただ「交隣須知」という書名だけを韓紙片に刷って、編者・書名・巻数をペンで書いた表紙の上に貼付したものであった。1935年に小倉進平博士が本書を見た時はまだ本来の表紙であったが[22]、後に表紙が落丁して付けなおしたものと見える。

　次は、巻三の本文の終わりと裏表紙の間に「元山総領事館」という字が太い墨書で縦書きされているページがあって、何か本書と元山との関連性をうかがわせることである。確実な根拠となる蔵書や所蔵印ではないので、これだけで本書と元山との関連性を断定するには無理があると思う。しかし当時の釜山と元山間には、いろいろな周囲の情勢からみて、人的・物的交流がある程度活発であっただろうとの推測は可能であろう[23]。実際に浜田氏の所蔵本の仮表紙にも「元山港本願寺説教場」という印があって(福島1990:17)、釜山で印刷された『交隣須知』が元山を経由して日本に渡ったその過程を物語っている。釜山と元山の間には、韓国語学習に関しても互いに交流があったものと推定できる所以である。

　また「元山総領事館」の名称と関連して一つ特記すべきことは、元

　　(1935)に一括して釜山府会計より同図書館に引き継がれたように思われる。小倉進平氏が釜山図書館で本書を見たのは1935年で(小倉1936)、大体同図書館に納められた時期に当たる。ただ小倉氏は大曲美太郎氏の論文により本書の所在を知ったと言っておられるが、大曲氏の論文にはそのような内容はなかった。直接大曲氏から聞いたのであろうか。

22)　小倉(1936)によると、「本書各巻表紙の題簽には「雨森芳洲編輯交隣須知」(最初の六字づつ三行に割って小字で印刷)とあり」云々として、当時には四巻のすべてが本来の表紙であったらしい。

23)　1876年(明治9)の「江華条約(韓日修好条約)」により1878年に釜山が開港され、1880年(明治13)に元山、ついで仁川が開港されることにより、日本と活発な貿易が行われた。

山で「総領事館」という名称が使われたのは明治15年(1882)までで、同年8月15日には「総領事館」を「領事館」に改めたという事実である(高尾1916:51)。このような名称の表記が初刊本の成立や背景とどのような関係があるのか、元山での韓国語学習について全く知られていない今のところでは、知るすべがない。これについては後日を期したい。

もう一つ釜山図書館本には、巻頭の「緒言」の下に「朝鮮語学所と鮮語」、所蔵印の横の余紙(書眉)に「披閲後静畢」[24]、そして「緒言」の末尾の余紙には「以下謄写材料無し」のような文句が朱書で記入されている[25]。このような記入がいつ誰の手によるものかは今のところ不明である。ただ何か初刊本を校閲したようなこれらの加筆事項は、本書の歴史や資料的背景と何らかの関連があるように見受けられる。

3. 釜山図書館本と福島本の比較

釜山図書館本と福島本はもちろん同じ明治14年の初版本であるが、

---

[24] ここに記入された5文字が「披閲後静畢」であることは、同図書館所蔵の『朝鮮事務書』からも確認できた。この『朝鮮事務書』という本は29巻29冊の日本外務省編の筆写本であるが、釜山の開港後釜山日本領事館の要請により、日本外務省朝鮮事務課保存の過去の文献を集大成して、釜山の領事館に据置いていたものである。その後、続けて釜山の領事館に秘蔵され日本の外交官にだけ閲覧されてきたのであるが、1910年の韓日併合後釜山府が設置されることにより、釜山府に移管秘蔵されるにいたった(金義煥1969:104)。この『朝鮮事務書』にも上の5文字が『交隣須知』のそれに似た筆体で書いてあったのである。韓日外交上の重要な文献にだけ特別に記入しておいたのであろうか。再刊本にはこのような文句がなかった。ここで「披閲」とは「書類などを開いて調べる」という意味で、「静畢」は「用事が終わり、静かにどこかにおいておく」という漢語である。全体の意味は「誰か、あるいはある関係者が、同資料を閲覧したあと、終了して書庫に納める」という意味になるだろう。昔は「閲覧後静畢」という漢字の熟語を、この意味で用いたようである。

[25] 再刊本にも記入事項があって、「緒言」の上の所蔵印の横に、右から「二拾部ノ二、雑第五十四号、四冊ノ内」のような朱書が見える。ここで「二拾部」というのは、刊本の刊行部数のことであろうか。しかしまだ確かなことは言えない。

全巻にわたって文字が抜けているところが多く、そこに後で筆書で字を補うなど、印刷上欠陥の多い刊本であったようである。それにより明治14年版の印刷者であった宝迫繁勝は責任をとらされ、明治16年版は中谷徳兵衛があたることになるのである。このように後で補筆された文字以外に、釜山図書館本には朱書と鉛筆で本文の字句を修正・加筆した個所が多く存する。主に韓国語の部分に集中して現れるこれらの例は、初刊本の成立過程や再刊本との関係を理解するうえで有益なヒントを与えてくれるものと思われるので、墨書・朱書・鉛筆の部分に分けて、釜山図書館本と福島本、そして明治16年再刊本を対照比較してみることにする。

3.1. 墨書の部分

　主に明治14年版において文字が漏れて印刷されたところに当該の文字を墨書で書き入れた個所で、巻一の巻頭の部分にある「交隣須知　隣語大方　釐正引用書目」の「釐」字をはじめとして、巻四の最後の《地文》門にいたるまでそのような例は枚挙にいとまがない。ところが、その筆体が釜山図書館本と福島本の中でも違うものがあり、また両初刊本の間にも必ずしも同じではない個所があるところから、この補筆の作業に携わったのは一人ではないように思われる。
　例えば、再刊本の「緒言」には浦瀬裕の識語に次いで、明治16年5月付けの大韓民国慶尚南道大邱の人「蔡奎庠」の序文が付いているのであるが、その一部を引用する。

> 今因浦瀬先生之所告、具申外務省、経承允可、而重修補正之任専委於
> 浦瀬先生、先生亦与余傾肺通情已三載矣、今当奉官令釐語之日、要余
> 同硯論疑間難広攷博質、期於極究精微窮 研査淬響応方口芳流千秋云、
> 顧此溲聞浅識実不堪当、事係両国之緊務、固難謀退、昼宵確 論乃至
> 両個月卒業

　つまり、浦瀬が蔡奎庠と共に欠陥の多い初刊本の重修補正に取りかかり、多くの人々の間で末永く使用に耐えるような「交隣須知」を期

して、2ヶ月間にかけて、細かいところまで徹底的に調べ、再刊本の底本なるものを磨き上げたということである。だとすると、浦瀬と蔡奎庠の二人がある初刊本に修正の作業を行ったことになる。そしてその重修補正された初刊本を底本にして再刊が行われ、なお初刊本の印版を用いての再刊であったと考えるのが自然ではないかと思う。実際再刊本は、印刷の仕様においては相違があるものの、書型・装幀・印刷文字などは初刊本と同じである。

　次に挙げるのは、印刷漏れの部分に墨書で記入した文字が釜山図書館本と福島本とに同一ではない例である。再刊本の出典と用例の部分を示し、釜山図書館本と福島本は各々（釜）（福）と略記する。

<一13b> 再昨日	～만이 먹엇습네다	(釜) 습	(福) 슘
<一21b> 江	～거러갈쌛게 업스외다	(釜) 쌛	(福) 밧
<一21b> 海	바다를 갓슴 ～	(釜) 슴	(福) 곰
<一23b> 水宗	슈종 넘엇습는가	(釜) 습	(福) 슙
<一39b> 女	계집은 문밧쎄 ～	(釜) 박쎄	(福) 박게
<三6a> 銅	구리는 어늬 짱에서 ～	(釜) 짱	(福) ( )
<三20a> 鬢	머리 쏙진 아희를 ～	(釜) 쏙	(福) 쏙
<三25a> 櫃	궤 쏠에 넛고 ～	(釜) 쏠	(福) 쏙
<三37a> 輦	년은 인군박쎄는 ～	(釜) 쎄	(福) 쎄
<三50b> 焰硝	～뚤기를 잘 허느니라	(釜) 뚜	(福) 뚤
<三56b> 守	직희기를 굿쎄 허니～	(釜) 게	(福) 쎄
<四3a> 掬	～흔 웅쿰만 주옵소	(釜) 쿰	(福) 굼
<四28b> 麁	～달우기 썰々허다	(釜) 썰	(福) 걸
<四42a> 容	～조심허고 잇쓰오리다	(釜) 겻	(福) 쓰
<四49b> 整整	정정이 일쩐군병이 ～	(釜) 쩌	(福) 쩐

　しかし上のような例は、両初刊本において同じ字形で現れる例に比べれば例外的なもので、その筆体また同一に見えるものが多い。おそらくある人が中心になって、その人によって主導的に補筆校正の作業が行われたのであろう。その人が初刊本と再刊本の校正増補者として名が載っている浦瀬裕であるかどうかは確認できないが、その可能性

は高いと思う。また当然、蔡奎庠の手助けもあっただろう。とくに韓
国語のほうには彼の手によるところが多いのではないかと思われる。
そしてその校正本を基にして他の初刊本に該当部分を書き移していっ
たので、結果的に釜山図書館本と福島本が近似しているのではないだ
ろうか。もしくは、そもそも初刊本の印刷部数が少なかったので、同
時に各初刊本に補筆を行っていったかもしれない。いずれにしても上
のような両書間の相違は、このような校正や書き移しの際には起こり
得る現象のように思われる。後述の相違事項の場合も同様である。

　かつて明治14年版と16年版については小倉、浜田、福島氏等の調査
があったが(小倉1936、浜田1970、福島1969、1983等)、大体において
「其の内容に於いては著しき変更が加えられなかった」という小倉氏
の見解に同調している。すなわち韓国文と日本文の間には大きな差異
はなく、ただ若干の文句の増減と字句の修正が行われただけであると
いうことである。問題は、上の例から分かるように、初刊本の間に存
在する相違点である。釜山図書館本と福島本におけるこのような相違
ははたして何によるものであろうか。

　ここで再刊本と比較してみると、福島本よりは釜山図書館本のほう
が明治16年の再刊本により近いと言える。かえって福島本の方が再刊
本と同じ例もあるが、全体としては約3分の2が釜山図書館本と再刊本
が同じ場合である。その内容を見ると、釜山図書館本では主に表記上
の問題として、より新しい表記である「쌔、씀、쎨」のような ㅅ 系合
用並書が採用され、福島本では「쪽、쑉、쁥、쩐」などのように正し
い字形に修正されている。一方、逆に釜山図書館本に古い表記の「슙」
がなされることもあって、当時の表記のゆれを反映しているように見
受けられる26)。

　このような関係は次の例からもよく確認できる。つまり初刊本に

---

26) 再刊本の凡例部分の「古言二種」の項には、中葉全く之を用いたという
　　「甲ノ古言」と、近世多く之を用いたという「乙ノ古言」があって、前者
　　には「슙니、죠곰、잠간、거시니」などが、後者には「슴네、죠꼼、잠
　　싼、쩌시니」などの例が挙げられている。

は、前述した印刷漏れの個所以外に、誤植字を墨書で削除し書き改めたところがある。このような修正字句の例は、ほとんど韓国語の場合で、全巻を通じて20個所ぐらいであるが、釜山図書館本と福島本が異なる例がほとんどである。その例を示せば次のようである（再刊本の[ ]は、各巻末の「正誤」表に収録されたもの、初刊本の→は、修正されたものを表す）。

<一4a>	霖	쟝마가 디[지]리허니~	（釜）디→지	（福）디
<一6a>	靄	애는 년긔도 아니요~	（釜）년→연	（福）년
<一18b>	脱山	ハゲタ 山デ アル	（釜）アル	（福）アル→ナイ
<一19b>	丘	~무늬젓슴네다	（釜）무허→문허	（福）무허
<一20a>	乾	몰난[낫]다	（釜）난→낫	（福）난
<一23b>	水宗	슈종 넘엇슴는가	（釜）너	（福）너→넘
<一27a>	小船	져근비는 ~	（釜）은→는	（福）은
<一29a>	独	~심심허시오리다	（釜）라→다	（福）라
<一31a>	性	~셩식이 슌량허외	（釜）슐→슌	（福）슐
<一42b>	其	그 소년이 ~	（釜）녀	（福）녀→년
<一43b>	額	니마에 졈[뎜]이 잇슴네	（釜）첨→뎜	（福）첨
<一51b>	唇	입살이 둣[둑]겁써든	（釜）둣→둑	（福）둣
<二11b>	蜓	~국[극]열허오리	（釜）국→극	（福）국
<二13b>	蚯蚓	디령[룡]이는 ~	（釜）령→룡	（福）령
<二38b>	京都	~말이 조츌[츨]허외다	（釜）츌→츨	（福）츌

　上の例からも分かるように、再刊本において「正誤」表として校正提示した[ ]の字句はすべて釜山図書館本と一致する。釜山図書館本と再刊本間の関係を物語ってくれる例と言えよう。ただし、このような釜山図書館本と再刊本との酷似性が何によるのか、校正の時期と関連して一つ疑問が残る。刊行された再刊本を見て初刊本（釜山図書館本）を修正した可能性のことであるが、しかし、より完成度の高い再刊本を出しておいて、欠陥の多い初刊本に校正を加える必要がはたしてあったのだろうか。やはり疑わしいのである。[ ]が含まれない用例の場合は、釜山図書館本で修正された部分が再刊本に反映されたものと見

て取ることができるが、[ ]の場合は、それが再刊本の本文に採用され
ず、正誤処理されているのである。

3.2. 朱書の部分

　釜山図書館本には、墨書以外に、朱書で修正された個所が数多く存
する。やはり巻一の方に多く現れるが、福島本は影印本なので、この
朱書の部分は確認できなかった。福島氏はこれについて言及はされて
いないが、墨書の部分より薄く写っているところがあって、やはり福
島本にも朱書で記されている個所があるのではないかと思われる。そ
れはともかくとして、釜山図書館本の朱書の部分が他の初刊本と再刊
本でどのように現れるかを、例をもって示す。このような例は、墨書
の例と共に初刊本の誤植を正すものなので、すべての例を示すことに
する。

<一19a> 屈　屈속이 캉캄허오　　　　　　（釜・福）캄→캉
<一24a> 邊　海ヘン ノホトリトモ～　　　（釜・福）ヲ→ノ
<一25b> 涵　물속에 줌기여도～　　　　　（釜）줄→줌　（福）줄
<一26b> 筏　나무 시른 쪠라.　　　　　　（釜・福）문→무
<一27a> 小船　져근 비는 바롬이～　　　　（釜）은→는　（福）은
<一27b> 水疾　～죽을 쎈 허엿습네다　　　（釜・福）　주를→죽을
<一28b> 兵器　一々 シリマセヌ　　　　　（釜・福）ウ→ヌ
<一29a> 独　～심심허시오리다.　　　　　（釜）라→다（福）라
<一32a> 謀　～밋찌 못허올네　　　　　　（釜・福）삐→찌
<一32b> 貪　～쉽찌 아니허오니　　　　　（釜・福）삐→찌
<一34a> 劣　～쓸 데 업는 거시로다　　　　（釜・福）쁠→쓸
<一36b> 劔使　～겸슈군졀졔ᄉ라～　　　　（釜・福）졈(劔)→겸(兼)
<一38b> 祖父　～계신가 아니 계신지.　　　（釜・福）안이→아니
<一38b> 祖母　～계신가 아니 계신온가　　（釜・福）안이→아니
<一38b> 父母　부모를 셤기고 ～　　　　　（釜・福）셤→셩
<一39a> 夫　지아비를 셤기는 ～　　　　　（釜・福）셤→셩
<一39b> 曾孫　～顔ヲ ミナ　　　　　　　　（釜・福）貌→顔

<一40b> 夑鴈 댱가갈 씬 ~　　　　　　(釜·福) 떠→씨
<一41a> 僕　　~밋씨 못허옵네　　　　　(釜·福) 떠→씨
<一42b> 此　　~오래 잇씨 못헐 곳지올세(釜) 떠→씨 (福) 떠
<一43b> 頂　　~샹토 쌌습네다　　　　　(釜·福) 땃→쌋 (福) 땃
<一44a> 眼包 눈썹씨리 ~　　　　　　　(釜·福) 떠→씨
<一44b> 面　　顔ガ ツヅリテ ~　　　　(釜·福) ㅡ→リ
<一47a> 三指 글씨 쓸 제 ~　　　　　　(釜·福) 쓸→쓸
<一48b> 背　　몸이 살씨기에 ~　　　　(釜·福) 떠→씨
<一49a> 足掌 발빠당이 슬씨면 ~　　　(釜·福) 떠→씨
<一51a> 喧　　숫썰거려 요란허니 ~　　(釜·福) 떨→썰
<一53a> 肥　　술이 씨니 ~　　　　　　(釜·福) 떠→씨
<一54b> 垢　　씨를 물쩌다가 ~　　　　(釜·福) 떠→씨
<一55b> 鴈　　쟝가 갈 쎄 ~　　　　　　(釜·福) 댱→쟝
<一55b> 鵰　　~쓸 데 업느니라.　　　　(釜·福) 쓸→쓸
<一58a> 啄　　~둙의 임이 될 씨연졍 ~　(釜·福) 떠→씨
<一58b> 鳥死 새도 즉을 씨는 ~　　　　(釜·福) 떠→씨
<一59a> 鵲　　~길흔 일이 이쓸듯허외다.(釜·福) 쓸→쓸
<二2a> 鹿　　~쓸 데 만스오니　　　　　(釜·福) 쓸→쓸
<二4a> 驟　　~평디를 거러가는 듯허여~(釜·福) 지→디
<二15a> 小麦 ~가는 체로 처셔 ~　　　　(釜·福) 져→셔
<二26b> 椵　　피남그로 ~　　　　　　　(釜·福) 비→피
<二27a> 檞　　츱나무는 ~　　　　　(釜·福) 츱무나무→츱나무
<三6a> 螺鈿 나뎐담베써가 근래는~　　(釜·福) 글→근
<三7a> 財産 지산은 젼량을 ~　　　　　(釜·福) 졀→젼
<三7a> 冶炉 フイゴカ ソンジタニツキ~ (釜·福) フイゴガソ
　　　　　　　　　　　　　　　　　　　→フイゴガ
<三13b> 「彩色」　　　　　　　　　　　(釜·福) 綵→彩
<三38b> 馬上倒立 ~샹말에 물구나무라~(釜·福) 몰→물
<三40b> 馬氄 도둠을 노흐면 ~　　　　　(釜·福) 올→을
<三44b> 査覈 ~죄상을 다스리옵소셔　　(釜·福) 지→죄
<三51a> 筒箇 ~サゲルモノデゴザル　　(釜·福) サス→サゲル
<三52a> 大鐘　　　　　　　　　　　　　(釜·福) 鍾→鐘
<三56a> 伐　　~파(破)ᄒᆞ야 ~　　　　　(釜·福) 罷→破

<三56b>	掠 노략(擄掠)질을 ～	(釜・福)	鹵→擄
<四2a>	呵欠 하품말고 ～	(釜・福)	만→말
<四6b>	走 ～ツカレマス	(釜・福)	ツカツカレマス →ツカレマス
<四7b>	歩行 ～지체허는 일이 ～	(釜・福)	짓→지
<四12b>	誠 ～ナホスル故 ～	(釜・福)	ナスル→ナホスル
<四17a>	共 ～니별허옵세	(釜・福)	써→세
<四17b>	方 빈야흐로 ～	(釜・福)	븨→비
<四17b>	況 ㅎ물며 ～	(釜・福)	몰→물
	～날 ㅈ튼 사롬이야 ～	(釜・福)	낼→날
<四18a>	偽 ～쒸미비마소	(釜・福)	머→마
<四18a>	或 혹 그런 소문이 ～	(釜・福)	혹→혹
<四36b>	成 ～아문 일이라도 ～	(釜・福)	우→아
<四40a>	目視	(釜・福)	目→目視
	相	(釜・福)	相視→相
<四41a>	報 ～회답이 아니올까	(釜・福)	허→회
<四42b>	玲瓏 ～다 니르지 못허올세	(釜・福)	뭇→못

　上の例からもわかるように、釜山図書館本と福島本で朱書で修正された部分は、再刊本でのそれと一致しており、福島本で修正の表示がない場合(巻一の「涵、小船、独、此、頂」の項目)においても、釜山図書館本には修正の表示がある。このことからも福島本より釜山図書館本のほうが再刊本と密接な関係にあることがわかる。

　一方、朱書による修正の記入が一文字の中の子音要素に適用される例が巻一に集中して現れるが、これは主にㅂ系合用並書(ㅲ、ㅄ、ㅄ)をㅅ系合用並書(ㅺ、ㅄ、ㅆ)の表記に直そうとして、「ㅂ」の上に朱書で「ㅅ」を重ねて書いたものである。韓国語の表記法の変遷において、19世紀に入ってㅂ系はㅅ系に比べその頻度がずっと減り、19世紀末にはㅅ系にほとんど統一されていくのである(洪允杓1994:159)。再刊本でㅅ系合用並書に統一して現れるのは、当時の韓国語の表記が反映された結果であろう。

　初刊本に現れるㅂ系合用並書の表記も、以前の筆写本類『交隣須

知』に比べれば、頻度が減って少なくなったと言える（片茂鎮 1991:252-255参照）。ただし、初刊本でのこのような ㅂ 系合用並書は、巻一の例以外に巻三、四にも12例ほどあるが、それらには修正の手が加えられていない。このような現象が何によるかはっきりはしない。しかし、一つ推測が許されるならば、活字版である本書において、巻一で修正した新しい合字体の活字（ㅅ系）さえあれば、残りの巻に出てくる旧活字（ㅂ系）の部分の校訂印刷に間に合う、という判断があったのではないだろうか。そのような「以下は巻一に準する」という修正者の意図による結果かもしれない。

　もう一つ、このような朱書の背景と関連して、墨書の場合のように、印刷漏れや誤植字の補正などは、ある意味で原稿との対照で解決できることであって、専門家二人が2ヶ月間も「論疑問難、広攷博質」する必要はなかったと思われる。朱書で記した、当時の表記などのような言語現象を積極的に底本に反映しようとした結果ではないだろうか。

　以上のような、釜山図書館本における墨書と朱書の内容から察するに、本書は、再刊をなす時に主な拠りどころとした本、つまり再刊本の底本のような存在ではなかったかと推定される。もちろん再刊本で採用された字句が釜山図書館本よりは福島本に同じところもある。しかし、校訂『交隣須知』の場合のように、必ずしも原稿と同じように印刷が行われるのではなかったようで、原稿以外に他の刊本（再刊本類）などを参照したり、一般的な表記に直したりすることもあった[27]。再

---

27) 校訂『交隣須知』原稿（ソウル大学奎章閣蔵）の巻一の日項目の用例を明治16年の再刊本（<再>）と刪正本（<刪>）、そして校訂本（<校>）のそれと比較する。

　　原稿　히가 발셔 <u>오셕(뎡이)나 되엿드런마</u> (날이) 흐리니 ᄌ셰히 모르겟소
　　　　　日ハ　モー　御昼頃ニ　ナツテ　ヰルカモ　知レヌガ　曇ツテ　ヰルカラ
　　　　　ハッキリ　ワカリマセヌ
　　<校>　희가 발셔 <u>오졍(午正)이나 되엿스런마</u> 날이 흐리니 자세(仔細)히 모르겟소
　　　　　日は　もう　昼頃に　なつて　ゐるかも　知れないが　曇つてるから　はつきり　解りませぬ。
　　<再>　희가 볼셔 <u>졍오나 되엿스런마</u> 흐리니 ᄌ셰(仔細) 모르개소
　　　　　日ガ　トク　正午ニモ　ナリタサウナレドモ　クモリテ　トクト　シレマセヌ

刊の際も、底本としての初刊本を主にして他の初刊本類を参照したと
見て取ることもできると思う。

3.3. 鉛筆書きの部分

釜山図書館本には墨書や朱書以外に、鉛筆で修正・加筆した部分が
55個所ほど存する。主に文末述語の終結語尾「-외」と「-옵네、-습
네」に鉛筆で「-다」を添書したもので、やはり巻一に集中して現れる。
もちろんこのような鉛筆書きを初刊本の校正や訂正事項と結び付ける
には無理があるかもしれない。しかしこの鉛筆書きの部分は福島本に
もなかったもので、本書にだけ現れる現象なのである。すこし触れて
置こう。

再刊本では「-외다」と「-옵네다、-습네다」に統一される傾向を
見せている。例えば次のような関係である。(＜苗＞は古写本系の苗代
川本、＜対＞は増補本系の対馬本、＜初＞は明治14年版、＜再＞は明治16
年版を指し、明治14年初刊本の( )は、釜山図書館本に加筆されたもの
を示す)。

　　＜苗/一06b＞　暑　　심이 더오니 약々ㅎ외
　　＜対/一10b＞　暑　　심이 더오니 약々ㅎ외
　　＜初/一08a＞　暑　　심히 더우니 약약허외(다)
　　＜再/一08a＞　暑　　심히 더우니 약약허외다

　　＜苗/一48a＞　白晴　　흰즈의 블근 뇌육이 잇습니
　　＜対/一56b＞　白晴　　흰즈의 블근 뇌육이 잇습니
　　＜初/一44a＞　白晴　　흰즈 우에 블근 뇌육이 잇습네(다)
　　＜再/一44a＞　白晴　　흰즈 우에 블근 뇌육이 잇습네다

　　＜刪＞ 히가 불셔 <u>오시(午時)를</u> 넘엇습네다마는 흐리니 즈셰(仔細) 모르개소
　　　　 日ガ トク 正午ヲ 過ギタレドモ クモリテ トクト 知レマセヌ
　　原稿の「오시」の「시」が消され「뎡이」が書き加えられているし、「날
　　이」は挿入されたものである。原稿の韓国語文は＜再＞＜刪＞を参照して、
　　より整った用例を作っていった過程がうかがえる。

　初刊本の「-외」と「-습네(옵네)」はその以前の筆写本類からの表現で、釜山図書館本で初めて「-다」が現れる。もちろん釜山図書館本巻一のすべての「-외」と「-습(옵)네」に「-다」が鉛筆書きされたのではなく、また全巻を通じて「-다」がある場合とない場合がある。この「-외」と「-외다」に関して小倉(1934:175)は次のように述べておられる。

　　　中村翁其の他同僚先輩の朝鮮語は古来「交隣須知」其の他にある호외다・호외式の朝鮮語であり、通訳に際しても此の語法を以て始終一貫した。

　ところが、同じ小倉(1938)の「朝鮮語に於ける謙譲語・尊敬法の助動詞」によると、当時の語法として「-외, -습니, -옵니」はそれぞれ「-다」を省略した形で、「-다」が付いた形よりも謙譲の程度がやや低かったようである(p.28、116参照)。そうだとすると、再刊本で「-다」の形式が主をなしているのは、より謙譲の意を表すためであり、これは同時に、当時の言語を反映した結果と見える。

　いずれにしても鉛筆書きの場合も再刊本と関連の深いことが分かるし、また再刊本の以前に釜山図書館本に記入されたと思われる例もあるが、それが鉛筆書きであるだけに、その信憑性に弱みがあるのも事実である。

4. まとめ

　明治14年版『交隣須知』の初刊本は、明治期においてすでに稀覯本となっていて、戦前は唯一に釜山図書館所蔵本だけが知られていたのであるが、それの詳細はいまだ明らかにされていなかった。ところが、釜山図書館本の実物を接して福島本と比較してみた結果、そこには同じ初刊本でありながら、内容上いくらかの相違点が存在していることが分かった。それは墨書・朱書・鉛筆で修正補筆された部分のことで

あり、韓国語の方に集中して現れながら、主に『交隣須知』の本文に当たる韓国語文を重修補正するものであった。また、釜山図書館本でのこのような校正・校訂の字句が再刊本の明治16年版に反映されているところが多いことから、浦瀬裕が初刊本を重修補正して明治16年版を再刊する時に使われた、底本としての初刊本である可能性があると推定するのである。もちろん再刊本を見てからの修正である可能性もないではない。しかし、再刊本「緒言」の、蔡奎庠の記録した識語の内容から察するに、初刊本での校正は、多くの人に広く長く使われるような『交隣須知』の再刊を目指しての作業であったようである。事実、釜山図書館本『交隣須知』は初刊本における印刷上の欠陥および誤植字を補完・修正し、同時に当時の言語現実を反映するものであった。釜山図書館本の「緒言」の部分に朱書で記入してある文句や、本書が元々釜山日本領事館所蔵本であった事実なども、底本としての蓋然性を高めてくれる素材ではないかと思うのである。

第4章
東京外国語大学所蔵の『交隣須知』

1. はじめに

　そもそも『交隣須知』明治14年版の初刊本については、戦前は韓国の釜山に一部あるとしか知られていなかったし、戦後においても、浜田敦氏と福島邦道氏がそれぞれ一部ずつを蔵されているというぐらいで、昭和初においても稀覯の書とされていた(小倉1936:4)。この福島氏の所蔵本が1990年に、『明治14年版　交隣須知　本文及び総索引』(福島邦道・岡上登喜男編、笠間書院)として日本で影印され、韓国では1999年に、釜山にあった韓国内の唯一本が、『明治14年版釜山図書館所蔵交隣須知〔解題・本文(影印)篇〕』(片茂鎮編、弘文閣)として影印・刊行されるにいたった。筆者は、この両書が同じ初刊本でありながらも、本文中の脱字や誤植を直した所での相違点を手がかりに、釜山図書館本の成立過程と役割について私見を述べたことがあるが(片茂鎮1998)、このような初刊本『交隣須知』が東京外国語大学図書館に数多く保管されていることが、最近、岡山大学の辻星児教授により知らされた[28]。

　それらは明治13年に設置された東京外国語学校(旧外語)で韓国語のテキストとして使われてきたものである。当時の印刷部数が限られていて、いままで非常に稀覯本とされてきた『交隣須知』の初刊本が1個所に纏めて保管されているということには、それなりの事情があったと思われる。本章ではそのようなことを含めて、前考の結果を踏まえて、『交隣須知』の刊本に関わる問題について若干考察を加えたい。

---

28) 今回の調査は、もっぱら辻先生のご教示によるものである。深謝の意を表す。

2. 東京外国語学校における韓国語教育

　日本における韓国語教育の始まりは18世紀初の対馬藩厳原の通詞養成所にさかのぼる。つまり、当時対馬藩儒だった雨森芳洲の提案により、享保12年(1727)に厳原の「御使者屋」に通詞養成所が開設されたのが最初である。まず、学生たちに対馬で3年間朝鮮語を稽古させ、優秀な者は釜山の倭館に留学させるというもので[29]、その教材には、芳洲が釜山で韓国語を学ぶ時に作ったと言われる、語学入門書としての『交隣須知』『隣語大方』のような学習書が含まれていた。

　このような対馬藩での通詞養成は、その後明治初年まで継承されていったが、明治政府による対朝鮮外交の直接掌握にともない、それまで家役の一環として対馬藩が担ってきた朝鮮通詞養成も、外務省が管轄することになった。外務省が厳原の東本願寺派・光清寺に「韓語学所」を設置したのは明治5年(1872)10月で、これは、明治政府が設けた最初の韓国語教育機関であった。韓語学所では、教科書は対馬の伝統的な朝鮮語の教材ともいうべき『交隣須知』や『隣語大方』の如き書を各自に筆写して勉強したという(小倉1986:383)。しかし、この韓語学所は開設からわずか1年で廃止され、明治6年(1873)10月には、釜山草梁公館内の「僉官屋」(大谷派東本願寺)に移され、「草梁館語学所」と改称された(大曲1935:31)。草梁館語学所での韓国語のテキストには、韓語学所での『交隣須知』と『隣語大方』を骨子として、『常談』や『講話』のほかに、朝鮮の風習を知るための翻訳資料として、朝鮮の古典小説『崔忠伝』『林慶業伝』『淑香伝』『春香伝』『玉嬌梨』『壬辰録』などが使われた(大曲1935:33)。

　明治13年(1880)9月には、外務省の釜山「草梁館語学所」が廃止され、文部省管轄の東京外国語学校に「朝鮮語学科」が設置された。その背景には、陸軍・海軍両省が独自の通訳を求めたことと、外務省が韓国語教育の場を東京に求めたこととがあったとされる(南相瓔1991:124参照)。東京外国語学校朝鮮語学科は、遠くは対馬藩における雨森芳洲

---

29)「詞稽古之者仕立記録」p.281

の朝鮮通詞養成計画に淵源をもち、直接的には厳原韓語学所以来の外務省の語学所を引き継いで設置されたものと言える。

　以上は、日本において、江戸時代から東京外国語学校(旧外語)までの韓国語教育史の概観である。東京外国語大学の前身である東京外国語学校の教科課程が『東京外国語大学史』所収の「朝鮮語」月脚・伊藤1999:965)によく纏められているので、その中から語学に関する科目だけの教科課程を以下に示す。

<表> 旧外語朝鮮語学科(1880年)の教科課程

			習字	授音	授語	読法	暗誦	対話	話稿	飜訳	作文
下等語学	第一年	第一期第六級	諺文3	諺文9	単語8						
		第二期第五級	諺文2	諺文4	「交隣須知」8	「交隣須知」3	「交隣須知」3				
	第二年	第一期第四級	楷書3	「孟子諺解」4	「隣語大方」4	「隣語大方」2	「隣語大方」1	口授3	3		
		第二期第三級	楷書2	「論語諺解」3	「淑香伝」4	「隣語大方」2	「隣語大方」1	口授3	5		
	第三年	第一期第二級		「大学中庸諺解」6	「五倫行実」「彰善感義録」4			口授3	3	2	2
		第二期第一級		「詩経書経諺解」5	「九雲夢」「謝氏南征記」4			口授3	3	2	3
上等語学	第四年	第一期第四級		「五経」3	「張敬伝」3			口授3	2	2	2
		第二期第三級		「五経」2	「玉嬌梨」3			口授4	2	2	3
	第五年	第一期第二級		「五経」2	「崔忠伝」「林慶業伝」3			口授4	2	2	3
		第二期第一級						口授4	4	2	4

出典:『東京外国語学校一覧』1880、1881年。数字は1週当り時間、「 」は教科書名

　上の表からもわかるように、初級レベルでの「授語」「語法」「暗誦」には伝統的な朝鮮語テキストの『交隣須知』と『隣語大方』が使われ、中高級レベルでは、主に朝鮮の古典小説類が使われた。これは、直前の草梁館語学所での教科内容を受け継ぐものであり、朝鮮の古典小説類も 18世紀から民衆の間でよく読まれてきたものである30)。

---

30) 対馬の通詞、小田幾五郎の『象胥紀聞』(1794年、対馬叢書７集、p.143)に、当時の朝鮮小説に関する記述が見える。

　その後明治18年(1885)に、東京外語朝鮮語学科は廃止されたが、明治30年(1897)の高等商業学校付属外国語学校の発足時に、「韓語学科」として復活した。そしてその付属外国語学校は1899年4月に東京外国語学校として独立する(新外語)。明治32年(1911)1月、日本の韓国併合の翌年に、韓語学科は朝鮮語学科に改称、また大正8年(1919)からは朝鮮語部に改称された。それから昭和2年(1927)3月に、文部省令第五号により、東京外国語学校規定から朝鮮語部が削られた。東京外国語大学に朝鮮語学科が復活したのは昭和52年(1977)4月で、東京外国語学校朝鮮語部が法的に廃止されて50年目のことである(月脚・伊藤1999:986-988参照)。

3. 東京外国語大学図書館所蔵の韓国語学習書類[31)]

　まず、同図書館に所蔵中の韓国語学習書類を、便宜的に教科書類、古小説類、その他の学習書類に分けて挙げると次のとおりである([〔]は図書番号)。

【教科書類】
　韓語入門(上・下)　宝迫繁勝　1880年　18帖〔KⅡ189～206〕
　＊交隣須知(一・二・三・四)　外務省蔵版　雨森芳洲編輯　浦瀬裕校正増補　宝迫繁勝印刷　明治十四年一月印刷　23帖〔KⅡ234～256〕
　＊訂正隣語大方(天・地・人)　外務省蔵版　浦瀬裕校正増補　明治十五年六月印刷　26帖〔KⅡ20 8～233〕

　　　朝鮮小説
　　張風雲伝　九雲夢　崔賢伝　蘇大成伝　張朴伝　林将軍忠烈伝　蘇雲伝　崔忠伝　此外ニ　泗氏伝　淑香伝　玉橋梨　李白慶伝ノ類ハ唐ノ事ヲ書キ諺文ニテ読ヨキヤウニ仕立タルト云其外三国志ナトノ類モ諺 文ニテ書タル本有之由
31) ここでいう「韓国語学習書」とは広い意味として捉える。つまり、韓国語の学習に役立つ文献として、韓国語を日本語で説明したものはもちろん、韓国語で韓国語を説明した文法書や、ある文献の一部分を構成しているようなものも目録に含める。ただし、韓国語の学習を目的としていない研究書などは除外する。

校訂交隣須知　前間恭作・藤波義貫、1904年、平田商店(京城)　2巻〔KⅡ
74,75〕

【古小説類】

* 林慶業伝　17巻[32]〔KⅢ164,174～188〕
* 崔忠伝　6巻〔KⅢ87～92〕

蘇大成伝　5巻〔KⅢ24～28〕

趙雄伝　5巻〔KⅢ29～33〕

春香伝　3巻〔KⅢ35～37〕

張豊雲伝〔KⅢ38〕

白鶴扇伝〔KⅢ39〕

諺簡牘〔KⅢ112〕

【その他の学習書類】

朝鮮国職房話(完)　浦書房編〔KⅡ7〕

韓英文典 Horace Grant Underwood, A.M. 明治23年(1890)

日韓通話　国分国夫　明治26年(1893)〔KⅡ40〕

韓訳重刊東語初階(初版)　泰東同文局撰　明治38年(1905)、泰東同文局
(東京)

独学韓語大成(全)　伊藤伊吉　丸善　明治38年(1905)

朝鮮語読本巻三(現今文集類)甫書堂編 1905年、極東新聞(Vladivostok)[33]
〔KⅡ110〕

独修速成　日韓会話(全)　趙重桓　明治40年(1907)、盛文堂(京城)

朝鮮語典　金熙祥著　明治44年(1911)、普及書館(京城)〔KⅡ148〕

国語鮮語　双舌通解　小野網方　大正2年(1913)、日韓印刷

朝鮮俗談　金相冀　大正11年(1922)、漢城図書

---

32) 1巻は図書番号が付いていない。

33) これは次の本に所収されている。ロシア文字の、本来の旧字を新字に変え、
それの大体の訳を併記する。

　　Приложение к XI т. ″Извести Восточного Института″
　　　　　　　　　　　　　　　　　　　("東方学 通報" 第11巻附録)

　　Хрестоматия Литературного Корейского языка(標準朝鮮語選集)

　　Гр. Подставина,и..д. профессора Восточного Института
　　　　　　　　　　　　　　(Gr.ポドゥスタノフ東方学研究所教授)

　　Выпуск I Страницы 1-24(第1輯1-24ページ)

　　Владивосток Парован Типо-литогр. газ. ″Дальний Восток″
　　　　　　　　　　　　　　(ウラジオストク 極東新聞社?)1905

　　懸吐註解　西廂記(全)　南宮楔　1922年、朝鮮図書
　　朝鮮語交際文典　附註解　玉楽安　1923年、Julius Croos(Heidelberg)[34]
　　原本諺吐　玉楼夢(1,2,3巻)　金翼　大正13年(1924)、普及書館(京城)
　　談話材料　朝鮮童話大集　沈宜麟編　漢城図書　大正15年(1926)

　【教科書類】は、一応、教科過程の構成に応じて編集された教材とみるべきものとする。ただし、明治期の最初の韓国語学習書である『韓語入門』は、『交隣須知』との関連性などから【教科書類】に分類する。それから【古小説類】は韓国の古典小説類であるが、『諺簡牘』も入れておく[35]。

　現在、東京外国語大学図書館には、旧外語朝鮮語学科で使われた韓国語教科書が一部所蔵されている(＊印)。<下級語学>第1、2年の時の、授語・読法・暗誦のテキスト『交隣須知』『隣語大方』と、<上等語学>第5年の授語のテキスト『崔忠伝』『林慶業伝』である。なおこの4種の書籍は活字が同じで、同じ日本活字で印刷したものである[36]。つまり、明治14年1月に『交隣須知』を印行して、同じ活字で同年の10月に『林慶業伝』を、それから明治15年と16年にはそれぞれ『隣語大方』『崔忠伝』を刊行したことになる[37]。

---

34) 本書は韓国語文を本文とし、それのドイツ語の訳文を合わせて刊行した物であるが、韓国語文はオフセット印刷である。ドイツ語の本名は次の通りである。
　　Schlüssel zur Koreanischen Konversations Grammati
　　　II.Teil Koreanische Schrift
　　　von P. Andreas Eckardt O.B.S.
　　Heidelberg. Julius Croos. Verlag. 1923
35) 同図書館の韓国語学習書には、各冊別にKⅡかKⅢで始まる図書番号票が付いている。それぞれ語学関係の文献と文学関係の文献を区別、整理する段階で貼り付けられたもののように思われる。
36) 李福揆(1992)「林慶業伝研究」(博士学位論文) p.57にも同じことを指摘している。
37) この外に『交隣須知』の活字と同じくするものには『韓語入門』と『朝鮮国職房話』がある。このうち『朝鮮国職房話』については、その書誌的事実が不明なので出版の経緯はわからないが、『韓語入門』の場合は、緒言に「書中諺文ノ綴リハ交隣須知、隣語大方等ニアルモノハ悉ク之ヲ載ス」

　『林慶業伝』は、内の表紙の上に「大日本帝国紀元二千五百四十一年」、右側に「外務省蔵版」、左側に「明治十四年十月印行」とあって、日本外務省蔵版として明治14年の1881年に刊行されたことがわかる。一方、『崔忠伝』には「外務省蔵版」という文字はなく、ただ右側と左側に「大朝鮮国紀元四百九十二年」と「癸未年八月印刷」(1883年；筆者注)とあるのみである。しかし活字が同じで体裁も『林慶業伝』と似ていること、また冊の針眼が四つであることからも、日本活字本であることがわかる。『崔忠伝』が外務省の印刷物なら当然あるべき名がないのは疑問だが、これらが韓国語のテキストとして刊行されたのは確かである。

　同じ<下級語学>テキストの『淑香伝』が見えないのは残念だが、韓国の古典小説とか翻訳物でない、純粋に韓国語学習のために新しく作られた初期のテキストが残されているのはありがたいことで、とくに明治14年版の初刊本『交隣須知』が23帙も蔵されていることに注目したい。

4. 東京外国語大学所蔵の明治14年版『交隣須知』

　上で指摘したとおり、東京外国語大学図書館には初刊本『交隣須知』が23帙(図書番号KⅡ234〜256)保管されている。この東京外大本を、既存の釜山図書館本と福島邦道氏の所蔵本を比較調査した前稿(片茂鎮1998)を踏まえて、墨書きと朱書きの部分の検討を試みる。東京外大本は、23帙の内容を一通り調査したうえで、そのうちの1帙［KⅡ248］を用いることにする。

4.1. 墨書きの部分

　本来、初刊本は印刷上の脱字や誤植の多い不完全なものであった。同じ初刊本の、釜山図書館本と福島本からもそれがよくわかる。その

　　とあって、印刷に用いられた朝鮮語の活字は『交隣須知』と同一のものが使用されたことがわかる。

ような欠陥をできるだけ直して、学習書として用に足らしめるための作業が印刷の直後に行われたのであろうが、東京外大本も同じである。東京外大本の全体、全巻を通して、釜山図書館本(以下、「釜」と略記)や福島本(以下、「福」と略記)と該当する個所が同じで、それの筆体もまた酷似している。ただ両書に比べて、より正しい字に書いた例が多い。次は、印刷洩れのところに墨書きで記入した文字が釜山図書館本と福島本の間で同一でない例を、再刊本の用例文に照らし合わせたものであるが、結果的に、東京外大本の(網書けの部分)は再刊本とほとんど同じものとなっている(< >は出典を表し、中の漢数字は巻、アラビア数字は丁、a・bは表・裏を表す。出典の右側の漢字語は項目(標題語)である。以下同一)。

<一13b> 再昨日 ~만이 먹엇슾네다 　(釜) 슾 (福) 습
<一21b> 江 　~거러갈쌧게 업스외다 (釜) 쌧 (福) 밧
<一21b> 海 　바다를 갓씀 ~ 　　(釜) 씀 (福) 곰
<一23b> 水宗 슈종 넘엇슾는가 　　(釜) 슾 (福) 습
<一39b> 女 　계집은 문밧쎄 ~ 　(釜) 박쎄(福) 박게
<三6a> 銅 　구리는 어늬 쌍에서 ~ (釜) 쌍 (福) ( )
<三20a> 鬟 　머리 쏙진 아희를 ~ (釜) 쏙 (福) 쏙
<三25a> 櫃 　궤 쏙에 넛고 ~ 　(釜) 쏠 (福) 쏙
<三37a> 董 　년은 인군박케는 ~ 　(釜) 케 (福) 쎄
<三50b> 焰硝 ~뚤기를 잘 허느니라 (釜) 쑤 (福) 뚤
<三56b> 守 　직회기를 굿케 허니~ (釜) 게 (福) 케
<四3a> 掬 　~흔 웅쿰만 주옵소 　(釜) 쿰 (福) 굼
<四29a> 麁 　~달우기 썰々허다 　(釜) 썰 (福) 걸
<四42a> 容 　~조심허고 잇쓰오리다 (釜) 겟 (福) 쓰
<四50a> 整整 정정이 일쩐군병이 ~ (釜) 쌰 (福) 쩐

4.2. 朱書きの部分

　東京外大本には2種の朱書きの部分があって、それの筆体や色の濃さの違いですぐ識別がつく。一種は釜山図書館本や福島本にあるもの、

もう一種は両書にはなく東京外大本にだけあるものであるが、釜山図書館本・福島本・東京外大本に共にあるものは、当然、初刊本の誤植字を正すものである。やはり他の両書と個所や字体、校正法などにおいて酷似しており、釜山図書館本と福島本に違いがある場合は、釜山図書館本と同じであるものが多い。

<一25b>	涵	물속에 죠기여도~	(釜) 죨→죰	(福) 죨
<一27a>	小船	져근 빈는 바룸이~	(釜) 은→는	(福) 은
<一29a>	独	~심심허시오리다.	(釜) 라→다	(福) 라
<一42b>	此	~오래 잇씨 못헐 곳지올세	(釜) 씨→씨	(福) 씨
<一43b>	頂	~샹토 쎴슴네다	(釜) 땃→쎴	(福) 땃

　ここで問題は、4、5番目の例のような、合用並書にかかわる表記法である。初刊本では保守的なㅂ系合用並書表記が多く現れたものの、再刊本ではそれを同時のㅅ系合用並書表記に直したが、上の例はその過程をよく呈している。しかし初刊本におけるすべてのㅂ系合用並書表記がㅅ系に校正されたのではない。釜山図書館本と福島本の巻三・四にも14例ぐらいのㅂ系合用並書表記が出ているが、それらには修正の手を加えていない。東京外大本でも全く同じである。このことを墨書きの場合と考え合わせると、この3種類の初刊本は同じ過程を有するものであったという推定が可能となる。つまり、初刊本を限定印刷して配布する前に、校正者の浦瀬裕を中心とする複数の人が、一度に重修補正に取りかかったという背景が浮彫りにされるのである。

　一方、東京外大本には他の両書にない、後で付け加えられたと思われる朱書きの部分が全本全巻にわたって存在する。もちろん23帙のすべてが全く同じということではなく、本によって追加された文が増えたりする場合はあるが、基本的には共通する修正・校正の部分をもつ。また、この部分の筆体は全本が共通してよく似ている。これまた旧外語の朝鮮語学科の教員中の誰かが責任を持って書いていったのではないだろうか。釜山から初刊本を受け取って、教科書として生徒たちに配る前に筆を加えたのかどうかは不明であるが、もしそうだとすると、

1880年に朝鮮語学科の教師として最初に就任した阿比留祐作か(月脚・
伊藤1999:966参照)、1881年に後任としてきた住永琇三(月脚・伊藤
1999:966参照)あたりになるのではないかと思う。〔KⅡ248〕の場合に
は、巻四の後半部までの日本語文が墨で消されている。多分、日本語
文があると日本の生徒が韓国語を勉強するのに邪魔になると思ったか
らであろうが、そのようなことができるのは、やはり教師だから可能
なことであろう。

　これらを＜文レベル＞と＜単語レベル＞の書き替えに分けて見てみ
る。＜文レベル＞での書き替えは、一つの用例文のうち半分以上の内容
が書き換えられた場合とし、このような例は、四巻にわたっておおよ
そ60例を数える。標題漢字語の用例文に新しい内容の用例文を付け加
えたり、新しく標題語とそれの用例文を作って書き入れたりした場合
も含めるとその数はさらに20ぐらい増えるが、その書き替えられた部
分の内容というものは、後者の場合はもちろんのこと、前者の場合に
おいても他の刊行本との関連性はほとんど見取れない。例えば、

　　　＜一26b＞ 柁　　비키묵으로 드리 노아라 느리쟈
　　　(東京外大本)　키를 단々니 잡으면 바람이 아모리 부러도 염녀가 적스
　　　　　　　　　외다
　　　＜二4a＞　 兎　　톡기 아즈비 ㅈㅅ외
　　　(東京外大本)　범 업는 골에 톳기가 션싱 노릇 흐는 모양이외다
　　　＜二6b＞ 白馬　빅마금편으로 낙양셩즁에 챵기를 티고 대로샹에 왕니허세
　　　(東京外大本)　빅마금편으로 왕니흐는 이는 아마도 다 귀인々가보다

のように、現代風で、庶民的・俗語的な内容のものが多い。一方、次
のような例は

　　　＜二30a＞ 鷄冠花　　계관화와 만도라미는 흔 모양이올세
　　　(東京外大本)　　　민두라미는 닭긔 벽과 갓기로 계관화 ｌ라 흐옵느니
　　　＜校訂原稿＞ 鷄冠花　~~계관화와~~ 맨도라미~~는 흔 모양이올시다~~
　　　　　　　　　　　　　꼿츤 둙의 볏과 ㅈㅅ외다
　　　＜校訂/51＞ 鷄冠花　민도라미꼿츤 둙의 볏과 ㅈㅅ외다

のように、東京外大本において書き替えられた文と、前間恭作・藤波義貫の共訂からなる明治37年『校訂交隣須知』の文が内容面で若干似ている場合もなくはない。しかし、前間恭作の、校訂本の原稿からもわかるように、ここから相互の関連性まで言及するのは無理があると思う。しかもこのようなケースは外に3例あるだけで[38]、それ以外のすべての例は東京外大本だけが独自の、朱書きで直された内容を持つことになる。

　一方、単語や文節にかかわる書き換えを<単語レベル>とみて、その内容を類型別に纏めると、大体次のようになると思う。

<単語レベル>
　1)　単語・形態素　:　間違っているか不自然なところを直したり、補ったりする。
　2)　表記
　　a. 口蓋音表記に直す。
　　【例】돗ㅅ외다→좃ㅅ외다<昨夜;一11a>
　　　　　데일(第一)이라→졔일이라<壯緻;三13b>　덩(定)ᄒᆞ→졍ᄒᆞ<旗;三50b>
　　b. 連綴・重綴表記から分綴表記に、なるべく形態的表記に直す。
　　【例】흘글(土を)→흙을<土;一19b>　칠근(カヅラハ)→칡은<葛;二18b>
　　　　　소긴(欺イタ)→속인<斯;四14a>　깁푼(深イ)→깁흔<青;三13b>
　　　　　얼고(ツヅリテ)→얽고<面;一44b>
　　c. 語頭のㄴを ᄋ (n脱落)に直す。
　　【例】녀름(夏)→여름<藤;二28a>
　　　　　년두식(クチバ色)→연두식<蓮頭色;三12a>
　　　　　닙엇다가(カウブリテ)→입고<恩;三45b>
　　d. 表音的表記(子音同化)を形態的表記に直す。
　　【例】톤ㄴ물(ヒジキ)→돗ㄴ물<卵菜;二20a>
　　　　　인ㄴ냐(アルカ)→잇ㄴ냐<胡桃;二25b>
　　e. 叙述語尾-네(다)を-니(다)に直す。
　　【例】써러지옵네다(落チマス)→써러지옵니다<北風;一3a>
　　　　　나맛습네(余リマシタ)→나맛습니다<吮;二41a>

────────────────────

38) <一9a> 十二月、<二5a> 尾、<四52b> 源々

3) 語彙
　　a. 漢語風の単語はなるべく韓国の固有語もしくは一般的な言葉に直す。
　　【例】 애(靄)→아지랑이＜靄;一6a＞　만노(彎路)→둥굽은 길＜彎路;一21a＞
　　　　샤로(斜路)→골목＜斜;一21b＞ 유동(猶同)→맛치＜親父;一38b＞
　　　　방셩(方盛)→흔창＜気;一49b＞ 우방(牛蒡)→돗토마리＜牛蒡;二20b＞
　　　　공(公)→당신＜受;二45a＞　 절통(切痛)허외→알푸외다＜鶏瘡;二51b＞
　　　　악심증(悪心症)→안이쯔은 즁＜悪心;二52b＞
　　　　즁의(中衣)→쇽 것＜女袴;三16b＞ 니검(利剣)→드는 검＜利剣;三51b＞
　　　　탐지(貪財)허는→재물을 탐허는＜廉;四24a＞
　　　　준졀(遵節)이→지조더로＜謙;四24b＞
　　　　뎡셔(呈書)드린→셔간을 밧친＜呈;四41b＞
　　　　샹하현때(上下絃ノ時)→밀물의 션 보름후 보름＜潮;一23a＞
　　b. 古語風の単語をなるべく当時の言葉に直す。
　　【例】 굴낙졀(アバレルコト)→작난들＜嬰児;一53b＞
　　　　어러쓰니(カタマッタニヨリ)→엉긔엿스니＜凝;二44a＞
　　　　니도이(カクベツ)→별노＜筆;三47a＞하(アマリ)→그리＜推考;三46a＞
　　　　번드쳐(ヒルガヘシテ)→뒤집어＜次;四39b＞
4) その他 ： 単語や形態素の中で母音/u/を/o/に直す。
　　【例】 표쯔라두(瓢タントモ)→표쯔라도＜瓢;二18a＞
　　　　탄식허구(嘆息シテ)→탄식허고＜嘆;四9b＞
　　　　쯔루(ヒタスラ)→쯔로＜癆癁;二50a＞

　1)の場合は例が多く、その使用例をあげるのは省くことにするが、
これらは初刊本における一般的な欠陥を補うものとして、本書を韓国
語の教科書として使用するに際しては必要な手作業だったと考えられ
る。なお、4)は方言的な要素を標準語的な中央語に直した結果ではな
いだろうか。もちろん「쯔루」は「쯔로」の間違いで、初刊本の間違
いを直したものに入れてもいいのだが、やはり初刊本の/u/は南部方言
の要素で、ソウル方言の/o/と対立をなすものと考えたい[39]。また、方

---

39) 全羅南道と慶尚南道の方言では/u/母音が/o/母音に交替される地方が多い
　　という(韓国方言学会編『国語方言学』p.297)。また、同書のp.355には、慶
　　南方言で、ソウル方言の/o/に対応する副詞形語尾/u/の例をあげている。

言的な面からみると、語頭の「レ」を「ㅇ」に直したものもソウル方
言圏に属するものである[40]。本書の方言的な要素についてはより綿密
な検討が必要であると思われる。

　もちろん上のような書き替えが、韓国語文のすべてにわたって施さ
れたものではない。2)eの「-니(다)」の場合でも、本来の「-네(다)」
のままである例が圧倒的に多い。しかし、全体としての傾向からは、
初刊本における表音的な表記が形態的な表記に、漢語・古語風の語彙
が固有語・現代語のものに書き替えられたと言えるのではないかと思
う。文レベルでの書き替えの場合と考え合わせると、結局、東京外大
本において朱書きで書かれたのは、初刊本の誤植や脱字などの欠陥を
補うと同時に、内容的には保守的な部分を現代的に、つまり当時の言
語現象を反映するものであったと考えたい。

5. 『交隣須知』の刊行と私見

　従来写本のまま伝えられてきた『交隣須知』が、明治14年1月に釜山
において、外務省の官版として初めて刊行されたのは、朝鮮語学史上
最も銘記すべき出来事の一つであったが、その経緯については、次の
ような本書の「緒言」や大曲(1935)に詳しい。

　　予象胥ノ官ニ承乏シ命ヲ外務省ニ奉シ此書ニ因テ更ニ増補校正ヲ加ヘ
　　世ニ公行セントシテ輔助其人ヲ得ザルニ困ルシム爰ニ山口県人宝迫繁
　　勝ナルモノ笈ヲ負テ釜山ニ来リ専朝鮮語学ヲ修ム明治十二年繁勝東京
　　ニ赴ントス予之ニ語テ曰今本省朝鮮語学書印刷ノ挙アラントス予夙ニ
　　其業ニ熟セリ望ムラクハ本省ニ抵リ朝鮮諺文ノ活字製造ヲ申請スベシ
　　繁勝之ヲ本省ニ具申ス本省之ヲ允可シ日韓活字及其機械ヲ付与シ且繁
　　勝ニ印刷ニ事ヲ命シ更ニ予ノ校正ヲ賛助セシム・・・明治十三年五月
　　ニ至リ終ニ大成スルヲ得此書復昔日ノ面目ニアラズ

　　（ソウル方言）보고 싶다　　（慶南方言）보구 싶다
40) 韓国方言学会編(1973)『国語方言学』p.272参照。

　まず本書の校正増補者として、明治初年以来釜山における日本の語学所の外務省雇朝鮮語学教授であった浦瀬裕[41]による緒言の一部であるが、本書の成立については、同学の宝迫繁勝[42]が浦瀬を助け、大いに協力したことが分かる。

　明治13年(1880)9月に、それまで文部省管轄の東京外国語学校に、外務省の要求により「朝鮮語学科」が設置されたことは前述のとおりである。明治政府による対朝鮮外交の直接掌握にともない、明治初期から対馬や釜山における韓国語の教育も外務省の管轄となったことと一脈通じるところであるが、それは明治16年までの韓国語学習書が外務省蔵版として刊行されていることからもよく分かる。そして東京外国語学校に朝鮮語学科が設置された背景には、明治9(1876)年に締結された日朝修好条規があったようである[43]。

　このような状況からみて、浦瀬が外務省から朝鮮語学書を編纂するように外務省から命じられた時点で、すでに外務省の内部では、政治的な必要により東京外国語学校に朝鮮語学科の設置を具体化していたのではないだろうか。そして浦瀬がこの書(「交隣須知」)に増補校正を加えて活字本として出版しようとしたのには、その朝鮮語学科で使われる教科書の必要性があったからではないだろうか。浦瀬はただ「此書ニ因テ更ニ増補校正ヲ加ヘ世ニ公行セントス」としか言っていないのだが、朝鮮語学教授である彼の念頭に、新しくできる朝鮮語学科で

41）浦瀬裕は対馬の人、朝鮮語を学び、外務省雇朝鮮語教授として釜山の朝鮮語学所に在勤した。明治14年の『交隣須知』に続いて、明治15年6月には『訂正隣語大方』を校正増補して同じく外務省蔵版として出版している。（桜井義之1974:110-111参照）

42）宝迫繁勝は山口県出身、初期の朝鮮語学者として早くより釜山に航し、朝鮮語を修め、明治12年2月、外務省御用掛となり、東京において韓語学書の訳語の校正に従事した。明治14年版『交隣須知』の印刷者として、16年版『交隣須知』の刪正者として、浦瀬裕の『訂正隣語大方』の印刷者として宝迫繁勝の名が見られる。彼の韓国語学書の著作には『韓語入門』(1880)と『日韓善隣通話』(1881)がある。（桜井義之1974:109参照）

43）「蓋シ明治九年修好条規締約ノ挙アリシヨリ以来隣交日ニ密ナルニ随ヒ其語学ヲ修ムルハ固ヨリ欠ク可カラサルヲ以テナリ」（『文部省第八年報』1880年、月脚達彦・伊藤英人(1999:953)再引用）

生徒たちが使う韓国語の教科書の計画があったとしても不思議ではないと思われる。

　宝迫が明治12年に外務省から韓日活字を製造してもらい、それを用いて組版に取りかかる。浦瀬の校正はもちろん何人かの訂正、刪正の過程を経て、完成されたのは明治13年5月だというなので、その全過程がわずか1年ぐらいという短期間に済んでしまう。それが翌年の1月に印行されるのだが、初刊本に脱字や誤植が多く、結果的に非常に粗末な出版物になったのは、このような、組版の完成にいたるまでの期間が短かったこととも関係があるのではないかと思われる。

　要するに、明治14年版の刊行は、東京外国語学校の朝鮮語学科において生徒用の教科書として使わせるために、至急に行なわれたものと推定するのである。戦前から非常に稀覯本となっていた初刊本『交隣須知』が23帙も東京外国大学図書館に所蔵されていることを、このような過程によるものと考えたい。参考的に、明治19年(1886)の「外務省警察史」によると、京城、仁川、元山の各領事館が20部ずつ『交隣須知』を領事館附巡査の朝鮮語学習のために購入したというが(山田寛人1998:63)、その『交隣須知』は多分明治16年の再刊本であろう。

6. まとめ

　江戸時代の、日本における最初の韓国語教科書として成立した『交隣須知』は対馬に淵源をもち、明治14年の1880年1月に外務省より印行されては、同年の9月に設置された東京外国語学校朝鮮語学科で教科書として使われるにいたる。そのテキストとしての『交隣須知』が東京外国語大学に見事に残されている。本書は当時の印刷部数が僅少で、従来2、3帙しかその存在が知られていなかっ状況の中で、23帙もの初刊本が東京外大に所蔵されていることは驚きである。本稿ではそれと関連して、当時の外務省や本書の校正者の浦瀬裕が、東京外大の前身である東京外国語学校の朝鮮語学科で生徒用の教科書として本書を使

わせるために、急いで刊行に踏み切ったのではないかとの推定を立て
た。そしてその印行に至るまでの期間は短く、その結果、官版として
非常に粗末な初刊本になってしまったのではないかと考えてみた。

第 2 部　系統論

第 1 章

『交隣須知』再考

1. はじめに

　『交隣須知』は、江戸期からの明治初期にかけてもっとも広く使われた、日本における最初の韓国語学習書である。本書は18世紀の初頭に成立してから約180年間は写本のまま伝えられ、明治14年(1881)になってはじめて活字本になるのであるが、本書を言語史の資料として用いるためには、まず、数多く存在する諸本、特に写本類の系統的関係を明らかにすることが必要である。しかしこれまでの関連した研究は、『交隣須知』のすべての異本を対象にしたものではなく、一部の異本を用いた断片的な研究がほとんどである。しかも本書の成立にかかわる基本的な書誌的事柄さえも、解明されているとは言えないのが現状である。本章では、そのような書誌に関わるいくつかの問題、著者と成立に関わる問題を含め、写本類の分類について再検討し、系統論の序にしたい。

2. 著者の問題

　『交隣須知』の著者については雨森芳洲の自著という説と対馬の通詞が編纂したものに芳洲が手を加えて出来上がったものであるという説がある(小倉進平1964:60)。事実、江戸時代の日本、特に対馬における朝鮮語学は雨森芳洲を措いては考えられない。ゆえに、『交隣須知』も芳洲の自著と世間一般に言われていたが、小倉進平博士は、前間恭作氏の説として、芳洲の著者説を否定している。

「交隣須知」の著者に関しては世間では彼の対馬の藩儒雨森芳洲であ
ると一般に信ぜられて居るけれども、前間恭作氏の如きは、私に与へ
た書簡中に、数回に亘り、該書が芳洲の自著ではなく、対馬の通詞が
編纂したものに芳洲が力を添へたものであると述べられて居る。雨森
家と姻戚に当り朝鮮書誌学に精通せられる同氏の話であるから信憑せ
ずにはおられない事実と言へよう。(小倉進平「『交隣須知』に就い
て」p.1)

　この前間恭作の説により、本書の芳洲編纂説と通詞編纂説とに分か
れるわけであるが、通詞編纂説は対馬の通詞が編纂したものに芳洲が
力を添へたものであるから、芳洲の編纂ではなく芳洲の編輯というこ
とであろう。

　結論から言って、筆者は、『交隣須知』の著者についてある一方を
否定するのではなく、両説ともに信憑性のあるとみる立場である。つ
まり、『交隣須知』なる書は、芳洲による原「交隣須知」の編纂と編
輯といった、2段階の編纂の過程を経て、刊本にいたったものと推定す
るのである。筆者は、それらを芳洲による1次編纂と2次編纂に呼ぶこ
とにしているが、2次編纂については後述することにし、まず原「交隣
須知」と関わる1次編纂について考えてみよう。

　上述のように、筆者は基本的に芳洲著者説をとる立場である。その
根拠は、芳洲自身の、『詞稽古之者仕立記録』の記録である。享保二
十一年(1736)の『詞稽古之者仕立記録』の最後には、芳洲からの、稽
古通詞たちへの次のような書付がある。

　　　雨森東五郎より言葉稽古之者共へ申渡候書付之覚
　　　　　　　　覚
　　　朝鮮言葉稽古之仕様、某より令指図候様ニと被仰付候、某義三十五
　　歳之時、参判使都船主ニ而朝鮮へ初而罷渡、彼地之様子令見聞候処、
　　重而信使有之候節朝鮮詞不存候而者、御用可難弁候と心付候付、罷帰
　　候已後早速朝鮮言葉功者之衆中ニ下稽古いたし、翌三十六歳之時、朝
　　鮮江罷渡丸年二年令逗留、交隣須知一冊、酉年工夫一冊、乙酉雑録六
　　冊、勧懲故事諺解三冊仕立、其外淑香伝二、李白瓊伝一冊自分ニ写
　　之。(『芳洲外交関係資料書翰集』雨森芳洲全書三 p.308)

　これは芳洲が『交隣須知』について述べた唯一の記録として、芳洲著者説の根元と思われる。つまり、芳洲は元禄15年(1702)の35才の時、宋義真の退休を告げる告遍参判使の都船主として朝鮮へ初めて派遣され、帰州して翌年の36才の時に、学文稽古のため朝鮮(倭館)に渡り2年間逗留しながら『交隣須知』などを仕立て、『淑香伝』などを書写したということである。なお、佐々木悦也氏による「雨森家関係年譜」(滋賀県教育委員会編『雨森芳洲関係資料調査報告書』)には、『交隣須知』はこのごろ(1703年のこと；引用者註)まとめられ、『酉年工夫』『乙酉雑録』『常談録』や、『全一道人』と関係深い『勧懲故事諺解』などは学文稽古のため再度朝鮮に渡った宝永2年(1705)にまとめたと記されている。

　この「仕立」を直ちに著述と解釈するかどうかの問題は別として、この時初めて「交隣須知」という名前をもつ本が誕生したのは事実で、それ以前はこの名称の書物は存在しなかったとみるべきであろう。たとえ、それ以前、倭館にいた通詞たちが書いたものがあったとしても、それは少なくとも「交隣須知」ではなかったと考えるのが自然ではないだろうか。

　芳洲が『淑香伝』2冊を筆写したというが、偶然ながら、江戸期に亙って、対馬と緊密な関係を持ちながら朝鮮語学習が行われた薩摩藩の苗代川に伝来する筆写本『淑香伝』も2冊である。やはり上の記録は信憑性が高いと見受けられる。もしすでに『交隣須知』のような本があったとすれば、それを用いた芳洲は何かその存在を書き留めたはずである。「交隣須知」が芳洲によって名付けられたとすれば、それは当然芳洲の著とみるべきであろう。『交隣須知』の本題からも、朝鮮との「誠信之交」のためにも朝鮮語の重要性を主張してきた雨森芳洲の意図がうかがえる。

　また、『交隣須知』を芳洲の著とする次のような記録もある。芳洲書院蔵写本『宗家事件並朝鮮向尋 返答書』中の「芳洲著述」に、

　　全一道人都詞ナリ 交隣須知 隣語大方 崔忠伝 淑香伝 玉香梨 林慶業伝 書状録 常談

が見える(安田章1963:10再引用)。なお、『郷土資料対馬人物志』の「雨
森東五郎」のところにも、

> 著す所橘窓茶話、大王連草(タワレグサ)、治要管見、勧懲定式、一字
> 訓、斛一件記録、交隣始末物語、陶鋳規模、芳洲口授、橘窓文集、交
> 隣提醒、鶏林聘事録、朝鮮風俗考、加信記聞抄、朝鮮大听録、読荘箴
> 言、青竜院公実録、図書書開惣論、全一道人、交隣須知、崔忠伝、叔
> 香伝、常談等凡四十余種。(p.177)

とあって、本書を芳洲の自著としている。

　これについて安田章博士は、『全一道人』以外の書は、芳洲の自著
ではなく、当時対馬の通詞が編纂したものに彼が力を添えて完成し、
芳洲の名に仮託したものが含まれている可能性を述べ、『交隣須知』
もそれに入れておられる(安田1964:70)。その一根拠として、『全一道
人』(享保14年)の序に『交隣須知』の名がないことを挙げ、やはり『交
隣須知』を芳洲の自著と見なすには無理があるとの見解を示している。

　一方、福島邦道氏は芳洲著作説の立場に立ちながらも、『交隣須
知』の写本類には芳洲の名がないこと、上記の資料に「交隣須知一冊」
の「一冊」は少なすぎる点を疑問視しておられるが(福島1990:6)、それ
は、『交隣須知』の原写本は今にみる四巻をもって完結するものでは
なく、本文の少ない、学習書として不完全なものであったからではな
いかと推定するのであるが、それらについては後述する。

3. 成立時期の問題

　前掲の享保二十一年(1736)の『詞稽古之者仕立記録』の記録によ
り、原「交隣須知」は元禄16年(1703)ごろ、雨森芳洲の手によって成
立したものと推定した。しかし、このような『交隣須知』は、どういう
わけか、以降の、芳洲の朝鮮語学習書の目録には出てこない。芳洲は、
享保5年(1720)に韓語学校の設立を藩に提案し(「韓学生員任用帳」p.2
2)、享保12年(1727)にはそれに続く芳洲の二度目の要請の結果、日本初

の韓語学校の「御使者屋」が開始されるわけであるが(「詞稽古之者仕立記録」)、その提案書には、教材として、『類合』『十八史略』『物名冊』『韓語撮要』などのような朝鮮の書籍以外に、『淑香伝』のような、芳洲が草梁倭館で書写したとする朝鮮語の学習書が含まれていた (「韓学生員任用帳」p.25参照)。しかし、ここでも『交隣須知』の名は出てこない。

芳洲著『全一道人』(享保14年)の序にも「交隣須知」の名はない。

> 我州の人およそ公事に役するもの、たれか韓語に志なからん。しかし、其書もなく、また其教もなければ、たゞに望洋之歎をいだけるのみ。こゝに四部の書をゑらび、はじめに韻略諺文をよみて字訓をしり、次に酬酢雅言をよみて短語をしり、次に全一道人をよみて其心をやしなひ、次に鞮履衣桄をよみて其用を達せしむ。こゐねがわくは、其教の次第ありて、其材をなすにらかからんとしかゆふ。芳洲書

のように、享保14年(1729)の以前にはこれというほどの朝鮮語学習書がなかったと、芳洲は言い切っているのである。

『交隣須知』の写本類にはどれにも芳洲の名がなく、明治の刊本にいたって初めて名が出てくる。福島邦道氏は、明治の刊本の依った写本には、芳洲とあったのであろうと推測しておられるが(福島1990:6)、いかがであろうか。

明治14年の初刊本の「緒言」には

> 宝永正徳年間雨森芳洲屢宗氏ノ命ヲ奉シ釜山ニ渡航シ彼ノ訳官ニ就テ朝鮮語ヲ学ビ大ニ通暁スル所アリ肇テ朝鮮語学書ヲ編輯シ名ケテ交隣須知ト云其書各物ヲ部分シ題字ヲ行頭ニ冠シ以テ其義ヲ解シ或ハ其意ヲ釈ス於是宗氏初テ象胥ノ官ヲ設置シ之ヲ五人通詞ト称シ此書ヲ授ケ学ハシム爾来訳学ノ士輩出修正増補スル少ナカラス・・・

とあって、芳洲が『交隣須知』を編輯したことを示している。これは、刊本が依った写本類に芳洲の名がなかったとしても、『詞稽古之者仕立記録』のような記録があるので、必ずしも芳洲編輯とある写本の存

在を必要とすることはないと思う。

　ここで注目したいのは「名ケテ交隣須知ト云」と「五人通詞」という記事である。「名ケテ交隣須知ト云」とは『交隣須知』という名が初めて付けられたという元禄期の記録と一致するところで、ここで原「交隣須知」の成立をみることができる。のち『交隣須知』を「五人通詞」に授けて学ばせたというが、これが事実だとすると、芳洲の時代に、『交隣須知』が朝鮮語学習書として使用されたという最初の記録となる。

　原「交隣須知」があったにも関わらず『全一道人』(1729年)以前には韓語学校などで学習書として使われることがなかった。その理由としては、その書はまだ、朝鮮語を学習する上で役に立つようなものではなかったのではないだろうか。1720年代、対馬において芳洲が計画し設立した韓語学舎でも『交隣須知』は使われなかったし、『全一道人』(1729)が著わされるまではこれというほどの朝鮮語学習書がなかったと、芳洲自身指摘している。元禄期に仕立てた原「交隣須知」なる書が朝鮮語学習書としてある程度まとまった、体系的な形を成すものではなかったために、その名が挙げられなかったと推定するのである。

　朝鮮語通詞「五人通詞」が対馬藩に組織されたのは寛保2年(1742)のことなので[1]、元禄期の一次編纂から30年の歳月が経ている。「五人通詞」に授けた『交隣須知』が30年前のそれである可能性は低いと思われる。その『交隣須知』は、韓語学習にふさわしいテキストとなっていたものと考えるのが自然ではないだろうか。そしてその『交隣須知』は、今に見る、全四巻をもって一帙を成すものであった。つまり、『全一道人』の著述後も朝鮮語学習書の不足に問題意識を抱えていた芳洲

---

1) 宗家記録『分類事考』六(内題)「代官方・浜方別方共・通詞并詞稽古・東向寺」(国立国会図書館所蔵)、寛保2年4月19日条に、五人通詞相初り候事とある。「五人通詞」とは、芳洲が具申した『韓学生員任用帳』の学習プランによる韓語学校の一、二期生として、倭館で語学留学をした春田治助・梅野松右衛門・杉原久右衛門・渡嶋源右衛門・福山伝伍朗ら5人を指す言葉であるが、4年前の元文3年(1738)からすでに使用されていたようである。(田代和生「対馬藩の朝鮮語通詞」参照)

は、それまで通詞たちの間で増補され、伝承されてきた原「交隣須知」
の体裁や内容を補完し、体系的な学習書として編纂し直したものであ
ると推測したいのである。

　通詞たちの間で伝承されたその古写本類は、もちろん元禄期の原
「交隣須知」から増補されてきたもので、寛保期にはすでに苗代川本
のような、四巻の非増補本類が存在していたのであろう。今の『交隣
須知』の原形となるものは、『全一道人』の著述後の1730年から「五
人通詞」が組織された1742年の間に作り上げられたのではないかと推
定する。本論文では、その仮説の写本を元禄期の編纂による原「交隣
須知」、つまり「原祖本」に対して、「増補祖本」と呼ぶことにする。

　対馬の通詞たちの間で使用されてきた原「交隣須知」は、伝承され
る過程においてその内容が大幅に増補された。それを芳洲が再編纂し
たならば、この享保期の編纂による「増補祖本」は、原祖本の再編輯
に当たるものである。そして、上述の、前間恭作の通詞編纂説の根元
は、この「増補祖本」のことではないだろうか。こう考えられるなら
ば、初刊本以降の、刊本の各巻の始めに「雨森芳洲編輯」とあること
も含めて[2]、小倉進平博士が引用した通詞編纂説も決して事実の反する
ことではないのである。

　ただし、この芳洲による著作と2段階の編纂といった仮説を立てた場
合、写本類のどこにも芳洲の名が出てこないのが疑問に残る。しかし、
芳洲が元禄年間に倭館で仕立てたとされる書物のうち、現在その存在
が知られているのは「交隣須知」と「酉年工夫」、書写した物としては
「淑香伝」などであるが、いずれも芳洲の名はない。もしかしたら、

2) これにならい、刊本類には、大概において[雨森芳洲..編輯]となるし、
　　「交隣須知」以降の対訳の韓国語学習書にも継がれていった状況である。
　　『日韓英三国対話』上〔自序〕(赤峰瀬一郎、明治25年)
　　　　参考書トシテハ種々ノ本共ヲ用ヒシカドモ夫ガ中ニテ雨森芳洲先生ガ編
　　　　輯サレニケル交隣須知コソハ最モ貴トキ助援成・・・
　　『日韓韓日言語集』(井田勤衛・趙義淵、1910)
　　　　朝鮮語学ハ、今ヲ距ル百数十年前、対馬ノ藩士雨森芳洲、釜山浦ニ駐在
　　　　シ、公事ノ余暇、一書ヲ編次シ、名ケテ交隣須知ト云ヘリ・・・

完結していない著作物(「交隣須知」など)、他の文献から書き写して編輯した書物類(「淑香伝」など)には芳洲自ら名乗らなかったかも知れない。いずれにしても明治期においては、「交隣須知」は芳洲の晩年の傑作と称されたといわれてきたようである(大曲1936:148)。それを信用すれば、芳洲が2次編纂に関わったのは60代のことである。やはり『交隣須知』は、芳洲が晩年の想いを込めて編み上げた朝鮮語学習書であったものと思われる。

4. 写本類の系統的分類の問題

　『交隣須知』の刊本はともかくとして、写本類の伝本については、つとに福島邦道氏が指摘したように苗代川本系と増補本系の二つの系列に分けて扱ってきた(福島1968参照)。従来通りに分類によると大体次のように分けられる。

　　《苗代川本系》
　　　苗代川本　四巻
　　　沈寿官本　巻一・四(部分)、巻三(文政本、天保本)
　　　アストン本　巻一(部分)
　　《増補本系》
　　　対馬本　巻一
　　　アストン本　巻一＊・二(部分)＊・四
　　　ソウル大本　巻二・三・五
　　　済州本　巻二・三
　　　中村本　巻三
　　　小田本　巻四
　　　武籐本　巻一・三・四
　　　(＊は増補欄なし)

　事実、『交隣須知』の写本類は、増補欄の有無も含めて、部門立てのような、もっとも基本的な体裁の面においてはっきりした違いを見せるので、写本類を二系列に分けて考えるのは問題ないと思う。しか

し、最近新しい異本が発見されたことにより、増補本欄のない写本なのに増補本系に分類したり、増補本なのに苗代川本との酷似性をみせるなど、巻によって不都合が出てきた。たとえば、アストン旧蔵のアストン本(巻一)と会話書(巻二)は増補欄がない写本であるが、それの門立て、項目の順序、文例の内容などが他の増補本類と似ているし、武藤本の巻四は増補本でありながら、本文は苗代川本と酷似している。

そもそも本書の二系列の分類は増補欄があるかないかという、単なる体裁的な特徴に依るものであるが、もはやそのような外形による系列の分類は不合理的であると言わざるを得ない。そこで筆者は、記述の便宜上、写本群を形態的な特徴による分類と系統的な関連性に基づいた分類とに細分し、前者は「–類」、後者は「–系(列)」として扱うことにしている。

まず形態的な特徴による分類は、諸本を「増補」欄の有無によって、あるものは「増補本類」、ないものは「非増補本類」とする。一方の系統的な分類については、各写本間の系統的な関係を究明することが先決の問題となる。それはまず、巻ごとの写本がどの関係にあるか、同系列なのか異系列なのかを明らかにすることである。その場合、諸写本の系統的な関係は、増補祖本を基準にして、それ以前と以降の系統に属するものに分けられる。筆者は、前者を「原祖本系」、後者を「増補祖本系」とし、各々の下位分類として、共通底本を有する写本類を「–系列」として区別していくのであるが、巻ごとにも一貫性を欠く諸本の系統的関係を明らかにすることが問題の核心であり、その体系的な分析のためには多角的なアプローチが要求される。また、増補本類の系統性は当然原「交隣須知」との関連性から定められるべきであるが、原「交隣須知」が存在しない現在においては、原祖本系との関連性、なかでもより古形を保ち、しかも全巻を揃う苗代川本との関係から探っていくしかない3)。

___

3) 原祖本系の写本類には、苗代川本系列とは別の、沈寿官家に伝来する古写本類がある。しかも苗代川本よりも原「交隣須知」に近い本文をもつものと推定される写本もあるが、それらは四巻のうちごく一部分しか残されていない

　ここで一つ問題は、苗代川本のような、一連の古写本類が苗代川に伝わった時期であろう。江戸期に朝鮮語学習が行われたところは対馬と苗代川であるが、薩摩藩の苗代川においては、李欣衛が貞亨四年(1687)に初代の薩摩藩朝鮮通事として就任して以来、苗代川における通事職は李家による世襲制をとっている(徳永1994参照)。武藤長平氏によると「苗代川には歴代通事、稽古通事、通事稽古等が設けられ各々禄を受けており『交隣須知』『韓語訓蒙』『漂民対話』『隣語大方』等の朝鮮語の教科書を講習していた」というので(武藤1978:497)、通事養成のために 『交隣須知』が用いられたことがわかる。

　この苗代川に対馬出自の朝鮮語学習書類が伝わった経緯について安田章氏は、13代沈寿官翁に聞いた話として、「江戸時代中期、朝鮮通事の必要上、対馬からカワシマ某が朝鮮語を教授に訪れた」とし、その時、『交隣須知』のような朝鮮語学習書が苗代川に伝えられたのではないかと推定しておられる(安田1966:215参照)。そしてこの写本類の日付は寛延期(1748〜1750)を遡らないとしているが、『交隣須知』もこの時苗代川に伝わったのであろうか。もしそうだとすると、その『交隣須知』は享保期の増補祖本系の写本であっても不思議でないのに、それ以前の古写本類である。もちろん当時、増補本類の祖本たる増補祖本とそれ以前の古写本があって、カワシマ某が古写本を持ってきたとも考えられなくはない。しかし、1687年から薩摩藩の朝鮮語指南李家から通事を輩出しているので、必要上、寛延期の以前にも『交隣須知』が苗代川に伝わっていたかもしれない。

5. 『交隣須知』の成立と雨森芳洲

　上で述べてきた『交隣須知』の成立に関わる内容のうち、残されたもう一つの問題は、芳洲が倭館において原「交隣須知」を編むとき、それを全部書いたのか、それとも原「交隣須知」の土台となった別の

零本なので、完本の苗代川本だけを対象とする。

書き物があって、芳洲がそれに手を加えたのかであるが、今の段階ではその間の事情を察しうる資料がないので断定は出来ない。ただし、『交隣須知』の写本類には、次のような共通の例文を持つものがある。いま、苗代川本の例をみると、

<苗/一04a> 霧　안개가 미이 끼여시니 디마쥬산이 뵈지 아니ᄒᆞ외
　　　　　　　　キリガ イカフ カケタニヨリ ツシマ山ガ ミヘマセヌ
<苗/一09b> 朝　아ᄎᆞᆷ의 일 니러 디마쥬를 보면 구룸이 맛치 평풍 친
　　　　　　　　듯ᄒᆞ외
　　　　　　　　朝 ハヤフ ヲキテ 対馬州ヲ ミレハ クモガ チャフ
　　　　　　　　ド 屏風 タテタヤフニ ゴサル
<苗/一40a> 差　디마쥬(対馬州)의 도라가셔 무슴 벼슬을 ᄒᆞ시올고
　　　　　　　　　　　　　　　　ヤクギヲ

のような例からは、晴れた日には対馬が見える所、すなわち釜山浦の草梁倭館(新倭館)で本書の本文が作られたことがわかる。倭館の位置図(「海東地図」)には(田代2003:85)、釜山浦の一番奥に位置した豆毛浦倭館(古倭館)からは対馬が見えにくくなっている。新倭館が完成したのは延宝6年(1678)で、もし芳洲が通詞の編纂したものに手を添えたとすると、それは、芳洲が倭館に逗留していた1703年の間に、倭館に滞在していた対馬の通詞たちの手によるものであることになるが、いかがであろうか。このような文例が巻一にだけあるのは、巻一が原「交隣須知」と何らかの関係にあることを物語るものと思われるが、それ以上の推定は難しい。芳洲以前の、倭館駐在の通事たちの語学力や朝鮮語学習などの実体を知る資料が望まれるところである。
　　もう一つの例。

<苗/三04a> 袍　　　도포 내여라 셔관의 ᄃᆞ녀오쟈{녜허라}
　　　　　　　　　ハヲリヲ ダセ 西舘ニ ユキテ コウ

　この例文に出てくる「셔관(西舘)」も新倭館の中の建物と見受けられる。新倭館は中央の竜頭山を挟んでおり、西舘には三大庁があって、

倭館本来の目的ともいうべき客館としての建物である。このような使者の応接所は古倭館時代には倭館の中央にあった(田代2003:59)。これが初刊本では「관가(官家)」に改められているが、苗代川の「袍」の用例文からは、使者に会いに行くため衣裳を整えようとする芳洲の様子が浮かんでくる。

　『交隣須知』の著者について、同じく芳洲の手によるものとされる『全一道人』と『酉年工夫』における韓国語の表記を手がかりに、芳洲との関連性を考えてみる。

6. 『全一道人』の韓国語表記と『交隣須知』

　『全一道人』は、中国明代の汪廷訥の著である『勧懲故事』を朝鮮でハングルに訳したものを、芳洲が日本語で訳した上、そのハングルを仮名に転写したもので、日本における朝鮮語学習書として最古の一に属するものである。本文における片仮名は朝鮮文、漢字平仮名交じりは日本文を示し、片仮名の右傍には部分的にハングルが註記されている。その振ったハングル表記は、いかに芳洲によるとは言え、必ずしも完璧なものではなく、やはり日本語の干渉のために誤って把握されたものもあるはずである。その「振りハングル」のうち、一般的な韓国語の表記から外れると判断される例を整理すると、次のようになる。(片仮名に用いられた「*」は3点符号)

(1) 語頭での無気音と有気音の混同
　　 쥐(ㅎ야)(→춰 娶)　　チユイハヤ <20>
　　 진문을(→침문을)　　チンムヌル <68>
(2) 語頭での無気音と濃音の混同
　　 쑨(→분 分)　　　　フ*ン <45>
　　 써서(→버서)　　　ホ*ソ <72>
(3) 語中での無気音と有気音の混同
　　 겻디(→겻티)　　　テツテイ <23><44>
　　 이돔희(→이듬희)　　イトムハイエ <66>

꾸지처(→꾸지저)　　クチツソ*<67>

츠치(→츠지)　　　サ*ツチ <86>

쓴지(→쓴치)　　　ˣクンチ <120>

쏫자(→쏫차)　　　ゾツサ* <120>

(4) 語中での有気音と濃音の混同

안코(→안꼬)　　　アンゴ <58>

(5) 母音「ㅜ」と「ㅡ」の混同

그린내(→구린내)　　クリンナイ <27>

줄겨(→즐겨)　　　ツルキヤ <33>

줄기(는)(→즐기)　　ツルキノン <36>

그멍(→구멍)　　　クモグ <59>

(6) 母音「ㅏ」と「ㅓ」の混同

ᄉᆞᆺ차(→ᄉᆞᆺ처)　　ソモツソ* <71>

(7) 終声「ㅇ」の添加

밍양(→미양)　　　マヤグ <35>

それほど誤用例が多いのではないが、(6)(7)のような誤表記は別とし
て、(1)から(5)までは、大体において、日本語の干渉による間違ったハ
ングル表記の例と言える。子音としては主に「ㅈ」と「ㅊ」の混同、
母音としては日本語のウ段音に関わる「ㅜ」と「ㅡ」の混同例である
が、このような芳洲の、韓国語の未熟さによる不自然なハングルの表
記例が、苗代川本のような『交隣須知』の古写本類にも現れているこ
とに注目したい。

・「ㅈ」と「ㅊ」の混同例
　ᄉᆞ랑오와 줌[춤]이 업습니<苗/一11a> 귀경의 조[초]반(朝飯) 먹고
<苗/一18b> 돗을 졉[쳡]어 두어라<苗/一26b> 괴는 쥐만 잡지
[치]<苗/二09b> 흔 척이 이셔 반지[치] ᄲᅳ라<苗/三29a> 엇지[치]
<苗/二02b><苗/三38a><苗/四29a><天/三38a> ᄌᆞ치[지]<苗/三
05b><天/三05b><文/三05b> 밋치[지]<文/三36b> 곳치[지]<苗/二
37a><苗/二37a> 빗치 [지]<苗/二26a><文/三69b> ᄉᆞ치[지]<苗/三
26b><天/三26b> 밀치[지]<文/三26a>
・「ㅜ」と「ㅡ」の混同例

날이 어두[드]워시니<苗/一10b> 구[그]슬이<苗/ 11a> 그[구]믈<苗/
一21b> 좁으야 이 구[그]지<沈/四04a>

　芳洲による、『全一道人』における韓国語の誤例と似た傾向の表記
が『交隣須知』の苗代川本に出ていることで、直ちに原「交隣須知」
の著者を芳洲と結び付けるのは無理があるかも知れない。しかし古写
本類の　『交隣須知』のなかでも苗代川本は相対的に表記上の誤用例が
少ない。もちろん苗代川本にも、否定表現の接続語尾「-지」を「-치」
に書いた例が数多く出ていて韓国語の未熟さを見えるところもあるが、
全体としては他の古写本類より整然とした韓国語の表記を示している
と言える　（第3部第2章「韓国語の誤表記例」参照）。芳洲の高い韓国語
力の一面を伺い知ることができる。しかし話す場面ではいくら芳洲の
韓国語の能力が卓越していたとしても、いざ書くことになるとその未
熟さが現れても不思議ではない。しかも『全一道人』は芳洲の晩年の
著作で、原「交隣須知」を編む時の芳洲は韓国語の学習歴の浅い、30
代半ばだったのである。原「交隣須知」と深い関連性が認められる苗代
川本であるだけに、上のような苗代川本『交隣須知』と『全一道人』
に共通する誤用例も、『交隣須知』の原著者として雨森芳洲を想定す
るうえで一つの手がかりになりうると考えるのである。
　そのような原「交隣須知」であっても、長い間通詞たちの手によっ
て転写されるにつれて、しかも表記の強い伝承性により4)、後代の異本
に不自然な、粗雑な韓国語の表記が多く現れることもある。たとえば、

---

4) ‘원컨대'を、<苗>では字形に惹かれて‘원권대'と書いたのを後代の写本類で
　はそのまま踏襲している。『交隣須知』に現れる表記上の伝承性の一面を
　うかがうことができる。
　　　　<苗/四16b> 願　　　　원권대 힝츠를 머믈게 ᄒᆞ옵쇼셔
　　　　<小/四18b> 願　　　　원권대 취도록 잡ᄉᆞ와 주옵쇼셔
　　　　<ソ/四25b> 願　　　　원컨(권)대 취(醉)도록 잡ᄉᆞ와 주옵쇼셔
　　　　<ア/四25b> 願　　　　원권대 취도록 잡ᄉᆞ와[외] 주옵쇼셔
　　　　<武/四23b> 願　　　　원권대 힝자를 머믈게 ᄒᆞ옵쇼셔
　　　　<初/四18b> 願　　　　원권대 힝츠(行次)를 머믈게 허옵쇼셔
ソウル大本では本来の‘원권대'を‘원컨대'に正している。

　　업더져 코롤 <u>카이져</u><ア4/四02b> 등블 크고<ソ/三45b>

のように、とくに語中で硬音に発音される音声環境において激音(有気音)に表記した例が写本類に多いが、このような硬音の激音表記は苗代川本にはほとんど出てこない。

7. 『酉年工夫』の韓国語表記と『交隣須知』

　　『酉年工夫』の名をもつ1冊の写本(本文58丁)は、中村庄次郎が明治九年(1876)九月に釜山の草梁において謄写したもので、昭和七年八月に小倉文庫に寄贈されている。内容は、主に短い愚かな両班の話や男女の猥談などのような、昔から伝わってくる当時の世俗的な話を集めたものである。今この『酉年工夫』が『交隣須知』の著者と関連して問題になるのは、この書の著者が同じく雨森芳洲である可能性があるからである。上記の、享保二十一年(1736)『詞稽古之者仕立記録』のなかの記録、つまり、芳洲が丸二年間釜山浦草梁に逗留しながら仕立てたいくつかの書目の中に、「交隣須知」と共にこの「酉年工夫」が見えるのである。

　　　翌三十六歳之時、朝鮮江罷渡丸年二年令逗留、交隣須知一冊、酉年工夫一冊、乙酉雑録六冊、勧懲故事諺解三冊仕立、云々

　　本書の卑俗的な内容が芳洲の風格にふさわしくない節もあるが、一応、その編者は雨森芳洲と考えられる。この『酉年工夫』にも『全一道人』や古写本類の『交隣須知』に現れる不自然な韓国語の表記が一部見えるのである。主に無気音(平音)と有気音(激音)の混同であるが、中でも「ᄒ다＋지」や「ᄒ＋지」を「-치」ではなく無気音の「-지」に書いたような表記例が目立つ。いくつかの用例を示す。その例を示す。

　　　記録지(→記録치) 못ᄒ되 <1a>
　　　生覚지(→生覚치) 아니ᄒ여 <2b>

対答지(→対答치) 못ᄒᆞ여 <4a>
出入지(→出入치) 아니ᄒᆞ니 <6b>
揺動지(→揺動치) 아니ᄒᆞ고 <20b>
디답지(→디답치) 못ᄒᆞ면 <23a>
혜지(→혜치) 아니ᄒᆞ되 <26a>
싱각지(→싱각치) 못ᄒᆞ다 <40b>
싱각지(→싱각치) 못ᄒᆞ여 <55b>

　このほかにも、「-지」の例ではないが、同じ傾向の誤用例として、

生覚다가(→生覚타가) <9a>
눗고(→눗코) <14b><15a><39a>
奇特다(→奇特타) ᄒᆞ고 <22b>
싱각다가(→싱각타가) 못ᄒᆞ여 <41b>

などがある。主に漢字語を語幹とするハダ動詞に出てくるという、表記的な特徴があるが、このような表記例は、たとえば

生覚코 니ᄅᆞ되 <8a>

の「-코」のように有気音表記した、正しい表記例に比べて圧倒的に多い。
　いっぽう、上の例とは逆の表記例として、否定表現の接続語尾「-지」を有気音の「-치」に書いた例が若干見える。

방귀을 쒸치(→쒸지) 아녀 <18a>
드러가치(→드러가지) 마를 <18a>
싸히치(→싸히지) 못ᄒᆞ니 <41b>

　このような表記例は、『交隣須知』の苗代川本における特徴な表記と言える(第3部第2章「韓国語の誤表記例」参照)。いっぽう、上の「-지」のような例は、古写本類では文政本に若干見え、増補本類では小田本に相対的に多く出ている。このような表記は、表記例に偏りの有するなど一概には言えないものの、全体としては『交隣須知』の古写

本類における表記と似た傾向にあるのではないかと思われる。その他
の誤表記例を示す。

(1) 有気音を無気音表記した例

맛지(→맛치) <5b>

녕흔 데흐고(→톄흐고) <10a>

빙계(→핑계) <18a><28a>

맛줌(→맛춤) <18b><35a><44b><48a><58a>

ᄀ롯지니(→ᄀ롯치니) <20b>

샹 드신(→트신) <22a>

즐겨(→즐켜) <28b>

눈지(→눈치) <33b><34a><39b>

빠져(→빠쳐) <35a>

좃자(ᐧ좃치) <39a><53b>

보슈(→포슈) <41a>

밋더다가(→밋터다가) <45b>

밋더(→밋터) <45b><50a>

나올만지(→만치) <46a>

손벽 지고(→치고) <54b>

듕신(→튱신) <55b>

빠지오고(→빠치오고) <57a>

(2) 無気音を有気音表記した例

긔특히 알커든(→알거든) <5a>

눈을 프름쑤고(→브릅쓰고) <6b>

(3) 濃音を有気音表記した例

두커비(→두거비) <10a>

엇치(→엇지) <17b>

(4) 有気音を濃音表記した例

아니쏘(→아니코) <37a>

만써니(→만터니) <56a>

『酉年工夫』における韓国語には、主に無気音と有気音の混同によ
る誤表記例が含まれ、そのような表記の傾向は、『全一道人』と『交隣

須知』の古写本類における韓国語の表記にも共通性が認められる。そこでこの表記上の共通性と三書の著者としての雨森芳洲の存在を結び付けて考えるのも、一応可能ではないかと思うのである。もちろんこの『酉年工夫』の本文が既存の文献から収集されたものであるとするならば、その仕立ての過程におけるこのような不自然な韓国語の表記を、どこまで芳洲のものとみるかという問題は残る。しかし、芳洲の韓国語の未熟さによる上記のような誤表記が、『交隣須知』や『酉年工夫』のような、彼の初期の著作物に現れるとしても不思議ではないと思う。

　『交隣須知』は、現代の第二言語教育論の立場から見ても、実際の韓国語教育の立場から見ても、決して時代遅れとは言えない、当時もっとも先駆的な語学教育観を持っていた芳洲(梅田2001参照)の意図によるものと考えたい。

8. まとめ

　芳洲自ら『詞稽古之者仕立記録』「韓学生員任用帳」上に記した『交隣須知』の記録を中心に本書の成立に関する情況を察するに、1703年、つまり芳洲36才の時、倭館に2年間逗留しながら『交隣須知』なる書を仕立てた。いわゆる原「交隣須知」に該当するもので、その名こそ、朝鮮との　「誠信之交」のために彼国の言葉稽古の必要性・重要性を認識していた芳洲らしきものであった。原「交隣須知」は1703年ごろ芳洲が草梁倭館においてまとめあげたものであると見做したい。しかしそれは1冊となるもので、まだ学習書としての用を足りるには至らなかった。そして、今にみる四巻をもって完結し、しかも増補本類と刊本の土台となった増補祖本は、芳洲の晩年、つまり1730年から1742年の間に、原「交隣須知」を増補・編修した形で作り上げたものと考えたい。原「交隣須知」が成立してから『交隣須知』が再編纂されるまでの過程、つまり、原「交隣須知」にどれぐらいの項目や例文が付け加えられていったかについては知るすべがないが、複数の通詞たちによって内容が増えていった可能性は十分あると思われる。それらに

芳洲が力を添えて本書を編集したとするならば、それは芳洲の「編輯」
ともなるもので、明治期における芳洲編輯の記録とも一致する。本書
の成立過程において芳洲編纂説が否定される一つの理由として、原「交
隣須知」と今に見る『交隣須知』の原形とを無理に結びつけようとす
る点があることを指摘したい。原「交隣須知」と、増補本類と刊本の
基となった写本類の『交隣須知』ともに芳洲の手になるものであると
考えるのが妥当かと思う。そして原「交隣須知」は、『倭語類解』の語
彙との関連性から、大体苗代川本のような古写本の巻一と内容的に重
なり合う部分が多いものと推定される。(『交隣須知』と『倭語類解』
の関係については第6章を参照)

第 2 章
『交隣須知』諸本の比較分析

1. はじめに

　『交隣須知』の系統的な関係を究明するために、巻ごとにも出入り
を見せる各写本の本文を再構成したテキストを用いる。この諸本対照
の本文テキストは、これまで発見されたほとんどの異本の本文を一定
の基準によって収めたもので、『交隣須知』の研究において最も基礎
的な資料に値するものと思われる。

　『交隣須知』の本文は韓国語文と日本語文の対訳の形式が取られて
いるが、本書の成立初期には韓国語文だけがあったものに、後から対
訳の日本語文が追加されたものと推定されている。そして各異本の韓
国語文と日本語文を比べると、韓国語文は諸本間において保守性の強
い反面、日本語文は相対的に変化が多いことが指摘されている(浜田19
70:31参照)。それは、韓国語学習者の日本人の手により伝写されていく
過程において、教科書の本文に当たる韓国語を変えることは容易では
なかったという、言語外的な要因が働いた結果であろう。

　一方、日本語文は、韓国語の部分が変われば当然として対訳の日本
語も変わるわけで、その時、転写者が日本人であるがゆえに、伝写過
程において当時の言語現実が反映されやすかったというのは、想像に
難くない。結局、諸本間の関係を究明するに当たっては、まず韓国語
文の在り方が有力な手がかりとなり、対訳の日本語文は、補助的・間接
的な要素になると言える。

　本章では、各巻ごとに、このような韓国語の本文比較分析とともに
部門、標題語の対訳語彙の比較を通して、諸本間の系統的関係を明ら
かにしていくことにする。

2. 現伝する『交隣須知』の諸本

　今まで知られている『交隣須知』の諸本は、単独で「交隣須知」という名を有する異本はもちろん、表紙の欠落などで本の名前が見えなくても本来はあったものと思われるものを含めて、次のように分けられる。ここでは写本を、便宜的に、増補本以前の古態を有していると判断される《古写本類》とそれ以外の《増補本類》とに分けて扱うことにする[5]。そして、《増補本類》には増補欄のない非増補本も含める。以下の< >は本論文で扱う異本の略称である。

　【写本】
　《古写本類》
　1. 交隣須知　4巻　書写期不明(19世紀初?)、京都大学所蔵；苗代川本
　　　　　⇒<苗.>
　2. 交隣須知　巻一(部分)書写期不明、巻四(部分)1852年写　⇒<沈>
　　　　　巻三 文政10年(1827)写　⇒<文>、天保13年(1842)写　⇒<天>
　　　　　沈寿官家所蔵；沈寿官本
　3. 交隣須知　巻一(部分)書写期不明、アストン旧蔵；アストン本　⇒<あ>

　《増補本類》
　1. 増補交隣須知　1巻(巻四)小田幾五郎修正(1795年)、東京大学史料編
　　　　　纂所所蔵；小田本⇒<小>
　2. 交隣須知　巻一 弘化3年(1846)写*、巻四 天保13年(1842)写　⇒<ア>
　　　　　巻二(部分)1885年頃写　⇒<会>*[6]、アストン旧蔵；アス
　　　　　トン本
　3. 交隣須知　巻一　白水福治書写　書写期不明(1854年頃?)、対馬歴史民
　　　　　俗資料館所蔵；対馬本　⇒<対>
　4. 交隣須知　3巻(巻二三四)中村庄次郎書写(1868年～1873年)　前間恭

---

5) 一般に、前者は《苗代川本系》《京大本系》、後者は《増補本系》などと
　言われるが、異本間の系統的関係が明らかにされていない現段階では、一
　応、《苗代川本系》《京大本系》などは《古写本類》、《増補本系》は《増
　補本類》としておく。
6) アストン旧蔵『朝鮮語会話書〔仮題〕』(図書番号:C5pp.98-157)の略称。
　岸田(1998:19)参照。

作摹写本、ソウル大学校所蔵 ; ソウル大本 ⇒＜ソ＞
5. 交隣須知 1巻(巻三) 書写期不明、中村幸彦氏所蔵 ; 中村本
6. 交隣須知 2巻(巻二三) 書写期不明(1880年頃?)、東京大学小倉文庫
所蔵 ; 済州本 ⇒＜済＞
7. 交隣須知 3巻(巻一三四) 久和馬寿書写(1873年)、長崎大学武藤文庫
所蔵 ; 武藤本 ⇒＜武＞

(*は非増補本)

【刊本】[7]
1. 交隣須知 4巻 浦瀬裕校正増補 明治14年(1881)印行 ; 初刊本
⇒＜刊＞[8]
2. 再刊交隣須知 4巻 浦瀬裕校正増補 明治16年(1883)刊行 ; 再刊本
3. 交隣須知 4巻 宝迫繁勝刪正 明治16年(1883)出版 ; 刪正本
4. 校訂交隣須知 1巻 前間恭作・藤波義貫共訂 明治37年(1904)刊行 ;
校訂本 ⇒＜校＞

ただし、単本ではなく書物の一部に納められているアストン旧蔵
『朝鮮語会話書〔仮題〕』(＜会＞)は、系統的に有効な手がかりを示唆
してくれる写本なので、一異本として扱うことにする。
この外に『交隣須知』と関係のある書写物には次の2種あるが、いず
れも書物の一部で、しかも現代語的に直されていたり、既存の『交隣須
知』から随意に抜萃して本文を再編したりしたものなので、上の分類
からは除外した。

(1) アストン旧蔵の『朝鮮語会話書〔仮題〕』に納められている「交隣
須知」[9]

---

7) この「刊本」という名称について、江戸期までは主に「板本」か「版本」の
意味として用いられたようであるが、ここでは筆写本に対する活字本とい
う、広い意味として用いる。
8) 本論文では、刊本のテキストとしては主に初刊本を使うので、＜刊＞とは基
本的に初刊本のことである。ただし用例文の出典には「初」とし、再刊本と
校訂本はそれぞれ「再」と「校訂」とする。
9) 前掲の『朝鮮語会話書〔仮題〕』(図書番号:C5pp.57-97)、岸田(1998:15)参照。

(2)『韓語開諭早引』の「交隣須知」(鄭光1990:206、李康民1996:103参照)

　　以上のような『交隣須知』の諸本の実態を、巻ごとに対照して示したのが次の表である。(⊠は増補本以前の古態を有している古写本)

<表-1>

異本＼巻数		巻一	巻二	巻三	巻四
写本	苗代川本	⊠	⊠	⊠	⊠
	沈寿官本	⊠ (部分)		<文>⊠ <天>⊠	⊠ (部分)
	アストン本	<あ>⊠ (部分) <ア> ○	○ (部分)		○
	小田本				○
	対馬本	○			
	ソウル大本		○	○	○
	済州本		○	○	
	中村本			○	
	武藤本	○		○	○
刊本	明治14年初刊本 明治16年再刊本 刪正本 校訂本	○	○	○	○

　　次に、『交隣須知』諸本の部門を刊本の巻分けに従って概要的に示す。ただし、岡上登喜男氏のご指摘のように、増補本類の中村本はソウル大本と済州本に酷似しているし(福島・岡上編1990:3、齊藤2001:77-84参照)、再刊本は初刊本と底本の関係にある(片茂鎮1998b参照)。本章の目的は、原「交隣須知」が刊本にいたる過程における写本類の系統的関係を推論するところにあるので、中村本と再刊本以下は論外とする。(異本名の右側の数字は巻数で、<初>は初刊本のことである)

<表-2>

異本＼巻	古写本類							増補本類							刊本
	苗	沈1	あ	文	天	沈4	小	ア1	対	ア4	ソ	済	武	会	初
巻一	天文 ⋮ ⋮ 身部	天文 ⋮ 方位 ｜	天文 ｜ 時節 ｜ ｜					天文 ⋮ 身部 形貌 羽族	天文 ⋮ 身部 形貌 羽族			天文 ⋮ 身部 形貌 羽族			天文 ⋮ 身部 形貌 羽族
巻二	飛禽 ⋮ ⋮ 彩色							走獣 ⋮ ⋮ 行動	走獣 ⋮ ⋮ 行動					走獣 ⋮ 味臭 ｜	走獣 ⋮ ⋮ 行動
巻三	衣冠 ⋮ 静止			衣冠 ⋮ 静止	衣冠 ⋮ 静止			墓寺 ⋮ 飲食	墓寺 ⋮ 飲食			墓寺 ⋮ 飲食			墓寺 ⋮ 飲食
巻四	手運 ⋮ ⋮ ⋮ 逍遥					｜ ｜ 範囲 ⋮ 逍遥	静止 手運 ⋮ ⋮ 逍遥	静止 手運 ⋮ 逍遥	静止 手運 ⋮ ⋮ 逍遥			静止 手運 ⋮ ⋮ 逍遥			静止 手運 ⋮ ⋮ 逍遥

　基本的な書誌事項に該当する部門立てからみて、写本類ははっきりと2種類に区別され、刊本は増補本類の体裁を受け継いでいることがわかる。ここで問題は、体裁的な面において異なった様相をみせる写本の古写本類と増補本類が、系統的にどのような関連性をもって成長してきたかである。とくに増補本類の写本が古写本類のどの写本と関係が深いか、増補本類の生い立ちと関わる、古写本類と増補本類の間に存するこの溝をどのように解明するかが、『交隣須知』の系統論において重要な課題と言える[10]。

---

10) 齊藤明美(2001)は、『交隣須知』についての一連の研究成果を博士論文「『交隣須知』의 系譜와 言語」にまとめたもので、はじめて『交隣須知』の系譜と言語について概観を示したものである。しかしここでも『交隣須知』の諸異本を対象にした体系的な研究には及んでいない。しかも『交隣須知』の系譜については、たとえばアストン本(巻一)を増補本の嚆

3. 諸本対照の本文テキスト

『交隣須知』の系統的な関係を究明するために、巻ごとにも出入り
を見せる各写本の本文を再構成したテキストを用いる。この諸本対照
の本文テキストは、これまで発見されたほとんどの異本の本文を一定
の基準によって納めたもので、『交隣須知』の研究において最も基礎
的な資料に値するものと思われる。再構の本文テキストは『交隣須知』
の諸本の本文を各項目(標題語)別に集め、それらの対照比較を容易に
したもので、その基準は大体次のとおりである。

(1) 同一な項目(標題語)別に集めあわせる。しかし項目は同じ語でも本文
　　の内容が異なる場合は別の項目に分類する。
(2) 本文に該当する部分が文例でなく単語である場合は、独立の項目とし
　　て認めない。ただし他の異本に文例のある場合は項目として認める。
(3) 写本類には本文の余白に付け加えられたいくつかの単語が見える
　　が、その中で他の異本との関係から独立の項目として認められるも
　　のは項目に立てる。
(4) 『交隣須知』の本系統から外れる删正本は本文テキストに含めない。
(5) 便宜上、項目の配列は苗代川本を基準とし、巻と部門立ては刊本の
　　それに従う。
(6) 各項目別に固有番号を付ける([　])。
(7) 異本の配列は、基本的に古写本類、増補本類、刊本の順にする。
(8) 参考として、各項目(標題語)には関連のある『倭語類解』の音訓を付
　　記する。

このような基準によって諸本の本文を再構成した場合、総項目数は
3,333個となる。

　　巻一: 858項目、巻二: 746項目、巻三: 974項目、巻四: 755項目

矢とするなど(p.138)、本稿で導き出された諸本の系統図とは相当異なった
配列を見せている。本書の系統的関係を究明するためには、より実証的で
体系的なアプローチが必要であろう。

　そして再構成された本文テキストは、次のようになる。巻一の最初
の項目の例を示す。(分かち書きは筆者の恣意による。[　]は、確実に誤
謬と判断され正したところの元の字。{　}は、底本において訂正された元
の字(部分)。「┐」「﨟」「〳」はそれぞれ「コト」「トモ」「々」に
直す。以下同一)

```
[1001] 天・하늘 텬・뗸・소라/아몌 <倭上/天文,01a>
  <苗/一01a> 天    하늘이 과연 쳥명ᄒᆡ외
                  天ガ イカニモ アキラカニ ゴサル
  <あ/一01a> 天    하늘이 과연 쳥[졍]명ᄒᆡ외
                  天ガ イカニモ アキラカニ ゴザル
  <ア/一01a> 天    하늘이 과연 쳥명ᄒᆡ외
                  天ガ イカニモ 明ニ コサル
  <対/一01a> 天    하늘이 과연 쳥명ᄒᆡ외
                  天ガ イカニモ 明カニ コザル
  <武/一01a> 天    하늘이 과연 쳥명ᄒᆡ외
                  天ガ イカニモ アキラカニ ゴサル
  <初/一01a> 天    하늘이 춤 쳥명허외다
                  天ガ 真ニ 清明ニ ゴザル
  <再/一01a> 天    하늘이 춤 쳥명허외다
                  天ガ 真ニ 清明ニ ゴザル
  <校訂/001> 天    하{ᄒ}늘이 춤 쳥명ᄒᆡ외다
                  天が 実に よく はれて ゐます。
```

4. 本文の比較分析

4.1. 本文比較分析の方法

　『交隣須知』の諸異本間の関係を検討する上で、より客観的な分析
の方法を試みる。それは「交隣須知」なる書の本文たる韓国語文の相
違の程度を記号化してそれを数量的に処理する方法であるが、文例の
初出の異本を基準にして、各異本の本文どうしを比較していくことであ

る。相違の程度を判断する基準としては大体次のように定める。

　　基準：○
　　小幅の相違：◎　　□　　◇
　　中幅の相違：△　　▽　　⊗
　　大幅の相違：◉　　●　　◕
　　別の内容1(小幅)：□　　▣　　⬚
　　別の内容1(大幅)：■　　▨
　　別の内容2　：◇　　◈
　　混合の内容11)：☆　★
　　単語だけのもの：・　。
　　本文中に判読の不可能な部分のある場合：△

　苗代川本の用例文を基準にして、他異本における◎□◇は小幅の相
違、△▽⊗は中幅の相違、◉●◕は大幅の相違を示し、□◇などは○
系の用例と別の内容で、▣⬚は□と比べて小幅の相違、■▨は大幅の
相違、◇はまた□系と別の内容であることを示す。相違の比較単位は
文節とし、大体、一つの文例において、1～2文節に相違がある場合は
小幅、3～4文節に相違がある場合は中幅、5文節以上が内容的にも相違
の認められる場合は大幅とする。そして各相違の記号は、原則的に左
(前)から右(後ろ)の順に相違度が増すこととするが、記号は、相違する
文節数より文節の相違の区別性を優先する。たとえば、小幅の◎より
は◎のほうが苗代川本の文例に近いことになるが、同じ小幅の範囲の
なかでもまた◎や◇と異なった文節をもつ異本の文例には、△▽のよ
うな中幅の記号を用いて、諸本における各文例の相違性を示すといっ
た具合である。もちろん文例の相違の程度を記号化する際、必ずしも
すべての韓国語文にわたってきれいに区別がつくわけではなく、その
基準の適用に多少主観的な判断が介入されたところもある。しかし全
体の傾向性という観点からみた場合、この方法による分析は、『交隣

11）韓国語文の内容において、古写本類のものと増補本類のものが混ざってい
　　るもの。このような文例は、写本類の中では武藤本に7例ほど出ている。刊
　　本には18例。

須知』の系統を究明する上で非常に有効的なアプローチと考えている。なお漢字の表記も含め、韓国語の字体に相違があっても、単なる表記上の問題として扱えるものは、なるべくその相違を認めない態度をとった12)。

4.2. 古写本類の比較

　増補本類以前の、古態を保っている古写本類は、当然ながら、『交隣須知』の系統的な関係を究明する上で重要な意味をもつ。この古写本類に属する異本としては苗代川本、沈寿官本(巻一、巻四)、巻三の文政本と天保本、そしてアストン本(巻一、<あ>)があるが、いずれも非増補本で、しかも苗代川本と類似した本文をもつ。苗代川本は写本類のなかで唯一の完本で、その言語や対訳の在り方なども古形を表している写本として、『交隣須知』の成立・成長を検討するうえで特に重要な位置を占める。以下、苗代川本と他の古写本類との関係を検討する。

4.2.1. 巻一の場合
4.2.1.1. 〈苗〉と〈沈〉〈あ〉の本文比較(176例)

	〈苗〉	〈沈〉	〈あ〉	項目数
(1)	○	○	○	34
(2)	○	○	◎	1
(3)	○	◎◉	○	4
(4)	○	◎	◎	1
(5)	○	×△	○	53
(6)	○	×△	◎◻	6
(7)	○	○◎	×	74
(8)	○	◻	×	3

---

12) 表記上の問題としてその差を認めないものは、「、」の非音韻化と関連した表記、ㅎ終声体言において「ㅎ」の有無、合字表記、母音「의/에、아/어」の交替、口蓋音化、圓脣母音化に関連した表記などである。

　　<苗><沈><あ>の三本のうち、二つ以上の異本に文例のある項目は176
例であるが、<沈>と<あ>には該当の文例がない例(×)もある。とくに
<沈>には、本文中に判読の不可能な部分があって、他異本との比較に不
都合な例(△)がある。<あ>がある場合((1)~(6)、99例)、<苗><沈><あ>
が同じ場合を含めて、<苗>と<あ>の文例が同一な例は約9割を占める
((1)(3)(5))。<苗>の文例が<あ>よりは<沈>と類似性を見せる例は1例
にすぎない((2))。<沈>の(6)の文例(△)を<苗>と同じものと見なして
も、<苗>と酷似性が認められるのは<あ>である。<あ>は<苗>を底
本にしたものなのか、<苗>の底本と同系列の写本とみてよいと思う。
　　一方、<沈>の場合は、<苗>の文例と同じか小異のあるものが全体
の6割を越える((1)(2)(4)(7)、110例)。やはり<沈>も<苗>と深い関連
性が認められるが、<あ>のように、<苗>と同系列のものかどうかに
ついては断定できない。(8)のような、<苗>と違った内容の文例をも
つ例があること、また次のように、<苗>において<沈>の底本にあっ
た文例を採用したような例があることから、<沈>は<苗>と違う系列
に属するものと見るのが妥当かと思う。

　　[1133] 曉・사볘 효・교우・아가즈기 <倭上/時候,05a>
　　　　<苗/一10a>　曉　너일 새벽의 일 니러 오옵소 /又 새벽이면 일 닐
　　　　　　　　　　　　건마는 日本人은 새벽줌을 더 슝샹(崇尚)ᄒ니 어
　　　　　　　　　　　　인 일인고
　　　　<沈/一10a>　曉　새벽이면 일 닐건마는 일본 사롬은 새벽줌을 더
　　　　　　　　　　　　슝샹ᄒ니 어인 일 이온고
　　　　<ア/一13b>　曉　새벽의 일 니러나옵소
　　　　<対/一13b>　曉　새벽의 일 니러나옵소
　　　　<武/一13a>　曉　새벽의 일 니러나옵소
　　　　<初/一11b>　曉　새벽에 일즉 니러납소

　　<苗>の本文に「又」として加筆された文例があるが、それが<沈>
のそれと同じ内容である。この「又」文は、大体において古写本類や

増補本類に共通する主文の後に追加されたもので、他の古写本類から
引用したものと見るべき例が多い。<沈>の方で、<苗>にあった「又」
文を採用したとみるには無理がある。本書における書写の態度からだ
と、「닉일 새벽」以下の主文を含んだ全文を書き写すのが一般的であ
る。やはり<沈>もしくは<沈>の底本にあったものを、<苗>で「又」
文として取り入れたものと考えたい。

[1110] 臘日・랍일・로우싀쯔 <倭上/時候,04b>
    <苗/一08b> 臘　납평은 물똥을 주어 두엇다가 이듬히 녀름의 달혀
          먹습닉
          ロウジツハ 馬ノ フンヲ ヒロフテ ヲイテ 翌年 夏
          ニ センジテ ノミマスル
    <沈/一08b> 臘　납평은 물똥을 주어 두엇다가 □□□ 녀름의 달혀
          먹습닉
          ラウジツハ 馬ノ フンヲ ヒロウテ 翌年ノ 夏 タ
          テ丶 ノミマスル
    <あ/一10a> 臘　납평은 물똥을 주어 두엇다가 이듬히 녀름의 달혀
          먹습닉
          臘日ハ 馬ノ 糞ヲ 拾フテ ヲイテ 翌年 夏ニ 煎シ
          テ 呑ミマスル

これは、<苗>において、語句の欠けていたところの「センジテ ノ
ミマスル」を朱書で補筆した例であるが、補筆されたところが<あ>と
同じで、<沈>とは異なる。このような例からも、<苗>と<あ>は同系
列、<沈>は異系列に属するものと考えられる。(文例の中の□は、虫
食で判読できない文字。以下同一)

ただし、次のような例もある。

[1033] 霰・싸눈 선・셴・아라레 <倭上/天文,02b>
    <苗/一03b> 霰　싼눈이 만히 오니 맛치 쏠이 ᄂ려디는 듯ᄒ외
          アラレガ ヨケイニ フッテ チョフド 米ノ フッタ
          ヨフニ ゴザル
    <沈/一03b> 霰　쓴눈이 만히 오니 맛치 쏠?이 ᄂ려디ᄂ 듯□□

アラレガ タント フッテ テウド コメノ フッタ □
□□□
<あ/一03b> 霰　 뿐눈이 만히 오니 맛치 뿔이 ᄂ려디ᄂ 듯ᄒ외
霰ガ 余慶ニ フッテ 丁度 米ノ フッタ ヨフニ ゴ
ザル

<苗>において、日本語の「霰」と「米」に対する韓国語はそれぞれ
「싼눈」「쏠」となっていて、<沈>と<あ>におけるㅂ系語頭合用並
書の「뿐눈」「뿔」より新しい表記となっている。これが単なる表記
法の問題なのかどうかは別として、このような表記の違いから考える
と、<あ>は<苗>を書き写したとみるよりは、<苗>が底本とした写本
からの書写とみるのが妥当かもしれない。

4.2.1.2.　標題語の対訳語彙

a. 韓国語

<苗><沈><あ>に共通する項目の場合、次の1例が<苗>と<沈><あ>
に相違があるのみで、他の場合は<苗><沈><あ>が同形である。

[1033] 霰　 싼눈<苗/一03b>　 뿐눈<沈/一03b><あ/一03b>

一方、<苗>と<沈>に共通する項目の場合は、<沈>に相違のある例
が相対的に多い(6例)。

〔例〕

[1138] 暗　 아득ᄒ여<苗/一10b>　 어득ᄒ여<沈/一10b>
[1158] 頃日　 경일<苗/一12a>　　 져줌의<沈/一12a>

b. 日本語

<苗><沈><あ>に共通する項目の場合、次の2例を除いて3書同じ日
本語である。

[1116] 上弦　 上弦<苗/一09a><あ/一10b>　 上ノ ユミハリ<沈/一09a>
[1117] 下弦　 下弦<苗/一09a><あ/一10b>　 下ノ ユミハリ<沈/一09a>

　<あ>は、<苗>と同様、見出し語の漢字語を対訳として採用しているのに対して、<沈>は訓注をもって対訳させている。実際、<あ>においては標題語の漢字語をそのまま対訳させる場合が多く、仮名表記中心の<苗>と<沈>とはやや趣を異にする。

　　〔例〕
　[1013] 東風　コチカゼ<苗/一02a>　東風<あ/一02a>
　[1105] 名日　メイ日<苗/一08a>　メイジツ<沈/一08a>　名日<あ/一09b>

　一方、<苗>と<沈>に共通する項目の場合は、<苗>と異なる日本語の例が多い(11例)。

　　〔例〕
　[1127] 夕　ユフカタ<苗/一09b>　　クレガタ<沈/一09b>
　[1170] 再昨日　一サクジツ<苗/一13a>　ヲトヽイ<沈/一13a>

　<あ>は<苗>と同系であることは間違いないが、底本の関係にあるとまでは断言できない。一方、<沈>は他系列の写本である。

4.2.2. 巻三の場合
4.2.2.1. 〈苗〉と〈天〉〈文〉の本文比較(779例)[13]

	<苗>	<天>	<文>	項目数
(1)	○	○	○	377
(2)	○	○	◎□◇	278
(3)	○	○	△●●◉	31
(4)	○	○	□	71
(5)	○	◎	◎	1
(6)	○	◎	□◇△	9
(7)	○	◎	○	11
(8)	○	□	◎	1

---

13) 巻四に含まれている20例含む。ただし、〈文〉に単語のみがある7例は除く。

　＜苗＞＜天＞＜文＞に共通する項目のうち、約半分にわたる文例が同じ
である。このような状況のなかで、残りの半分は＜苗＞と＜天＞が同じ
か小異のある文例として、＜文＞のそれよりは相対的に近い関係にある
例である（(2)(3)(4)(6)）。＜文＞の文例が＜天＞より＜苗＞に近い文例は10
例ぐらいに過ぎない（(7)(8)）。＜苗＞と＜天＞におけるこのような類似か
ら、両異本は底本の関係にあるとみてよいと思う。一方、＜文＞は＜苗
＞＜天＞とは違う系列の異本とみるべきであろう。
　なお、(2)には次のような例も含まれる。

[3573] 乱・어즈러올 란・란・미따루루 ＜倭上/武備,39b＞
　　＜苗/三41b＞ 乱　　어즈러온 째예{룰} 티거든{치면} 이긔리라
　　　　　　　　　ミダレタ トキニ ウッタラハ カトウ
　　＜天/三41b＞ 乱　　어즈러온 째예 티거든 이긔리라
　　　　　　　　　ミダレタ 時ニ　ウッタラハ カトウ
　　＜文/三40a＞ 乱　　어즈러온 째룰 타 티면 이긔리라
　　　　　　　　　ミダレタ 時ニ 乗ジテ ウッタラ カッテ アロウ

　＜苗＞において、本来あった韓国語の「룰」と「치면」を消して
「예」と「거든」に直した例であるが、直す前の文は＜文＞とほぼ同じ
で、直された文は結果的に＜天＞と同じである。＜苗＞と＜文＞の文例に
相違の認められる一方で、このような両書に共通した文があることは、
＜苗＞と＜文＞は原「交隣須知」系の古写本から書写される過程におい
て分離されたことを物語るのではないだろうか。ただし、＜苗＞におい
て消された「티치면」は韓国語としておかしい。もしこれが、＜文＞に
おける、「時ニ乗ジテウッタラ」という意味としての「(째룰) 타 치
면」の誤りだとすると、＜苗＞の底本となった古写本は＜文＞のそれと
同じか同系列のものである可能性もあると思われる。
　しかし、原「交隣須知」に元々＜文＞のような巻三があったかどうか
については疑問点が多い。後述するように（第3部第2章 参照）、＜文＞
には韓国語として誤りとみるべき表記が目立つ。もし原「交隣須知」
を四巻のものと想定するならば、当然＜文＞のような巻三にも芳洲が関

与したことになるのであるが、そのような不正確な韓国語の多い巻と
芳洲とを結び付けるにはどうしても躊躇せざるを得ない。もちろん当
時の芳洲の韓国語力がどれぐらいだったかは未詳であるが、前掲の『詞
稽古之者仕立記録』、初刊本の「緒言」の内容から察するに、芳洲が
朝鮮語稽古のため倭館に2年間滞在していた宝永2年(1705)頃は、すで
に相当の韓国語力を身につけたものと思われる。しかもこの時期に『倭
語類解』の編者である洪舜明との交渉があって、『倭語類解』の編纂
にも関与していると推定される。芳洲にとって、言葉(韓語)の稽古に
はより正しい言葉使いはもちろんのこと、中央語を模範とすべき意識
があったことは、芳洲の記録から容易に読み取ることができる。いずれ
にしても、<苗>と<文>に共通する文例は、原「交隣須知」と深い関
連をもって成長してきた古写本にあったものと推定される。

4.2.2.2. 標題語の対訳語彙

a. 韓国語

<天>と<文>が同形の場合はほとんど<苗>とも同じであるが、<天>
と<文>に相違のある場合(102例)は、すべて<苗>と<天>が同一の語形
で14)、<苗>と<文>が同一の例はない。

　　〔例〕
　[3482] 能筆　능필<苗/三35b><天/三35a>
　　　　　　　　잘 쓰는 글시<文/三34a><ソ/三70a><済/三70b>
　[3638] 麴　누룩<苗/三46b><天/三46b>　누록<文/三45a><ソ/三85a>
　[3907] 悪心　오심증<苗/三65b><天/三65b>
　　　　　　　　악심증<文/三62a><済/二73b>

b. 日本語

対訳の日本語の場合も韓国語の場合のように、<天>と<文>が同形
の場合はほとんど<苗>とも同じである。一方、<天>と<文>に相違の

---

14) <苗>と<天>に同一でないものが1例あるが、それも本来<苗>と同じ
　　「상」を消して「죠위」に直した結果である。
　　[3692] 弔　상<苗/三50b>　죠위(弔慰)는{상은}<天/三50b>

ある場合は、やはり＜苗＞と＜天＞が同一の語形である例がほとんどで、
＜苗＞と＜文＞が同じ例はごく僅かである。(≒は「より近い」の意味と
して用いる。以下同一)

(1) ＜苗＞≒＜天＞；95例
(2) ＜苗＞≒＜文＞；3例

(1)の例
[3134] 酒煎子　ヤククハン＜苗/三10b＞＜天/三10b＞
　　　　　　　カンナベ＜文/三10b＞＜ソ/三35b＞＜済/三35b＞
[3771] 炊　　　メシタケイ＜苗/三55b＞＜天/三55b＞
　　　　　　　メシ　コシラヱイ＜文/三52a＞＜ソ/二59b＞＜済/二59b＞
(2)の例
[3463] 篆　　　篆字＜苗/三34a＞　コモンジ＜天/三33b＞
　　　　　　　ヂンジ＜文/三32b＞＜ソ/三69b＞＜済/二70a＞

　＜苗＞と＜天＞は同系で、しかも底本の関係にあると言えそうである。
一方、＜文＞は＜苗＞＜天＞とは異系に属するものと見るべきであろう。
そして＜文＞は＜ソ＞＜済＞のような増補本類との関連性も認められる。

4.2.3. 巻四の場合
4.2.3.1. ＜苗＞と＜沈＞の本文比較

	＜苗＞	＜沈＞	項目数
(1)	○	○	326
(2)	○	◎□	8

　巻四の場合は、＜苗＞と＜沈＞の文例がほとんど同じなので、両書は
底本の関係にあると言えよう。

4.2.3.2. 標題語の対訳語彙
　＜苗＞＜沈＞の韓国語と日本語ともに同形のものがほとんどで、相違
のあるのは各々2,3例に過ぎない。

[4466] 每　미양<苗/四33a>　　믱양<沈/四06b>

[4606] 悉　ᄌᆞ셔(子細)히<苗/四44b>　　ᄌᆞ히<沈/四18a>

[4587] 生涯　一生涯<苗/四43a>　　スギワイ<沈/四16b>

[4738] 冷々　冷々タル<苗/四54b>　　ヒヤヽカナ<沈/四28a>

<苗>と<沈>は底本の関係にあると見ていいだろう。

4.2.4. 古写本類の系統的関係

苗代川本を基準にして、他の古写本類との系統的分析の結果をまとめると、大体次のようになる。

巻一：<苗>と<あ>は同系列、底本の関係にある。<沈>は他系列に属する。

巻三：<苗>と<天>は同系列、底本の関係にある。<文>は他系列に属する。

巻四：<苗>と<沈>は同系列、底本の関係にある。

結果的に、<苗>と<あ>(巻一)・<天>(巻三)・<沈>(巻四)は同系列のものとして<苗>と底本の関係にあるもの、<沈>(巻一)と<文>(巻三)はそれと異系列に属するものとなる。一部分しか残っていない古写本を含めた古写本類においては、共通する本文は大体内容的に類似したものとなっている。そのような状況での<苗>と他系列に分類される<沈><文>であるだけに、<沈>と<文>は系統的に近い関係にあるかもしれない。しかし、一部の言語的要素、たとえば韓国語の語頭音節の口蓋音化と日本語の理由・原因の表現形式などにおいては、<文>だけが他の異本と異なった様相をみせていて、両異本は違う系列に属する写本と分類するのが妥当かと思う。言語的要素については第3部の言語篇で詳述する。

4.3. 増補本類の比較

増補本類には、アストン本、対馬本、武藤本(以上、巻一)、ソウル大本、済州本、アストン本(以上、巻二)、ソウル大本、済州本、武藤本(以上、巻三)、小田本、アストン本、ソウル大本、武藤本(以上、巻

四)がある(中村本は対象外)。以下、古写本類、特に苗代川本との関連
性をも眼中に入れて、各巻ごとの増補本類の系統的関係を検討してい
く。2.の「現伝する『交隣須知』の諸本」と重なるところもあるが、
分かりやすくするために、巻ごとに対象となる異本と挙げておく。

4.3.1. 巻一の本文比較

　『交隣須知』の写本は巻一の欠けた零本の場合がほとんどで、諸本
間の関係をより確実に究明するためにはどうしても巻一の出現が望ま
れるところであった。そのような時期に新しく『交隣須知』巻一の、
アストン(Willan George Aston, 1841～1911)旧蔵の2種と対馬本1種の
詳細が岸田文隆(1997、1998)と片茂鎮(1998b、2000)により学界に紹介さ
れた[15]。この新しい巻一の異本3種は、これからの『交隣須知』の研究
に重要な位置を占める資料として、その価値が認められるものと思わ
れる。

---

15) 資料篇第1章の3.を参照されたい。
　　W.G.Aston旧蔵の『交隣須知』については、つとにHayashi,N.&
　Kornicki,P.(1991)により、対馬本『交隣須知』については、鄭光(1996)に
　よってその存在が報告された。なお、現在、ロシア東方学研究所サンクト
　ペテルブルグ支部に、アストン旧蔵本として所蔵されている『交隣須知』
　の写本類は次のとおりである。
　　a. Manual of Korean〔図書番号：B4〕；『交隣須知』巻一と巻四
　　b. 交隣須知〔図書番号：C16〕；『交隣須知』巻一の一部
　このうち、巻一はともに増補蘭のない非増補本類である。一方、朝鮮語会
　話書(仮題)〔図書番号：C5〕の中にも『交隣須知』巻一の一部と巻二の一
　部が書写されたものが含まれているが、この巻一のは標題語と日本語文を
　持たない、韓国語の本文だけのものとなっている。その内容は一応aに近い
　ものではあるが、本文の始まり(《天文》部門の標題語「天」の用例文)が
　「일긔(日気)」となっていて、他の異本ですべて「하늘(天)」となってい
　ることと趣を異にしている。本論文ではとりあえず標題語のある異本だけを
　対象にし、『朝鮮語会話書』のものは、稿を改めて考察することにする。
　なお、上のアストン本類については、現在大阪外国語大学教授の岸田文隆
　氏のご好意により複写を入手することができた。感謝の意を表す。

4.3.1.1. 対象となる巻一の異本

(1) 交隣須知 巻一(書写期不明、19世紀初?)、京都大学所蔵；苗代川本＝＜苗＞
(2) 交隣須知 巻一(部分、書写期不明)、沈寿官家所蔵；沈寿官本＝＜沈＞
(3) 交隣須知 巻一(部分、書写期不明)、アストン旧蔵；アストン本＝＜あ＞
　　　　　　巻一(弘化3年、1846年写)、アストン旧蔵；アストン本＝＜ア＞
(4) 交隣須知 巻一(白水福治書写、1854年頃?)、対馬歴史民俗資料館所蔵；
　　　　　　対馬本＝＜対＞
(5) 交隣須知 巻一(久和馬寿書写、1873年)、長崎大学武藤文庫所蔵；武
　　　　　　藤本＝＜武＞
(6) 交隣須知 巻一(浦瀬裕校正増補、1881年)、明治14年印行；初刊本
　　　　　　＝＜刊＞

　現在巻一を持つ『交隣須知』の伝本は、写本類としては苗代川本、沈寿官本、アストン本2種類、対馬本があり、刊本類としては明治14年の初刊本をはじめとした3種類の異本があることになる[16]。このうち刊本類は大概明治14年の初刊本を底本としたもので、本論文では初刊本だけを対象に入れて考察することにする。以下同様。

4.3.1.2. 巻一の部門の比較

＜苗＞	＜沈＞	＜あ＞	＜ア＞	＜対＞	＜武＞	＜刊＞
天文	(天文)	天文	天文	天文	天文	天文
時節	時節	時節	時節	時節	時節	時節
昼夜	昼夜		昼夜	昼夜	昼夜	昼夜
方位	方位		方位	方位	方位	方位

16)『交隣須知』のテキストとしては他に次のものを用いる。
　　苗代川本：京都大学文学部国語国文研究室編『交隣須知』1966年
　　沈寿官本：鹿児島県立図書館所蔵の複製本
　　対馬本：片茂鎮編著『対馬歴史民俗資料館所蔵　交隣須知［解題・本文・索引(韓日語)］』2000年、弘文閣(ソウル)
　　初刊本：片茂鎮編『釜山図書館所蔵明治14年版 交隣須知［解題・本文(影印)篇］』1999年、弘文閣(ソウル)
　それからこれらの詳細については、それぞれ浜田(1970)、李康民(1996)、李鐘徹(1983)、片茂鎮(1998a)(1999b)、福島(1983)(1990)を参照されたい。

地理		地理	地理	地理	地理
江湖		江湖	江湖	江湖	江湖
水貌		水貌	水貌	水貌	水貌
舟楫		舟楫	舟楫	舟楫	舟楫
人品		人品	人品	人品	人品
人性					
官爵		官爵	官爵	官爵	官爵
天倫		天倫	天倫	天倫	天倫
頭部		頭部	頭部	頭部	頭部
身部		身部	身部	身部	身部
		形貌	形貌	形貌	形貌
		羽族	羽族	羽族	羽族

4.3.1.3. 巻一の項目比較（ ○：有、×：無 ）

本文比較分析の基準により再構成した本文の項目(標題語)だけを比較して、その有無関係を示したのが次の表である。

	苗	沈	あ	ア	対	武	刊	項目数
*	×	○	×	×	×	×	×	1
*	×	×	×	×	×	○	×	1
*	×	×	×	×	×	×	○	39
*	○	×	×	×	×	×	×	66
(a)	×	×	×	×	×	○	○	24
(b)	×	×	×	×	○	×	○	4
(c)	×	×	×	×	○	×	○	7
(d)	×	×	×	○	×	○	○	1
(e)	×	×	×	○	○	○	○	23
(f)	○	×	○	×	×	×	×	1
(g)	○	○	×	×	×	×	×	4
(h)	○	○	○	×	×	×	×	3
(i)	○	×	×	×	×	×	○	1
(j)	○	×	×	×	×	○	○	1
(k)	○	×	×	×	○	×	○	3
(l)	○	×	×	×	○	○	○	3

(m)	○	×	×	○	○	○	×	4
(n)	○	×	×	○	○	○	○	497
(o)	○	×	○	○	○	○	○	29
(p)	○	○	×	○	○	○	×	1
(q)	○	○	×	○	○	○	○	79
(r)	○	○	○	○	○	○	○	66
				計				858

『交隣須知』の巻一の本文は総858個の標題項をもつ文例で構成される。このうち、一つの異本にだけある用例として他と比較の対象のない場合(*)の107項目を除けば、分析の対象となるのは、総751個の項目とそれの本文になる。

4.3.1.4. 巻一諸本の本文比較分析

4.3.1.4.1. <苗>と<ア><対><武>の場合(e+m+n+o+p+q+r);699例

	<苗>	<ア>	<対><武>	項目数
(1)	○	◎◻◇△●◻	○	80
(2)	○	◎◇△◎●◻	◎◻	77
(3)	○	●◻	△◉	6
(4)	○	◎	◻◇△	11
(5)	○	◻	◇△	4
(6)	○	◉	●	5
(7)	○	○	◎◻	6
(8)	○	△	▽	6

ⅰ) <苗>=<ア>=<対>=<武>　158例
ⅱ) <苗>≠<ア>=<対>=<武>　172例(<苗>なし6例)
ⅲ) <ア>=<武>≠<対>　90例
ⅳ) <ア>=<対>≠<武>　9例

<苗>のない場合の6例を入れると、<ア><対><武>が同形の文例は333例として全体の半数に近い(ⅲ)。中でもとくに<対>と<武>の近似性が目立つ(総582例、約83%)。上の表は<対><武>が同形で<ア>と相違をなす場合の<苗>との関係を示したものである[17]。<ア>と<対>

<武>の間で関連性のある(8)の場合はともかくとして、(1)から(3)までは<苗>と<対><武>が近い例(163例)であり、(4)から(7)までは<苗>と<ア>が近い例(26例)で、<対><武>の文例は<苗>により深い関連性を見せている。残りの18例は<ア><武><対>が共に異形の場合である。一方、<武>と<対>に相違のある場合、<武>は<ア>の文例と同形のものが多く(ⅲ)、<対>が<ア>と同じ例はごく僅かである(ⅳ)。<武>については、第4章で詳述する。

4.3.1.4.2. <ア>と<対>の場合

ⅰ)<苗>≒<対> ><ア>　177例
ⅱ)<苗>≒<ア> ><対>　29例

4.3.1.4.1.の(1)から(7)までの例と、<ア><対><武>が共に異形である17例(□の1例を除く)のうち、<苗>と<対>が同じか近い例(ⅰ)は、<苗>と<ア>が近い例(ⅱ)より圧倒的に多い。対馬本には、韓国語と対訳をなす日本語文に修正・加筆された個所が見えるが、それは書写者の手落ちによる修正・加筆というよりも、別の異本から書き移す過程において修正されたと見られる例がほとんどで[18]、しかも最初の天文部に集中して現れる。その例を示せば次のようである。

(1)「日」の文例
　<対/一1a>　日ガ　トク　ヒルニモ　ナリマシタレトモ　クモッテ　委{ト
　　　　　　　ク卜}　知レマセヌ
　<苗/一1a>　日ガ　トク　ヒルニ　ナッタサウナレトモ　クモッテ　トク
　　　　　　　卜　シレマセヌ

---

17) <ア>と<対><武>に同じ記号があっても、それは両者に同文例があることを意味するものではない。たとえば、(3)の<ア>◉□:<対><武>△◉は、<ア>◉:<対><武>△と<ア>□:<対><武>◉の2ケースの結合で、いずれも<対><武>のほうが<苗>に近い場合である。(2)の◎も同様。ほかに、<ア><対><武>が<苗>の文例と別の内容になっているもの(□など、49例)と <苗>のない(8例)は除く。
18) 片茂鎮(1998)参照。韓国語文の場合は、筆写時に書き漏らした字を挿入したり、間違って筆写したりした部分を直す程度の修正がほとんどである。

<ア/一1a>　日ガ　トク　ヒルニモ　ナリマシタレトモ　クモリテ　<u>委ウ</u>
　　　　　　知レマセヌ
(2)「曀」の文例
<対/一3a>　クモッテ　日ガ　クラクテ　<u>ショウシニ{キノドクニ}</u>　ゴサル
<苗/一5a>　クモッテ　日ガ　シンヽヽトシテ　<u>キノドクニ</u>　ゴザル
<ア/一3a>　曇テ　日ガ　ウスクラウテ　<u>シャウシニ</u>　コサル

　上の例をみると、<対>において削除された部分は主に苗代川本と同じで、後で修正・加筆されたのはアストン本のそれに近い。そうだとすると、<対>の日本語は、本来苗代川本のような古写本にあったものを、のちにアストン本が底本にした写本類の日本語に修正されたものと見て取ることができる。それは結局、<対>が底本にした古写本はアストン本のそれより以前に存在していた、つまり原「交隣須知」により近いものであることを意味する。対馬本には部分的ではあるが増補欄がある反面、アストン本にはそれがなく、増補本以前の形式である。しかし、本の構成や体裁などは対馬本より整然としている(片茂鎮1998: 142-149参照)。対馬本とアストン本は、そもそも違う系列の写本として成長してきたものと推定される。アストン本と対馬本との関係については、第3章で詳述する。

4.3.1.4.3. 刊本との関係(e+n+o+q+r);694例

	<苗>	<ア>	<対><武><刊>	項目数
(1)	○	○	◎□◇△●	99(<苗>なし4例)
(2)	○	◎□	◇△●●	65
(3)	○	●	●	5
(4)	○	□	□■	30
(5)	○	◎□	○◎	5
(6) その他				35

　　ⅰ）<苗>=<ア><対><武>=<刊>　　56例
　　ⅱ）<苗>≒<ア><対><武>=<刊>　　48例(<苗>なし1例)
　　ⅲ）<刊>≒<ア>＞<対><武>　　147例
　　ⅳ）<刊>≒<対><武>＞<ア>　　86例

    ⅴ）＜刊＞≒＜ア＞＜武＞ ＞ ＜対＞　　　　59例
    ⅵ）＜刊＞≒＜対＞ ＞ ＜ア＞＜武＞　　　　23例

　＜刊＞にだけ別の文例である例(□◇)を除くと(36例)、＜刊＞の文例は、基本的に＜ア＞＜対＞＜武＞のような増補本類を受け継ぐものとなっている。増補本類の＜ア＞＜対＞＜武＞に同じか(ⅰⅱ)、増補本類との関連性が認められるもの((1)～(4))が303例(44%)で約半分ぐらいである。その中でも＜ア＞との近似性が認められ、＜対＞＜武＞が同形で＜ア＞と相違のある場合、＜ア＞と同じか近い例が2倍ぐらい多い(ⅲⅳ)。＜ア＞＜武＞が同形で＜対＞と相違のある場合も、＜対＞より＜ア＞＜武＞に近い文例が＜刊＞に多い(ⅴⅵ)。一方、＜苗＞のような古写本類と関連性が優先的に認められる例はごく僅かである((5))。刊本は主に＜対＞と＜ア＞、そのなかでも＜ア＞との関連性が認められ、相対的に＜苗＞とは疎い関係にあることが分かる。これは刊本を編纂する時、それの底本となったのは、＜ア＞のような、比較的後代の写本類であることを意味する。刊本は語彙的に増補されているものの、体裁的に増補欄をもたない。＜ア＞も同様で、明治期の刊本は、増補欄のない増補本類の系統を継ぐものと言えよう(片茂鎭2001:805参照)。

4.3.1.5. 標題語の対訳語彙の比較
4.3.1.5.1. ＜苗＞と＜対＞＜ア＞＜武＞との関係
a. 韓国語

　＜苗＞と＜対＞＜ア＞＜武＞の語彙が同じ語形である例が主流をなすなか、＜対＞＜ア＞＜武＞に相違のある場合は＜苗＞と＜対＞が同じか、表記上の問題(口蓋音、連綴・分綴)などにすぎない例が相対的に多い。＜対＞＜ア＞＜武＞に相違のある場合、各々＜苗＞と同じ例だけを示すと次のようになる。

　(1) ＜苗＞≒＜対＞　12例
　(2) ＜苗＞≒＜ア＞　6例
　(3) ＜苗＞≒＜武＞　6例

(1)の例
　[1077]　去年　　거년<苗/一06a><対/一08b>샹년<ア/一08b><武/一09b>

(2)の例
　[1615]　某　　　아모가히<苗/一46a><ア/一53b>　아모가이<対/一53a><武/一54a>

(3)の例
　[1145]　暎　　　영지니<苗/一11a>　영디니<武/一14b>　영찌니<ア/一14b><対/一14b>

b. 日本語

　増補本類の日本語の場合は、全体として<苗>と異なる例が多く、なお<対><ア><武>においても相違する例が多いので、ある傾向性を見出すのは難しい。たとえば

　　[1792]　黶　　ホグロ<苗/一60a>　ホクロ<対/一69a>　アザ<ア/一69a>
　　　　　　　　　<武/一70a>
　　[1409]　使令　シレイ<苗/一30a>　使令<ア/一35b>　ソレギ<対/一35b>
　　　　　　　　　サレグ<武/一36b>
　　[1540]　通事　通事<苗/一40b>　小通事<ア/一47a><武/一47b>　トグソ
　　　　　　　　　<対/一46b>

のような具合である。<苗>と<対>が近い例もあれば([1792][1540])、<苗>と<ア>の近似性が認められる例([1409])など片寄りを見せない。ただし一つ目を引くのは、<対>と<武>、なかでも<対>には「使令(ᄉᆞ령)」「通事(통ᄉᆞ)」に対して「ソレギ」「トグソ」のような韓国の字音語を転写したような対訳があることである。<対>におけるこのような対訳語は日本の字音語や漢字語を当てた<苗>とは対照的で、ある意味では初期の段階における、たとえば原「交隣須知」のような古写本の影響を物語るものかもしれない。

4.3.1.5.2.　<対><ア><武>と<刊>の関係
　a. 韓国語

　<刊>では、写本類の語彙をより新しい語彙に変えていく傾向にあるので、増補本類の語形と異なる語彙が多い。しかしその過程においても増補本類の語彙が採用される例があって、<対><ア><武>に相違のある場合は、どの異本が<刊>とより関連性が認められるかをうかがい知ることができる。

(1) 刊≒<対>　3例
(2) 刊≒<ア>　9例
(3) 刊≒<武>　6例

(1)の例
　[1347] 洪　　너비<ア/一31a><武/一32a>　너븨<対/一31a>　너뷔<初/一25a>

(2)の例
　[1373] 泊　　비 디여라<ア/一33b>　비 비여라<対/ ·33a><武/一34a>　비 대여라<初/一27a>

(3)の例
　[1643] 眼毛　눈털<ア/一56a>　눈섭<武/一57a><対/一56a>　속눈썹<初/一44b>

　例は少ないが、<刊>とより深い関連性が認められるのは<ア>で、相対的に<対>とは疎い関係にあると言えよう。次のような<対><ア><武>が各々違う場合、<刊>の「ᄋ기」は<ア>の「아기」との近似性が認められよう。

　[1784] 孩　　아기<ア/一68a>　아가<対/一68a>　아희<武/一69a>　ᄋ기<初/一54a>

b. 日本語
　日本語の場合は、<刊>との関連において<ア>のほうがやや数字的優位を占めるが、これというほどの偏りは見せない。

(1) 刊≒<ア>　30例
(2) 刊≒<対>　20例
(3) 刊≒<武>　20例

(1)の例

  [1013] 東風　コチ<ア/一03a><初/一02b>　コチカゼ<対/一03a><武/一03a>

(2)の例

  [1741] 涎　ツバ<対/一64a><初/一50b>　ツワ<ア/一64a><武/一65a>

4.3.2. 巻二の本文比較

4.3.2.1. 対象となる巻二の異本

(1) 交隣須知　巻二(書写期不明、19世紀初?)、京都大学所蔵；苗代川本＝<苗>

(2) 交隣須知　巻二(中村庄次郎書写　1868〜1873)、前間恭作摹写本、ソウル大学所蔵；ソウル大本＝<ソ>

(3) 交隣須知　巻二(書写期不明、1880年頃?)、東京大学小倉文庫所蔵；済州本＝<済>

(4) 交隣須知　巻二(部分、W.G.Aston書写、1885年)、アストン旧蔵、朝鮮語会話書［仮題］所収；アストン本＝<会>

(5) 交隣須知　巻二(浦瀬裕校正増補、1881年)、明治14年印行；初刊本＝<刊>

　巻二といっても、増補本類や刊本の巻三に含まれているものも混ざることになるが、それは古写本系の苗代川本の項目順にしたがった結果である。それと関連して、他に武藤本『交隣須知』巻三の一部のものも含めて、一緒に扱うことにする。

4.3.2.2. 部門立て

各異本における部門も配列を表にすると次のようになる。

<苗>	<ソ>	<済>	<会>	<刊>
飛禽				
走獣	走獣	走獣	(走獣)	走獣
水族	水族	水族	水族	水族
昆虫	昆虫	昆虫	昆虫	昆虫

禾黍	禾黍	禾黍	禾黍	禾黍
蔬菜	蔬菜	蔬菜	蔬菜	蔬菜
農圃	農圃	農圃	農圃	農圃
果実	果実	果実	(果実)	果実
樹木	樹木	樹木	樹木	樹木
花品	花品	花品	花品	花品
草卉	草卉	草卉	草卉	草卉
都邑	都邑	都邑	宅宮 *	宮宅 *
城路				
宅宮	宅宮	宅宮	都邑 *	都邑 *
金宝	味臭	味臭	味臭	味臭
布帛	喫貌	喫貌		喫貌
彩色	熟設	熟設		熟設
	売買	売買		売買
	疾病	疾病		疾病
	行動	行動		行動

　古写本系の＜苗＞を除いて他の増補本類の部門は刊本と近いものとなっている。これは『交隣須知』の全巻に共通していて、＜苗＞は他の増補本類とは違う系列のものであることを物語っている。もちろん刊本は増補本類の系統を継ぐものであるが、ここでは特に＜会＞との酷似性が認められる[19]。本文に書き漏れと見える《走獣》《果実》部門は別として、《宅宮》《都邑》部門の順序が刊本と同じで、＜ソ＞＜済＞のそれと異なっている。また＜ソ＞と＜済＞にはいわゆる増補欄があって増補本類の典型をなしているが、＜会＞には増補欄はなく、増補された項目が当該部門の本文の後ろに収められ、刊本と同じ体裁をしている。ここで一つ推測を立てるならば、刊本の藍本となったのは＜ソ＞＜済＞のような増補本類よりは、むしろ＜会＞の底本となった写本ではなかったかということである。つまり、増補本類と刊本の間に＜会＞を

---

19) この＜会＞と＜刊＞の類似性に関して、本書の書写期(1885)が明治14年(1881)より後であることから、本書が初刊本を底本にして書写された可能性もなくもないが、後述するように、その本文は他の増補本類に近いものである。この点については岸田(1998)も指摘している。

おきたいのであるが、以下<会>を中心に述べていくことにする。

4.3.2.3　巻二諸本の項目比較 (○：有、×：無)

　本文比較分析の基準により再構成した本文の項目(標題語)だけを比較して、その有無関係を示したのが次の表である。ただし、ここでは標題語の音読みだけが用例に立つ項目は無視する。

	苗	ソ	済	会	武	刊	項目数
*	○	×	×	×	×	×	96
*	×	×	×	×	×	○	2
*	×	×	×	○	×	○	2
*	×	○	×	×	×	×	1
*	○	×	×	×	×	○	1
(a)	○	○	○	○	×	○	431
(b)	○	○	○	×	×	○	120
(c)	○	○	○	○	×	×	1
(d)	○	○	○	×	○	×	1
(e)	○	○	○	×	×	×	4
(f)	○	○	×	×	×	×	1
(g)	×	○	○	○	×	○	54
(h)	×	○	○	×	×	○	21
(i)	×	○	○	○	×	×	1
(j)	×	○	○	×	×	×	10
				計			746

　『交隣須知』巻二の本文は総746個の標題項をもつ用例文で構成される。このうち、一つの異本、または一種の写本にだけある用例としてほかと比較の対象のない場合(*)の102項目を除けば、分析の対象となるものは、総644個の項目とそれの用例文となる。

4.3.2.4.　巻二諸本の本文比較分析
4.3.2.4.1.　<苗>と<ソ><済><会>の場合(a+c);432例

	\<苗\>	\<ソ\>		\<済\>		\<会\>	項目数
(1)	○	○		○		○	176
(2)	○	○		○		◎□	50
(3)	○	○		○		●	1
(4)	○	◎		◎		◎□◇	105
(5)	○	□		□		□◇	11
(6)	○	◇		◇		◇	1
(7)	○	●		●		●●	9
(8)	○	□		□		□□	18
(9)	○	◎○◇●□		◎○◇●□		○	30
(10)	○	□◇□		□◇□		◎	14
(11) その他							17

　(1)から(8)までは\<ソ\>と\<済\>が同一の場合で、\<苗\>\<ソ\>\<済\>\<会\>が同じ、しかも\<会\>で小異のある例が全体の半分以上を占めている((1)(2))。一方、\<苗\>と\<ソ\>\<済\>とが異なっている場合は、\<会\>は\<ソ\>\<済\>に近い用例文が多い((4)～(8))。しかし逆の場合、すなわち、\<ソ\>\<済\>より\<苗\>に近い例も少なくない((9)(10))。その他はア≒ソ＞済(9例)、ア≒済＞ソ(8例)の例である。

　(2)の例
　　\<苗/二35b\> 柴　　　　쇠목은 닙피 업는 남기라
　　\<ソ/二38b\> 柴　　　　쇠목은 닙피 업는 남기라
　　\<済/二38b\> 柴　　　　쇠목은 닙피 업는 남기라
　　\<会/二041\> 柴　　　　쇠목은 닙피 인는 남기라
　(4)の例
　　\<苗/二14b\> 錦鱗魚　　금닌어 낙가 술 안쥬 ᄒᆞᆸ새
　　\<ソ/二11a\> 錦鱗魚　　금닌어 낙어 술 안쥬 ᄒᆞᆸ새
　　\<済/二11a\> 錦鱗魚　　금닌어 낙어 술 안쥬 ᄒᆞᆸ새
　　\<会/二011\> 錦鱗魚　　금린어 낙가 슬 안쥬 ᄒᆞᆸ늬
　(9)の例
　　\<苗/二46b\> 閨　　　　규방은 녀편늬가 출입ᄒᆞᆸ늬
　　\<ソ/二50a\> 閨　　　　규방은 녀편늬가 출입ᄒᆞᄂᆞ니라
　　\<済/二50a\> 閨　　　　규방은 녀편늬가 출입ᄒᆞᄂᆞ니라

<会/二.050> 閨　　　　규방은 녀편너가 출입ᄒᆞ옵니

　<会>には増補欄はないが、内容的には増補本類の一種である(片茂鎮2003a参照)。

4.3.2.4.2. <苗>と<ソ><済><武>の場合(b+d);121例

<苗>	<ソ>	<済>	<武>	項目数
(1) ○	○	○	○	38
(2) ○	○	○	◎	1
(3) ○	◎	◎	◎	29
(4) ○	◎	◎	◎◇	8
(5) ○	●	●	●●	9
(6) ○	□	□	□⊠	30
(7) ○	●	●	◎	1
(8) ○	□	□	●	1
(9) その他				4

　苗代川本の項目順にしたがって本文を再構成したため、<武>の巻三の一部がここに含まれる。<武>は、<苗>や<ソ><済>によく似た文例をもつ面があるが、<ソ><済>より<苗>に近い用例をもつ例はほとんどない。<武>は<ソ><済>のような増補本類と非常に近い関係にあるものと思われる[20]。

　(5)の例
　　<苗/二53b> 硼砂　　봉사가 쓸 디 이시니 약간 어더 주옵소
　　<ソ/三09b> 硼砂　　봉사롤 써야 쇠롤 니엇ᄂᆞ니
　　<済/三09b> 硼砂　　봉사롤 써야 쇠롤 니엇ᄂᆞ니
　　<武/三08b> 硼砂　　봉사가 이셔야 쇠를 니엇습거든

　次は、どの場合にも酷似性をみせる<ソ>と<済>について少し検討

---

20) 片茂鎮(2002)参照。武藤本の巻一は<苗>に近い用例文が多く、巻四は増補欄を除いた本文のほとんどが<苗>に同じか小異のものである。しかし巻三の場合は<ソ><済>との近似性が認められる。

してみよう。

4.3.2.4.3. <苗><ソ><済>の関係(a+b+c+d+e+f+g+h+i+j);644例

ⅰ)<ソ>＝<済>　　620例
ⅱ)<ソ>≠<済>　　24例のうち
　　　<苗>≒<済>＞<ソ>　15例
　　　<苗>≒<ソ>＞<済>　　3例

上の数字からもわかるように、<ソ>と<済>は644例のうち620例が
酷似しているところから、一応両書は同一の底本から書写されたもの
と見受けられる。一方、<ソ>と<済>が同じでない場合は24例あるが、
<ソ>と<苗>が近い例より<済>と<苗>が近い例が圧倒的に多い。し
かしこれは全体数比少ない例なので、これだけで<苗>と<済>の関連
性を断言することはできない。

ⅰ)の例
　<苗/二06b>　象　코키리ᄂᆫ 코히 쥐가 들면 견ᄃᆞ지 못ᄒᆞ옵니
　<ソ/二01a>　象　코키리ᄂᆫ 코의 쥐가 들면 못 견ᄃᆡ여 ᄒᆞ옵니
　<済/二01a>　象　코키리ᄂᆫ 코의 쥐가 들면 견ᄃᆡ지 못ᄒᆞ옵(니)

果たして<ソ><済>の底本が同一のものだったかどうかの判断は全
巻の総合的な考察後に委ねたいが、ある異本の書写期と他書との系統
的関係は、必ずしも比例するものではないと思われる。
　例えば、

　<苗/二59b>　染　믈드리ᄂᆫ 슈공은 얼마나 ᄒᆞ온고
　<ソ/三21a>　染　믈드리ᄂᆫ 슈공은 언마나 ᄒᆞ고
　<済/三21a>　染　믈드리ᄂᆫ 슈공은 언마나 ᄒᆞ온고

の例において、<苗>との関連性からみて、書写期の早い<ソ>の用例
文よりは書写期の遅い<済>の用例文が<苗>に近い。<苗>「얼마나
ᄒᆞ온고」→<済>「언마나　ᄒᆞ온고」→<ソ>「언마나　ᄒᆞ고」のような
伝写のプロセスが自然で、またその蓋然性が高いと思われる。それは

ある二つの写本が底本の関係でない場合、各々の写本の底本は違うことになるし、書写期の遅い写本の底本がより古い写本で可能性もありうるからである。実際、『交隣須知』の中でもっとも古形を保っていると言われる<苗>も、その書写期は19世紀初と推定されていて、1795年に書写された小田本よりも時期的には後である。

4.3.2.4.4. <刊>と<ソ><済><会>の場合(a+g);485例

	<ソ>	<済>	<会>	<刊>	項目数
(1)	○	○	○	○○□◇	204
(2)	○	○	○	●●	9
(3)	◎○□◇	◎○□	◎○□	◎○□◇●●	88
(4)	●	●	●	●●	8
(5)	□	□	□	□回	11
(6)	その他				35

　　　ⅰ）刊≒<会> ＞ <ソ><済>　　112例
　　　ⅱ）刊≒<ソ><済> ＞ <会>　　　18例

　(1)から(5)までのデータからも分かるように、全体の3分の2以上が増補本類の本文に小異を加えた形の本文をもつ刊本の例である。これは<ソ><済>と<会>が同一の場合で、刊本で増補本類の本文を受け継いだものとみていいと思う。ただし、ⅰ）ⅱ）のように、<ソ><済>と<会>に相異がある場合、<ソ><済>より<会>に近い刊本の例が<ソ><済>に近い例より圧倒的に多い。このような現象は、<会>と<刊>との関連性を示すいい例と思われる。

　ⅰ）の例
　　<苗/二11b> 馬嘶　　　　몰이 봄이면 야비달ᄒ옵니
　　<ソ/二07b> 馬嘶　　　　몰이 봄이면 야비달ᄒ옵니
　　<済/二07b> 馬嘶　　　　몰이 봄이면 야비달ᄒ옵니
　　<会/二007> 馬嘶　　　　몰이 봄이면 ᄌ로 우옵ᄂ니
　　<刊/二06a> 馬嘶　　　　몰이 봄이면 ᄌ로 웃ᄂ니라
　ⅱ）の例

<苗/二27a> 細毛   가슭를 그리도 만히 쓰옵느니잇가
<ソ/二27a> 細毛   가스리룰 그리도 만히 쓰옵는가
<済/二27a> 細毛   가스리룰 그리도 만히 쓰옵는가
<会/二028> 細毛   가스리를 그도 만히 쓰옵는가
<刊/二20a> 細毛   가스리를 그리도 만이 쓰옵는가

しかし、<会>の書写期(1885年)が初刊本の刊行期(1881年)より遅いので、<会>が<刊>を底本にした可能性もなくはないが、もし<刊>を書き写したとすれば、<会>において、「우옵느니」のような、刊本のそれより古い表現や表記が採用されていることに対する説明が困難になる。やはり<会>のような写本から<刊>の原稿が書かれたと見るべきである。一方、<武>と他の増補本類との間では、<会>のような偏りは見られない。<ソ><済>と<武>が類似しているからであろう。

4.3.2.5. 標題語の対訳語彙の比較

4.3.2.5.1. <苗>と<ソ><済><会>と刊本の関係

<ソ><済><会>のうち2本が同形で、しかもそれらのどちらかが<苗>と同じか近いと判断される例である。ただし<会>には基本的に対訳の日本語がないので、ここでは韓国語だけを扱う。

(1) <苗>≒<ソ> 38例
(2) <苗>≒<済> 41例
(3) <苗>≒<会>   9例
(4) <刊>≒<ソ>   9例
(5) <刊>≒<済>   7例
(6) <刊>≒<会> 25例

(1)(2)の例
　[2534] 椽　혁가리<苗/二47b><ソ/二51a><済/二51a> 셧가리<会話/052>
(3)の例
　[2264] 菘菜　비치<苗/二27b><会話/028>　픠치<ソ//二27b><済//二27b>

(4)(5)の例

   [2424]　槿花　무궁화<ソ/二42b><済/二42b><初/二30b>　목근화<会話/045>

(6)の例

   [2407]　花枯　곳이 죽어시니<ソ/二41a><済/二41a>　곳치 말나시니<会話/043>　꽂치 몰나쓰니<初/二29b>

　(1)から(3)までは<ソ><済><会>と<苗>との関係、(4)から(6)までは<刊>との関係を示すものである。<ソ>と<済>は非常に近い関係にあり、しかも刊本より古写本との関連性が認められる。一方<会>は、<苗>より<刊>と深い関係にあることがわかる。

   [2040]　狐　여의<苗/二09b>　여익<ソ/二04b>　여외<済/二04b>　여호<会話/004>　여후<初/二04a>

のような例からも諸本の関係がよくうかがえる。

4.3.3. 巻三の本文比較
4.3.3.1. 対象となる巻三の異本

  (1)　交隣須知　巻三(書写期不明、19世紀初?)、京都大学所蔵；苗代川本＝<苗>

  (2)　交隣須知　巻三(文政10年(1813)書写)、沈寿官家所蔵；文政本＝<文>

  (3)　交隣須知　巻三(天保13年(1842)書写)、沈寿官家所蔵；天保本＝<天>

  (4)　交隣須知　巻三(中村庄次郎書写 1868～1873)、前間恭作摹写本、ソウル大学所蔵；ソウル大本＝<ソ>

  (5)　交隣須知　巻三(書写期不明、1880年頃?)、東京大学小倉文庫所蔵；済州本＝<済>

  (6)　交隣須知　巻三(久和馬寿書写、1873年)、長崎大学武藤文庫所蔵；武藤本＝<武>

  (7)　交隣須知　巻三(浦瀬裕校正増補、1881年)、明治14年印行；初刊本＝<刊>

4.3.4.2. 部門立て

<苗>	<文>	<天>	<ソ>	<済>	<武>	<刊>
衣冠	衣冠	衣冠	墓寺	墓寺	墓寺	墓寺
女飾	女飾	女飾	金宝	金宝	金宝	金宝
鋪陳	鋪陳	鋪陳	鋪陳	鋪陳	鋪陳	鋪陳
盛器	盛器	盛器	布帛	布帛	布帛	布帛
織器	織器	織器	綵色	綵色	綵色	彩色
鉄器	鉄器	鉄器	衣冠	衣冠	衣冠	衣冠
雑器	雑器	雑器	女飾	女飾	女飾	女飾
風物	風物	風物	盛器	盛器	盛器	盛器
視聴	視聴	視聴	織器	織器	織器	織器
車轎	車轎	車轎	鉄器	鉄器	鉄器	鉄器
鞍具	鞍具	鞍具	雑器	雑器	雑器	雑器
戯物	戯物	戯物	風物	風物	風物	風物
政刑	政刑	政刑	視聴	視聴	視聴	視聴
文式	文式	文式	車輪	車輪	車輪	車輪
武備	武備	武備	鞍具	鞍具	鞍具	鞍具
征戦	征戦	征戦	戯物	戯物	戯物	戯物
飲食	飲食	飲食	政刑	政刑	政刑	政刑
墓寺	*味臭	墓寺	文式	文式	文式	文式
味臭	*喫貌	味臭	武備	武備	武備	武備
喫貌	*熟設	喫貌	征戦	征戦	征戦	征戦
熟設	*売買	熟設	飲食	飲食	飲食	飲食
売買	*疾病	売買				
疾病	*墓寺	疾病				
行動	行動	行動				
静止	静止	静止				

4.3.4.3. 巻三諸本の項目比較（ ○ ：有、× ：無 ）

	苗	天	文	ソ	済	武	会	刊	項目数
*	×	×	○	×	×	×	×	×	11
*	×	×	×	×	×	○	×	×	1
*	×	×	×	×	×	×	×	○	4

*	×	×	×	×	○	×	×	×	5
(a)	×	×	×	○	○	×	×	×	20
(b)	×	×	×	○	○	×	×	○	41
(c)	×	×	×	○	○	×	○	○	3
(d)	×	×	×	○	○	○	×	×	7
(e)	×	×	×	○	○	○	×	○	69
(f)	×	×	○	○	×	×	×	×	1
(g)	×	×	○	○	○	×	×	○	1
(h)	×	×	○	○	○	×	×	○	1
(i)	×	○	○	×	×	×	×	×	1
(j)	×	○	○	×	○	○	×	○	1
(k)	○	×	×	○	○	○	×	○	2
(l)	○	×	○	○	○	○	○	○	1
(m)	○	○	×	×	×	×	×	×	9
(n)	○	○	×	○	○	×	×	○	3
(o)	○	○	×	○	○	○	×	○	15
(p)	○	○	○	×	×	×	×	×	35
(q)	○	○	○	×	○	×	×	×	1
(r)	○	○	○	○	○	×	×	×	4
(s)	○	○	○	○	○	×	×	○	199
(t)	○	○	○	○	×	○	○	○	16
(u)	○	○	○	○	○	○	×	×	4
(v)	○	○	○	○	○	○	×	○	519
							計		974

4.3.3.4. 巻三諸本の本文比較分析

4.3.3.4.1. <苗>と<ソ><済>の場合(k+l+n+o+r+s+t+u+v);763例

	<苗>	<ソ>	<済>	項目数
(1)	○	○	○	207
(2)	○	◎□◇	◎□◇	280
(3)	○	△▽	△▽	67
(4)	○	●●	●●	52
(5)	○	□回◈◇	□回◈◇	116

ⅰ) <苗>≒<ソ> > <済>　11例

ⅱ) ＜苗＞≒＜済＞ ＞ ＜ソ＞ 　　7例
ⅲ) ＜苗＞≠＜ソ＞≒＜済＞ 　　9例

　＜ソ＞に判読の不可能な部分のある16例を除いて、(1)から(5)までの722例(約95%)が＜ソ＞と＜済＞が同形である。この比率は、＜苗＞のない場合を含めても同じである(905例のうち856例)。＜ソ＞と＜済＞は同系列の写本で、共通底本の関係にあるとみてよいと思う。両書に相違のある例は27例に過ぎない。この場合、ⅰ)のように、＜済＞より＜ソ＞の文例が＜苗＞に近い例がⅱ)をやや上回っていて巻二の場合と逆であるが、その差は軽微である。

　なお(1)(2)のように、＜ソ＞＜済＞は＜苗＞と同じか小異のある文例が全体の半分を越えていて、系統的な関係が認められる。しかし(5)のような、＜苗＞と別の内容の文例や、(3)(4)のような中・大幅の相違がある例も多いので、＜苗＞と＜ソ＞＜済＞はそれほど緊密な関係にあるとは言えない。(3)の例。

[3278] 簣・삼태 궤・기・덴몬고 ＜倭下/器具,15b＞
　　＜苗/三21a＞ 三太　삼태예 여믈 격젹 담아 몰의 즈로 주어야 됴흐니라
　　＜ソ/三47b＞ 三太　삼태에 여믈 담아 몰 즈로 주와라
　　＜済/三47b＞ 三太　삼태에 여믈 담아 몰 즈로 주와라
　　＜武/三44a＞ 三太　삼태에 여믈 담아 가지고 몰 즈로 주와라
　　＜初/三32a＞ 簣　　삼태에 여믈을 쟉쟉 담아 몰을 즈루 먹여야 됴흐니라

4.3.3.4.2. ＜苗＞と＜ソ＞＜済＞＜武＞の関係

　いっぽう、＜武＞は＜ソ＞＜済＞と非常に密接な関係にある。これについては第2部第4章で詳述する。

　　＜武＞＝＜ソ＞＜済＞ 　　　　408例(1例は＜ソ＞無し)
　　＜武＞≒＜ソ＞＜済＞ ＞ ＜苗＞ 372例
　　＜武＞≒＜苗＞ ＞ ＜ソ＞＜済＞ 19例

4.3.3.4.3. ＜文＞と＜ソ＞＜済＞の場合(g+h+l+r+s+t+u+v);735例

＜苗＞	＜文＞	＜ソ＞＜済＞	項目数
(1) ○	◎	◎□◇△▽●	99
(2) ○	◎	◎◇△▽●	21
(3) ○	△●	▽●●	6
(4) ○	□	□◇	1
(5) ○	□◎◇△●	◎	33
(6) ○	◇△●	◎	11
(7) ○	●	△	1

　ⅰ）＜苗＞＝＜文＞＝＜ソ＞＜済＞100例
　ⅱ）＜苗＞≠＜文＞＝＜ソ＞＜済＞ 12例

　＜文＞か＜ソ＞＜済＞のどちらかに別の内容をもつ文例(□)があって、＜文＞と＜ソ＞＜済＞の相関関係を示さない例を除いた場合、対象となるのは544例であるが、そのうち、確実に＜文＞と＜ソ＞＜済＞の関連性が認められるのは、ⅰ)ⅱ)の112例と(3)(4)の7例の120例ぐらいである。もちろん(1)(2)の＜ソ＞＜済＞の一部(□◎、69例)、(5)(6)の＜文＞の一部(□◎、20例)も＜文＞と＜ソ＞＜済＞の関連性を示す例であるので少し近似度は増えるが、両者においては直接的な関連性は認めがたい。古写本の＜沈＞(巻一)が増補本の＜対＞と系統的に緊密な関係にあることを考慮すると、＜文＞と＜ソ＞＜済＞は間接的な影響関係にあると言えるのではないかと思う。＜文＞が＜苗＞や＜沈＞と系統を異にする写本なのかどうかはこの段階では判断しかねるが、増補本類の文例とある程度関連性が認められることから、一応、＜文＞は＜沈＞の系統から分離された写本と考えたい。一方、＜苗＞と底本の関係が認められる＜天＞にも、少数ではあるが＜ソ＞
＜済＞と同じか、関連性が認められる例がある(8例)。原祖本系の写本類は、増補本類とは違って、それほど系統的に細分化されずに転写され、内容的にも似たものとして伝えられてきた経緯がうかがえる。

4.3.3.4.4. 刊本との関係(e+h+k+l+o+u+v);611例

	<苗>	<ソ>	<済>	<武>	<刊>	項目数
(1)	○	◎			□◎▽	51
(2)	○	□◇			◇●	52
(3)	○	△▽			▽⊗●	27
(4)	○	●●			●●	20
(5)	○	□			□◨■	43
(6)	○	◎□			○	14
(7)	○	□◎△●			◎	20
(8)	○	◇△●			□	6

　ⅰ) <ソ><済>＝武≠刊　　341例
　ⅱ) 刊≒<ソ><済> ＞ <武>　53例
　ⅲ) 刊≒<武> ＞ <ソ><済>　29例

　<ソ><済><武>が同形で<刊>に相違のあるⅰ)のうち、その相違の程度による<ソ><済><武>と<刊>の相関関係をみると[21]、(1)から(5)までのような、<刊>において増補本類との関連性が認められる場合(193例)が、<苗>のような古写本類に近い場合((6)～(8)、40例)より圧倒的に多い。当然ながら、<刊>の文例は<ソ><済><武>のような増補本類のそれを受け継ぐものであろう。そして、<ソ><済>との関連性が<武>よりはやや優位に現われる(ⅱⅲ)。また、<ソ>と<済>に相違がある場合、<武>は<済>に近い例が優位であるが、両方とも際立った偏りは見せない。<武>は<ソ><済>と同系列に属する写本とみていいと思う。ただし、<武>の中には古写本の文例と増補本類の文例を混合して新しい文例を作ったと思しき例(☆)が7例ほど出ている。刊本には18例ほど見える。<武>の1例を挙げる。

---

21) その区別に役立たない次のような例、たとえば、<ソ><済><武><刊>の文例が同一の例(110)、<苗>のないか<ソ><済><武>と<苗>に相違が存する例(91)、<ソ><済><武>だけが他と関係のない別の文例 (□)となっている例(5)、<刊>において別の文例(□)となっているか、古写本類と増補本類の混合文(☆)となっている例(12)などは対象から除く。

[3522] 宝劔・보검・호우젠 <倭上/軍器,40a>
  <苗/三38b> 宝劔　　　　보검은 빗치 하눌의 쏘이옵느니
  <天/三38a> 宝劔　　　　보검은 빗치 하눌의 쏘이옵느니
  <文/三37a> 宝劔　　　　보검은 빗치 하눌의 쏘이ᄒ옵느니
  <ソ/三74b> 宝劔　　　　보검은 눌 빗치 하눌의 쏘이다 ᄒ옵느니
  <済/三75a> 宝劔　　　　보검은 눌 빗치 하눌의 쏘이다 ᄒ옵느니
  <武/三69b> 宝劔　　　　보검은 빗치 하눌의 쏘이다 ᄒ옵느니
  <初/三51b> 宝劔　　　　보검은 눌 빗치 하늘에 쏘인다 허옵느니

4.3.3.5. 標題語の対訳語彙の比較

4.3.3.5.1. <苗>と<ソ><済><武>

a. 韓国語

<ソ><済><武>は巻三を通して同形のものが多く、相違の存する例は僅かである。

(1) <苗>≒<ソ> 3例
(2) <苗>≒<済> 3例
(3) <苗>≒<武> 5例

(3)の例
  [3363] 双馬　상마<苗/三26b><武/三53a> 쌍마<ソ/三56b><済/三57a>

<ソ><済><武>が同系であることを示している。

b. 日本語

日本語の場合も韓国語とほぼ同じ傾向である。ただし<苗>の日本語とは異なる場合が圧倒的に多い。

(1) <苗>≒<ソ> 2例
(2) <苗>≒<済> 2例
(3) <苗>≒<武> 5例

(3)の例
  [3569] 戦場　戦場<苗/三41b> タヽカイノ 処<ソ/三80b><済/三81a>

センジャウ＜武/三75a＞

　用例が少ないのではっきりしたことは言えないが、一応、＜武＞は＜ソ＞＜済＞と同系ではあっても底本の関係ではないものと思われる。

4.3.3.5.2. ＜ソ＞＜済＞＜武＞と刊本

　韓国語の場合、そもそも＜ソ＞＜済＞＜武＞の間にあまり相違がないので、＜刊＞との関係を知る例が余りない。＜刊＞では、大体において＜ソ＞＜済＞＜武＞と共通する語を受け継ぎながら、より現代的、標準的な語彙・表記・表現に直したとみていいだろう。ただし日本語の場合は、＜武＞と近い例（[3169][3465]）があれば＜ソ＞か＜済＞に近い例（[3027][3822]）もある。

　　[3169]　篩　　フルイ＜苗/三13a＞＜武/三34b＞＜初/三25b＞ スイノウ＜ソ
　　　　　　　　　/三37b＞＜済/三38a＞
　　[3465]　学　　マナフ　コト＜苗/三34a＞＜武/三63a＞＜初/三46b＞ ナラ
　　　　　　　　　ウ　コト＜ソ/三68a＞＜済/三 68a＞
　　[3027]　襁褓　シメシ＜苗/三03a＞＜ソ/三26a＞＜済/三26a＞＜初/三17b＞
　　　　　　　　　シメ＜武/三24a＞
　　[3822]　証人　ウケニン＜苗/三59b＞　シャウニン＜ソ/二66a＞ シャウゴ
　　　　　　　　　人＜済/二66a＞　証人＜初/二47b＞

　＜刊＞を編輯するときいくつかの増補本を参照しながら語彙を選んだ過程がうかがえるが、なかでも＜苗＞のような古写本類に共通したものを優先的に配慮したかも知れない。

4.3.4. 巻四の本文比較
4.3.4.1. 対象となる巻四の異本

　(1) 交隣須知 巻四(書写期不明、19世紀初?)、京都大学所蔵；苗代川
　　　　　　本＝＜苗＞
　(2) 交隣須知 巻四(部分、1852年書写)、沈寿官家所蔵；沈寿官本＝＜沈＞
　(3) 増補交隣須知 巻四(小田幾五郎修正 1795年)、東京大学史料編纂

所所蔵；小田本＝＜小＞

(4) 交隣須知　巻四(中村庄次郎書写 1868〜1873)、前間恭作摹写本、
　　ソウル大学所蔵；ソウル大本＝＜ソ＞

(5) 交隣須知　巻四(天保13年(1842)書写)、アストン旧蔵；アストン本
　　＝＜ア＞

(6) 交隣須知　巻四(久和馬寿書写、1873年)、長崎大学武藤文庫所蔵；
　　武藤本＝＜武＞

(7) 交隣須知　巻四(浦瀬裕校正増補、1881年)、明治14年印行；初刊本
　　＝＜刊＞

4.3.4.2. 部門立て

＜苗＞	＜沈＞	＜小＞	＜ソ＞	＜ア＞	＜武＞	＜刊＞
		静止	静止	静止	静止	静止
手運		手運	手運	手運	手運	手運
足使		足使	足使	足使	足使	足使
心動		心動	心動	心動	心動	心動
言語		言語	言語	言語	言語	言語
語辞		語辞	語辞	語辞	語辞	語辞
心使		心使	心使	心使	心使	心使
四端		四端	四端	四端	四端	四端
太多		太多	太多	太多	太多	太多
範囲	範囲	範囲	範囲	範囲	範囲	範囲
雑語	雑語	雑語	雑語	雑語	雑語	雑語
逍遥	逍遥	逍遥	逍遥	逍遥	逍遥	逍遥
----	----	----	----	----	----	----
天干	天干	天干	天干	天干	天干	天干
地支	地支	地支	地支	地支	地支	地支
時刻	時刻	時刻	時刻	時刻	時刻	時刻

4.3.4.3. 巻四諸本の項目比較 (○：有、×：無)

	苗	天	文	沈	小	ソ	ア	武	刊	項目数
＊	×	×	×	×	×	×	×	○	×	2
＊	×	×	×	×	○	×	×	×	×	2
(a)	×	×	×	×	○	×	○	×	×	2

(b)	×	×	×	×	○	○	○	×	×	1
(c)	×	×	×	×	○	○	○	×	○	43
(d)	×	×	×	○	○	○	○	○	×	3
(e)	×	×	×	○	○	○	○	○	○	37
(f)	○	×	×	×	×	×	×	○	○	1
(g)	○	×	×	×	○	○	○	○	×	1
(h)	○	×	×	○	○	○	○	○	○	309
(i)	○	×	×	○	○	○	○	○	×	7
(j)	○	×	×	○	○	○	○	○	○	327
(k)	○	○	×	○	○	○	○	○	○	1
(l)	○	○	○	×	○	○	○	○	○	19
				計						755

4.3.4.4. 卷四諸本の本文比較分析

4.3.4.4.1. <苗>と<小><ソ><ア>の場合(g+h+i+j+k+l);664例

ⅰ) <苗>＝<小>＝<ソ>＝<ア>　　97例
ⅱ) <苗>≠<小>＝<ソ>＝<ア>　　515例
ⅲ) <小>≒<ア> ＞ <ソ>　　　　23例
ⅳ) <小>≒<ソ> ＞ <ア>　　　　3例

<苗>と同じ例を含めて、<小><ソ><ア>が同じ文例をもつ例は612例として全体の92%に達するが(ⅰⅱ)、そのうち約85%が<苗>と異なっている(ⅱ)。<苗>のない場合(84例)にも、<小><ソ><ア>が同形の例(74例)が90%以上を占める。この<ソ><ア>は<小>と同系列のものであり、<小><ソ><ア>は<苗>とは疎い関係にあると見ていいだろう。そして<ソ>と<ア>に相違のある場合は、<ア>のほうが<小>に近い例が多い(ⅲ)。<ア>は<小>と底本の関係にあると思われる。残りの26例は、<ソ>と<ア>が同形で<小>と相違のある場合である。ⅱ)の例。

[4142] 訴・할 소・소・소시루 <倭上/言語,25a>
　　<苗/四09a> 訴　　　할아셔 그 눔이 죄를 넘어고나
　　<小/四11b> 訴　　　할아셔 욕보던 일을 시슬 밧근 업고니
　　<ア/四15b> 訴　　　할아셔 욕보던 일을 시슬 밧근 업고니

<ソ/四15b>	訴	할아셔 욕보던 일을 시쇼 밧근 업고니
<武/四14a>	訴	할아셔 그 놈이 죄를 넙어고나
<初/四11b>	訴	하슈연희셔 그 놈이 죄를 넙엇꾸나

4.3.4.4.2. <苗>と<武>の場合;651例

ⅰ)	<苗>＝<小>＝<ア>＝<武>	99例
	<小>＝<ア>＝<武>	17例
ⅱ)	<武>≒<小><ア> ＞ <苗>	5例
ⅲ)	<武>≒<苗> ＞ <小><ア>	543例
ⅳ)	<武>＝<小>	2例
	<武>≒<小> ＞ <ア>	3例
ⅴ)	<武>＝<ア>	0例
	<武>≒<ア> ＞ <小>	3例

<苗>を基準にして、<小><ア>の文例は約50％が<苗>と同じか多少異なっているのに対して、<武>の場合は、ほとんどが<苗>と同じか多少異なっていて(650例)、前者と極端な偏りを見せている。<小><ア>の文例は相対的に<苗>と疎い関係にあるので、<小><ア><武>の文例が一致する例はそれほど多くない(ⅰ)。<武>と<苗>が酷似していることで(ⅲ)、他の増補本類と近似性が認められる例は、ごく僅かである(ⅱ ⅳ ⅴ)。

4.3.4.4.3. <苗>と<小>の場合;664例

	<苗>	<小>	項目数
(1)	○	○	103
(2)	○	◎◻◇	204
(3)	○	△◉	137
(4)	○	◻	220

<小>の752個の文例のうち、<苗>のない88例を除いた664例が対象となる。<苗>と同じか小異のある<小>の文例は全体の半分ぐらいで、両者の間に系統的な関連性が認められる。しかし残りの半分以上は、

<小>において別の内容か中・大幅の相違を見せる文例となっている。
<苗>にない文例などは<小>で新しく増補されたものとしても、(4)の
ように、<小>において<苗>と全く別の内容をもつ文例が全体の3分の
1に上るというのは、<小>は<苗>とは違う系列の写本であることを物
語る。古写本の<苗>がどれくらい原「交隣須知」の面影を保っている
かは不明であるが、増補本の嚆矢と言われる<小>を、直ちに原「交隣
須知」から増補されたものと見なすには無理があると思われる。<小>
の底本になった写本は、後述する「増補祖本」ではないだろうか。

4.3.4.4.4. 刊本との関係(c+e+h+j+k+l);736例

	<苗>	<小>	<ソ>	<ア>		<刊>				項目数
(1)	○	◎				○				19
(2)	○	◻◇				○	◎			47
(3)	○	◇△●				○	○	◻	◇	77
(4)	○	◎				◻	◇	△	●	61
(5)	○	◻				◇	△	●		13
(6)	○	△				▽	⊗			26
(7)	○	●				●	●			18
(8)	○	◻				◻				65

　<苗>があるものも含めて、<小><ソ><ア>と<刊>が同形の文例は
115例を数える。なお、<小><ソ><ア>で同形(○)の文例が<刊>で小
異(◎◻)として現われる場合は103例のうち91例(約90%)である。一方、
<苗>との関係からみると[22]、(1)から(3)までは<刊>と<苗>が近い例
(143例)で、(4)から(8)までは<小><ソ><ア>と近い例である(183例)。
残りの62例は<小><ソ><ア>の間に相違のある場合で、<刊>の文例
は、<小><ソ><ア>のような増補本類のと関連性が認められる。しか
し巻四の場合は、他の巻に比べ、相対的に<苗>と類似した文例の多い
ことが指摘できよう。写本類の武藤本の場合も、巻四はとりわけ苗代

---

22) <刊>か<小><ソ><ア>にだけ別の内容の文例をもつ例(◻20例、☆110例)
　　は除く。

川本と酷似した本文を持つ。このように同一の写本のなかにも、巻によって他の異本との関連に一貫性を欠くケースがあることは、『交隣須知』が伝写される過程における複雑な事情を物語るものと思われる。

4.3.4.5. 標題語の対訳語彙の比較

4.3.4.5.1. ＜苗＞と＜小＞＜ソ＞＜ア＞＜武＞

a. 韓国語

＜苗＞と＜小＞＜ソ＞＜ア＞＜武＞とに共通する語彙の多いなかで、＜小＞＜ソ＞＜ア＞＜武＞に相違のある場合は、大体3本が同一で残りの1本と異なる例であるが、それらのどちらかが＜苗＞と同じか近い関係を示すと次のようになる。

(1) ＜苗＞≒＜小＞　15例
(2) ＜苗＞≒＜ソ＞　7例
(3) ＜苗＞≒＜ア＞　18例
(4) ＜苗＞≒＜武＞　73例

＜苗＞との関連性から＜小＞＜ソ＞＜ア＞と＜武＞は系統の違う写本で、＜苗＞と＜武＞は非常に近いことがよくわかる。ただし＜小＞＜ソ＞＜ア＞の中では＜小＞と＜ア＞がより近い関係にあると言えよう。

(1)(3)の例
　[4315] 孝　효성＜苗/四22a＞＜小/四24b＞＜ア/四33a＞＜武/四30b＞　효힝
　　　　＜ソ/四33a＞
(2)の例
　[4489] 傾　기우러져＜苗/四35a＞＜ソ/四50a＞　기으러져＜小/四36b＞
　　　　＜ア/四50a＞＜武/四47b＞
(4)の例
　[4606] 悉　ᄌ셔(子細)히＜苗/四44b＞＜武/四59a＞　낫낫지＜小/四45a＞
　　　　＜ソ/四61b＞＜ア/四61b＞

b. 日本語
(1) ＜苗＞≒＜小＞　5例

(2) <苗>≒<ソ> 6例
(3) <苗>≒<ア> 7例
(4) <苗>≒<武> 97例

<苗>と<武>におけるこのような偏りは両書が底本の関係にあることによる結果と見たい。

(4)の例
　　[4028] 搆　アミニ カケテ<苗/四01a><武/四03b>　アンデ<小/四
　　　　　　　03a><ソ/四03b><ア/四03b>

4.3.4.5.2. <小><ソ><ア><武>と<刊>
a. 韓国語
(1) <刊>≒<小> 17例
(2) <刊>≒<ソ> 26例
(3) <刊>≒<ア> 18例
(4) <刊>≒<武> 33例

(2)の例
　　[4621] 斗護　투호<小/四46a><ア/四63b><武/四60b>　두호<ソ/四
　　　　　　　63a><初/四45b>
(4)の例
　　[4244] 然　그럴진대<小/四19a><ソ/四26a><ア/四26a>　그러면
　　　　　　　<武/四24a><初/四19a>

<刊>の韓国語は相対的に<小><ア>よりも<武>と<ソ>、中でも<武>と近い場合が多い。そうだとして<刊>が武藤本の影響を受けたとは断言できない。ソウル大本のような増補本類との関連性も認められるからである。

b. 日本語
(1) <刊>≒<小> 51例
(2) <刊>≒<ソ> 57例

(3) ＜刊＞≒＜ア＞　54例

(4) ＜刊＞≒＜武＞　17例

＜刊＞の日本語は、＜武＞よりは＜小＞＜ソ＞＜ア＞のような増補本類を受け継ぐものと見て取ることができる。

(1)(2)(3)の例

　[4513] 列　ナミ居テ＜小/四38a＞＜ソ/四52b＞＜ア/四52b＞　并居テ＜初/四38a＞　ナラビスワッテ＜武/四50a＞

(4)の例

　[4329] 験　ゲン＜小/四25b＞＜ソ/四34b＞＜ア/四34b＞　　シルシ＜武/四32a＞＜初/四25a＞

4.3.5. 増補本類の系統的関係

　『交隣須知』の本文たる韓国語文の相違度を数量的に分析して、諸本、とくに増補本類の系統的な関係を検討してきた。大体において、半分以上が同じか小異のある場合は同系列として認め、両書の文例の近似例が全体の3分の2を越える場合には、それらは共通の底本から出た写本として底本の関係にあると認める態度を取った。その結果を整理すると次のようになる。(──;同系列と認められる関係、└─(┈┈);他系列と認められる関係、══;共通底本の存在が認められる関係、┈┈;関連性が認められる関係)

巻一: (苗代川本) ┬─対馬本 ＝ 武藤本
　　　　　　　　 └─アストン本(ア) ┈┈┈┈ 刊本
巻二: (苗代川本) ┈┈┈ソウル大本 ＝ 済州本
　　　　　　　　 └┈┈アストン本(会) ──── 刊本
巻三: (苗代川本) ┈┈┈ソウル大本 ＝ 済州本 ── 武藤本 ┈┈┈ 刊本
巻四: (苗代川本) ══武藤本
　　　　　　　　 └─小田本 ＝ アストン本(ア) ──ソウル大本┈┈刊本

　各異本において欠巻のある場合は、欠巻のない異本どうしの関係か

ら類推する方法が考えられる。その際、比較の基準になるのは、まず古写本でありながら完本である苗代川本が挙げられる。そして刊本との関係も考慮して、増補本諸本の系統的関係を示したものである。

　この苗代川本と刊本との関連から、巻一の対馬本とアストン本(ア)は異系列のもので、巻二のアストン本(会)は、いちおう巻一のアストン本(ア)と同系列に属するものと推定できる。ソウル大本と済州本は底本の関係にあり、苗代川本との関連性が認められるものの、系統的には疎い関係にある。一方、ソウル大本の巻四は武藤本と系統を異にする小田本の系列に分類されるが、巻三の場合は、対馬本の系列に属する武藤本との関連性が認められるので、対馬本と小田本のどの系列に属するものか判断しかねる面もある。本論文では、とりあえず巻四における関連性を優先して、ソウル大本は小田本系列に属するものとするが、ソウル大本と同系列の関係にある写本類が対馬本の系列に属するものである可能性も、完全には排除できない[23]。関連した新しい異本の出現が望まれるところである。

　刊本との関連が認められるのは巻一・二のアストン本と巻三・四のソウル大本で、これだけで両者は同一系の写本のように見て取ることもできるが、巻一と二のアストン本は増補欄のない非増補本類である。やはり巻一と二のアストン本と巻三・四のソウル大本は異系列のものと見るのが妥当かと思う。ただし武藤本は、巻ごとの系統性を異にしていて、巻一は対馬本の系列、巻三はソウル大本のような増補本、巻四は古写本の苗代川本と類似した本文をもつ。

　以上の増補本類の系統的な関係は、次の四つの系列に分けられる。

(1) 対馬本系列: 対馬本(巻一)、武藤本(巻一)、ソウル大本(巻二三四)
　　　　　　　　済州本(巻二三)、武藤本(巻三)
(2) アストン本系列: アストン本(巻一、<ア>)、(巻二、<会>)
(3) 小田本系列: 小田本(巻四)、アストン本(巻四)

---

23) 実際、小田幾五郎の長男小田管作が1841年に著した『象胥紀聞拾遺』の下編に納められた語彙は、増補本類のソウル大本や済州本のそれに近いし、しかも「汲水船」「監牧官」のような、対馬本にしかない語彙が含まれている。

(4) 苗代川本系列: 武藤本(巻四)

　一方、刊本は増補欄のない非増補本の体裁を取っているが、本文の内容は大体写本の増補本類にある語彙を含むものとなっている。(2)のアストン本系列の写本は体裁的にも内容的にも刊本と共通点が多いことから、アストン本系の写本類を土台にして、増補本類の内容を盛り込んでいくような形で、刊本が出来上がったのではないかと推定するのである。

第 3 章
対馬本とアストン本

1. はじめに

　これまでの『交隣須知』の研究は、主に日本内に現存する資料を対象に行われてきた。しかし近年、ロシア、東方学研究所サンクトペテルブルグ支部(Санкт-Петербургский Филиал Института востоковеления РАН)にアストン(William George Aston)蒐集本として伝わる『交隣須知』(以下「アストン本」と略記)が富山大学の岸田文隆氏により紹介されたことにより、この方面の研究に一転機をもたらした。とくにこのアストン本には、これまで『交隣須知』全四巻のうち欠冊であった巻一が含まれていて、その資料的価値を増している。それとちょうど同じ頃、筆者が長崎県対馬島歴史民俗博物館に委託所蔵されている『交隣須知』(以下「対馬本」と略記)一冊のフィルムを入手して検討してみた結果、また違った『交隣須知』巻一の筆写本であることがわかった。周知の通り、『交隣須知』の諸伝本は、体裁的な特徴から非増補本類と増補本類とに分けられ、増補本類において巻一の欠如による空白を埋めうる異本の出現が期待されていたが、この対馬本がそれであった。この書の所在については鄭光(1996)に紹介されたことがあるが、本章では「対馬本」について綿密に検討し、なおアストン本との関連性から、『交隣須知』の系統に関わる本書の位置づけについて一考察を行う。

2. 部門立てと内容

　本書の部門は概して15部門に分けられている(第2部第2章の4.3.1.2.参

照)。この部門の配列から分かるように、対馬本は苗代川本よりはアストン本や明治14年刊本と一致する(ただし、《地理》と《方位》部門は、本文では《方位》《地理》の順序になっている)。また本文は一面に5項目を挙げる体裁で、アストン本とは同一だが、6項目体裁の苗代川本とは異なる。項目の配列もアストン本と類似している。たとえば、苗代川本の《人品》と《人性》の2つの部門が、対馬本とアストン本においては《人品》部門に統合される形で現れている。また《人品》門の項目の一部を対照比較してみると次のようになる。

```
対馬本  ：両班 常人 商売 行売 市人 民 軍 兵   丁 奉足 使令
        官‥‥
苗代川本：両班 常人 商売 行売 市人 民    兵   丁 奉足 軍士
        使令 □‥‥
アストン本：両班 常人 商売 行売 市人 民 軍 兵   丁 奉足 使令
        官‥‥
明治14年版：両班 常人 商売 行商 市人 民 軍 兵器 丁 奉足 使令
        □‥‥
```

ただし、対馬本が他の写本類と比較して目立つのは、本文の在り方において統一性に欠けることである。たとえば、苗代川本が部門名も含めて1面6項目の体裁であるならば、アストン本は5項目で、大体部門と部門の間に2行分の間隔をおく体裁を取っている。一方、対馬本は1面5行の体裁でありながら、部門と部門の間に行を挟まない苗代川本と同じスタイルであるが、そのなかには4行の面があれば(7a,15a,26a,44a,58b)、2,3行しかない面(14b,30a,55b)が併存する。このうち7a,14b,15a,26a,58bは同一部門のなかに空白がある例で、残りの44a,30a,55bは部門と部門の間に空白のある例である。前者の例は次のとおりである。

```
ｉ）<対/一7a> 天動 震動 虹 旱 晴        牽牛 織女 七星
                                    飄風 暴風
    <苗/一4b>  虹 天動 震動 旱 晴 曀 漢水 牽牛 織女
    <ア/一6b> 天動 震動 虹 旱 快晴 牽牛 織女 七星 飄風 暴風

ｉｉ）<対/一14b> 陽 暁 暮 早 晩    暗      月明
    <苗/一10a> 陽 暁 暮 早 晩 昼 暗 明 朗 月明
```

　　　＜ア/一13b＞ 陽 曉 暮 早 晩　　暗　　明　月明

ⅲ）＜対/一15a＞　　暎 曝 夕陽 平明 久 遅 速 甍 急
　　　＜苗/一11a＞ <u>照</u> 暎 曝 夕陽 平明 久 遅 速 甍 急
　　　＜ア/一14b＞　　暎 曝 夕陽 平明 久 遅 速 甍 急

ⅳ）＜対/一26a＞ 怪石 花草 谷 園 堰　　　　洞 窖 坎 凹
　　　＜苗/一20a＞ 怪石 花草 堰 洞 園 谷 窖 <u>地震</u> 坎 凹
　　　＜ア/一25a＞ 怪石 花草 谷 園 堰 洞 窖　　　坎 凹

ⅴ）＜対/一58b＞ 鬘 鬚 髯　　　　勒鬚 禿髪 白髪 咽喉
　　　＜苗/一50b＞ 鬘 鬚 髯 勒鬚　禿髪 白髪 咽喉
　　　＜ア/一57b＞ 鬘 鬚 髯　勒鬚　禿髪 白髪 咽喉

　大体において、対馬本における空白には、苗代川本の線を引いた項目がぽっくり入ることになる。そしてアストン本はその空白を詰めた形となっているが、空白に対応する苗代川本の項目が対馬本に現れる状況を整理すれが次のようになる。

　　ⅰ）＜苗＞《天文》部門の「暲、漢水」→　＜対＞《天文》部門の3aと3bにわたり、「微月」と「風」の間に位置する。
　　ⅱ）ⅲ）の＜苗＞《昼夜》部門の「昏・明・朗」、「照」→＜対＞《天文》の2bと3aにわたり、「明・暗・朗・晴・照・昏」の順序で位置する。
　　ⅳ）の《地理》部門の「地震」は対馬本にはない。ただし、明治14年刊本には《天文》部門の最後に位置する。

　このように、対馬本の空白に対応する苗代川本の項目は、本書の《天文》部門の前の部分に提示されたものである。結局、空白は項目の重複を避けるための、筆写の過程によるものと思われる。そうだとすると、その空白に対応する項目の重複されることがわかる底本の存在が前提となるのであるが、その底本となったのは、一応、苗代川本もくしは苗代川本と近い関係にあった原祖本系の古写本が想定できよう。つまり、ある古写本類の『交隣須知』を底本にして対馬本が成立する過程において、苗代川本の該当項目を本書の《天文》部門の前の

部分に書き移す時、底本に削除表示などを添書し、そのような項目に対して本書で空白処理した結果と考えられる。そのような筆写の態度はあくまでも筆写者の恣意的なもので、空白なく項目を列挙した、体裁的によく整った形態のアストン本とは対照的である。

また、苗代川本のような古写本類の項目を類義語別に再整理する過程において、《地理》部門の「地震」が「園、谷、窖」と「坎、凹」の間に置かれる不自然さを補うために、「地震」が削除されたとみて納得がいく。ただし、苗代川本にあって対馬本にない項目は70余を数えるが、これらがすべて対馬本で空白に処理されたものではない。そのような例は上の1例に過ぎない。

苗代川本が 原「交隣須知」の形態をどれぐらい保っているかは不明であるが、苗代川本も他の古写本から増補されたもので(片茂鎮1986参照)、対馬本の底本となった古写本は原「交隣須知」に近いものであるとの推定は、一応可能と考えられる。

ここで一つ注目したいのは、対馬本の増補欄とそのあり方である。苗代川本やアストン本にはない増補欄が本書の《天文》《時節》《舟楫》《官爵》《身部》門にわたり、15個の漢字標題語ないしそれの用例文が収録されている。形式は他の増補本類と同様に、本文の最後に一字下げて増補欄を設定している。項目数が多くないので全ての例を示す。

《天文》: 二十八宿　이십팔슈는 각々 일홈이 잇습니

　　　　　　　　남두셩　복두셩
　　　　彗星 혜셩　南斗星　北斗星

《時節》: 社日　샤일은 춘츄의 잇ᄂ니

《舟楫》: 曳船 예션　汲水船 급슈션　煙燻 연훈

　　　　点船 텸션　　　　　　発船 발션

　　　　　부ᄉ 부유　　만호 별쟝 아젼　　각읍각진
《官爵》: 府使 府尹 判官 万戸 別将 衛前 等은 各邑各鎮의 잇습니

　　　　감목관
　　　　監牧官　몰 次知ᄒ고 냥반이라

《身部》: 舌　혜가 뎌로다　唇　입슈올이 둦겁소외

　　　　歯　니가 희니 보기 죠회　　股　솟의 부우롬이 나쇠

　まず本書における増補欄の項目は、《天文》の「二十八宿」のよう
なに、標題語とそれの文例がある場合と、「彗星」「南斗星」のよう
に、漢字語とそれのハングル音注だけの場合が併存する。このような
形態の項目は他の増補本系の写本類にも多く現れるが、同じく増補本
系に属する明治14年の刊本では、《天文》門の「彗星、南斗星、北斗
星」が文例をもつ標題語として増補されている。たとえば

　　　<初/一6a> 彗星　혜성은 길치 아닌 별이로세
　　　　　　　　　　　ハ ヨカラヌ 星デゴザル

　要するに、対馬本におけるこのような増補欄の形態は、他の増補本
類と比べて特異な現象を呈している。他の増補本類にはすべての部門
末に増補欄があるが，対馬本は、上の五つの部門にだけ現れる増補の
項目や例文に対訳の日本語が全くないことが目立った特徴と言える。
この増補された項目に日本語が付いていない例は済州本に2,3項目が現
れているのみで24)、他の写本類と刊本にはほとんど日本語が併記され
ている。
　このような増補欄が対馬本の底本にあったものなのか、それとも対
馬本で新しく付けられたものなのかは不明であるが、もし対馬本の底
本にあったものならば、対馬本におけるこのような増補の形式は、「交
隣須知」なる書が原祖本系の非増補本から増補本系に成長する過程の
初期的段階を示すもので、それが刊本に受け継がれたと言えよう。つ
まり、まず増補の項目(漢字語)を立て、それに韓国語の用例文を付け
る。そして対訳の日本語文が付けられることにより増補本類の『交隣
須知』が形成され、そのような増補本類が刊本の底本に用いられたも
のと思われる。増補本として最も早いさものとされる小田本(巻四)の
存在がその蓋然性を物語ってくれる。小田本の本文と増補欄の内容は
刊本と一致する部分が多いのである。

---

24) <済/二67a> 移送 이송、<済/二75b> 快差 쾌차、快復 쾌복

3.〈苗〉〈ア〉〈対〉の本文比較

第2章の4.で試みた本文比較の方法に倣って、対馬本とアストン本の関連性と系統的位置を明らかにする。

3.1. 〈ア〉と〈対〉にだけある場合；23例

```
      苗  ア  対
(1)  ×  ○  ◎⊗      (〈対〉小幅の相違)--11例
(2)  ×  ○  △▽◎     (〈対〉中幅の相違)--4例
(3)  ×  ○  □       (〈対〉別の内容)--2例
```

対象となる23例のうち17例に相違が認められるが、そのうちの11例が小幅のものである。〈ア〉と〈対〉の関連性を見て取ることができる。

(1)の例
　　〈ア/一48b〉長兄　몃아둘은 몃 술이 되엿는가
　　〈対/一48b〉長兄　몃아둘은 몃 술이 되옵는가

3.2. 〈苗〉と〈ア〉〈対〉にある場合；676例

```
       苗  ア  対
(1)   ○  ○  ◎□      (〈対〉小・中幅の相違)--13
(2)   ○  ◎  ○       (〈ア〉小幅の相違)--75
(3)   ○  ◎  ◎⊗      (〈ア〉〈対〉小幅の相違)--14
(4)   ○  ◎  △□●     (〈ア〉小幅、〈対〉中・大幅の相違)--4
(5)   ○  ◎  ◎       (〈ア〉〈対〉小幅の相違)--1
(6)   ○  ⊗  ○◎      (〈ア〉〈対〉小幅の相違)--14
(7)   ○  △  ○◎⊗     (〈ア〉中幅、〈対〉小幅の相違)--41
(8)   ○  △  ▽       (〈ア〉〈対〉中幅の相違)--26
(9)   ○  △  ◎       (〈ア〉〈対〉中幅の相違)--12
(10)  ○  □  ○◎△     (〈ア〉中幅、〈対〉小・中幅の相違)--28
(11)  ○  ●  ○◎⊗□△   (〈ア〉大幅、〈対〉小・中幅の相違)--18
(12)  ○  ◉  ●       (〈ア〉〈対〉大幅の相違)--2
(13)  ○  ●  ○       (〈ア〉大幅の相違)--2
(14)  ○  □  ○◎●     (〈ア〉別の内容、〈対〉小・大幅の相違)--22
```

対象となる676例のうち、3本の相関関係がわかる組み合わせは上の
270例である。このうち、相対的に＜苗＞と＜ア＞の近似性が認められる
のは(1)(3)(4)(9)(12)の45例で、＜苗＞と＜対＞の類似性が認められるの
は(2)(5)(7)(10)(11)(13)(14)の201例として、後者のほうが圧倒的に多
い。もちろんこれは絶対的な数字ではなく、中には相違基準の適用に
やや主観が介入されたところもある。しかし、そのような面を勘案し
ても、このような著しい傾向は、＜苗＞と＜対＞の類似性を極明に示し
てくれる例と考えられる。(8)のような例を含めて、＜ア＞と＜対＞の近
似性が認められるなか(275例)、＜ア＞よりは＜対＞のほうが＜苗＞に近い
本文を有しているという事実は、両異本の成立に関わる問題と関連し
て、示唆する点が大きいと思う。一方、＜苗＞＜ア＞＜対＞の3本が同じ
本文をもつ例は157例であった。

a. 対馬本の韓国語文が苗代川本と近く、アストン本とは疎い関係にある例。
   ＜対/一2b＞　月暈　　둘이 귀엿골 ᄃ랏습니
   ＜苗/一1b＞　月暈　　둘이 귀엿쑬 ᄃ랏습니
   ＜ア/一2a＞　月暈　　둘이 귀엿골 ᄃ라시니 나와 보옵소

b. 対馬本の韓国語文が苗代川本と疎く、アストン本とは近い関係にある例。
   ＜対/一64b＞　夢　　꿈은 거즛 일이오나 한단몽은 든々ᄒᄀ가 시브외
   ＜苗/一56a＞　夢　　꿈은 거즛 일이오나 한단몽은 든々ᄒ여 ᄒ옵니
   ＜ア/一64a＞　夢　　꿈은 거즌 일이오나 한단몽은 든々ᄒ가 시브외

c. 対馬本の韓国語文が苗代川本・アストン本と近い例。
   ＜対/一6b＞　天動　　누에 올리지 아닌 젼의 텬동ᄒ면 다 ᄇ리옵니
   ＜苗/一4b＞　天動　　누에 올리치 아닌 젼의 천동ᄒ면 다 ᄇ리옵니
   ＜ア/一6a＞　天動　　누에 올리지 아닌 젼의 텬동ᄒ면 다 ᄇ리옵니

三本がそれぞれ違う文例をもつ例を除けば、大体上の三つのパタン
が主流をなすのであるが、このなかでも特にaの場合が際立つ。つまり、
苗代川本とは疎くアストンと近いbの場合と比較して断然と多いこと
であるが、これは対馬本が、その成立過程において、苗代川本のような
古写本と密接な関係をもっていたことを物語るものと思われる。

　結局、より古い別の異本が現われない限り、苗代川本を最も古態を
保つ写本とし、それの韓国語文により近い本文をもつ対馬本の底本と
なった写本は、アストン本のそれよりも原「交隣須知」に近い古写本
に属するものと考えられる。対馬本が書写された1854年頃の60年前に、
すでに完全な形の増補欄をもつ小田本が出ているにも関わらず、その
後の増補本類と同様19世紀の半ば頃書写された対馬本に、あえて初期
的な増補欄の形が採用されたとは考えにくい。苗代川本のような古写
本との類似性、体裁の不整然さなどと考え合わせると、やはり対馬本
の底本となった古写本にそうあったとみるのが自然ではないだろうか。
そして、対馬本が底本にしたはずの、増補本の初期の体裁を見せてい
るその古写本は、増補祖本ではなくてもそれに非常に近い写本ではな
かったかと推定するのである。

4. 日本語の場合

　主文に当たる韓国語文に比べてより可変的な日本語文の場合は、相
対的にアストン本に近い形態で現れる場合が多いが、それは本書が書
写される過程において、アストン本系列の写本類の関与があったこと
と関係があると思われる。

　対馬本には、韓国語と対訳をなす日本語文に修正・加筆された個所
が見えるが、それは書写者の手落ちによる修正・加筆というもりも、
別の異本から書き移す過程において修正を加えたと見える例がほとん
どで[25]、しかも最初の《天文》部に集中して現れる(《形貌》門の憔悴
の用例文にも1個所ある。その例を示せば次のようである(｛　｝は墨で消
された部分)。

　(1) 「日」の用例文
　　<対/一01b> 日ガ　トク　ヒルニモ　ナリマシタレドモ　クモッテ　委｛上

---

25) 韓国語文の場合は、筆写時書き漏らした字を挿入したり、間違って筆写し
　　たりした部分を直す程度の修正がほとんどである。

　　　　　クト} 知レマセヌ
　　<苗/一01a> 日ガ トク ヒルニ ナッタサウナレドモ クモッテ <u>トクト</u>
　　　　　シレマセヌ
　　<ア/一01a> 日ガ トク ヒルニモ ナリマシタレドモ クモリテ <u>委ウ</u>
　　　　　知レマセヌ

(2) 「星」の用例文
　　<対/一01b> 星ガ 天ニ ヒカ々々 <u>シタ{スル}</u>ニヨリ チャウド 緒ノ
　　　　　キレタ 玉ノヤウニゴザル
　　<苗/一01a> 星ガ 天ニ ヒカ々々 <u>スル</u>ニヨリ テウド ヒボノ キレタ
　　　　　玉ノヨフニ ゴザル
　　<ア/一01a> 星ガ 天ニ ヒカ々々ト <u>シタ</u>ニヨリ 丁度 緒ノ キレタ 玉
　　　　　ノヤウニ ゴザル

(3) 「照」の用例文
　　<対/一03a> 月ガ 窓ニ ウツリマシテ <u>ヲモシロウテ</u>{心ガ サヘテ} ネ
　　　　　イラレマセヌ
　　<苗/一11a> 月　窓　ウツロイマシテ <u>ヲモシロウ</u> ヲモフテ ネラレ
　　　　　マセヌ
　　<ア/一02b> 月ガ 窓ニ 移リマシテ 心ガ サヘテ 寝ラレマシナンダ

(4) 「微月」の用例文
　　<対/一03a> <u>三日{三日ツキ?}ノ 月</u>ヲ ビゲツト 申マスル
　　<苗/一14a> <u>ミカツキヲ</u>　微月
　　<ア/一02b> <u>三ケ月</u>ヲ ビゲツト 申シマスル

(5) 「曀」の用例文
　　<対/一03b> クモッテ 日ガ クラクテ <u>ショウジニ</u>{キノドクニ} ゴザル
　　<苗/一05a> クモッテ 日ガ シンシントシテ <u>キノドクニ</u> ゴザル
　　<ア/一03a> 曇リテ 日ガ ウスグラウテ <u>シャウジニ</u> ゴザル

(6) 「憔悴」の用例文
　　<対/一67b> 面ガ <u>ヤセヲトロヘラレテ</u>{セイウスイナサレテ} 見ソン
　　　　　ジマシテ ゴザル
　　<苗/一59a> 顔ガ <u>ヲヤセナサレタ</u>ニヨリ ミワスレテ イマシタ

<ア/一67a> 顔ガ ヤセヲトロヘナサレタ故 <u>景ソンジマシテ</u> ゴザリマ
スル

　上の例をみると、(3)を除いては主に削除された部分は苗代川本と同
じで、後で修正・加筆されたのはアストン本のそれに近い。そうだと
すると、対馬本の日本語は、本来苗代川本のような古写本にあったも
のを、のちにアストン本が底本にした写本類の日本語に修正されたも
のとみることができる。このような現象は結局、対馬本の底本となっ
た古写本はアストン本のそれより先に成立した、つまり原「交隣須知」
により近いものであることを意味する。対馬本には部分的ではあるが
増補欄がある反面、アストン本には増補欄がなく増補本以前の形式を
呈しているが、本の構成や体裁などは対馬本より整然としている。対
馬本とアストン本は、そもそも違う系列の写本として成長してきたも
のと思われる。

　非増補本類の初期の写本である苗代川本は、韓国語に対する対訳の
日本語を欠くところが多く、なお対訳文自体も巻一の始めの部分では
右側に付され、それ以降は左側に固定されていく。対馬本も同様、本
の最初の部分においてそのような体裁の不整然さが目立つのは、苗代
川本と対馬本の底本となる古写本の影響であろう。それらが伝写され
る過程において、漸次体裁的にも整頓・統一されていったものと思わ
れる。そのような傾向は刊本類においても認められる。明治14年の初
刊本が16年の再刊本、そして37年の校訂本を経ながら、刊本の体裁と
内容が整備されていったのである。

5. まとめ

　対馬本とアストン本は、『交隣須知』の研究において、これまで課
題とされてきた増補本類の空白を埋めてくれる貴重な資料と言える。
とくに対馬本に関しては、原「交隣須知」と近い本文をもつ原祖本系
の古写本が底本となったのではないかという推論を立てた。そして対
馬本における増補欄のあり方は、いわゆる増補本類の初期の姿を示す

ものとして、『交隣須知』なる書が増補本を経て刊本にいたる過程を
示してくれるものと思われる。

第4章
武藤文庫本『交隣須知』の特殊性

1. はじめに

　現在、長崎大学付属図書館経済学部分館内の武藤文庫には『交隣須知』巻一、三、四の写本3冊(No.702,M8)が所蔵されている[26]。この本については、すでに1996年と1997年に長崎大学の不破浩子教授の報告が出されているのだが(不破1996,1997)、この方面の研究者たちにあまり知られていない。なお本書の資料的価値についてもまだ究明されていないところが多いことから、筆者は2002年に実物を閲覧する機会を得、その内容を詳細に調査したことがある(片茂鎮2002b)。本稿は、『交隣須知』の諸本における本書の資料的位置付けについて検討を行う。方法としては、同じ写本類の中でも特に非増補本類の苗代川本、増補本類の小田本、アストン本、対馬本との関係性を、体裁的な面や用例の韓国語文の類似性から検討していくことにする[27]。

2. 他異本との相関関係

　武藤本が他異本とどのような関係にあるのかという書誌的な関連性を究明するためには、体裁的な面はもちろんのこと、似た内容の本文

---

[26] 武藤文庫は、旧長崎高商教授故武藤長蔵博士が蒐集した貴重な図書・資料を博士の没後(1942年)長崎大学経済学部で寄贈を受け、武藤文庫として保管・陳列しているものである。本書は貴重本として分類・保管されている。

[27] この武藤文庫本は、最近、高橋敬一らによって影印刊行された。高橋敬一・不破浩子・若木太一編(2003)『高橋敬一『交隣須知』本文及び索引』、和泉索引叢書50

をもつ『交隣須知』の諸本であるだけに、保守性の強い韓国語文が各異本においてどうなっているかを調べていく必要がある。ここでは、第2部第2章の記述内容と重複されるところもあるが、部門と項目の配列や相違点、韓国語文の対照比較という外形的な面から他異本との相関関係を検討してみることにする。

2.1. 部門

第2章の<表-2>では、非増補本類を含めての、略式の部門比較表を提示した。その表からみると、<小>から<刊>までの増補本類は非増補本類の<苗>とは異なった門立てをしている。もちろん武藤本も増補本類で、欠けている巻二の部門は「走獣、……、行動」となっていたのであろう。

2.2. 項目の配列

諸本における項目の配列からも武藤本と他異本との関係がわかる。各巻ごとのいくつかの例を挙げてみよう。

    ・巻一

<苗/一05a> 晴	<苗/一10b> 明	<苗/二01a> 凰
<ア/一02b> 晴	<ア/一02a> 明	<ア/一69b> 凰
<対/一02b> 晴	<対/一02a> 明	<対/一69a> 凰
<武/一01b> 晴	<武/一02a> 明	<武/一69a> 凰
<初/一02a> 晴	<初/一02a> 明	<初/一55a> 凰

    ・巻三

<苗/三01a>冠	<苗/三30a>碁子	<苗/三48b>社
<ソ/三28a>冠	<ソ/三62a>碁子	<ソ/三01a>社
<済/三28a>冠	<済/三62b>碁子	<済/三01a>社
<武/三26a>冠	<武/三58a>碁子	<武/三01a>社
<初/三19a>冠	<初/三43a>碁子	<初/三01a>社

・巻四

<苗/三70a> 眠	<苗/四01a> 搊	<苗/四55b> 緩々
<小/四01a> 眠	<小/四03a> 搊	<小/四55b> 緩々
<ソ/四01a> 眠	<ソ/四03b> 搊	<ソ/四77a> 緩々
<ア/四01a> 眠	<ア/四03b> 搊	<ア/四77a> 緩々
<武/四01a> 眠	<武/四03b> 搊	<武/四72b> 緩々
<初/四01a> 眠	<初/四03a> 搊	<初/四54b> 緩々

　上の例からもわかるように、門立てと関連して、項目の配列においても非増補本類の<苗>とは異なった、<小><ソ><済><ア><対>のような増補本類との類似性が認められる。そもそも、<苗>は1面に6例文の体裁、増補本類の<小>は7例文となっていて、5例文をもつ他の増補本類との間で面数に食い違いが存することを計算しても、このような配列の相違は、本書の底本となったのは増補本類のものであることを示していると思われる。

2.3. 項目の相違

　各巻において、項目の相違のある主な例を挙げると、次のようになる。

・巻一

武藤本	快晴	朧	望	晦	汐水	匠	猟者	慧	庶	其	娚	脉	放尿	鷗胡
<苗>	/晴	朧月	望日	晦日	汐	匠人	猟師	慧逸	庶子	小女	娚	脈	尿	鷗鵠
<ア>	快晴	朧	望	晦	汐水	匠	猟者	慧	庶	其	娚	脉	放尿	鷗胡
<対>	晴	朧	望	晦	汐水	匠	猟者	慧	庶	其	甥	脉	放尿	鷗胡
<初>	快晴	朧月	望	晦	汐水	匠	猟者	慧	庶	其	娚	脉	放	鷗鵠

・巻三

武藤本	漱	鋪	神仙炉	掛	皮掛硯	鋸	鎚	磨石	篆字	置簿	鬼
<苗>	漱木	鋪陳	水風炉	掛硯	革掛硯	鑢	鎚	磑	篆	置付	鬼
<ソ>	漱	鋪	神仙炉	掛箱	皮掛硯	鋸	鎚塊	磨石	篆字	置簿	鬼神
<済>	漱	鋪	神仙炉	掛箱	皮掛硯	鋸	鎚塊	磨石	篆字	置簿	鬼神
<初>	刺歯	鋪	神仙炉	掛箱	皮掛硯	鋸	大椎	磨石	篆字	置	鬼神

・巻四

武藤本	寃	開諭	幸	僭	承	普天	因	陋
＜苗＞	寃	改諭	幸		承	普	因縁	陋麁
＜小＞	寃	改諭	倖撓	僭	承	普	因縁	陋
＜ソ＞	寃痛	開諭	倖撓	僭濫	逐	普	因	陋
＜ア＞	寃	開諭	倖撓	僭	承	普天	因	陋
＜初＞	寃	改諭	幸	僭	承	普	因縁	陋

　上の表から見ると、武藤本の項目は大体、増補本類のそれと同一のものが多い。なかでも巻一と巻四は＜ア＞(□を参照)、巻三は＜ソ＞＜済＞と同じで、その関連性がうかがえる。巻三の「鎚」(39b)については、同ページに別の内容の例文をもつ見出し語として「鎚」が出ているので、「鎚塊」の「塊」の字が欠落した形と見たほうがよいだろう。底本に汚損があって読めなかったのか、書写者の手落ちなのかは分からないが、本書の巻三と四にはそのような個所がほかにもいくつかある。巻三の「掛」、巻四の「幸」なども増補本類の見出し語の後ろの文字が欠落したものと見える。

　しかし、後述するように、このような項目の面からみた、武藤本の各巻における他異本との関連性というのが、用例文の場合とは必ずしも一致しないというところに問題がある。

2.4. 韓国語文の比較分析

　『交隣須知』の本文比較分析の方法に倣って、武藤本と他の異本との関連性を分析したのが以下の表である。ただしここでは、苗代川本には増補欄がないために、増補本類で増補欄を除いた本文だけを対象とする。以下提示する表の中の○は全く同一であるもの、◎は多少異なるものを示し、多少異なるものは、小幅の相違(◎□◎)の総数である。

2.4.1. 巻一：867項目(＜ア＞＜対＞＜武＞の比較)

＜苗＞の ○；757(基準)
＜ア＞の ○；172　◎；275

ⅰ＜苗＞＝＜ア＞＝＜対＞＝＜武＞；158
　＜ア＞＝＜対＞＝＜武＞；165
ⅱ＜武＞≒〔＜ア＞・＜対＞〕＞＜苗＞；303

```
<対>の ○ ; 275  ◎ ; 264   ⅲ<武>≒ <苗> > 〔<ア>・<対>〕; 2
<武>の ○ ; 265  ◎ ; 264   ⅳ<武>=<ア> ; 86 (1例は<対>無し)
                               <武>≒<ア> > <対> ; 10
                          ⅴ<武>=<対> ; 252(2例は<ア>無し)
                               <武>≒<対> > <ア> ; 2
```

　　<苗>を基準にした場合、<ア>は約60％の用例文が<苗>と同じか多少異なっているし、<対><武>においては約70％が同じか多少異なっている。<ア><対><武>の用例文が巻一の全項目の3分の1以上において同一であるなど類似性を見せるなか（ⅰ）、相違の存する場合は、武藤本の用例文は<ア><対>のそれに近いのがほとんどで（ⅱ）、<苗>に近い例はわずか2例しかない（ⅲ）。

　　ⅱ）の例
　　　<苗/一15a> 北　　　북안셩은 긔회를 더 ᄒᆞᆸᄂᆡ
　　　<ア/一19b> 北　　　북안셩은 긔회롤 도々옵ᄂᆡ
　　　<対/一19a> 北　　　북안셩은 긔회롤 도々옵ᄂᆡ
　　　<武/一18b> 北　　　북안셩은 긔회가 도々옵ᄂᆡ
　　　<初/一16a> 北　　　북으로 오는 기러기 소리는 긔회를 더 허옵네
　　ⅲ）の例
　　　<苗/一09a> 上弦　　ᄃᆞ둘 초팔일을 초곰이라 ᄒᆞᆸᄂᆡ
　　　<ア/一12b> 上弦　　ᄃᆞ둘 초팔일을 초곰이라 ᄒᆞᆸᄂᆞ니
　　　<対/一12b> 上弦　　ᄃᆞ둘 초팔일을 초곰이라 ᄒᆞᆸᄂᆞ니
　　　<武/一12a> 上弦　　ᄃᆞ둘 초팔일을 초곰이라 ᄒᆞᆸᄂᆡ
　　　<初/一10a> 上弦　　샹현은 셔편 반둘을 니르고

　　一方、武藤本と<ア><対>の間では、<ア>より<対>に近い場合が圧倒的に多い（ⅳ ⅴ）。

　　ⅴ）の例
　　　<苗/一58b> 瘦　너모 여외니 몸 간슈를 잘못ᄒᆞ여 계신가 시브외
　　　<ア/一67a> 瘦　너모 여외여 계시니 음식을 잘ᄒᆞ여 자시게 ᄒᆞᆸ쇼셔
　　　<対/一67a> 瘦　너모 여외여 계시니 몸 간슈를 아니 ᄒᆞ신가 시브외
　　　<武/一67a> 瘦　너모 여외여 계시니 몸 간슈를 아니 ᄒᆞ신가 시브외

　　<初/一53b>　瘦　너무 여위여 게시니 음식울 잘ᄒ야 잡숫케 ᄒ시읍쇼셔

　　<苗>を基準にして、<対><武>が<ア>より<苗>に近く、武藤本は<ア>より<対>に近いと言えよう。

2.4.2. 巻三：975項目(<ソ><済><武>の対照比較)

<苗>の ○；794(基準)	ⅰ<苗>=<ソ>=<済>≒<武>；6
	<ソ>=<済>=<武>；50
<ソ>の ○；358　◎；264	ⅱ<武>≒［<ソ>・<済>］> <苗>；372
<済>の ○；363　◎：267	ⅲ<武>≒ <苗> > ［<ソ>・<済>］；19
<武>の ○；152　◎；254	ⅳ<武>=<ソ>；377
	<武>≒<ソ> > <済>；7
	ⅴ<武>=<済>；408(1例は<ソ>無し)
	<武>≒<済> > <ソ>；15

　　<ソ><済>の用例文は約80％が<苗>と同じか多少異なっているのに対して、<武>においては約50％が<苗>と同じか多少異なっている。<武>の用例文が相対的に<苗>と疎い関係にあるだけに、<ア><対><武>の用例文が同一の例は少ない(ⅰ)。相違の存する場合、武藤本はやはり同じ増補本類の<ソ><済>の用例文に近い例がほとんどで(ⅱ)、<苗>に近い例はわずかである(ⅲ)。

　　ⅱ)の例
　　　<苗/三23a>鼓　　북이 크면 소리가 미오 나읍니
　　　<ソ/三51a>鼓　　븍이 크니 소리가 미오 난다
　　　<済/三51a>鼓　　븍이 크니 소리가 미오 난다
　　　<武/三47b>鼓　　븍이 크니 소리가 미오 나거든
　　　<初/三34b>鼓　　북이 크면 소리가 미우 나읍네다
　　ⅲ)の例
　　　<苗/三06b>塗　　바른 거시 잘못 발라 곱지 아니ᄒ외
　　　<ソ/三31a>塗　　ᄇᄅ기를 잘못 볼나시니 볼샹이 되지 아니ᄒ외
　　　<済/三31a>塗　　ᄇᄅ기를 잘못 볼나시니 볼샹이 되지 아니ᄒ뇌

<武/三28b>塗　　　붉은 거슬 잘못 볼나시니 칠이 곱지 아니ᄒᆼ이
<初/三20b>塗　　　붉은 거슬 잘못 볼나시니 칠이 곱지 아니허외다

　一方、<ソ>と<済>の酷似性が認められる中で、武藤本は<ソ>に近い例よりは<済>に近い例のほうが相対的に多い(iv v)。

　iv)の例
　　<苗/三06b>巾　　　슈건을 쌍희 구을이치 말고 물독의 걸혀라
　　<ソ/三31b>巾　　　슈건을 쌍의 구을지 말고 물독의 걸어라
　　<済/三31b>巾　　　슈건을 쌍의 구을리지 말고 물독의 걸어라
　　<武/三29b>巾　　　슈건을 쌍의 구을지 말고 물독외 걸어라
　　<初/三21a>巾　　　슈건을 쌍에 굴니지 말고 못세 걸어라
　v)の例
　　<苗/三36a>綾花　　능화ᄂᆞᆫ 빗치 곱고 문이 ᄌᆞ라야 보기 좃ᄉᆞ외
　　<ソ/三69a>綾花　　능화로 천판ᄌᆞ롤 ᄇᆞᄅᆞ면 보기 돗ᄉᆞ외
　　<済/三69a>綾花　　능화로 천판ᄌᆞ롤 ᄇᆞᄅᆞ면 보기 돗고니
　　<武/三64a>綾花　　능화로 천판ᄌᆞ롤 ᄇᆞᄅᆞ면 보기 됴고니
　　<初/三47b>綾花　　룽화로 텬판ᄌᆞ를 바르면 보기 돗커니

　<苗>を基準にして、<ソ><済>が<武>より<苗>に近く、武藤本は<ソ>より<済>に近いと言える。

2.4.3. 巻四：758項目(<小><ア><武>の対照比較)[28]

────────────	i <苗>＝<小>＝<ア>＝<武>；99
<苗>の ○；651(基準)	<小>＝<ア>＝<武>；17
<小>の ○；104 ◎；202	ii <武>≒〔<小>・<ア>〕＞<苗>；5
<ア>の ○；102 ◎：207	iii <武>≒<苗>＞〔<小>・<ア>〕；543
<武>の ○；635 ◎；15	iv <武>＝<小>；2
────────────	<武>≒<小>＞<ア>；3

28) ソウル大本は、同じ増補本類の<小><ア>とよく似ているため対象から除いた。この3書がすべて項目をもつのは745個で、そのうち9割以上の685項目が同一である。残りに60項目は、<ソ>＝<小>≠<ア>が3、<ソ>＝<ア>≠<小>が32、<ソ>≠<小>＝<ア>が25例となっていて、なかでもソウル大本は<小>よりは<ア>に近い面も認められるが、ここでは措く。

$$v<武>=<ア> ; 0$$
$$<武>≒<ア> > <小> ; 3$$

<苗>を基準にして、<小><ア>の用例文は約50％が<苗>と同じか多少異なっているのに対して、<武>の場合はほとんどが<苗>と同じか多少異なっていて極端な偏りを見せている。<小><ア>の用例文が相対的に<苗>と疎い関係にあって、<ア><対><武>の用例文が同一の例は少なく（ⅰ）。なお武藤本と<苗>が酷似していることで（ⅲ）、他の増補本類と近似性が認められるのはごくわずかである（ⅱ ⅳ ⅴ）。

　ⅲ）の例
　　<苗/四41b>　預　　미리 츌혀두면 님시ᄒ여 군속지 아니ᄒᄂ니
　　<小/四56a>　預　　미리 츌려두고야 군속지 아니ᄒ오니
　　<ノ/四56a>　預　　미리 츌혀두고아 군속지 아니ᄒ오니
　　<武/四55b>　預　　미리 츌혀 두면 님시ᄒ여 군속지 아니ᄒᄂ니
　　<初/四42a>　預　　미리 츌녀 두면 님시허여 군속지 아니허니라
　ⅱ）の例
　　<苗/四37b>　当　　맛당ᄒ니 면품을 ᄒ여 보ᅀᆞᆸ새
　　<小/四39a>　当　　맛당ᄒᆫ 말이기의 그대로 면품ᄒ세 ᄒ오
　　<ア/四57b>　当　　맛당ᄒᆫ 말이기의 그대로 면품ᄒ게 ᄒ오리
　　<武/四51a>　当　　맛당ᄒ니 면품을 ᄒ여 보ᅀᆞᆸ새
　　<初/四38b>　当　　맛당ᄒ니 면품ᄒ야 보ᅀᆞᆸ소

<苗>を基準にして、<小><ア>に比べて武藤本は<苗>に酷似している。しかし、増補欄の文例は<小><ソ>のような増補本類のそれを受け継ぐものとなっている。

3. 項目の相違と韓国語文の相違

前述の項目の相違からは、巻一と四は<ア>のそれに近く、巻三は<ソ><済>に近いということだったが、韓国語文の相違の分析からは違った結果が出た。すなわち、巻三の場合は<ソ><済>に近いということで

ほぼ前者と同じ結果をみせているが，巻一の場合は＜済＞に近く、巻四は
もっぱら＜苗＞に酷似していて、項目の場合と異なった結果となってい
るのである。同一巻の中の項目と用例文がそれぞれ違う異本のそれと
近似性を見せているのは、『交隣須知』の諸本の間には複雑な成立の
背景があることを意味するとともに、『交隣須知』諸本の相互関係、す
なわち『交隣須知』の系統を論じるときは、単なる門立てや項目の配
列のような単語レベルだけではなく、用例文の比較分析が必要である
ことを物語っている。より可変性の少ない文レベルでの分析であるだ
けに、諸本の関連性を究明するうえでより有力な方法となりうるので
ある。

　武藤本の巻一は別として、巻三と四は体裁的にもよく似ていて同じ
異本を底本にしたものと一応推定したが、用例文の分析から浮き彫り
になれた巻四のありかたから見た場合、はたして同種の異本を底本に
したかどうかについて疑問が残る。武藤本の巻四は、本文は苗代川本
のような原祖系、増補欄は増補祖本系の文例を取り入れたものとな
っている。巻四の場合、たとえば本文は苗代川本から、増補の文例は
増補本類からそれぞれ採用してできあがったものなのか、それともすで
にそのような写本を底本にしたものなのかは不明であるが、いずれにし
ても、武藤本は他の増補本類とは性格を異にする特殊な異本と言える。

4. まとめ

　巻二を欠く増補本類の武藤文庫本『交隣須知』は、同一の底本から
書写したのではなく、それぞれ別の異本を書写したものと推定される。
特に巻四の場合は、増補本として最も早い時期に成立した小田本とは
相対的に関係が薄く、原「交隣須知」と深い関連性が認められる苗代
川本と、体裁的な面では相違点が多いものの、本文たる韓国語文にお
いては酷似している。一方巻一は、苗代川本に近い本文をもつ対馬本
と近似していることもあって、巻四の場合と程度の差はあるものの、

やはり苗代川本との関連性が認められる。同一本からではなく、違う写本を掻き集めて、それを書写したかに見える武藤文庫本『交隣須知』は、完本ではなく零本として伝えられていた当時の『交隣須知』の普及の情況を示してくれるものと思われる。そして、武藤文庫本の『交隣須知』の底本となった異本が一つではなかったとしても、その異本らは、主に本文において、古写本類と深い関連をもって伝承されてきたものと推定される。

第5章

写本類『交隣須知』の修正・加筆部分について
—苗代川本を中心に—

1. はじめに

　『交隣須知』の写本類、中でも古写本類には墨書や朱書を用いて、用例文の全部、もしくは一部を削除、修正・加筆した部分が数多くある。それらが主に増補本以前の古写本類に集中していることは、『交隣須知』の成立や成長と何らかの関係があるのではないかと考える。本章では、それらを手がかりに、『交隣須知』の系統に関わる一問題について考察を加えたものである。差し当たり、このような修正・加筆の部分が最もよく現れるのは苗代川本なので、苗代川本を中心にみていくことにする。

2. 墨書による修正・加筆の部分

　苗代川本において、墨書で修正・加筆された部分は大体、次のように二通りに分けられる。
　　(1) 文レベル；文例の挿入・加筆
　　　　a. 行間か文末に「(又)一本ニ+文例」とある。
　　　　b. 行間か文末に「又+文例」とある。
　　　　c. 行間か文末に「+文例」とある。
　　(2) 文節レベル；文節か文節内の一部を削除し、内容を修正・加筆

2.1. 文レベル

2.1.1. 行間か文末に「(又)一本ニ+文例」とある場合

本来の文例と異なる用例文が他の異本にあったことを意味する「一

本ニ」の注記は、主に巻一に現れる。これは苗代川本が転写される過
程において、底本のそれがそのまま書き写されたのか、新しく記入さ
れたのかは不明であるが、すでに他の異本が存在していたことを表す
ものである。そしてその異本とは、増補本類以前の、それらの底本と
なった写本類で、しかもそれは苗代川本と同じく古写本類であると推
定される。

　このような例は5例ある。これは<苗>において、他の異本の存在を
はっきり示す例なので、全例を挙げる。ただし、対訳の日本語文は必
要に応じて書き示すことにする。({　}は削除された部分。以下同一)

[1247]
　<苗/一18a> 填　　만히 흙을 녀허 메으거든{면} 됴홀가 시브외/一本
　　　　　　　　　ニ ᄌ시 메이옵소
　<ア/一23a> 填　　ᄌ시 메워라
　<対/一23a> 填　　ᄌ시 메옵소
　<武/一22b> 填　　ᄌ시 메워라

[1318]
　<苗/一23b> 瀑布 폭포 소리는 쿵쿵 ᄒ고 북 소리 ᄯᅩ 쇨 진글 소리
　　　　　　　　　도 ᄒᆞ가지로 쿵쿵 ᄒᆞ옵닉 /又一本ニ 폭포는 ᄂᆞ려
　　　　　　　　　지는 양이 웅장(雄壮)ᄒ외
　　　　　　　　　/タキノ ヲツル ヨウスガ ヲビタヽシウ コサル
　<ア/一29a> 瀑布 폭포 ᄂᆞ려지는 양이 웅장ᄒ외
　　　　　　　　　タキノ 落ル ヤウスガ 夥シイ
　<対/一29a> 瀑布 폭포 ᄂ려지는 양이 雄壮ᄒ외
　　　　　　　　　タキノ ヲツル ヤウスガ スサマシウ ゴサル
　<武/一29a> 瀑布 폭포 ᄂ려지는 양이 雄壮(웅장)ᄒ외
　　　　　　　　　タキノ 水ノ ヲツル ヤウスガ ヲビタヾシウ ゴザル

[1512]
　<苗/一38a> 宗室 종실(宗室)은 국왕 문지니롤 니ᄅ옵닉 /一本ニ 진
　　　　　　　　　척トモアリ

[2419]
　<苗/二38b> 山丹花 잠날이곳이 플의는 썩 ᄒ여 먹습ᄂᆞ니 /一本ニ
　　　　　　　　　산단화는 우리 보왓 는 법도 이시련마는 아지

　　　　　　　　　　못ᄒᆞ읍니
　<ソ/二42a>　山丹　　잠날이 꼿이 블희는 썩 ᄒᆞ여 먹습ᄂᆞ니
　<済/二42a>　山丹　　잠날이 곳이 플희는 썩 ᄒᆞ여 먹습ᄂᆞ니
　<会/二42a>　山丹花　잠날이 곳 쌀이 썩 ᄒᆞ야 먹습ᄂᆞ니
　<初/二30b>　山丹花　잠날이 꼿 쌀이는 썩 ᄒᆞ야 먹습ᄂᆞ니

　このような注記の文例は、その例が少ないためにこれだけをもって異本間の相関関係を把握するのは難しいが、一応それらは増補本類との関聯性があるように見受けられる。その中でも対馬本([1247]「ᄌᆞ시 메읍소」)、武藤本([1318]「タキノ 水ノ ヲツル ヤウスガ ヲビタヾシ ウゴザル」)との関聯性が認められる。もちろん、それは対馬本や武藤本の底本となった写本間の関連性であって、対馬本や武藤本のそれではないだろう。

　しかし、単独例の[1512]はともかくとして、別の内容を表す巻二の[2419]の場合は、増補本類の文例とはまた異なる。これは、苗代川本が引用した別の異本の存在、つまり増補本類の底本となった古写本が一種ではないことを示す例であろう。もしくは巻一と巻二の底本が違っていたかもしれない。

　一方、古写本類との関係を示す例としては[1179]がある。

　[1179]
　<苗/一13b>　初九日　초아흐련날은 흐고더셔 날을 졍ᄒᆞ읍니{移所ᄒᆞ엿습니} /一本ニ 한가ᄒᆞ 날이읍도식
　<沈/一13b>　初九日　초아흐렌날은 흐고더셔 날을 졍ᄒᆞ읍니
　<ア/一17b>　初九日　초아흐렌날의 이소 ᄒᆞ엿습니
　<対/一17b>　初九日　초아흐렌날의 移所 ᄒᆞ엿습니
　<武/一17a>　初九日　초아흐렌날의 이소(移所)ᄒᆞ엿습니
　[1180]
　<苗/一14a>　初十日　초열흘날은 移所ᄒᆞ엿습데{흐고더셔 날을 쳥ᄒᆞ읍니}
　<沈/一14a>　初十日　초열흘날은 한가□ 날이읍도쇠
　<ア/一17b>　初十日　초열흘날은 한가ᄒᆞ 날이읍도쇠

<対/一17b> 初十日　초열흘날은 한가흔 날이옵도쇠
<武/一18a> 初十日　초열흘날은 한가(閑暇)흔 날이옵도쇠

　苗代川本の「初九日」文における「한가흔 날이옵도쇠」は、隣り
合った「初十日」項目の、古写本類の<沈>以下の他異本と同じ内容の
ものである。この「一本ニ」の例文が、[1179]において他の異本のそ
れと異なっているのが疑問ではあるが、もし筆写者が誤って、「初十
日」の文例にあったものを苗代川本で「初九日」文の左側に挿入した
のならば、この場合の「一本ニ」の文と関連性が認められるのは、や
はり同じ古写本類の沈寿官本かそれの底本であると考えるのが自然で
あろう。苗代川本の「-옵도쇠」のようなより古い表記からも、沈寿官
本の底本との関係性を認めるべきかもしれない。いずれにしても苗代
川本と沈寿官本とでは深い関連性が存するが、それだとしてこの両書
が同一底本から書写されたとは言えないと思う。

2.1.2. 行間か文末に「又+文例」とある場合

　本書には「一本ニ」による加筆の用例文以外に「又」による加筆の
文例がある。次は苗代川本と沈寿官本(巻一)の関連性が認められる例
である。

[1133]
<苗/一10a> 暁　너일 새벽의 일 니러 오옵소 /又 새벽이면 일 닐건
　　　　　　　마는 日本人은 새벽줌을 더 슝샹(崇尙)호니 어인
　　　　　　　일인고
　　　　　　　ミョフニチ アカツキニ ハヤウ ヲキテ ゴザレ/ ––
<沈/一10a> 暁　새벽이면 일 닐건마는 일본 사롬은 새벽줌을 더
　　　　　　　슝샹호니 어인 일이온고
　　　　　　　暁ニハ ハヨウ ヲキマスレドモ 日本人ハ アサネヲ
　　　　　　　コノミマスルガ□□シタ コトデ ゴザルカ
<ア/一13b> 暁　새벽의 일 니러나옵소
<対/一13b> 暁　새벽의 일 니러나옵소
<武/一13a> 暁　새벽의 일 니러나옵소

<初/一11b> 暁　새벽에 일즉 니러납소

　苗代川本の「又」文は<沈>のそれと同じ例文である。ただし、<苗>には対訳の日本語文がない反面、<沈>には日本語文が付いている。

　巻三の場合は、「又」文と同一の文例が<天>や<文>にあって、やはり古写本類との関連性が認められる。この「又」文は巻三に多く出ている。

[3486]
　　<苗/三35b>　紙　　동회는 듕들이 쓰옵니 /又 동회는 둑겁고 반々ᄒ
　　　　　　　　　　여야 글쓰기 좃ᄉ외
　　<天/三35b>　紙　　동회는 듕들이 씌옵니 /동회는 둑겁고 반々ᄒ여
　　　　　　　　　　야 글쓰기 돗ᄉ외
　　<文/三34a>　紙　　동회는 득겁고 반々ᄒ여야 글쓰기 좃ᄉ외
　　<ソ/三68b>　紙　　종회는 듕들이 쓰옵니
　　<済/三69a>　紙　　종회는 듕들이 쓰옵니
　　<武/三64a>　紙　　종회는 듕들이 쓰옵니
　　<初/三47a>　紙　　종회는 줌들이 쓰옵네
[3224]
　　<苗/三17a>　鐃　　광증을 티다가 그티면 징々ᄒ는 소리 나옵데 /又
　　　　　　　　　　요령은 손으로 흔드러가는 거시라
　　<天/三16b>　鐃鉦　광증을 티다가 그티면 징々ᄒ는 소리 나옵데/ 요
　　　　　　　　　　뎡은 손으로 흔드로가는 거시라
　　<文/三16b>　鐃　　광증을 티다가 그티면 징々ᄒ는 소리 나옵니
　　<ソ/三41b>　鐃　　요령은 손으로 흔들면 알롱알롱 ᄒᄂ니라
　　<済/三42a>　鐃　　요령은 손으로 흔들면 알롱々々 ᄒᄂ니라
　　<武/三38b>　鐃　　요령은 손으로 흔들면 알롱々々 ᄒᄂ니라
　　<初/三28a>　鐃　　요령(鐃鈴)은 손으로 흔들면 덜넝덜넝 허ᄂ니라
[3223]
　　<苗/三17a>　頭釘　두뎡은 마리 잇는 못이라 /又 소졍은 널 니얼
　　　　　　　　　　째 쓰ᄂ니라
　　<天/三17a>　頭釘　두뎡은 마리 잇는 못이라 /소졍은 널 니얼 째
　　　　　　　　　　쓰ᄂ니라
　　<文/三16b>　頭釘　머리 잇는 못슨 아모리 박어도 머리ᄭ지 들고

```
                    그박긔는 아니드ᄂ라
  <ソ/三43b>  頭釘   두뎡은 머리 잇ᄂ 못시라
  <済/三43b>  頭釘   두뎡은 머리 잇ᄂ 못시라
  <武/三40a>  頭釘   두뎡은 머리 잇ᄂ 못시라
  <初/三29b>  頭釘   광두뎡(広頭釘)은 머리 인ᄂ 못시라
```

　<苗>において、主文に加えられた「又」文が<文>と同じ場合もあれば([3486])、異なる場合もある([3223])。一方、<文>の文例が<苗>に異なっている場合でも<天>は<苗>と同じで、<天>は「又」までも含めて<苗>のそれをそのまま踏襲している。<苗>と<天>は同系列の写本で、<文>はそれとは違う系列に属するものと言えそうである。特に[3222]は、<文>の文例は「又」文のない<苗>の文例と同じである。このような例からは、<苗>において「又」文が任意に加筆された経緯がうかがえる。

2.1.3. 行間か文末に「＋文例」とある場合

　行間において、「又」の注記がないまま文例が挿入された例も「又」文の場合と軌を一にする。<天>で苗代川本の文例を受容し、<文>で苗代川本の本文を受容する例がなくはないが、<天>において<苗>の本文と加筆された文例をそのまま踏襲する例がほとんどである。

```
[3404]
  <苗/三30a>  鞦韆   츄쳔은 녹음의셔 고온 계집들이 ᄯㅢᄂ 양은 보기
                    둇ᄉ외 /그늬ᄂ 노픈 남긔 줄을 ᄆㅣ고 남녀 다 ᄯㅢ
                    ᄋㅗᄂ니
  <天/三30a>  鞦韆   그늬ᄂ 노픈 남긔 줄을 ᄆㅣ고 남녀 다 ᄯㅢᄋㅗᄂ니
  <文/三28b>  鞦韆   그늬ᄂ 녹음의셔 고온 계집들이 ᄯㅢᄂ 양 보기 둇
                    ᄉ오니
  <ソ/三62a>  鞦韆   그늬[뉘]ᄂ 놋픈 남긔 줄을 ᄃ라 미고 남녀 다
                    ᄲㅟ{ᄯㅢ}ᄂ니
  <済/三62b>  鞦韆   그늬ᄂ 놋픈 남긔 줄을 ᄃ라 미고 남녀 다 ᄯㅢᄂ니
  <武/三58b>  鞦韆   그늬ᄂ 놋픈 남긔 줄을 ᄃ라 미고 남녀 다 ᄯㅢᄂ니
  <初/三43a>  鞦韆   그늬ᄂ 놋픈 남게 줄을 ᄃ러 미고 남녀 다 ᄲㅟᄂ니
```

この「又」文などを「一本ニ」文と同じ背景をもつ加筆事項とみる
べきかどうかについては断定しがたい面もあるが、「一本ニ」のよう
に、別の古写本の存在を前提とする必要はないこと、<天><文>のよ
うな古写本類の文例が加筆された部分に当たる場合が多いことなどか
ら察するに、この「又」文または「又」のない加筆文は、「一本ニ」
文より後に追加されたものではないだろうか。要するに、この「又」
文または「又」のない加筆文の存在により「一本ニ」文の性格がより明
確にされうること、苗代川本と<天>は同一の底本をもつ同系列のもの
として、沈寿官本(巻一)と<文>は苗代川本とは違う底本をもつ異系列
に属するものであることが指摘できると思う。

2.2. 文節レベル

文節や文節内の一部を削除し修正・加筆した例は、次のように、よ
り自然な表現に直した場合がほとんどである。

[3768]
    <苗/三55a> 湯　　끌늕{은} 믈의 녀허 데텨 내여라
    <天/三55a> 湯　　끌는 믈의 녀허 데텨 내여라
    <文/三51b> 湯　　끌는 믈에 녀허 데텨 내여라

まず、古写本類と比べて目立つのは、日本語の仮定表現「-バ」「-
タラ(バ)」「-ナラ(バ)」に該当する韓国語の語尾「-(으)면」を消して
「-거든」に直した例である。

[3435]
    <苗/三32a> 訊　　져주어 무러 <u>보거든</u>{면} 아오리
                      セメテ トウテ ミタラ シレマセフ
    <天/三32a> 訊　　져주어 무러 보거든 아오리
                        セメテ トウテ ミタラ シレマセフ
    <文/三30b> 訊　　져주어 무러 보면 아오리
                        セメテ トウタラバ シレマセウ

[3788]
　　<苗/三56b> 売　　풀려 ᄒ거든{면} 갑슬 뎡(定)ᄒ여 ᄑᆞᆸ소
　　　　　　　　　ウルナラバ ネヲ キワメテ ウラシャレ
　　<天/三56b> 売　　풀려 ᄒ거든 갑슬 뎡ᄒ여 ᄑᆞᆸ소
　　　　　　　　　ウロウト ヲモナラバ ネヲ キワメテ ウラシャレ
　　<文/三53a> 売　　플려 ᄒ면 갑슬 뎡ᄒ여 ᄑᆞᆸ소
　　　　　　　　　ウロウト ヲモウナラバ ネヲ キワメテ ウラシャレイ

のように、苗代川本で消された「−면」は<文>と同じで、修正された
「−거든」は<天>と大概同じである。文末語尾も<苗>と<天>が同一
で、<文>に相違がある点等を考え合わせると、<天>と苗代川本は底
本の関係である可能性が高い。<文>は苗代川本とは違う系統の異本と
みるべきであろう。

　「−(으)면」は、中世期以降、順接仮定条件および恒常条件を表す最
も代表的な表現形式となって現代語に続いている。一方、「−거든」は
仮定条件に止まらず確定条件を含む順接条件表現の全般に用いられた。
また、中期語の「−거든」は、文末のムード形式に「命令、勧誘、意
思」などの遂行的なもののみならず、「推量、断定」なども現れるが
(李恩周1996:61)、現代語においては一般に仮定条件にのみ用いられ、
文末のムード形式も遂行的なものしか取らないとしている(윤평현1989:
13−43参照)。

　なおこの「−면」と「−거든」について、前間恭作は『韓語通』(1909
年)で、同じく仮定の語句を連接するものとしながら、「命令又は約束
の条件として仮定の語句を用ゐるときは거든の助動詞を用ゆ」として、
「−거든」と文末ムード形式との関連について指摘している(pp.187−188)。
[3788]の場合は、後ろに命令の表現がくるので「−면」よりは自然な
「−거든」に直したとも言えそうだが、他の例は単なる断定や推量がき
ている。少なくとも苗代川本においては、仮定表現として「−면」より
は「−거든」が自然な表現として認識されていたようで、しかもそれは
必ずしも遂行的な文末のムード形式に限られるものではなかったと見受
けられる。

　しかし、苗代川本以外には、大体において「-거면」は「命令、勧誘、意思」といった文末ムード表現と共起する傾向にあると言える。そしてその傾向は古写本類から増補本類、刊本類に下るにつれて強くなる。たとえば、「-거면」が用いられた例は、前掲の例以外に約47例あるが、そのうち4,5例を除いては遂行的な文末表現と共起する文例となっている。いっぽう「-면」は、2,3例を除いて断定や推量表現と共起する。

　[3574]

　　　<苗/三41b>　勝　　이긔면 봉쟉을 엇습니
　　　<天/三41b>　勝　　이긔면 봉쟉을 엇습니
　　　<文/三40a>　勝　　이긔면 봉쟉을 엇습니
　　　<ソ/三77b>　勝　　이긔거든 봉쟉을 주옵쇼셔
　　　<済/三78a>　勝　　이긔거든 봉쟉을 주옵쇼셔
　　　<武/三72a>　勝　　이긔거든 봉쟉을 주옵쇼셔
　　　<初/三53b>　勝　　이긔거든 봉쟉을 주옵쇼셔

　朱書したところでも<苗>において「-면」を「-거든」に訂正した例が多い。修正される前は<天>と同じで、修正された部分は<文>と同じ例は、日本語の場合にも見える。

　[3136]

　　　<苗/三10b>　鈑　　바리는 크면 소리가 미이 나옵니
　　　　　　　　　　　_ハツハ_{バチハ} フトケレハ コエガ キツフ テマスル
　　　<天/三10b>　鈑　　바리는 크면 소리가 미이 나옵니
　　　　　　　　　　　ハツハ フトケレハ コエガ キツフ テマスル
　　　<文/三10b>　鈑　　바라는 크면 소리가 므이 나옵데
　　　　　　　　　　　ハチハ 大ケレバ コヱガ キツウ デマスル
　　　<ソ/三34a>　鈑　　바라는 크면 소리가 미오 나옵니
　　　　　　　　　　　ハチハ フトケレバ ヲトガ キツウ デマスル
　　　<済/三34a>　鈑　　바라는 크면 소리가 미오 나옵니
　　　　　　　　　　　ハチハ フトケレバ ヲトカ キツウ デマスル
　　　<武/三31b>　鈑　　바라는 크면 소리가 미오 나옵니

ハチハ フトケレバ ヲトカ キツウ デマスル

　苗代川本において、本来「바리」に対する日本語「バチ」を消し「ハツ」に書き直しているが、<文>は「ハチ」、<天>は「ハツ」である。なお、次のような例からも、<文>または<文>が底本とした写本と、<苗>が底本とした写本との間に何らかの関連性がうかがえる。

　　[3797]
　　　<苗/三57b>　邊　　변으로 풀면 갑시 젹어도 썍々ᄒ외
　　　　　　　　　　　ハクリテ ハラエハ ダイハ スクノウテモ <u>シッカリ</u>
　　　　　　　　　　　<u>ト ゴサル</u>{ラチガ アキマスル}
　　　<天/三57a>　邊　　변으로 풀면 갑시 젹어도 썍々ᄒ외
　　　　　　　　　　　ハクリデ ハラエバ ダイハ スクノウテモ シッカリ
　　　　　　　　　　　ト ゴサル
　　　<文/三54b>　邊　　변으로 풀면 갑시 젹어도 독々ᄒ여 낫ᄉ오니
　　　　　　　　　　　コウリ(ハクリ)ニ スレバ ネハ ヤスウテモ ハヤウ
　　　　　　　　　　　ラチガ アイテ ヨイ

　<苗>にもともとあった日本語「ラチガアキマスル」が、<文>の「독々ᄒ여」に対する日本語の対訳にある。また<文>において、「변」の対訳日本語は「コウリ」であるが、<苗>の「ハクリ」を横に併記している。しかし、このような日本語の例はほとんどなく、大概の場合は、隣り合う文例の部分か文節の一部分を間違って書いたもの等を含めた、勘違いによるところを修正したものである。
　一方、増補本類との関係から見ると、苗代川本で消された部分が増補本類と同じ場合がほとんどである。

　　[1613]
　　　<苗/一46a>　他　　다른 니는 셔울의 가 녹(錄) 먹고 노픈 벼슬 <u>ᄒ시</u>
　　　　　　　　　　　<u>옵데</u>{ᄒ엿습데}
　　　<ア/一53b>　他　　다른 니는 셔울 가 녹 먹고 놉픈 벼슬 ᄒ엿다 ᄒ
　　　　　　　　　　　옵늬
　　　<対/一53a>　他　　다른 니는 셔울 가 녹 먹고 놉픈 벼슬 ᄒ엿습늬

<武/一53a> 他　다ᄅ 니ᄂ 셔울 가 녹 먹ㄲ 놉픈 벼슬 ᄒᆞ엿습ᄂᆡ

　このように、苗代川本で修正される前の語形は増補本類、中でも対馬本や武藤本のそれと近似する例が多い。次は対馬本と近い例である。

[1849]
　　<苗/二05b>　剽掠　　매가 씽을 ᄎ 갓습ᄂᆡ{가옵ᄂᆡ}
　　<ア/一74a>　剽掠　　매가 씽을 ᄎᄂᆡ ᄂ려젓습ᄂᆡ
　　<対/一74a>　剽掠　　매가 씽을 ᄎ 가옵ᄂᆡ
　　<武/一74a>　剽掠　　매가 씽을 ᄎᄂᆡ ᄂ려젓습ᄂᆡ

　このような例が巻一と二だけに片寄っていることをどのように解釈すべきか問題は残るが、一応、苗代川本の底本となった写本と対馬本や武藤本(巻一)の底本となった写本は、系統的に近い関係にあったとの推定は可能だと思う。『交隣須知』の系統について論ずる際、巻一においては、<ア>と<対>のうちどれが原「交隣須知」に近い写本であるかが問題になるわけだが、上のような例は、それが<対>である可能性を示すものと言えよう。

3. 朱書による修正・加筆の部分

3.1. 韓国語の部分

　まず韓国語の部分を見ると、筆写時に写し漏らした部分や写し間違った部分等を書写後に修正・加筆したものと見える例が多い。

[1041]
　　<苗/一04a>　霧　안개가 미(이) 씨여시니 ᄃᆡ마쥬산이 뵈지 아니ᄒᆞ외

　「미」の後ろに「이」を書き入れた。ほかに朱書による修正・加筆の部分を整理すると、大体次のように分けられる。代表的な例だけを示すに止める。

(1)より正しい表現に修正

[3253]

　　＜苗/三19a＞　網　　그믈은{의} 벼리가 웃듬이오니

(2)より新しい表現・表記に修正

[2517]

　　＜苗/二46a＞　步路　길을{홀} 거러가니 미오 곳브외
[4722]

　　＜苗/四53a＞　茫茫　망망흔 너른 바다흘 브라보니 マ이업다{今외}

(3)より丁寧な表現への修正

[0127]

　　＜苗/一09b＞　夕　　져녁 째면 미영 도라가고져 호시니 그 어인 일이
　　　　　　　　　　　　　옵는{온}고
[1203]

　　＜苗/一15a＞　東　　동산의 올라 히 텃는 양 보옵새{소}

　朱書による韓国語の注記は、主に当時の表記法や語彙の変遷、そし
て表現法等を反映するものであると言える。要するに、苗代川本にお
ける朱書は、墨書とは違って、本書の書写期以降に付せられたものと
考えたいのであるが、それは日本語の部分からも明らかである。

3.2. 日本語の部分

　日本語の修正・加筆はほとんどが朱書となっている。およそ30個所
に達するのであるが、これは他の筆写本類と比べて多い数字である。
日本語の部分は、墨書部分と比べて、不自然な部分を訂正した部分よ
りは、筆写時書き漏らした部分を補筆したり、他の表現を加筆したり
した場合が多い。

[1110]
<苗/一08b> 臘　납평은 물쏭을 주어 두엇다가 이듬히 녀롬의 달혀
먹습니
ロウジツハ　馬ノ　フンヲ　ヒロフテ　ヲイテ　翌年　夏
ニ　<u>センジテ　ノミマスル</u>
<沈/一08b> 臘　납평은 물쏭을 주어 두엇다가 □□□ 녀롬의 달혀
먹습니
ラウジツハ　馬ノ　フンヲ　ヒロウテ　翌年ノ　夏　タ
テ、　ノミマスル
<あ/一10a> 臘　납평은 물쏭을 주어 두엇다가 이듬히 녀롬의 달혀
먹습니
臘日ハ　馬ノ　糞ヲ　拾フテ　ヲイテ　翌年　夏ニ　煎ジ
テ　呑ミマスル

　これは、語句の欠けていたところに「センジテ　ノミマスル」を補筆
した例である。ほかに韓国語文の一部を修正し、対訳のなかったとこ
ろに日本語文を新しく加筆した例、一度修正された韓国語文に合わせ
て日本語を訂正した例などがある。

[4521]
<苗/四37b> 恰　흡쪽히 어더 왓기의 넘치 업느니
タンノフ　スルホト　モトメテ　キタニツキ　ハツカシ
イ　コトハ　ナイ{ジャ}　(レンチガ　ナイ)
<沈/四11a> 恰　흡쪽히 어더 왓가의 넘치 업느니
タンナウ　スルホド　モトメテ　キタ　レンチガ　ナイ
<小/四38b> 恰　흡쪽(恰足)히 어더 왓스오나 넘치(廉恥) 업스외
タンナウ　スルホド　求テ　キタレドモ　レンチガ　ゴ
サリマセヌ
<ソ/四57a> 恰　흡쪽히 어더 왓스오나 넘치(廉恥) 업스외
タンノウ　スルホド　求テ　キタレトモ　レンチカ　コ
サリマセヌ
<ア/四57a> 恰　흡쪽히 어더 왓스오니 넘치(廉恥) 업스외
タンノウ　スルホト　求テ　キタニヨリ　レンチカ　コ

サリマセヌ
<武/四50b> 恰 흡쪽히 어더 왓기의 념치 업ᄂᆞ니
タンナウ スルホド モトメテ キタニツキ ハツカシイ コトジャ

苗代川本で加筆された「レンチガ　ナイ」は沈寿官本(巻四)との関連性が認められる。苗代川本にはもともと<武>のような「ハツカシイ コトジャ」であった。

このような傾向からみて、苗代川本上の朱書と関係が深いのは古写本類で、本書が苗代川の地において、古写本類の写本類と関わり合って成長してきたことを物語っている。

3.3. 語彙の修正

苗代川本で本来「머리」とあったものを「마리」に修正した例が4例ある。

[1205]
<苗/一15a> 南　남으로 마리{머리} 두고 자면 좃타 ᄒᆞᄋᆞᆸᄂᆡ
<沈/一15a> 南　남으로 머리 두고 자면 돗타 ᄒᆞ옵ᄂᆡ
<ア/一19b> 南　남으로 머리롤 두고 자면 돗다 ᄒᆞᄋᆞᆸᄂᆞ니
<対/一19a> 南　남으로 머리를 두고 자면 좃다 ᄒᆞ옵ᄂᆡ
<武/一19b> 南　남으로 머리를 두고 자면 좃다 ᄒᆞ옵ᄂᆡ
<初/一16a> 南　남방으로 머리를 두고 자면 돗타 허옵ᄂᆞ니

この「마리(머리)」は、苗代川本では「頭、髪、首」の意味に用いられているが、ほとんどが「頭・髪」の意で、しかも「마리」である。

	머리	마리
頭	1	8
髪	2	7
首		1

近代韓国語では人間の「頭」や「髪」を表すのに「머리」のほかに

「마리」の語形が使われた(문금현1998:234-236参照)。この「미리」は
「머리」の古形で、母音交代による語彙分化の形として、17・18世紀
の文献では「마리」が一般的に現れる(洪思満1996:533参照)。苗代川本
には「마리」が主で、上の例は、たまに用いられた「머리」を「마리」
に改めたことであるが、<苗>の書写の時、その以前にあった「머리」
を古い語と認識し、当時一般に用いられていた「마리」に訂正したの
であろうか。苗代川本と関連性が認められる『倭語類解』にも「마리」
(上16a)となっている。この「마리」は、巻三の<天>にも同形で、増
補本類以降は大概「머리」として現れる。

    [3064]鬢・마리 환・관・가미노와예 <倭上/梳洗,44a>
      <苗/三05b> 鬢   마리 조진 아히들을 보면 어엿브외
      <天/三05b> 鬢   마리 조진 아히들을 보면 어엿브외
      <文/三05b> 鬢   머리 조진 아히들을 보면 에엽브옵데

  ほかに、「ᄌᆞ무다」(鎖)を「저무다」に修正した例、「기져간다」
(傾)を「빗져간다」に修正した例、「지와」(瓦)を「지새」に直した例
などがある。

    [2570]瓦・지새 와・와・가와라 <倭上/宮室,32a>
      <苗/二49b> 瓦   지새{지와}가 깨여져시니 올라 곳쳐 네라
      <ソ/三02b> 瓦   기와가 씨{케}여져시니 집 우희 올나 곳쳐{져}라
      <済/三02b> 瓦   기와가 깨여져시니 집 우희 올나 곳쳐라
      <武/三02b> 瓦   기와가 깨여져시니 집 우희 올나 곳쳐라
      <初/三02b> 瓦   기와가 깨여져쓰니 집 우회 올나가셔 곳쳐라

  「지새」(瓦)は中世語の「디새」が口蓋音化した語形として『倭語
類解』に出てくる。方言的には「지와」は全北方言、「지새」は全南
方言に現われるものであるが(小倉進平1944:118、参照)、より古い語形
の「지새」に直したのは 『倭語類解』の影響だろうか。

3.4. 他の異本との関係

墨書の場合と同じように、この朱書による訂正の部分からも、苗代川本と古写本類、とくに巻三の<天><文>との関係を示す例が多い。そして増補本類は<文>のそれと近似する傾向にあると言える。

[3684]
  <苗/三50a> 魂魄   혼빅이 이실시 죽<u>ᄂ</u>{은} 사롬이 꿈의 와 뵈ᄂ일이 잇ᄂ니
  <天/三50a> 魂魄   혼빅이 이실시 죽ᄂ 사롬이 꿈의 와 뵈ᄂ 일이 잇ᄂ니
  <文/三64a> 魂魄   혼빅이 이실시 주근 사롬이 꿈의 와 뵈ᄂ 일이 잇ᄂ니

[0521]
  <苗/三38a> 鏃   살밋치 업스면 사롬의 마<u>ᄃ</u>{촌}들 무어시 샹ᄒ올고
  <天/三38a> 鏃   살밋치 업스면 사롬의 마ᄃ들 무어시 샹ᄒ올고
  <文/三36b> 鏃   살밋지 업스면 사롬의 마촌들 무어시 샹ᄒ올고
  <ソ/三72a> 鏃   살밋치 업스매 마존들 관겨ᄒ올고
  <済/三72b> 鏃   살밋치 업스매 마존들 관겨ᄒ올고
  <武/三67b> 鏃   살밋치 업스매 마존들 무어시 샹ᄒ올고

一方、巻一の場合は、古写本類の<沈>、増補本類の<対>との酷似性が認められる。

[1158]
  <苗/一12a> 頃日   경일의 니르시던 관동별곡(関東別曲)은 닛지 아니ᄒ<u>ᄋ</u>니{ᄒ엿ᄋ니}
  <沈/一12a> 頃日   져줌끠 니르시던 관동별곡은 닛지 아니 ᄒ엿ᄋ니
  <ア/一15b> 頃日   경일은 장히 디졉ᄒ시니 감샤ᄒ여 ᄒᄋ니
[1169]
  <苗/一13a> 昨日   어제ᄂ 나오마 ᄒ시고 아니 오시ᄃ니 긔 어인 일이<u>ᄋ</u>던고{온고}
  <沈/一13a> 昨日   어제ᄂ 나오마 ᄒ시고 아니 오시ᄃ니 긔 어인

일이온고

<ア/一16b> 昨日　어제는 나오마 ᄒ시고 죵시 아니오시니 긔 어인
일이인가

<対/一16b> 昨日　어제는 나오마 ᄒ시고 아니 나오시니 긔 어인
일이온고

<武/一17a> 昨日　어제는 나오마 ᄒ시고 죵시(終始) 아니 오시니
긔 어인 일이온가

3.5. ハングルに対する仮名音注表記

このほかに、朱書は日本語単語の訓注、語中で濁音と発音される韓
国語音節の右側に「ニゴラス」と注記、濁音符号などの韓国語の音注
表記にも用いられている。特に次のような音注表記は、韓国語の「ㅐ」
と「ㆎ」の二重母音が単母音化したことを表すものとして注目される。

ㅐ：래 レ　늘랜(一34a)

ㆎ：ᄃᆡ デ　ᄃᆡ라(二43b)

ᄐᆡ テ　ᄆᆞᄐᆡ게(二4b)

19世紀の韓国語の二重母音は単母音化の現状が強く、[i]の結合によ
る二重母音は前舌母音化の現象が著しかったと言われている(鄭光1982:
34参照)。「ㆍ」の消失により「ㆎ」が「ㅐ」となり、それが単母音[ɛ]
に変わったのが代表的な例であるが、18世紀前期の仮名音注資料であ
る『全一道人』(1729)にはまだ「ㅐ」は二重母音の表記をみせている。
「ㆎ」の「ᄃᆡ」や「ᄒᆡ」などは、すでに「テ(デ)イ、テ」「ヘイ」と
いった単母音化した例が見られるが、まだ「ㅐ」の単母音化した音注
表記は出てこない。

ただし、この「ㅐ」が前舌母音化したと思わせる表記は、17世紀前
半に成立したと推定される『陰徳記』に所載されている「高麗詞之事」
に、「오래사괸」(ヲレサコン)のような例が出ているし(陳南沢2002:190
参照)、『捷解新語』(1676年)の「東莱(동릭)」に対する「トネギ」も

「ㅒ」の単母音化と関連づけて考えられる。なお、『和漢三才図会』
(1712)には「開城」に対して「カセンホ」と「ケソン」の二通りの音
註が現れるというので(志部1988:101-102)、「ㅒ」の単母音化は18世紀
初まで遡れるかもしれない。しかし、「高麗詞之事」や『捷解新語』
の例は慶尚道方言的な要素が加えられた可能性も考えられ(辻1997:10、
陳南沢2002:190参照)、それ以降の19世紀初頭までの仮名音注資料には
単母音化した表記が出てこない。文化7年(1810)と文化12年(1829)に日
本に漂流した朝鮮の漁師に関する記録『朝鮮人見聞書』(島根県高見家
文書)をみると、文化7年には「金材白」の「材」に「サイ」と仮名音
注されているが、文化12年の「腹(배)」「臍(배구멍)」「船(배)」の
「배」にはそれぞれ「ペエ」「ヘエ」「ヘヒ」とあって、「ㅒ」の単
母音化した音注表記がなされている(岸田1999参照)。そしてこの「ㅒ、
ㅖ」は、実際の話し言葉では19世紀末までも二重母音として発音され
ることが多かったらしい。

　『日韓善隣通話』(1881年)と『日韓英三国対話』(1892年)の中の、韓
国語発音を説明した部分には次のような記述が見え、当時はまだ「ㅒ、
ㅖ」が二重母音に発音されていたことがうかがえる。

　　　子母音ノ混雑トハ第一章九十九音ノ図ニ於テ顕ス九母音の中チ「ㅣ」
　　(イー)」ハモト母音ナレドモ、同図第五級ノ部ニアル「ㅡ(ウ)、ㅣ(
　　イー)、ㆍ(ア)」即チ子音ノ「ㅣ」と混雑スルヲ云フ。彼ハ此「ㅣ」ヲ
　　「外ㅣ(イー)」と云フ。是ハ「개(カイ)」「괴(コイ)」ナド皆文字ノ左
　　側ニツキテ言葉ノアヤヲナスナリ。「外ㅣ」トハ文字ノ側ニツク故ニ
　　文字ノ外ニツクノ謂ナリ。サテ、此「개(カイ)」「괴(コイ)」ハヤガ
　　テ重音ナレドモ、第三章ニ顕ス「과(クワア)」「궈(クオー)」ノ類ト
　　ハ聊カコトナルナリ。(『日韓善隣通話』上19a,b)
　　　仮名ヲ附ルニハ成ル可ク正規ヲ用ヒタリ仮令バ미비히ノ如キ字ガ一
　　寸聞テ聞ユル如ク「メー」「ペー」「ヘー」トセズシテ「マイ」「パ
　　イ」「ハイ」トシテ固ク正規ヲ守リテ変訛シタル音声ニ泥マヌ事ニ定
　　メタリ(『日韓英三国対話』 p.22)

これは20世紀に入っては単母音に発音されることになった。その事実

を前間恭作は『韓語通』(1907年、pp.6-7)で次のように指摘している。

> 単母音「ㅏ」「ㅜ」「ㅗ」「ㅓ」「ㅡ」「ㆍ」は「ㅣ」を連結して複母音を作る此場合に於て「ㅣ」は常に「イ」よりも「エ」に似たる発音をなす。
> ㅇ 「ㅐ」は口語にありては英語の「pay」に於ける「ay」に類する発音をなすこと多し。
> ㅇ 「ㅔ」は口語にありては「エ」に似て「ㅐ」よりは舌を顎より広く離して発音す。スコット氏の文法には「ㅐ」は英語の「said」に於ける「ai」に同じく「ㅔ」は「date」に於ける「a」音に同じと説けり。
> ㅇ 「ㆎ」は現時の発音にありては「ㅐ」と同じ。
> 例)
> ㅐ ai 냄시 Naim-sai
> 　　 미매(売買) Mai-mai
> ㅐ oi 세(三) S o i
> 　　 어제 O-joi
> ㅔ e 계란 Ke-ran
> 　ye 녜(古、礼) Nye

　このような「ㅐ」の単母音表記において、18世紀初頭と19世紀初頭の間の空白期間をどのように説明するかの問題は残るが、ほかの朱書がそうであるように、苗代川本におけるこの仮名音注表記を、書写後に加筆されたものと見るならば、書写当時、つまり19世紀初頭の韓国語音を反映しているものとみて差し支えないと思われる。

4. その他の写本における修正・加筆部分

4.1. 対馬本

　対馬本において修正・加筆された部分は、墨書と朱書のそれぞれ30個所見えるが、墨書は主に韓国語の部分に集中され、それも筆写時の不注意による誤記や写し漏らした部分を修正・補完している。次は、

対馬本の「역풍」に「이」が挿入された例である。

<対/一04a>　逆風　　역풍(이)라도 미오 부지 아니ᄒ니 비스기 노화
　　　　　　　　　도 갈 듯ᄒ외
　　　　　　　　　ムカウ風デモ　ツヨウ　吹(カ)ヌニヨリ　ヒライ
　　　　　　　　　テヾモ ユキマセウ

<ア/一04a>　逆風　　역풍이라도 미오 부지 아니ᄒ니 비스기 노화도
　　　　　　　　　갈 듯 시브외
　　　　　　　　　逆風デモ ツヨク 吹ヌニヨリ ヒライテヾモ ユカ
　　　　　　　　　レマセウ

<武/一04a>　逆風　　역풍이라도 미오 부지 아니ᄒ니 비스기 노화도
　　　　　　　　　갈 듯[듯]ᄒ외
　　　　　　　　　向フ風デモ　ツヨク　フキマセヌニヨリ　ヒライテ
　　　　　　　　　デモ マイリマセウ

<初/一03a>　逆風　　역풍이라도 미우 부시 아니허니 비스기 노와도
　　　　　　　　　갈 ᄯᅳᆺ허오
　　　　　　　　　逆風デモ ヒドク フカヌニヨリ ヒライテデモ 往
　　　　　　　　　キサウニ ゴザル

　日本語を墨書で修正・加筆した例は、上の「吹(カ)ヌ」の以外に、本来「ユク」であった「カエル」に修正を加えたものだけである。

<対/一04a>　横風　　ᄆᄅ 부ᄂ ᄇᄅ옴은 뎔 부ᄅ야 비 가기 좃ᄉ오니
　　　　　　　　　ヨコニ 吹 風ハ ウチバニ 吹テコソ 船ノ カエル
　　　　　　　　　{ユク}ニ ヨウ ゴサル

<ア/一04a>　横風　　ᄆᄅ 부ᄂ ᄇᄅ옴은 뎔 부ᄅ야 비 가기 좃ᄉ오니
　　　　　　　　　横ニ 吹ク カセハ ウチハニ 吹テコソ 船ノ カヘ
　　　　　　　　　ルニ ヨウ コサル

<武/一04a>　横風　　ᄆᄅ 부ᄂ ᄇᄅ옴은 뎔 부ᄅ야 비 가기 좃ᄉ오니
　　　　　　　　　ヨコニ フク 風ハ ウチバニ 吹テコソ 船ノ カヱ
　　　　　　　　　ルニ ヨウ コザル

<初/一03a>　横風　　ᄆ루 부ᄂ ᄇᄅ옴은 뎔 부려야 비 가기 됴켓소
　　　　　　　　　ヨコニ 吹ク 風ハ ウチバニ 吹テコソ 船ノ 往ニ
　　　　　　　　　ヨウ ゴザル

いっぽう、朱書は1丁から3丁に集中しており、日本語の間違った部分を修正した例はほとんどなく、大概において既存のものを消してはより新しい表現か、文体に合わせての表現に直したものである。

[1051] 晴・갤 청・세이・하루루

    <苗/一05a>　晴　　개니 흔 잇틀 쬐다가 다시 비가 오면 즉ᄒ올가
          ハレテ 一両日 テッテ 重テ 雨ガ フレハ ナニカ
          ゴザロフ

      <沈/一05a>　晴　　□□ 흔 잇틀 쬐다가 다시 비가 오면 즉ᄒ올가
          ハレタニヨリ 一両日 テッテ カサネテ □□□□

    <あ/一05b>　晴　　개니 흔 잇틀 쬐다가 다시 비가 오면 즉ᄒ올가
          晴レテ 一両日 照ッテ 重ネテ 雨ガ フレバ ナニ
          カ ゴザロウ

    <ア/一02b>　晴　　개니 흔 잇들 쬐다가 다시 비 오면 즉ᄒ올가
          晴レタニヨリ 一両日 照テ 重テ 雨カ 降レハ ナ
          ニカ コサロウ

    <対/一02b>　晴　　기{개}니 흔 잇틀 쬐다가 다시 비{비가} 오면 즉
          ᄒ올가
          <u>ハレタニツキ</u>{ハレテ} 一両日 テッテ カサネテ
          雨ガ フッタラバ 何カ アロウ

    <武/一02b>　晴　　개니 흔 잇틀 쬐다가 다시 비가 오면 즉ᄒ올가
          晴タニヨリ 一両日 照ッテ 重テ 雨ガ フッタラ
          バ 何カ ゴサロウ

    <初/一02a>　晴　　개이니 흔 이틀 쬐다가 다시 비 오면 죠홀 듯허
          외다
          晴タニヨリ 一雨日 テリテ 又 雨ガ フラバ ヨウ
          ゴザリマセウ

4.2. ソウル大本

墨書はなく朱書だけである。すべて韓国語の部分に見えるものであるが、模写当時の韓国語の発音や表記に正している。その全例を示す。

· 卷二
<ソ/二01b> 獸   즘싱 등의 물과 게가 제 님자롤 아라보니 긔특
                {툭}ᄒ외
<ソ/二03b> 騅馬 항우의 오츄{쥬}마ᄂᆞᆫ 어더로 간 줄 뉘 알고
<ソ/二05a> 猫   괴ᄂᆞᆫ 쥐만 잡지 가족은 못 쓰거{고}든
<ソ/二07a> 馴   다른 거슨 다 길드{두}리되 쎵은 길 못 드리ᄂᆞ니
<ソ/二08b> 狸   늙은 둙 잡기롤 ᄒᆞ고 허무흔 즘{줌}싱이라
<ソ/二13a> 河豚魚 복성선은 쟝만키{기}를 잘못 ᄒᆞ여 먹으면 혹 죽
                ᄂᆞ니라
<ソ/二14a> 石花 굴{글}은 초장으로 먹으면 죠흐되 담이 셩ᄒ외
<ソ/二25a> 薑   싱강은 미여도 음식 먹을 적의ᄂᆞᆫ 죳커{고}든
<ソ//二27b> 菘菜 비{픠}치ᄂᆞᆫ 침치 돗고니
<ソ//二28a> 丹蒜 당곳치{지}ᄂᆞᆫ 먹으면 알근알근ᄒ외
<ソ/二29a> 耕   빗 갈기롤 브즈런이 ᄒᆞ거{고}든
<ソ/二34a> 胡椒 호{효}쵸 나모ᄂᆞᆫ 볼 길이 업ᄉ외
<ソ/二48a> 水路 슈로ᄂᆞᆫ 비록 쉬이 가도 위퇴ᄒ니 뭇트{토}로 가
                고져 ᄒᆞᆸ니
<ソ/二51a> 簷   첨 밋퇴 그거슬 드려 노하 비 맛지 아니케{게}
                ᄒᆞ여라
<ソ/二58b> 蒸   뼈 내니 믈러 돗타{다}
<ソ//二61a> 煎 차롤 잘 복어야 마시 돗코{고}니
<ソ/二63a> 価   갑슨 눔의 ᄭᅵᆷ{ᄭᅮᆷ}대로 ᄒᆞ여 드리오리
<ソ/二65b> 求   맛초왓던 믈건을 닛지{치} 말고 ᄒᆞ여 오소
<ソ//二75b> 小疫 홍담이ᄂᆞᆫ 언제 ᄒᆞᄂᆞᆫ지 모로ᄂᆞᆫ 아히가 잇거{고}든

· 卷三
<ソ/三02b> 瓦   기와가 ᄭᅵ{케}여져시니 집 우희 올나 곳쳐{져}라
<ソ//三10b> 無孔珠 무공쥬ᄂᆞᆫ 더옥 ᄀᆞᆺ튼{ᄐᆞᆫ} 거시 세낫 이셔야 쓰ᄂᆞ
                니라
<ソ/三12a> 甊   담을 낄면 벼록이 잘 ᄲᅱ{씌}지 못흔다 ᄒᆞᆸᄂᆞ니
<ソ/三14b> 羅   깁창을 보니 츈흥을 이긔지{치} 못ᄒ올쇠
<ソ/三27a> 履   격지롤 신고 왓더니 흙이 ᄲᅱ{씌}여 옷시 무덧습니
<ソ/三19a> 梭   북 더{터}지ᄂᆞᆫ 양을 보니 ᄀᆞ장 잘 ᄡᅳᄂᆞ 슈픔이옵
                도쇠

<ソ/三29b> 鬢　머리 조진 아히롤 보면 더욱 어엿버{펴} 빅고니

<ソ/三31a> 漱之　양치{지}딜흐게 물 쩌 오느라

<ソ/三32b> 器　그릇슨 만토{도}록 쓰기 죠흐니라

<ソ/三45b> 滅灯　등블 쯰{크}고 자옵소

<ソ/三48a> 煙器　담마대가 메워시니 틀버 드{트}고

<ソ//三48b> 竿竹　간쥭{축}이 몃 게 잇느냐

<ソ//三56a> 独轎　독교는 군슈 현감이 트{드}옵느니

<ソ/三61a> 賭　나기롤{르} 흐다가 지니 대패로쇠

<ソ/三61b> 悟　시룸은 힘이 세여야 이긔다 호되 쇠가 이시면
더욱 용타{다} 흐옵니

<ソ/三62a> 鞦韆　그늬[뉘]는 놋픈 남긔 줄을 드라믹고 남녀 다 쒸
{씌}느니

<ソ/三62b> 超　쒸{씌}옴은 몸을 놉피 소소와 멀리 씌옵느니

<ソ/三64b> 謫　귀향 보내엿다가 긔과{콰}흐거든 샤흐게 흐옵소

<ソ/三65a> 捧招　봉쵸롤 바든 후에 결단흐게{개} 흐오리

<ソ/三85a> 麹　누록이 돗키{기}의 술이 잘 비잣습너

· 巻四

<ソ/四01a> 宿　자고 너일 새벽의 가게{개} 흐오리

<ソ/四02a> 呵欠　하프욤 말고 낫줌{춤}이나 흐게 흐옵소

<ソ//四07b> 握　쥐엿다가 놋치{지} 아니흐다

<ソ//四08a> 才手　손직조가 용흐거{고}든

<ソ//四08b> 躍　쒸{씌}여 내롤 몬져 간다

<ソ/四09a> 蹈　발 구르고 쒸{씌}놋소

<ソ/四12a> 畏　무셥다흐고 그대도{토}록 겁내지 마옵소

<ソ/四13a> 興　흥이 나돗토와 노래 브르거{고}든

<ソ/四22a> 端正　단뎡흔 말숨만 흐고 인소(人事)롤 출히거{고}든

<ソ/四24b> 況　흐믈며 됴흔 뜻으로 권흐는디 역{영}정 내니 무
가내하(無可奈河)ㅣ 올쇠

<ソ/四25a> 敢　굿{굿}히여 두려온 일이 업수외

<ソ/四25b> 願　원컨{권}대 취(醉)도록 잡스와 주옵쇼셔

<ソ/四25b> 若　만일 못되거든 사롬 아닛타{다} 흐옵소

<ソ/四29b> 猜　싀긔치{지} 말고 화동(和同)흐여라

<ソ/四30a> 耐　견디여 볼밧근 업거{고}든

<ソ/四30b> 護　두덥퍼 허믈이 들어나지 아니케{게} 흐는 거시

                              음덕이오니
    <ソ/四31a> 恋   그리워 흔째도 니줄{츨} 스이 업고니
    <ソ//四32b>窘速   군속지{치} 아니케 미리 판비(辨備)ㅎ여 두옵소
    <ソ/四42a> 経営   경영ㅎ여 계오 눔만티{디} 지내옵니
    <ソ/四42b> 衰   쇠잔ㅎ엿스오나 이젼 형용은 잇거{고}든
    <ソ/四57b> 惹   야로쳔{죤} 일도 잇습니
    <ソ/四62b>奔走   분주흔디 지져괴지{치} 마라
    <ソ/四76a> 忽々   훌々히 지나가니 붓잡지 못ㅎ거{고}든

　まず中声の母音から見ると、「즘{줌}싱」や「쒸{씌}여」のように
「ㅜ」と「ㅡ」を混同した誤用、「쓰거{고}든、잇거{고}든」のように
不自然な「ㅗ」を「ㅓ」に正した例が目立つ。日本語のウ段音とオ段
音に関わるハングルの誤表記を正しい表記に直した例で、その本来の
表記は、日本人にとって韓国語の母音「ㅜ」と「ㅡ」、「ㅗ」と「ㅓ」
の音が区別しにくいことから、当時の書写者、つまり朝鮮語通詞の、
母語である日本語の干渉による誤用例と言えよう。特にソウル大本に
は「ㅗ」と「ㅓ」を混同した例はなく、誤用の「ㅗ」を「ㅓ」に正した
例のみであるが、このような「ㅗ」の誤用例は、ソウル大本と底本の関
係にある済州本はともかくとして、巻四の小田本とアストン本にもほと
んど同形として現れる。たとえば、

    <小/四09b> 興   흥이 나 듯토와 노래 브르고든
                      キャウニ ノッテ アラソウテ ウタヲ ウタウ
    <ソ/四13a> 興   흥이 나듯토와 노래 브르거{고}든
                      キャウニ ノッテ アラソウテ ウタヲ ウタヲ、
    <ア/四13a> 興   흥이 나듯토와 노래 브르고든
                      キャウニ ノッテ アラソウテ ウタヲ ウタウ

のようである。
　子音の場合も、初声の「ㄱ」と「ㅋ」、「ㄷ」と「ㅌ」、「ㅂ」と
「ㅍ」、「ㅈ」と「ㅊ」の混同を正した例がほとんどである。やはり
日本語には無気音と有気音(激音)の音韻的区別がないことから生じた
誤用例である。このような写本類『交隣須知』の誤表記例については、
第3部第2章において、整理を兼ねて一考察を試みた。

5. まとめ

　苗代川本には文例の一部を訂正・加筆、もしくは添加した形で注記した個所が多く存するが、それらは墨書と朱書による。大体において、墨書は本書が書写される以前のものとして、本書の成立に関わる事柄を示すものであり、朱書は本書の書写後に付されたものとして、本書の成長に関わる事柄を示すものであると推定する。つまり朱書は、本書が苗代川の地で伝承される過程において、書写期の言語現象を反映するもので、成立に関する論議にはむしろ墨書の事柄が手がかりになると思われる。この墨書を手がかりに、交隣須知の成立に関わる問題について検討した結果をまとめると次のようになる。

- (1) 苗代川本『交隣須知』は原「交隣須知」と関係が深い古写本である。
- (2) 苗代川本以前の、別の古写本の存在を示す「(又)一本」の注記が巻一に集中していることから、苗代川本の巻一あたりが原「交隣須知」と関連性があると推定される。
- (3) 古写本類のうち、巻一の沈寿官本と巻三の文政本は苗代川本と違う系列の写本である。
- (4) 巻一の沈寿官本と巻三の文政本は一応系統的に近いことは認められるものの、直接比較ができない現在としてはそれ以上の推定は難しい。

第6章

『交隣須知』と『倭語類解』

1. はじめに

　文例集である『交隣須知』と語彙集である『倭語類解』は[29]、その成立において雨森芳洲が関与しており、実際そこに納められている語彙の近似性から、両書の関連性が認められてきた。そのような関係にあるだけに、『倭語類解』の存在は『交隣須知』の成立に関わる問題を考えるうえで有力な手がかりを与えてくれるものと思われる。そして、それは原「交隣須知」のあり方を想定するうえでも重要な根拠となるのである。本章は、そのような『交隣須知』と『倭語類解』の語彙の比較を通して、『交隣須知』の本来の姿と系統について一仮説を立てようとするものである。

2. 両書の語彙の比較

　『交隣須知』の諸異本を、同一、もしくは最も関係の深い語と見なしうる項目(標題語)、または同じ内容、もしくはそれに該当する用例文をもつものに本文を再構成した場合、本書の総項目は約3,300語、そのうち約2,500語が『倭語類解』にあることになる。再構による『交隣須知』の総標題語数と共通する『倭語類解』の語彙数は、次のようである[30]。

---

29) 『倭語類解』の刊行期については、大友信一博士により、純祖6年(1806)の前後に刊行されたものと推定されてきたが(大友信一1959)、李義鳳の『古今釈林』(1789年)中の「三学訳語」に「倭語類解。舌官韓延修讐釐」とあるので(安田章1966参照)、刊行期は18世紀末に早められるかもしれない。

	『交』		『倭』		
巻一	858	/	687	≒	80%
巻二	746	/	587	≒	79%
巻三	974	/	717	≒	74%
巻四	755	/	528	≒	70%
計	3,333	/	2,519	≒	76%

　このように、両書は、語彙的な面において約8割が共通していて、密接な関係にあることがよくわかる。

　しかし、すべての項目において諸異本の用例文が含まれるわけではない。そもそも巻ごとの異本が違うし、ある標題語に対する用例文の出入りも多少存する。いま『交隣須知』の一部の異本にだけ文例があって、その項目が『倭語類解』にもある場合の例を表にして提示すれば次のようである。(「古」は古写本類)

<表-3>

	巻一	巻二	巻三	巻四
苗○ 古× 増×	42	71		
苗○ 古○ 増×	5		23	
苗× 古× 増○	22	24	28	16
苗× 古○ 増×	1		5	
苗× 古○ 増○			2	
(初刊本だけにある)	5			

　この表から目立つのは、その項目と文例が単一異本にしかない例である。そのような例は苗代川本の巻一と二、そして増補本類に集中しており、巻四の場合はもっぱら増補本類にだけある例のみである。ここで注目したいのは、前者の、苗代川本にだけ出ている巻一と巻二の場合である。この片寄りは、両書の成立・成長の過程において引き起こされたものと思われるが、ここでは『倭語類解』の日本語との関連

---

30) ただし、共通語彙の範囲には語形が違っても訓が同じと認められるものも含めたので、一部の『交隣須知』の項目には複数の『倭語類解』の語彙が当てられた場合もある。

性から、本書の成立に関わる問題についてもう少し詳述する。

3. 『倭語類解』の日本語との関連

　『交隣須知』の単一異本だけにあってその項目が『倭語類解』にも
ある例と、その中で両書の日本語が同じ例を表にして提示すれば、次
のようになる。

<表-4>

異本名	巻	項目数	『倭語類解』の日本語と同じ例数
苗代川本	一	42	22
	二	71	64
沈寿官本	一	1	1
乂政本	三	5	5
武藤本	一	9	4
初刊本	一	5	4

　上の表から際立って偏りを見せるのは苗代川本だけにある用例群で
ある。しかも巻一と二に集中している。たとえば、

　[1239] 山麓・산록・산로구・야마노후모도 <倭上/地理,07b>
　　<苗/一17b> 山麓　뫼 기슭의 뎡즈(亭子)가 이시면 안즈기 됴스외
　　　　　　　　山ノ フモトニ モリガ
　[1601] 孽子・얼즈・예쯔시・소시 <倭上/人倫,13b>
　　<苗/一45a> 孽子　얼즈는 첩의게 나흔 아오즈식이라
　　　　　　　　ケッシハ　　　　　ヲト、コヂャ
　[2176] 蚊・귈 기・기・하우무시 <倭下/昆虫,27b>
　　<苗/二20b> 蚊　긔는 버리지가 멀리는 못 가오니
　　　　　　　　ハフ ムシハ トヲフクエハ マイリマセヌ
　[2429] 莘荑花・신이화・신이과・고뿌시노하나 <倭下/花草,29b>
　　<苗/二39a> 辛夷花 신이화는 개누리 곳치오니
　　　　　　　　シンイクワハ コフブシノ ハナテ アル

のような類似性を見せるのである。しかも巻一よりは巻二において例
も増えるし、『倭語類解』との同一性も増えている。

　苗代川本におけるこのような現象をどのように説明すべきであろう
か。原「交隣須知」にあったこのような用例文を、その後の増補本類
や刊本でそれらを切り捨てたのであろうか。伝承性の高い『交隣須知』
であるだけに、それは考えにくい。それよりは、これらは原「交隣須
知」になかったものと考えるのが自然ではないだろうか。苗代川本だ
けにある用例文がすべてそうだとは言い切れなくても、少なくともそ
れらは、原「交隣須知」の成立後に追加された、つまり、『倭語類解』
の語彙を見て用例文が作られる過程において附された日本語ではない
かと推測される。その過程において、『倭語類解』の日本語が『交隣
須知』に採用された結果と見なしたいのである。そもそも『倭語類解』
のような語彙集においては、日本語の訓を付する際、当時の日本の古
辞書類を用いればいいことで、その容易さは文例集における対訳の日
本語注とは程度が違うものである。

　一方、巻三と四においては苗代川本だけにある場合は1例もない。代
わりに増補本類(刊本を含む場合もある)にだけある例が多数を占めて
いる。たとえば、

　　　[3335] 頒・반포 반・한・이이후라스 <倭下/雑語,39a>
　　　　　<ソ//三54a>頒　　판보롤 내엿는가
　　　　　　　　　　　　　　ユイフラ シマシタカ
　　　　　<済//三54b>頒　　판보롤 내엿ᄂ가 / 知委(지위)
　　　　　　　　　　　　　　ユイフラ シマシタ / フレ
　　　　　<武//三50b>頒　　판보롤 내엿는가 /又 知委(지위)
　　　　　　　　　　　　　　フレヲ ダサレタカ / フレ
　　　[4261] 未・아닐 미・미・아라스 <倭下/雑語,42a>
　　　　　<小//四20a>未　　아직 날회여 두ᄋ소
　　　　　　　　　　　　　　マズ ジツトシテ ヲカレマセイ
　　　　　<ソ//四27b>未　　아직 날회여 두ᄋ소
　　　　　　　　　　　　　　マダ ジットシテ ヲカシャレマセイ

<ア//四27b>未　아직 날회여 두옵소
　　　　　　　マダ ジット シテ ヲカシャレマセイ
<武//四25b>未　아직 날회여 두옵소
　　　　　　　マダ ジット シテ ヲカシャレマセイ

のように、大体、増補された用例の場合が多く、各異本の日本語も似
ていることが多い。特に増補欄の用例は後で加えられたもので、巻三
と四にはこのような例が主である。これは、増補の段階において、す
でにあったものに手を加えたことを意味し、その際、『倭語類解』の
語彙を用いて文例が作られていった過程がうかがえる。ただし、巻四
のように『倭語類解』と『交隣須知』の日本語は相違する例も多いが、
文例集においては、必ずしも対訳の日本語が韓国語と一致する必然性
はないのである。巻三・四のような在り方の背景として、『交隣須知』
のある段階において、『倭語類解』の影響をうけた文例作成が行われ
たのであろうとの可能性を指摘したい。

　要するに、巻一・二と巻三・四におけるこのような片寄りは、本書
の編輯過程による結果ではないかと想像する。つまり、ある過程にお
いて、『倭語類解』の語彙を積極的に取り入れた文例をもって『交隣須
知』の本文が増訂された形で、大幅に編輯されたのではないだろうか。
本書の成長過程において、芳洲の一次編纂による、元禄期の一冊なる
原「交隣須知」が対馬にて通詞たちによって増補されてきたものを整
理して、享保期に芳洲が、今に見る四冊のものに再編輯したと推定し
たいのである。その過程において『倭語類解』の介入を認めることが
でき、そして苗代川本は、その二次編纂以前の段階における本書の成
長ぶりをうかがわせるものと言えよう。もちろん、苗代川本が二次編
纂以前の面影を残していても、それを直ちに原「交隣須知」と結び付
けることはできない。

　ただし、他の異本に文例のない例が文政本の巻三に5例あること[31]、

---

31) この5例のうち、2例([3002][3057])は見出し語がない文例のみである。該当
　する見出し語がすでに前にあるので省略したものと思われる。

そして見出し語の対訳の日本語が『倭語類解』のそれと同じであることは、注目に値する。

[3431] 奪・아슬 탈・다쯔・우바이도루 ＜倭下/雑語,36a＞
　　＜文/三30b＞　奪　늠의 거술 아사 오는 늠을 대당으로 다스럼즉호오니
　　　　　　　　　人ノ モノヲ ウバイトル 人ヲ タヾシウシテ ヲサム
　　　　　　　　　ル ハヅジャ

　巻一と二における苗代川本の例から、苗代川本にだけある文例は元の『交隣須知』になかったもので、のちに『倭語類解』の日本語を引用する形で付されたものと推定したが、そのような見方からすると、＜文＞が底本にした異本も『倭語類解』との交渉があったものであると見るべきであろう。ただし、ほかは「冠」に対して「カンムリ」、「簪」に対して「カンザシ」のような一般的な訓を用いているので、両書における一致には偶然性も否定できない。

4. 『交隣須知』と『倭語類解』の相関関係

　両書の成立に関わる問題点を究明するには、韓国語の影響関係はともかくとして、両者の日本語が手がかりになる場合が多い。それは『交隣須知』の場合とは違って、『倭語類解』の日本語は、韓日語対訳辞書としての性格上、最初から日本語が附せられたことを前提としているのである。つまり、用例集として仕立てられた『交隣須知』は、最初は韓国語文だけがあってそれに漸次、対訳としての日本語が附せられていった。それに対して韓日語の対訳語彙集として成立した『倭語類解』においては、最初から日本語があったものと推定される。それがゆえに、成立段階での『交隣須知』との相関関係が語れるわけである。たとえば、

[1276] 窖・굴 교・고우・아나혼데 ＜倭上/地理,08b＞
　　＜苗/一20b＞　窖　날이 츳면 짜히 우물 ［窖］ 뭇고 자읍느니
　　　　　　　　　（日）（寒）（地）アナヲ ホッテ ネマスル

のように、『倭語類解』の日本語「아나혼데」は語彙集における、見出し語に対する言語形式、つまり辞書形としては不自然な語形が文例集の『交隣須知』にそのままの姿で存していることから、『交隣須知』の日本語を『倭語類解』で採用したものとして、『交隣須知』が先に成立したのであろうとの推定がなされている[32)]。筆者も『交隣須知』における「余り語」を手がかりに、同じ仮説を立てたことがあるが(片茂鎮1986)、このような例は他にも挙げられる。

[1753] 泄瀉・셜샤・세쯔샤・하라까군다리/샤스루 <倭上/疾病,50a>
　　<苗/一57a> 瀉　　똥 츠지웁니
　　　　　　　　　ハカガ クダリマスル
[1028] 風止・풍지・후우시・가졔까얀다 <倭上/天文,02a>
　　<苗/一03a> 風止　바롬이 긋치니 이졔야 죳스외[의]
　　　　　　　　　カゼガ ヤンダニヨリ イマコソ ヨフ コサル
　　<あ/一03a> 風止　바롬이 긋치니 이졔야 죳스외
　　　　　　　　　風ガ ヤンダニヨリ 今コソ ヨフ ゴザル

　次のように、『倭語類解』において動詞の連用形が挙げられているのも同じであろう。

[3933] 起・닐 긔・기・오기 <倭上/動静,28b>
　　<苗/三67a> 起　　니러셔셔 노인 디졉ᄒ옵새
　　　　　　　　　ヲキテ タッテ 老人ヲ トリモチマショウ
　　<天/三67a> 起　　니러셔셔 노인 디졉ᄒ옵새
　　　　　　　　　ヲキテ タッテ 老人ヲ トリモチマショウ
　　<文/三65b> 起　　니러안쟈 말슴하옵새
　　　　　　　　　ヲキテ スワッテ ハナシマセウ

---

32) 安田章(1968)参照。
　　一方、『倭語類解』が『交隣須知』の藍本になったという説の根元は金沢庄三朗博士の次のような一節である。
　　　本邦における朝鮮語学者の鼻祖たる雨林芳洲の「交隣須知」は本書を藍本とした(『日語類解』序文)。

　もちろん、このような例は少ないけれども、両書の成立に関して一つの手がかりになると考えられる。そして両書の関係を比較的に明確に示しうる例は大概巻一の例である。

5. まとめ

　『交隣須知』の成立については、原「倭語類解」との関係などから、大体18世紀初頭のことと推定されているが、それの編纂過程については、より発展した見解はなされていない。その理由は、原「交隣須知」と今に見る『交隣須知』の原形とを無理に結びつけようとするところにあると思うのであるが、『倭語類解』の語彙との関連、そして「交隣須知」なる書は本来一冊として成立したとの記録を考え合わせて、大体次のような推定が可能だろうと思う。

　まず、原「交隣須知」は原「倭語類解」より先に成立した。原「交隣須知」なる書は古写本類、とくに苗代川本との関連性が深い。苗代川本にだけある項目と文例は原「交隣須知」にはなかったものとして、『倭語類解』を見て原「交隣須知」に追加されたものと見る。そのような例が巻一と巻二に集中しているのは、原「交隣須知」は苗代川本の巻一と巻二の根幹をなす部分に当たるからである。したがって原「交隣須知」は、苗代川本の巻一と二の本文のうち、苗代川本だけにあるものを除き、古写本類に共通する項目と文例をもつものに近いものであったと推定する。一方、増補本類の源流となる増補祖本は、雨森芳洲による二次編纂により、原「交隣須知」に大幅な訂正と増補が加えられ、今に見る増補本類のような形になったものであるとの仮説を立てる。

第7章
『象胥紀聞拾遺』に見える日本語の語彙と『交隣須知』

1. はじめに

　『象胥紀聞』(1794年)は、対馬藩の通事(象胥)小田幾五郎が、朝鮮国の国情全般にわたる知識を総括して述作したもので、当時はもちろん、今日においても誠に稀有な著作といえるものである。『象胥紀聞』には、小田幾五郎の長男管作によって著作された『拾遺』三巻があり、正編に勝るとも劣らぬ内容を有する。この『象胥紀聞拾遺』は伝本が少なく、筑波大学図書館に一本あるのみであるが、対馬の厳原公民館にも下巻のみの欠本ではあるものの一本が残っている。1841年に小田管作が著したこの『象胥紀聞拾遺』の下編は、当時朝鮮で使われていた語彙(漢字語)を類義別に集め、それに注記を施した語彙集であるが、その中には「交隣須知」から引用した節が見える。『交隣須知』が朝鮮語の教科書ばかりではなく、類語辞書としても用いられた実例である。本稿では、『象胥紀聞拾遺』に見える日本語語彙の在り方から『交隣須知』の成長と関連して一考察を行う。

2. 『交隣須知』との関連性

　『象胥紀聞拾遺』には、次のように『交隣須知』から直接引用している部分がある。

　　櫓: 交隣須知ニ　ロ　トアリ、彼国ノ俗語ニテ　ヱ　ト唱ルユヘニ字韻ヲ　カリ用ルモノカ (下15b)

　なお、《禽獣類》門において、次のような「馬」の種類を説明する

ところでは、その項目の順序や日本語の訓詁が『交隣須知』と酷似している。

> 古羅馬　キカワラゲ　赤多馬　カゲ　烏驪馬　アヲムマ　小台星　ツキビタイ　四足白馬　ヨツシロ

の項目と日本語は、たとえば苗代川本『交隣須知』のそれとほぼ一致する。

> <苗/二08b> 古羅馬　고라물
> キカワラケムマ
> <苗/二08b> 赤多馬　젹다물
> カゲ
> <苗/二08b> 烏鸝馬　오류마물
> アヲ馬
> <苗/二08b> 小台馬　별간쟈물
> ツキヒタイノ　ムマ
> <苗/二09a> 四足馬　ᄉ쪽빅물
> ヨツシロムマ

　ソウル大本・済州本も苗代川本と大体同じである。そしてその日本語の訓注には、『倭語類解』の場合のように、文例集から引用したようなものが多い。たとえば、

> 引見：ヲメミヘ(御目見え)
> 仰託：ヲタノミ申ス(お頼み申す)
> 生手：テツマカアライ(てつまが荒い)
> 請価：値ヲセイ(値をせよ)

のように、接頭語「お」や「テツマカアライ」のような単文がそのままの形で用いられていることからもわかる。

3. 『象胥紀聞拾遺』と『交隣須知』の比較

　『象胥紀聞拾遺』の語彙の内容をより分かりやすくするため、以下
のような基準により整理した。

　　<凡例>
　● 註釈文の中か単独で標題語の訓(対訳)がある場合。
　◎ 該当する訓はなく、註釈文だけがある場合。
　○ 標題語だけがある場合。
　/ 註釈文中の関連語のなかで、訓などが併記されているもの。

<表-5>

記号	象胥紀聞拾遺	交隣須知	//(増補語)
●	511	巻一 10 巻二 60 巻三 36 巻四 5	4 50 82 23
◎	184	巻一 2 巻二 9 巻三 5	1 4 12
○	68	巻一 2 巻二 2	1

　『象胥紀聞拾遺』において、標題語の日本語注を有しない項目は別
として、日本語注を有する項目は500を越える。そのうち『交隣須知』
の項目と関連性が認められるものは約270を数えられ、羊分以上の類似
性をみせている。以下いくつかの例を示す。

　●点考 : 一々ギンミスル
　[4520] 点・뎜 뎜・뎬 <倭上/文学,37b>
　　<苗/四37b> 点考 뎜고ᄒ면 유무(有無)를 아니 아올가
　　　　　　　　ヒトツヅヽ ギンミスレハ アルナシヲ シルマイカ
　　<沈/四11a> 点考 뎜고ᄒ면 유무를 아올가
　　　　　　　　ヒトツヅヽ 吟味スレハ 有無ヲ 何ト 知マ伊カ
　　<小/四38b> 点考 뎜고ᄒ여 볼쟉시면 유무를 모로올가
　　　　　　　　一々 ギンミシテ 見ル モノナラバ 有リ無ヲ 知ル

マイカ

<ソ/四57a> 点考 뎜고ᄒ여 볼쟉시면 유무롤 모로올가
　　　　　一々 ギンミシテ 見ル モノナレハ 有リナシヲ シルマイカ

<ア/四57a> 点考 뎜고ᄒ여 볼쟉시면 유무롤 모로올가
　　　　　一々 ギンミシテ 見ル モノナレバ 有リ無ヲ 知ルマイカ

<武/四50b> 点考 뎜고ᄒ면 유무롤 아니 아올가
　　　　　ヒトツヾツ ギンミスレバ 有リ無ヲ ナニト シルマイカ

<初/四38b> 点 뎜고(点考)ᄒ면 유무를 아니 아올까
　　　　　一々 吟味スレバ 有無ヲ シリマスマイカ

●虚誕：トツケモナイ
[4586]

<苗/四43a> 虚誕 허탄ᄒ 말 ᄒ면 눔이 실업시 너기오리
　　　　　カタチモ ナイ コトヲ 云エハ ヒトガ ジツノ ナイヨウニ ヲモイマスル

<沈/四16b> 虚誕 허탄ᄒ 말 ᄒ면 눔이 실업시 녀기오리
　　　　　カタチモ ナイ コトヲ 云ヘハ 人カ ジツノ ナイヨウニ ヲモイマスル

<小/四43b> 虚誕 허탄 말을 건네 ᄒ면 눔이 실업시 아ᄂ니라
　　　　　トツケモ ナイ 言ヲ フダン 云ヘバ ヒトガ 信ノナイヤウニ ヲモウ

<ソ/四59b> 虚誕 허탄 말을 건네 ᄒ면 눔이 실업시 아ᄂ니라
　　　　　トツケモ ナイ 言ヲ フダン 云ヘバ ヒトガ 信ノナイヤウニ ヲモウ

<ア/四59b> 虚誕 허탄 말을 건네 ᄒ면 눔이 실업시 아ᄂ니라
　　　　　トツケモ ナイ 言ヲ フダン 云ヘバ ヒトガ 信ノナイヤウニ ヲモウ

<武/四57a> 虚誕 허탄ᄒ 말ᄒ면 눔이 실업시 너기오리
　　　　　カタチモ ナイ コトヲ 云ヘバ 人ガ ジツノ ナイヤウニ ヲモイマスル

<初/四43a> 虚誕 허탄ᄒ 말을 허면 눔이 다 실업씨 너기ᄂ니라

<u>トツゲモ ナイ</u> 言ヲ 云ヘバ 人ガ 皆 実ノ ナイヤ
ウニ オモヒマス

● 推徴 ： タツネテマドウ
[3826] 推徴・츄징・스이죠우・와가마에이따스 <倭上/買売,56a>
   <苗/三60a> 推徴 츠차 믈러내게 도모(図謀)를 ᄒᆞᆸ소
           タツネテ ワキマエダスヨフニ モクロミヲ ナサレイ
   <天/三60a> 推徴 츠차 믈러내게 도모를 ᄒᆞᆸ소
           タヅネテ ワキマエダスヨフニ モクロミヲ ナサレイ
   <文/三55a> 推徴 츠쟈 믈러내게 도모ᄒᆞ소
           ワキマヘスルヨウニ ソウダン サシャレイ
   <ソ/二64a> 推徴 츠자 므러내게 도모롤 ᄒᆞ소
           <u>タヅネヲ マドウテ</u> ダスヤウニ クメン ナサレイ
   <済/二64a> 推徴 츠자 므러내게 도모롤 ᄒᆞ소
           <u>タヅネヲ マドウテ</u> ダスヤウニ クメン ナリレイ
   <初/二46a> 推徴 그 사ᄅᆞᆷ을 츠쳐서 무러내게 도모(図謀)ᄒᆞᆸ소
           ソノ 人ヲ <u>タヅネテ マドウテ</u> ダスヤウニ ハカラレヨ

● 簟 ： タカムシロ [韓] 샷자리 [対] シャチ
[3097] 簟・산 뎜・뎬・샤지 <倭下/器具,13a>
   <苗/三08a> 簟   샷글 실고 자면 서늘ᄒᆞ오니
           <u>タカムシロ</u> シイテ ネレハ スﾞシウ ゴサル
   <天/三08a> 簟   샷글 실고 자면 서늘ᄒᆞ오니
           <u>タカムシロ</u> シイテ ネレハ スﾞシウ ゴサル
   <文/三07b> 簟   샷글 실고 자면 서늘ᄒᆞ오니
           <u>タカムシロヲ</u> シイテ ネレバ 身ガ ラクニ ゴザル
   <ソ/三12b> 簟   샷자리를 마루의 ᄭᆞ라 안즈면 볼기가 알프니라
           <u>シャチヲ</u> エンニ シイテ スワレバ イシキガ イタイ
   <済/三12b> 簟   샷자리를 마루(抹楼)의 ᄭᆞ라 안즈면 볼기가 알프니라
           <u>シャチヲ</u> エンニ シイテ スハレバ イジキガ イタイ
   <武/三10b> 簟   샷자리를 마루의 ᄭᆞ라 안즈면 볼기가 알프니라
           <u>シャチヲ</u> エンニ シイテ スハレバ イシキガ イタイ
   <初/三08a> 簟   샷자리를 마루(楼)에 실고 안즈면 볼기가 압푸니라
           <u>シャチヲ</u> エンニ シイテ スハレバ シリガ イタム

　これは『象胥紀聞拾遺』と『交隣須知』の関係をうかがえる象徴的
な例とも言える。すなわち、『象胥紀聞拾遺』の日本語は『交隣須知』
の古写本類よりは増補本類、なかでも＜ソ＞＜済＞との近似性が認めら
れる。「簟」の例をみると、一般的な訓「タカムシロ」は古写本類に
あるのに対して、対馬方言の「シャチ」は増補本類に現れている。も
ちろんこの場合は『倭語類解』にも「シャチ」とあるのでそれとの関
連性も否定できないが、韓語として「샷자리」が挙げられていること
などを考え合わせると、やはり『象』の日本語は＜ソ＞や＜済＞の底本
から採用されたものと見るのが自然だと思う。

　『象胥紀聞拾遺』と『交隣須知』の増補本類が類似性をみせるの
は、上の表で「//」として分類されたものが＜ソ＞や＜済＞に多く現れ
るからである。//とは増補本類においていわゆる「増補」欄に入って
いる文例であることを示す符合である。

4. 『象胥紀聞拾遺』に見える対馬方言

　小田管作は、本文中に語彙の上に「州人（ノ云）」と記することによ
り、当時の対馬方言を意識して注記したところがある。それらを［対］
として記せば次のようになる。いっぽう、［和］と［韓］はそれぞれ
日本語と韓国語の古訓を示す。

●躑躅：ツツ人　［対］栢ツツジ ＜6a＞
◎芍薬：　［対］草ホタン ＜6b＞
◎五味子：　［対］ドロリカヅラ　［和］サネカツラ ＜6b＞
●北魚、名太：　［対］ソクヒ ＜8a＞
●草鞋蟹：爪カラナシ　　［対］アホウカニ ＜8a＞
●狸：수리（ス・リイ）　［対］スリ ＜13a＞
●畳席：　［対］ネコブク ＜15a＞
●簟：タカムシロ　［韓］샷자리　［対］シャケ ＜15a＞
●赤古里：　［対］手クリ ＜16b＞
●篳：ヒチリキ　［対］ヒシヤギ笛 ＜16b＞

●掌号笛、太平簫 ： ［対］小ジウライ、チャンメラ <17a>
ㅇ 지게(チ・ケイ)：［対］シケイ <23b>

　もちろん、このような注記がなされていない語彙にも対馬方言的な
要素が多く含まれていると思われるが、上のような語彙は、当時はっ
きり認識されていた対馬方言に属するものであろう。このような対馬
方言が『交隣須知』にはどのように現われるかをみると、「草鞋蟹」
「筆」を除いては『交隣須知』に文例がある。『交隣須知』に「シャ
クヤク、ゴミシ」と音読みとなっている◎の2語は別として、対馬方言
的な語彙が『交隣須知』の文例に現われることになる。

●北魚、名太 ： ［対］ソクヒ
[2127]
　<苗/二16ㄴ> 名太　　명대 국 쓸혀 자시옵소
　　　　　　　　　　ソクイヲ シルニ タイテ アカリマセイ
　<ソ/二13b> 名太　　명태 국 쓸혀 자시게 ᄒᆞ여라
　　　　　　　　　　ソクイノ 汁ヲ アガルヤウニ セイ
　<済/二13b> 名太　　명태 국 쓸혀 자시게 ᄒᆞ여라
　　　　　　　　　　ソクウノ 汁ヲ アガルヤウニ セイ

などは「ソクイ」という対馬方言が『交隣須知』の写本に共通して現
われる例（「掌号笛、太平簫」の「小ジウライ」も同様）で、

●狸 ： 수리(ス・リイ)　［対］スリ
[2072] 狸・숣 리・리・스리 <倭下/走獣,23a>
　<苗/二12a> 狸　　숣은 괴 ᄀᆞᆺㅌ되 가족으로 옷슬 ᄒᆞ면 덥ᄉᆞ외
　　　　　　　　　ズリハ ネコノヨフナレトモ カワデ キモノニ
　　　　　　　　　スレハ ヌクフ コサル
　<ソ//二08b>狸　　숣은 돍 잡기를 ᄒᆞ고 허무ᄒᆞᆫ 즘{즘}싱이라
　　　　　　　　　スリハ ニワトリヲ トル 事ヲ シテ ニクイ ケ
　　　　　　　　　タモノジャ
　<済//二08b>狸　　숣은 돍 잡기를 ᄒᆞ고 허무ᄒᆞᆫ 줌싱이라
　　　　　　　　　スリハ ニワトリヲ トル 事ヲ シテ ニクイ ケ
　　　　　　　　　ダモノジャ

などは、対馬の方言「スリ」が<ソ><済>と同じ例である。残りは
<ソ><済><武>の増補欄に入っている語彙の中で、字音語だけで文例
のないものである。

●畳席： 〔対〕ネコブク
[3000] 畳席・텹셕・됴우셰기・다다미 <倭下/器具,12b>
　　<ソ//三14a>登毎　　등미 / 독셕
　　　　　　　　　　　 タヽミ / ネコフク
　　<済//三14a>登毎　　등미 / 독셕
　　　　　　　　　　　 タヽミ / ネコフク
　　<武//三12a>登毎　　등미 / 덕셕
　　　　　　　　　　　 タヽミ / ネコブク

●赤古里： 〔対〕手クリ
[3000]
　　<ソ//三28b>赤古里　　젹고리 / 도슈(吐手)
　　　　　　　　　　　　 テクリ / テクリ
　　<済//三28b>赤古里　　젹고리 / 도시
　　　　　　　　　　　　 テクリ / テヲイ
　　<武//三26b>赤古里　　젹고리 / 도슈
　　　　　　　　　　　　 テクリ / テヲイ

　増補本類の中でも巻二と巻三にこのような例が集中して現われるの
は、丁度<ソ>と<済>が巻二と三を共有することと関係があるからで
ある。そして<ソ>と<済>におけるこのような項目の存在は、『交隣
須知』の増補本類において語彙が増補されていく過程を示してくれる
ものと思われる。それが方言的な語彙はともかくとして、一般の語彙
も、このような形で<ソ>や<済>に集中して現われているのである。

5. 『象胥紀聞拾遺』と対馬本

　本来『交隣須知』の本文は、最初漢字語の項目があってそれの韓国

語の文例が作られ、それに対訳の日本語が付される形で成立していっ
たものと思われる。そのような過程を示してくれる写本が対馬本(巻一)
で、対馬本における増補欄のいくつかの語彙が『象胥紀聞拾遺』に出
ている。

●汲水船：テンマ
[1000]
　　<対//一34a>汲水船　　급슈션

◎監牧官
[1553]
　　<対//一47b>監牧官　　물 次知ᄒ고 낭반이라

　これは諸写本の中で唯一、対馬本だけにある項目である。管作が参
照したはずの『交隣須知』が具体的にどの写本であったかは不明であ
るが、この例だけからみると、対馬本は巻一を欠する<ソ>や<済>と
近い系統のもので、もし<ソ>や<済>の巻一があったのならば、共通
する本文は対馬本と相当近いものである可能性も考えられる。しかし
これはあくまでも推測であって、その辺の異本間の関係が確認できる
新しい異本の出現を待つしかない。

●山斗稲：トウゾシ米
[2212]
　　<ソ//二22a>山斗稲　　산투벼는 물 업는 논의 나ᄂ니
　　　　　　　　　　　　トウホシ米ハ 水ノ ナイ 田ニ 出キル

●空覇：ダメ
[3000]
　　<ソ//三63b> ○　　　고비
　　　　　　　　　　　　タメ

のように、『象胥紀聞拾遺』の日本語が<済>になく<ソ>にあるそれ

と同じことから、<済>よりは<ソ>との関連性が認められる例もあるが、<ソ>と<済>は同系統に属するもので、『象胥紀聞拾遺』が参照したのは、<ソ><済>の共通祖本たる写本と近いものであったと推定するのである。

6. まとめ

　『象胥紀聞拾遺』のなかに引用された『交隣須知』から、当時用例集もしくは対訳の辞書として用いられた『交隣須知』の普及ぶりがうかがえる。そして主に引用されたのは増補本類の<ソ>や<済>のような写本であること、なお対馬本にしかない項目が採用されていることから、対馬本とソウル大本、済州本は同系列に属するものである可能性も排除できないと推測した。しかし、現在のところ、対馬本は巻二三四が欠巻で、ソウル大本などは逆に巻一を欠く零本なので、両者の直接的な比較は不可能な状態である。ただ小田本には巻四が残っており、その小田本とソウル大本の巻四が似ていることで、現段階では、ソウル大本と、それと底本の関係にある済州本を小田本系列に入れておいた。将来この写本類の欠巻の冊子が現れるまでは、このような推論に頼るしかない。もし小田本が対馬本と近い内容をもつ写本であるならばソウル大本と済州本も対馬本に近いものとなるし、その場合、ソウル大本などは小田本系列よりも対馬本系列に含まれる可能性があることを、『象胥紀聞拾遺』の語彙の在り方と関連づけて考えてみた。実際、小田本とソウル大本の間では、項目の配置においても多少食い違いが存する。特にはっきりした違いをみせるのは、巻四の《雑語》部門に含まれている「并」から「負」までの20項目の位置で、これらが小田本では、38丁裏の「離別」項目の次に配置されているが、ソウル大本では、「離別」項目から4丁分の後ろの、「処置」項目の次(57丁表から58丁裏)に置かれているのである。なお『象胥紀聞拾遺』は、対馬の方言資料としても貴重な文献と言えよう。

第 3 部　言語篇

第1章
『交隣須知』の韓国語

1. はじめに

　『交隣須知』の言語を系統論的な観点からみた場合、大体、表記・音韻・文法・表現法などにおける異本間の相違が問題になると思われる。しかし実際、このような言語的な面においては、第2部の系統論で扱ってきたような用例の相違に比べて、それほどはっきりした異本間の相違の様相は見せない。それでも、中には書写時の言語現象が反映されたものと思われるところもあり、それらを手がかりにして、一部の写本間の系統的関係を明らかにすることができる。その点で、この言語的な側面も『交隣須知』の系統を究明する上で必要である。しかしそれは、「主」ではなく「副」に値するもので、あくまでも二次的要素である。しかも表記法以外の言語要素からは、なおさら言語史的変遷の過程を読み取ることが困難な面がある。この章では、比較的に、言葉の変遷の過程が読み取りやすい表記法を対象にして、『交隣須知』諸本の系統的関係を考えてみる。韓国語史に関わる表記法は、次の項目について考察することにする。

　(1) 語頭合用並書
　(2) 終声「ㅅ」と「ㄷ」表記
　(3) 連綴・重綴・分綴表記
　(4) 語幹末の子音群表記
　(5) 母音間「ㄹㄹ」と「ㄹㄴ」表記
　(6) 母音間の有気音表記
　(7) ㅎ終声体言の表記

　なお、『交隣須知』における表記の性格をより客観的に考察するために、当時、対馬と苗代川で同じく韓国語の学習書として使われていた、次のような文献資料の表記についても補助資料として合わせて見ていくことにする。扱う補助資料は次のとおりである。

　　『韓語訓蒙』
　　　沈寿官本(1巻1冊)　天保5年(1834)書写
　　　京都大本(1巻1冊)　文久4年(1864)書写
　　　アストン本(1巻1冊)　書写期不明
　　『講話』
　　　京都大本(2巻2冊)　書写期不明
　　　アストン本(2巻1冊)　書写期不明
　　『隣語大方』
　　　筑波大本(9巻)　宝歴元年(1751)[1]書写
　　　アストン本(6巻2冊)　天保12年(1841)書写
　　　京都大本(4巻2冊)　安政6年(1859)書写
　　　朝鮮刊本(10巻5冊)　朝鮮英祖14年(1790)
　　『漂民対話』
　　　京都大本(2巻2冊)　弘化2年(1845)書写
　　　アストン本(2巻2冊)　嘉永7年(1854)書写
　　『淑香伝』
　　　京都大本(1巻1冊)　弘化3年(1846)書写
　　　沈寿官本a(1巻1冊)　安政3年(1856)[2]書写
　　　沈寿官本b(2巻2冊)　書写期不明
　　『崔忠伝』
　　　沈寿官本(1巻1冊)　書写期不明
　　　京都大本(1巻1冊)　書写期不明

　いっぽう、この表記法においては、考察対象の異本に明治37年の校訂本を追加して検討することにする。校訂本の「緒言」によれば、『交

1) 筑波大本『隣語大方』の成立期が1751年であることについては、福島(1969a)
　p.51参照。
2) 沈寿官本a『淑香伝』の成立期については曺喜雄・松原孝俊(1997)p.134参照。

隣須知』の刊本(ここでは特に再刊本)さえも不自然な表現、方言、誤りの字句などが多いため、それらを修正して改撰に取り掛かったと述べている。

> いふまでもなく原本の最も非難を受く所は、措辞をなさゞるもの、方言、又は謬りたる字句の多きが為め課本たるに堪へさる点にありしか故に、余輩校正の第一義は此等を改竄し修正するにありしかども・・・

　この内容からみて、それまでの刊本類には、ある面で写本類の伝統がそのまま受け継がれたところもあり、それらを当時の言葉に改める意図が校訂者たちにあったと見受けられる。したがって、校訂本の言語(特に韓国語)は、写本類と刊本類の言語の性格を判断する上で有効な資料になると思われる。一部の異本については、区別しやすくするために、表記現象を整理した表上とそれの説明文において、以下のように異本の略記名と巻を表すアラビア数字を併記する。

　　＜沈1＞: 原祖本系 沈寿官本(巻一)
　　＜沈4＞: 原祖本系 沈寿官本(巻四)
　　＜ア1＞: 増補祖本系 アストン本(巻一)
　　＜ア4＞: 増補祖本系 アストン本(巻四)

しかし、本文テキストの用例文の場合は、既存のとおりに提示し、校訂本は＜校＞と略記する。

2. 表記法

2.1. 語頭合用並書

　近代韓国語において、17世紀末から18世紀末までは「ᄭ、ᄯ、ᄲ、ᄶ、ᄠ、ᄩ、ᄡ」の合用並書表記が使われたが、19世紀の文献では、ㅅ系には変動がないが、ㅂ系の「ᄡ」が消滅して用いられなくなった(洪允杓1994:159参照)。

2.1.1. 『交隣須知』の場合

『交隣須知』の場合は次のようになっている。

<表-1>

異本 表記	原祖本系						増補祖本系								刊本類	
	苗	沈1	あ	文	天	沈4	対	ア1	小	ア4	武	ソ	済	会	初	校
ㅅㄱ	144	6	6	64	57	10	24	28	42	41	113	133	89	25	406	230
ㅅㄷ	174	14	6	49	56	4	36	37	35	33	113	142	110	31	322	203
ㅅㅂ	58	4	2	15	15	6	17	17	11	11	42	39	28	10	99	73
(ㅆ)	165	4	4	47	61	8	20	19	22	22	123	164	141	13	358	252
ㅅㅈ	20	1	1	5	2		5	6	1	1	14	15	12	5	127	65
ㅅㅓ	1											1	1			
ㅂㄱ	2			2	2									3		
ㅂㄷ	13			6	3	4	3	2	5	5	11	11	8	12	2	
ㅂㅅ	28	3	2	34	16	4	3	2	4	5	16	17	13	29	8	1
ㅂㅈ	10			4	3	2	1	1	4	3	6	11	6	9	8	
ㅂㅌ	1											1				

　原祖本系の<沈1><あ><沈4>に落丁があって使用度が低く現われるのを除けば、大体において写本類から刊本に移りながらㅂ系が縮小し、ㅅ系に統合される傾向が読み取れる。しかしまだ写本類では依然としてㅂ系合用並書が使われていることがわかる。

　例は少ないが、原祖本系においてはまだ「ㅴ」が見えるものの、増補祖本系では「ㅴ」は用いられなくなり、完帙本である苗代川本と初刊本を比べてみて、ㅂ系合用並書が消滅してㅅ系に統合される過程がはっきりとうかがえる[3]。

　[3076]
　　<苗/三06b> 糝　　비노 업시 셰슈롤 ㅎ니 ㄴ치 쁜々ㅎ외
　　<天/三06b> 糝　　비노 업시 셰슈롤 ㅎ니 ㄴ치 쁜々ㅎ외
　　<文/三06b> 糝　　비노 업시 셰슈를 ㅎ니 ㄴ치 쁜々ㅎ외
　　<ソ/三31a> 糝　　비노 업시 셰슈롤 ㅎ니 ㄴ치 쓴々ㅎ외

---

3) 事実、初刊本においては、官印当初はㅂ系合用並書であったものを後でㅅ系の表記に訂正した個所が多く現れている。それは前代に用いられていた保守的な表記を刊行当時の一般的表記に修正した結果であろう。(片茂鎮1998b参照)

<済/三31a> 縿　비노 업시 셰슈(洗手)롤 ᄒ니 눗치 ᄯᆫᄯᆞᄒᄋ외
<武/三28b> 縿　비노 업시 셰슈롤 ᄒ니 눗치 ᄯᆫᄯᆞᄒᄋ외
<初/三20b> 澡豆　비누 업시 셰슈(洗手)를 ᄒ니 눗치 ᄯᆫᄯᆫ허오
<校訂/235> 飛陋　비누 업시 셰슈를 ᄒ닛가 얼골이 밋근밋근ᄒ오

　ただし、原祖本系の古写本類における「ㅳ」の例は2例に過ぎない。いっぽう、<会>に、個別語の語頭に「ㅳ」の用いられた例が3例出ていて、相対的にㅂ系合用並書の強勢が認められる。

<会話/010> 鰾　부리 로겨 ᄢᅧ여진 것 붓쳐라
<会話/012> 鮎魚　메유기롤 국 ᄢ리면 마시 나ᄂ니
<会話/034> 栢子　잣슨 ᄢᅡ 먹ᄂ니라

　この「ㅳ」は、中央語文献では17世紀末には「ㅅ」に統合されるが(金重鎮1986:31)、地方文献においてはまだ18世紀末までも用いられた。また「ㅴ」および「ㅵ」も、中央語文献では18世紀の中期以前にはそれぞれ「ㅺ」と「ㅼ」表記が一般化したが、地方語文献ではそれぞれ19世紀の中期と末期まで使われるものの、それ以降な使用頻度が少なくなった(洪允杓1994:164)。異本により程度の差はあるが、『交隣須知』の写本類には、中央語文献に比べて保守的なㅂ系合用並書表記が用いられている。『交隣須知』の表記は中央語よりも地方語の影響下にあったものと思われる。

[4699]
<苗/四51b> 磊々　뇌々낙々ᄒ여 ᄯᅳᆺ 잡기 어렵다
<沈/四25a> 磊々　뇌々낙々ᄒ여 ᄯᅳᆺ 잡기 어렵다
<小/四52b> 磊々　뇌々낙々ᄒ여 ᄯᅳᆺ 잡기 어려오니라
<ソ/四72a> 磊々　뇌々낙々ᄒ여 ᄯᅳᆺ 잡기 어려오리라
<ア/四72b> 磊々　뇌々낙々ᄒ여 ᄯᅳᆺ 잡기 어려오니라
<武/四68a> 磊々　뇌々낙々ᄒ여 ᄯᅳᆺ 잡기 어렵다 / 挙
<初/四51a> 磊々　뇌々낙々허여 ᄯᅳᆺ슬 잡기 어려우니라
[3716]
<苗/三51b> 醶　ᄠ니 믈 만히 먹게 ᄒ엿다

<天/三51b> 醎　　　 쓰니 믈 만히 먹게 ᄒᆞ엿다
<文/二47b> 醎　　　 쓰니 믈 만히 먹게 ᄒᆞ엿습ᄂᆡ / 쓰니 믈커이게
　　　　　　　　 ᄒᆞ엿습ᄂᆡ
<ソ/二54a> 醎　　　 쓰니 믈 만히 먹게 ᄒᆞ엿다
<済/二54a> 醎　　　 쓰니 믈 만히 먹게 ᄒᆞ엿다
<会話/059> 醎　　　 쓰니 믈 만히 먹개얏다
<初/二39a> 醎　　　 쓰니 물 만이 먹겟다
<校訂/265> 醎　　　 쓰셔 물 만히 먹겟다

　ただし、合字並書「ㅄ」の場合は、近代期を通じて各字並書の
「ㅆ」と多くが混用される傾向をみせ、筆写者の恣意的な表記に属す
るものと思われる。この「ㅄ」表記は17世紀の半ばまでは混用せずに
用いられるが、17世紀後期から混記され、近代韓国語の後期に近づくに
つれて「ㅆ」の表記が増えてくる(金重鎮1986:26参照)。実際に、写本類
において人系が優勢ではあるが、ㅂ系との混記の例が多く現れている。

[1033]
<苗/一03b> 霰　　 싼눈이 만히 오니 맛치 쓸이 ᄂᆞ려디ᄂᆞ 듯ᄒᆞ외
<沈/一03b> 霰　　 쁜눈이 만히 오니 맛치 쁠?이 ᄂᆞ려디ᄂᆞ 듯□□
<あ/一03b> 霰　　 쁜눈이 만히 오니 맛치 쁠이 ᄂᆞ려디ᄂᆞ 듯ᄒᆞ외
<ア/一05a> 霰　　 쁠눈이 만히 오니 맛치 쁠이 ᄂᆞ려지ᄂᆞ 듯ᄒᆞ외
<対/一05a> 霰　　 쁠눈이 만히 오니 맛치 쁠이 ᄂᆞ려지ᄂᆞ 듯ᄒᆞ외
<武/一05a> 霰　　 쁠눈이 만히 오니 맛치 쁠이 ᄂᆞ려지ᄂᆞ 듯ᄒᆞ외
<初/一04a> 霰　　 쓸락눈이 만이 오니 맛치 쓸이 ᄂᆞ려지는 듯허외다
<校訂/007> 霰　　 쓰락이눈이 만히 오닛가 맛치 쓸비가 오ᄂᆞ 것
　　　　　　　 ᄀᆞᆺ소
[2285]
<苗/二28b> 春　　 찌흐면 쁠이 희니 둣ᄉᆞ외[의]
<ソ/二29b> 春　　 찌흐면 쓸이 희여지ᄂᆞ니
<済/二29b> 春　　 찌흐면 쓸이 희여지ᄂᆞ니
<会話/030> 春　　 찌흐면 쁠이 희여지ᄂᆞ니
<初/二21b> 春　　 찌흐면 쓸이 희여지ᄂᆞ니
<校訂/218> 春　　 찌흐면 쓸이 희여지ᄂᆞ니

[3645]
　　＜苗/三47a＞　刀麵　　칼국슈는　줄게　싸흐려야　됴흐니라
　　＜天/三47a＞　刀麵　　칼국슈는　줄게　싸흐려야　됴흐니라
　　＜文/三45b＞　刀麵　　칼국슈는　줄게　싸흐려야　됴흐니라

　[1033][2285]は「뿔」(米)を「쑬」に混記した例、[3645]は「싸흘다」(剉、切)を「싸흘다」に混記した例であるが、苗代川本に「쑬」と「뿔」の形態が同時に現れることからも分かるように、同一文献内において人系とㅂ系の混用が実態であったらしい。

　『交隣須知』においては、異本によって「ᄡ」の使用頻度の偏重性を見せるが、古写本類の＜文＞＜天＞、増補本類の＜会＞がそれである。特に＜文＞の場合は、巻三の1冊にもかかわらず4冊の苗代川本よりも「ᄡ」表記が多い。このような表記の様相から、苗代川本と文政本の成立時期、より厳密に言えば、それぞれの異本が底本とした写本の成立時期、または古写本類と＜会＞との関連性など、『交隣須知』の系統論的な観点から詳論の余地もあるが、ここでは一応、筆写者の恣意的表記とみる。

　人系とㅂ系の合用並書表記と関連して、初刊本において当初はㅂ系表記に刊印されたが、印刷後に人系に改めた単語の例が多く出ている。それについては、資料篇の第3章を参照されたい。

　いっぽう、近代文献に特徴的に見える「ㅳ」と「ᄻ」のような、ㅂ系と人系有気音表記が苗代川本に1例ずつ出ている。「ㅳ」語頭合用並書は、17世紀に「ㅳ」に表記されたが18世紀には「ㅌ」に表記されたもので(金重鎮1999:126)、その音価は/t/である[4]。そしてこれらは主に南部方言を反映した筆写本によく見える(洪允杓1994:189参照)。『交隣須知』の例は硬音(떠라、쇄심ᄒ외)を表す語の場合なので「ㅳ」「ㄸ」の誤記とも見える。ただ「쇄심ᄒ외」の「ᄻ」は「ㄲ」の誤りではなく、もともと有気音の表記かもしれない。いずれにしても、このような擬古的表記や方言的な表記が苗代川本にだけ現われていて、苗代川本

───────────────

4) 17世紀以降に現れる「ㅳ」は/t/を表すものである(洪允杓1994:172)。

の文献的性格の一面をうかがうことができる。増補本類のソウル大本や
済州本の例は、<苗>のそれをそのまま転写した結果であろう。

[2115]
    <苗/二15b> 松魚　　송어를 밥 우희 잘 뼈라
    <ソ/二12a> 松魚　　송어를 밥 우희 잘 뼈라
    <済/二12a> 松魚　　송어를 밥 우희 잘 뼈라
    <会話/012> 松魚　　송어를 밥 우회 잘 뼈라
    <初/二09b> 松魚　　송어를 밥 우의 잘 쪄라
[2049]
    <苗/二10a> 鼢　　두지쥐 쌍을 쑤러니 쇄심호외
    <ソ/二05b> 鼢　　두지쥐가 쌍을 쑤러니 쇄심호외
    <済/二05b> 鼢　　두지쥐가 쌍을 쑤러니 쇄심[십]호외
    <会話/005> 鼢　　두지쥐가 쌍을 쑤르니 쇄심호외
    <初/二04b> 鼢　　두더지가 쌍을 쑤르니 괘씸허다

　この硬音表記と関連して、中世文献において語頭に現れる各字並書
は「ㅆ」だけである。それから文献上「ㅆ」の次に現れた語頭の硬音
表記は「ㅃ」で(田光鉉1967:60-61参照)、17世紀初の『東国新続三綱行
実図』(1617)、18世紀の『倭語類解』に出現している。『交隣須知』
においても基本的に「ㅆ」だけが用いられている。写本類では「ㅅ」
の硬音として「ㅃ」と「ㅆ」が併用されるが「ㅆ」の方が圧倒的に多
く、刊本では語頭の硬音化表記はもっぱらㅅ系合用並書に統一された
と言える。ただし、少数ではあるが、写本類において語頭の「ㅆ」を
平音の「ㅅ」に表記した例がみえる。

　씨앗(種): 시아술<苗/一05b><あ/一06a><ア/一08a><対/一08a><武/一
　　　　　08b> 시알?<沈/一05b> 씨아슬<初/一06b>
　씻다(洗): 시슨<苗/三06a><天/三06a> 시슨<文/三06a><ソ/三30b><済
　　　　　/三30b><武/三28a> 씨쓴<初/三20b> 씨스시거든<校訂/236>

　「씻다」は別として、「씨앗」の語頭「ㅅ」は方言の差異を表す表
記の可能性がある5)。

　なお語頭の「ㅃ」表記は、『交隣須知』では古写本類の＜文＞に1
例、増補本類の＜会＞に2例現れるのみで、「ㄲ、ㄸ、ㅉ」表記は見え
ない。

＜文/三14a＞	鉅	한으로 나모나 뿔이나 슬흐면 죠흔 거시니라
＜会話/017＞	蛭	거므리 피를 빠라내고니
＜会話/021＞	抽	빠힌 거슨 즉시(即時) 심거야 죽지 아니ᄒᆞ니라

　補助資料にも「ㅉ」の例は見えないが、それ以外の各字並書の使用
例は次のように現れる。語中及び硬音に発音される音声的環境の例を
除いた、語頭の各字並書表記の例は次の通りである。

ㄲ : 끼여지매＜隣語刊一/5b＞ 꼬리치고＜隣語刊一/18a＞ 꾸즁ᄒᆞᆨ즉＜隣語
刊三/5b＞ 꾸지람을＜隣語刊三/12b＞ 끄이 가게＜隣語刊四/2b＞ 꾸
즁을＜隣語刊五/18a＞ 꾸지져＜隣語刊八/7b＞ 꾸미기를＜隣語刊八
/19a＞ 꾸미지＜隣語刊九/23b＞ 꾸이옵ᄂᆞᆫ＜隣語刊十/18b＞ 끼여시매
＜隣語筑二/4b＞ 꾸지롬을＜隣語筑四/9a＞ 꾸지져＜隣語筑六/19b＞
꾸지롬을＜隣語京二/5a＞ 꾸지져＜隣語京四/11a＞ 꾸지져 ＜隣語A
六/19b＞

ㄸ : 떠나＜隣語刊一/6a＞ 때예ᄂᆞᆫ＜隣語刊一/9b＞ 뜯이＜隣語刊三/4a＞
또＜隣語刊四/14a＞ 뜯ᄃᆡ로＜隣語刊四/24b＞ 떨떨ᄒᆞ온＜隣語刊四
/26b＞ 또ᄒᆞᆫ＜隣語刊七/2b＞ 뜯을＜隣語刊七/2b＞ 뜯을＜隣語刊七
/2b＞ 또＜隣語刊七/7a＞ 똥을＜隣語刊八/12a＞ 띄여＜隣語刊十/2b＞
뜯을＜隣語刊十/2b＞ 똠을＜隣語刊十/12b＞ 또ᄒᆞᆫ＜隣語刊十/29a＞
똥을＜隣語筑六/23a＞

ㅃ : 뿔니＜淑香沈b下/2＞ 뿔니＜淑香京下/2＞ 빠쳐＜崔忠沈/6a＞ 빠쳐
＜崔忠京/6b＞

　『交隣須知』に少数見える「ㅃ」は『淑香伝』『崔忠伝』に、それ
以外の各字並書は『隣語大方』に若干現れるのみである。とくに18世

---

5) 今日の慶尚道方言にも「ㅅ」と「ㅆ」が辯別的対立をなさずに/s/だけが存
在する地域が多い(白斗鉉1989:198)。

紀の半ば頃筆写されたものと言われる筑波大本『隣語大方』には「ㄲ」が3例ぐらい見えているが、これは各字並書「ㄲ」の早い例に属するものと思われる6)。

2.1.2. 補助文献

補助文献資料ではどうなっているかをみる。『韓語訓蒙』『講話』『隣語大方』『漂民対話』『淑香伝』『崔忠伝』はそれぞれ<韓訓><講話><隣語><漂民><淑香><崔忠>と略記する。以下同様。

<表-2>

文献 表記	韓訓			講話		隣語				漂民		淑香			崔忠	
	沈	京	ア	京	ア	筑	ア	京	刊	京	ア	京	沈a	沈b	沈	京
ㅅ	10	10	10	33	34	33	23	21	15	31	25	131	106	54	53	53
ㅅㄷ	10	12	12	19	21	25	25	18	23	108	127	234	204	73	73	80
ㅅㅂ	1	1	1	6	6	14	9	9	14	22	10	27	18	12	8	9
(ㅆ)	37	38	39	7	7	18	12	5	30	65	74	38	34	16	23	25
ㅅㅈ				2	2	4	3	2	2	13	14	12	10	3		
ㅂㄹ																
ㅂㄷ	1	1	1	2	2	14						9	6	9		
ㅂㅅ	2	2	2	1	1	14	4	4		1		14	8	2		
ㅂㅈ	1	1	1									1	1	1		

本来、「ㅄ」は表記上の問題として除けば、大体『交隣須知』に比べ、ㅂ系の使用頻度が少ない。『漂民対話』『崔忠伝』と『隣語大方』の刊本にはㅂ系表記は現れず、他の資料においてもごく少数である。ただし、『隣語大方』の筑波大本で、「ㅅㄷ」に対する「ㅂㄷ」の使用率が相対的に高く現れている。これは、筑波大本の成立時期が1751년年と

---

6) 語頭での「ㄲ」表記は、1617年の『東国新続三綱行実図孝子図』に1例(비젼쉬예 끌려..갇더니<一030b>)、1690年の『訳語類解』に1例(紙窩子..끄삭고 비<上019a>)、1703年の『三訳総解』に1例(일졍이 꾀롤 아므리 ᄒ여도 <五002a>)見える。洪教授はㄲ表記が『増修無冤録諺解』(1792)に初めてみえるとしているが(洪允杓1994:175)、その前に使用例がまったくないわけではなく、とくに1751年の筑波大本『隣語大方』にはそれの表記例が増えている。

して、当時の表記法が反映された結果と見られる。語頭音節でのいくつかの例を挙げる。

ㄸ : 뗘도<韓訓沈/22b> 뗘도<韓訓京/28b> 뗘도<韓訓A/25a> 때는<講話京上/2a> 때롤<講話京上/3b> 때는<講話A上/2a> 때롤<講話A上/3a> 때여는<隣語筑一/1b> 때예는<隣語筑一/2a> 때는<隣語筑三/16a> 때는<隣語筑三/22b> 때예는<隣語筑四/5a> ㄱ 때<隣語筑四/11b> 뜻을<隣語筑六/2b> 때예<隣語筑六/9a> 쟝마 때예는<隣語筑六/22a> 때는<隣語筑七/23a> 이 때롤<隣語筑八/6a> 오는 때는<隣語筑八/12a> 졉때만치는<隣語筑八/19a> 이 때<淑香沈a/152> 이 때<淑香沈a/153> 이 때<淑香沈a/153> 져 때<淑香沈a/155> 가실 때<淑香沈a/155> ㄱ 때<淑香沈a/156> 이 때는<淑香沈a/156> 손떨고<淑香沈a/157> 이 때<淑香沈a/161> 이 때<淑香沈b上/18> 이 때<淑香沈b上/19> 이 때<淑香沈b上/21> 져 때<淑香沈b上/28> 이 때는<淑香沈b上/34> 손떨고<淑香沈b上/37> 때<淑香京上/3> 이 때 <淑香京上/19> 이 때<淑香京上/19> 이 때<淑香京上/21> 져 때<淑香京上/28> 이 때는<淑香京上/34> 손떨고<淑香京上/37> 잇때<淑香京上/53> 뜨려시매<淑香京上/59> 이 때<崔忠京/60a>

ㅺ : 따니<韓訓沈/9a> 따니<韓訓京/12b> 따니<韓訓A/11b> 흔 따을<淑香沈a/152상> 흔 따을<淑香沈b上/15> 흔 따을<淑香京上/15>

　他の補助文献が大体当時の表記を反映しているとするならば、『交隣須知』の表記は相対的に保守的な表記に属するものと見受けられる。

2.2. 終声「ㅅ」と「ㄷ」表記

　近代韓国語期の語末子音表記は、音韻的に「ㅅ」と「ㄷ」が語末で中和され「ㄱ、ㄴ、ㄹ、ㅁ、ㅂ、ㅅ、ㅇ」の7子音に制限されていった。たまに『東国新続三綱行実図』『女四書諺解』『倭語類解』などの文献のように、「ㅅ」と「ㄷ」の混記が甚だしく、表記者の恣意的選択により「ㄷ」表記の用いられた例もあるが、大体において18世紀の半ば以降は「ㅅ」表記に統一された(金重鎮1999:132-134参照)。

2.2.1. 『交隣須知』の場合

『交隣須知』においては、<会>を除いては語末子音のㄷ表記は1例も見えない。ただし<会>は唯一「ㄷ」表記を取る異本である。例えば、副詞「몯」および「몯ㅎ다」(不)の「못」の表記をみると、本来の「ㄷ」の例がほとんどで、音韻変化による「ㅅ」の例は少数に過ぎない。

> 몯 ：보지 몯ㅎ옵닉<会話/001> 가족은 몯 쓰거든<会話/004> 길 몯 드리ᄂᆞ니<会話/006> 녀룸질을 몯ㅎ올가<会話/007> 마시 돋ᄉ외<会話/013> 쟝만기룰 잘몯 ㅎ야<会話/013> 먹지 몯ㅎ고<会話/019> 들면 몯 견디여<会話/01a> 보지 몯ㅎ옵닉<会話/035> 먹지 몯ㅎ올레 <会話/037> 드지 몯ㅎ니<会話/042> 얼치 몯ㅎ오니<会話/049> 견디지 몯ㅎ올시<会話/050> 일을 몯ㅎ올시<会話/054> 용슈치 몯ㅎ옵닉<会話/057> 믈 몯 먹개얏다<会話/061>
>
> 못 ：못슬 몰<会話/003> 자지 못ㅎ올시<会話/015> 서러셔는 못 먹ᄂᆞ니<会話/035>

いっぽう、本来のㅅ終声語辞も語末で「ㄷ」に表記されている。

> 걷 ：셩낸 걷 ㅉ토야<会話/002> 호쵸는 윈걷 먹지<会話/029>
> ㅉ ：ㄹ 난<会話/004> ㄹ 잡은<会話/013> ㄹ 난<会話/026> ㄹ 심거 시니<会話/030>
> 듣ㅎ다 ：오는 듣ㅎ외<会話/043> 필 듣ㅎ외<会話/045>

近代韓国語の表記の変遷上からみて、また『交隣須知』の他の異本で「ㄷ」終声表記が取られてないことからも、このような<会>の「ㄷ」表記は筆写者の恣意的選択と見做すべきであろう。

2.2.1.1. 曲用

終声「ㅅ」と「ㄷ」表記に対して、体言の場合と用言の場合に分けて考えられる。まず体言の曲用に関する用例を若干提示すれば、次のようになる。

붇(筆)： 붓이<文/三33b> 붓이<苗/三35b><天/三35a> 붓으로<苗/二
03a> 붓을<苗/二08b><苗/三35b><文/三34a><天/三35a><武
/三65b> 붓슬<済/二02b><会話/002> 붓슬<ソ/二02b><ソ/
三70a><済/三70b><初/二02b><初/三49a><校訂/069><校訂/
160> 붓시라<済/二05a> 붓시라<苗/二09b><ソ/二05a><初/
二04b> 붓시<ソ/三68b><済/三69a><武/三64a> 붓시다<校
訂/072> 부시<初/三47a><校訂/161> 브시라<会話/004>

벋(朋)： 벗을<苗/一44b><対/一51a><ア1/一51b><ア1/一74b><武/一
52a><武/一75b><初/一41a><初/一58b><校訂/081> 벗이<ア
4//四13b><ソ/四13b> 벗슬<初/四43b><校訂/314> 벗들<ア
1/一50a>

곧(処)： 곳의<苗/一06b><苗/四34a><沈/一06b><A1/一07b><沈/四
07b><小/四46b><ア4/四64a><武/四46b><ソ/四64a> 곳이라
<苗/二42b><苗/二43b><苗/二44b><武/三01a><ソ/二47a>
<ソ/三01a><済/二47a><済/三01a><初/二37a> 곳의오니<苗/
二45a>곳이니라<苗/三48b><文/三63a><天/三48b><校訂/177>
<校訂/188><校訂/189> 곳을<苗/四05a><苗/四05b><小/四0
7a><小/四07a><ア4/四09b><ア4/四22b><武/四09a><ソ/四0
9b><ソ/四22b><校訂/125> 곳이<苗/四14a><武/四20b><校
訂/317> 곳이오매<小/四42a><ア4/四56a><ソ/四56a> 곳이로
쇠<武/一54a> 곳이로되<会話/056><初/二37a> 곳에<初/三
10b><校訂/190><校訂/242><校訂/309> 곳은<校訂/101> 곳
이외다<校訂/101> 곳슬<初/四07a>ㅎ고디셔<苗/一13b><沈/
一13b>고디<苗/四42b><沈/四16a><小/四43a><小/四55a><ア
4/四59a><ア4/四75a><武/四57a><ソ/四59a><ソ/四75a> 곳
고디<小/四29a><ア4/四39b><ソ/四39b> 고디라<ソ/二47a><
済/二47a><会話/056> 고데<初/四42b> 변화헌 곳데<初/四
35b> 유유흔곳듸 숨어<初/四53a>

뜯(意)： 뜻슬<初/四51a><初/四51b><校訂/102>
듕긷： 듕깃슬<苗/二50b><武/三04a><ソ/三04a><済/三04a><初/三
03b>
즁깃슬<校訂/194>

曲用時の、ㄷ終声語辞の「ㅅ」と「ㄷ」の表記をみると、終声の連

綴表記は「곧」（処）に少数現れるのみで、他の語辞の場合は大部分「ㅅ」の分綴か重綴表記である。とくに体言の「ㅅ」終声が母音で始まる助詞と分綴される場合がほとんどで、すでに「ㅅ」終声が一般化されていることがわかる。

2.2.1.2. 活用

用言の活用に対しては、母音の前で「ㅅ」終声が分綴される場合はごく稀である。次の表は、活用における「ㅅ」と「ㄷ」終声表記の用例を数字で表したものである。対象は、活用の際、母音語尾の前で「ㅅ」と「ㄷ」が出現可能なㄷ正則活用とㅅ正則活用の語辞である。

<表-3>

終声	終声位置	表記	原祖本系						増補祖本系								刊本類	
			苗	沈1	あ	文	天	沈4	対	ア1	小	ア4	武	ソ	済	会	初	校
ㄷ	子音語尾前	ㅅ	14		1	8	7		3	4	6	6	12	16	11		16	17
	母音語尾前	-ㄷ	59	2	1	14	15	7	5	2	19	39	45	27	6		41	19
		ㅅ-	1											1	1	1	1	17
ㅅ	子音語尾前	ㅅ	120	8	8	21	30	10	45	36	26	23	99	78	59	16	85	121
	母音語尾前	-ㅅ	81	2	4	28	28	10	16	20	13	14	51	53	40	14	17	11
		(-ㅆ)															36	49

* 「-ㄷ(ㅅ)」などは連綴表記、「ㅅ-」などは分綴表記を表す。以下同一。

上の表をみると、ㄷ終声語辞とㅅ終声語辞の間にははっきりした表記上の区別があることが分かる。つまり、ㄷ正則活用およびㅅ正則活用の語辞は、子音語尾の前では一様に「ㅅ」終声の表記をしているが、母音語尾の前ではㄷ終声語尾は「ㄷ」に連綴表記され、ㅅ終声語尾は「ㅅ」に連綴表記される。

ただしㄷ終声語辞の場合、18,19世紀においては、母音語尾の前で、国内の中央語の文献では「ㅅ」に表記される例も少なくなく、しかもそれらは分綴表記されたが（金重鎮1999:136-137参照）、『交隣須知』では初刊本にいたるまでそのような例はほとんどない。ただ、校訂本では分綴表記の「-ㅅ」の形態が連綴表記の「-ㄷ」例とほぼ同数で現れ

る。『交隣須知』の写本類に反映された地方語の影響かもしれない。

　これに該当する語辞は、「곧다(直)、굳다(固)、묻다(染)、묻다(埋)、믿다(信)、받다(受)、얻다(得)、닫다(閉)、뜯다(摘)、돋다(起)、걷다(収)」などである。この語彙の中で「묻다」(染)の使用例だけを挙げる。

　　묻다(染)： 밀기롬을 뭇처<苗/三07a><天/三07a> 밀기롬 뭇처<武/三
　　　　　　　28b><ソ/三30b><済/三30b> 떡의 뭇처<武//三81b><済//
　　　　　　　三87b> 바풀이 뭇엇다<校訂/123> 뭇지 안케<校訂/162>
　　　　　　　옷의 무더ᄉ오니<苗/一19b> 무덧ᄉ니<苗/一52a><武/一
　　　　　　　60b><ソ/三27a> 분 무든 붓으로<苗/二03a> 무드면<苗/
　　　　　　　三15a><文/三15a> 즌흙 무던ᄂ 듯<文/三62b> 밥 무더ᄉ
　　　　　　　니<対/一59b><済/三27a> 밥 무더다<ア/一59b> 밥플 무
　　　　　　　덧싸<初/一47a>

　いっぽう、ㅅ終声語辞の場合、刊本類において母音語尾の前で「ㅅ」の重綴表記が多く用いられていることが特徴として指摘できよう。このような重綴表記は19世紀の国内文献に現れるが、刊本類に当時の表記法が反映された結果とみていいだろう。17,18世紀に若干みえた子音語尾の前の「ㄷ」表記の例はなかった。これに該当する語辞には、「잇다(有)、앗다(奪)、싯다(洗)、웃다(笑)、슷다(拭)、벗다(脱)、빗다(梳)、솟다(湧)」などがある。この語彙の中で「빗다」(梳)の使用例だけを挙げる。

　　빗다： 마리 빗쟈<苗/三05b><苗/三06a><天/三05b><天/三06a> 머리
　　　　　빗쟈<文/三05b><武/三28a><ソ/三30b><済/三30b><初/三20a>
　　　　　비서다가<苗/一47b><対/一55b><ア1/一55a><武/一56b>

　近代韓国語の表記法が絶えず混乱、漂流していく過程においてもあ.る一定の方向性と規則性が保存されたと言われるが、終声「ㄷ」と「ㅅ」の場合も軌を一にすると言えよう。『交隣須知』はそのような言語史的事実と地方語の表記的特長をよく反映しているものと思われる。

2.2.2. 補助文献

補助文献では、ㄷ終声語辞はすべて「ㅅ」表記である。ただし『隣語大方』の刊本だけは「ㄷ」表記を取っており、ㅅ終声語辞の表記も「ㄷ」に統一している。これは同じ倭学書の『倭語類解』と同傾向で、朝鮮の司訳院において「ㄷ」表記に統一された結果である。『隣語大方』に出てくる例だけを示す。

> 볼 것 업시<隣語筑一/1a> 죠흔 것과<隣語筑一/20a> 낫븐 것과<隣語筑一/20a> 그만흔 것 <隣語筑二/10b> 아모 것도<隣語筑二/10b> 쓸 것 <隣語筑二/17b> 그런 것들이<隣語筑四/1b><隣語京二/1a><隣語A四/1b> 내 것만<隣語筑六/11a><隣語京四/6a><隣語A六/11a> 잡으신 것과<隣語筑七/17b><隣語京一/10b><隣語A一/18a> 이만흔 걸<隣語刊一/14a> 그런걷시<隣語刊三/2a> 잡으신 건과<隣語刊四/21a> 내 건만<隣語刊七/13a> 힐 건만<隣語刊八/13a>

ここで一つ注目したいのは、ㄷ終声語辞の曲用表記において「ㅅ-ㄷ」または「ㅅ-ㅈ」の重綴表記の現れである。

붇(筆)：붓들 잡고<淑香沈b下/5><淑香京下/5>
곧(処)：두 곳더<講話京上/4a><講話A上/3b> 계신 곳지<講話京上/9b><講話A上/7b> 돈니치 못흐는 곳지오니<講話A下/6b> 이 곳든<淑香沈a/155하> 淑香京上/31> 依托흐올 곳든<淑香京上/67> 흔 곳더<淑香京上/67><崔忠京/44a> 더러운 곳지오<崔忠京/62a>
뜯(意)：願흐는 쯛지오니<淑香沈b下/5><淑香京下/5> 가실 쯛지 잇느니잇가<淑香沈b下/26><淑香京下/27> 네 쯛들 바다<淑香沈b下/32><淑香京下/33> 그 글 쯛든<淑香沈b下/46><淑香京下/48> 쟝부(丈夫)의 쯛지로다<崔忠沈/32b>

このような重綴表記は『講話』『淑香伝』『崔忠伝』に現れ、とくに『講話』と『淑香伝』に著しい。もちろん「곳지오니」<講話A下/6b>に対して分綴表記の「곳이오니」<講話京下/7a>、「이 곳든」<淑

香京上/31>に対して「이 곳은」<淑香沈b上/31>の形態が併用されて
はいるものの、韓国語の表記法の歴史からは珍しい例である。このよ
うな表記が苗代川伝来の、比較的古い文献に集中していることは、何
か地域性と関係があるかも知れない。

　用言の活用においては、ㄷ終声語辞が母音語尾の前で分綴される例
はなく、ㅅ終声語辞が母音語尾の前で重綴表記される例も次の例に過
ぎない。

　　곡졀이 잇서<韓訓沈/20b><韓訓A/22b> 두어 쟝 잇시{ㄷ}니<隣語A
　　二/1a>

2.3. 連綴・重綴・分綴表記

　韓国語の表記の変遷を歴史的に眺めると、大きな流れとして、連綴
表記から分綴表記への変移を挙げることができる。15世紀の連綴表記
から17世紀以降の分綴表記へ移り変わる中間段階として重綴表記があ
って、結果的に近代韓国語の時期には3つの表記体系が存在することに
なる(洪允杓1986:125-127参照)。このように韓国語の表記法は分綴表記
指向なので、18,19世紀の文献である『交隣須知』においても同じ傾向
性が期待される。以下、体言の曲用と用言の活用とに分けて考えてみ
ることにする。

2.3.1. 『交隣須知』の場合
2.3.1.1. 曲用

写本類と刊本類共に、体言の末子音が「ㅅ」の場合を除いて、ほと
んど分綴表記を取っている。いくつかの例を示す。

논박 ： 논박을<苗/四10a><小/四12a><ソ/四16b><ア/四16b><武/四
　　　　15a><初/四12a><校訂/269>
呈(馬)：고라몰은<苗/二08b><ソ/二03b><済/二03b><会話/003><初/
　　　　二03b>몰이<苗/二07b><ソ/二03b><済/二03b><会話/003>

<初/二03a><校訂/067>
ᄯᅳ름 ： ᄯᅳ름이니라<苗/四13a><小/四15b><ソ/四21a><ア/四21a><武/四19a> ᄯᅳ름이로다<初/四15b> ᄯᅳ름이라<校訂/315>

ただし、若干の連綴・重綴表記が、とくにㄹ終声体言に一部現れる。

ᄆᆞᆯ(馬)： ᄆᆞ리<済/三37b> 마리<初/二06a><初/二06a>
블(火)： 부리 노겨<苗/二14a><武/三21a><ソ/三23a><済/三23a> 브리 노겨<苗/二60b> 부리로겨<会話/010> 부리 뇌겨<初/三15b>
ᄀᆞᆯ(紛)： 체예 ᄀᆞᆯ롤 여러<文/三12b> 현셕으로 ᄀᆞᆯ롤 ᄒᆞ고<済/三09b>
ᄡᅳᆯ(米)： 밥은 ᄲᅮᆯ롤 슬도록<ソ/二19a> 밥은 ᄶᅮᆯ롤 슬도록<済/二19a>

名詞形の転成語尾「ㅁ」に主格助詞「이」が接続する場合には、連綴もしくは重綴表記で現れる。

무어시 저허ᄒᆞ미 이시리요<苗/三42b><文/三41a><天/三42b> 상ᄉᆞ는 슬픔미 웃틈이니<天/三50b> 주염미 언덕이<ソ/二22a>

いっぽう、体言の末子音が「ㅅ」である場合、ㄷ終声体言の場合も含むので一緒に表にして提示すれば、次のようになる。

<表-4>

終声	表記法	原祖本系						増補祖本系								刊本類	
		苗	沈1	あ	文	天	沈4	対	ア1	小	ア4	武	ソ	済	会	初	校
ㅅ	-ㅅ	245	8	4	97	103	22	31	32	52	52	177	200	141	43	228	267
	ㅅㅅ	16			8	5		5	4	3	2	26	30	26	5	37	37
	ㅅ-	10			1	2	2						1				2
ㄷ	-ㄷ	2	1				1		3	3	1	4	1	1	1	1	
	-ㅅ													1	1	1	1
	-ㅈ	1								1			1	1	1	1	
	ㅅㅅ	2										3	6	4		10	9
	ㅅㄷ															2	
	ㅅㅈ	1						1					1			4	
	ㅅ-	25	1	1	3	6	2	10	10	13	13	3	1			11	17

* 「-ㅅ(ㄷ)」は連綴表記、「ㅅㅅ」は重綴表記、「ㅅ-」は分綴表記。

　上の節の、終声「ㅅ」と「ㄷ」の表記のところでも少し触れたが、この場合、相当規則的な一面を見せている。つまり、ㅅ終声体言は主に連綴表記を、ㄷ終声体言は分綴表記を取っていて、この二つの体言類を表記上区別して用いていることである。

2.3.1.2. 活用

　ㄷ正則活用とㅅ正則活用については前述したので、ここでは省略する。その他、分綴表記などの区別が可能なのは、語幹末の子音が「ㄱ、ㄷ(変則)、ㄹ、ㅁ、ㅂ」の場合である。

<表-5>

終声	表記法	原祖本系						増補祖本系								刊本類	
		苗	沈1	あ	文	天	沈4	対	ア1	小	ア4	武	ソ	済	会	初	校
ㄱ	-ㄱ	16			31	4		2	1			2	3	3	4	5	
	ㄱㄱ	12			1	5	1	2	2	2	1	6	11	11	4	8	
	ㄱㅋ	4				2											
	ㄱ-	101			20	45	1	6	7	5	5	46	98	93	37	115	124
ㄷ	-ㄹ	39			11	13	9	7	6	12	13	35	31	18	4	34	31
	ㄹㄹ																
	ㄹ-	1										1				1	
ㄹ	-ㄹ	47	4	3	11	11	7	15	16	23	21	45	48	26	6	58	47
	ㄹㄹ											2	3	3			
	ㄹ-	2			1	1		1	1			1				3	14
ㅁ	-ㅁ	9			7	2		1		4	3	8	9	6	1	9	
	ㅁㅁ																
	ㅁ-	27		1	3	11	2	4	5	8	8	24	26	18	1	34	35
ㅂ	-ㅂ	5			8		1	2	1	1	1	4	4	5	2	4	2
	ㅂㅂ																
	ㅂ-	27					2	4	5	5	5	16	19	14	2	27	25

　上の表をみると、語幹末「ㄱ、ㅁ、ㅂ」の場合は分綴表記、「ㄷ、ㄹ」の場合は連綴表記が一般的であることが分かる。このような現象は18,19世紀の表記の傾向と一致する。ただし語幹末「ㄹ」の場合は、19世紀には分綴表記の頻度が高くなると言っているが(金重鎮1986:84)、『交隣須知』の場合は依然として連綴表記が中心である。それぞれ若干の用例を示す[7]。

ㄱ ： 머겨라<苗/二21a><文/三15a><文/三18a><文/三50b> 먹겨라<苗/
一32b><苗/二05b><苗/二12a><苗/二15a><苗/三15b><苗/三
18b><苗/三54a><天/三10b><天/三15b><天/三18a><天/三54a><
対/一74b><ア1/一74b><武/三37b><武/三42a><ソ/二11b><ソ/二
19a><ソ/二57b><ソ/三41a><ソ/三45b><済/二11b><済/二19a><済
/二57b><済/三45b><会話/011><会話/019><初/一28a><初/一
58b><初/三27b> 먹으면<苗/一22a><苗/二13a><苗/二16a><苗/二
16a><苗/二21b><苗/二24a><苗/二26a><苗/二26b><苗/二30b><
苗/二31b><苗/二32a><苗/二32a><苗/二39b><苗/二53b><苗/三
10b><苗/三46a><苗/三47a><苗/三47a><苗/三47a><苗/三48a><
苗/三54a><苗/三54b><苗/三54b><文/三46b><文/三51a><文/三
51a><文/三51a><天/三10b><天/三46a><天/三47a><天/三47a><
天/三47a><天/三48a><天/三54a><天/三54b><天/三54b><対/一
09b><対/一27a><ア1/一27b><武/一28a><武//三33a><武/三32b><
武/三80a><武/三80b><武/三80b><ソ/二09a><ソ/二12b><ソ/二
13a><ソ/二13b><ソ/二14a><ソ/二20a><ソ/二26a><ソ/二26b><
ソ/二32a><ソ/二33b><ソ/二33b><ソ/二57b><ソ/二58b><ソ/二
58b><ソ//二28a><ソ/三35a><ソ/三83b><ソ/三85b><ソ/三86a><
ソ/三86a><済/二09a><済/二12b><済/二13a><済/二13b><済/二
14a><済/二20a><済/二26a><済/二26b><済/二32a><済/二33b><
済/二57b><済/二58b><済/二58b><済//二28a><済/三35a><済/三
83b><済/三86a><済/三86b><済/三86b><会話/008><会話/013><
会話/013><会話/014><会話/020><会話/023><会話/026><会話
/027><会話/029><会話/033><会話/035><初/一22b><初/一26a><
初/二07a><初/二10a><初/二10b><初/二10b><初/二11a><初/二
14b><初/二15a><初/二15b><初/二17a><初/二18b><初/二19a><
初/二19b><初/二20b><初/二23b><初/二24b><初/二25a><初/二
41b><初/二42a><初/二42b><初/三23b><初/三57b><初/三58b><
初/三59b><初/三60a><初/三60a><校訂/016><校訂/038><校訂
/055><校訂/056><校訂/056><校訂/056><校訂/057><校訂/058><

---

7)「ㅋ-ㅋ」の例は、「먹다、죽다」の使役形「먹이다、죽이다」が「먹키다、
죽키다」に表記された場合である。
　먹켜<苗/二04a><苗/三15a><苗/三53b><天/三15a><天/三53b>
　죽켜 ㅂ려라<苗/二18b>

校訂/058><校訂/061><校訂/061><校訂/062><校訂/062><校訂
/063><校訂/064><校訂/065><校訂/069><校訂/087><校訂/089><
校訂/090><校訂/091><校訂/139><校訂/252><校訂/253><校訂
/253><校訂/254><校訂/254><校訂/255><校訂/255><校訂/258><
校訂/260><校訂/266>

ㄷ : 무리<苗/一30b><苗/一31b><苗/一33a><苗/一40b><苗/二56b><苗/二
59b><苗/三28b><苗/三32a><苗/四10a><文/三27b><文/三30b><天/三
28b><天/三32a><沈/四05a><対/一36a><対/一37a><ア1/一36a><ア1/
一37b><小/四12b><ア4/四16b><武/一37a><武/一38a><武/一39a><武
/三14b><武/三55b><武/三60b><武/四15a><ソ/三16b><ソ/三59b><ソ
/三65a><ソ/四16b><済/三16b><済/三60a><済/三65a><初/一29b><初
/一31a><初/二54b><初/三11a><初/三41a><初/三44b><初/四12a><校
訂/104><校訂/105><校訂/128><校訂/243><校訂/269>씨 돌은<苗/四
18b><武/四26b> 불어 오르느니<初/二12a>

ㄹ : 아라<苗/一33a><苗/四10a><小/四07a><小/四12b><小//四10a>
<ア4/四09b><ア4/四16b><ア4//四13b><武/三78b><武/四15b>
<ソ/四16b><ソ//四13b><初/四07a><初/四10a> 마늘려야<武/三
66a><ソ/三70b><済/三71a> 마늘로야<武/三77b><ソ/三83b><済/
三83b> 출려<ソ/三26b><ソ/四56a><済/三26b> 울어도 <苗/二
05b><対/一74a> 울어<ア1/一74b><武/一75b> 울어셔<初/一
58b><校訂/079><校訂/081>

ㅁ : 다마<文/三09a><文/三10a><文/三18a><文/三20b> 다믄<武/四
16b> 담아<苗/一01b><苗/二32b><苗/三09b><苗/三10a><苗/三18
b><苗/三21a><天/三09b><天/三10a><天/三18a><天/三
20b><武/三42a><武/三44a><武/三77b><ソ/二30a><ソ/三32b><ソ
/三45b><ソ/三47b><ソ/三83a><済/二30a><済/三32b><済/三45b
><済/三47b><済/三83b><初/三21b><初/三22b><初/三32a><校訂
/222><校訂/222><校訂/261><校訂/261><校訂/264>

ㅂ : 자바<苗/四39b><文/三18b><文/三54b><文/三55a><文/三67a><沈
/四13a><武/四53a> 잡어<苗/一31b><苗/二02a><苗/二03a><苗/
二04a><苗/二12a><苗/二13a><苗/二57a><苗/二59b><苗/三
02a><苗/三19a><苗/三25b><苗/三44a><苗/三57b><苗/三58a><
苗/三68b><苗/四01b><苗/四03a><天/三19a><天/三25b><天/三
44a><天/三57b><天/三58a><天/三68b><対/一71b><ア1/一
35b><ア1/一37b><ア1/一71b><小/四03b><小/四04b><ア4/四

04b><ア4/四06a><武/一72b><武/三23a><武/三52a><武/三74a><武/三75a><武/四04a><武/四06a><ソ/二63b><ソ/二78a><ソ/三25a><ソ/三55b><ソ/三78b><ソ/三80a><ソ//三67a><ソ/四04b><ソ/四06a><済/二63b><済/二78a><済/三25a><済/三25a><済/三56a><済/三79a><済/三80b><済//三67b><初/一56b><初/二10b><初/二55b><初/三32b><初/三38a><初/三54b><初/三55b><初/四03b><初/四05a><初/四40a><初/四40a>

このような連綴・分綴表記の分布からみて、<文>の表記だけが他の異本と傾向を異にしていることがわかる。近代語の中期以後、語幹末「ㄱ、ㅁ、ㅂ」の場合は分綴表記が一般的だったのに、<文>だけが連綴表記の優位を示している。<文>にはより前時代的な表記が反映されているとみるべきかも知れない。

なお、苗代川本にも、次のように同一形態素の中で過剰に分綴表記した例が見え、当時の、分綴表記の一般化の傾向がうかがえる。

졈으다(暮) : 졈으도록<苗/一10a><ア/一14a><対/一13b><武/一14a>
　　　　　　졈을도록<校訂/018>

その他に、形態素の内部や形態素間の境界で、後音節の初声が前音節の終声に追加されたり、前音節の影響で後音節に同じ子音が追加され、結果的に重綴表記のような現象が一部の異本に現れる。主に「ㄴ」の例で、「ㄱ」の例も若干見える。

ㄱ : 흙 닉겨라<ソ/二08a> 흙 닉겨라<済/二08a> 흙 닉겨라<会話/007>
ㄴ : 흔나야<苗/一50b> 흔나<苗/三21a><文/三20b><天/三21a><沈/四08b><小/四37a><ア4/四50b><武/三41b><武/四48a><ソ/三45a><ソ/四50b><済/三45a><初/四36b> 흔나식<苗/三40a><文/三38b><天/三40a><武/三68b><武/三81a><ソ/三73b><ソ/三86b><済/三74a><済/三87a> 흥년니면<沈/一06a> 어렵건만는<苗/四17a> 모션는<文/三18b> 쥔인닌 줄<文/三32a> 번는<文/三59a> 안니ᄒ외<対/一05b> ᄒ옵는니 <対/一18b> 안니ᄒ엿습는가<対/一20a> 잇는니라<対/一28b><対/一29a> 나지 안니ᄒ옵니<対/一58b> 잇는니<対/一34a> 당인니<武/一38b> 안닌<武/四60b>

업는니<初/一22a> 잇느니라<初/一41a> 업습는니<初/一43b> 허
는니라<初/一46a> 허옵는니<初/一49a> 허느니<初/二01b><初/
二02a> 진는고<初/二12b> 붓는니<初/二13a> 싸라내는니<初/二
13a> 가만니<初/二13a> 만니<初/二14b> 죽지 안느니<初/二
16a> 신은니<初/三18a> 샹뎐는<校訂/099> 지게문는<校訂/194>

これとは反対に、「ㄱ」の脱落した例が古写本類の<苗>と<天>に
若干見える。

먹이 됴흐니라<苗/三45b><天/三45a> 먹이 무단ㅎ오니<苗/三48b>
<天/三48b> 못 박이 어렵다<苗/三20a> 목 박이 어렵다<天/三20a>

2.3.2.補助文献
2.3.2.1. 曲用
『交隣須知』と同じように、体言の末子音が「ㅅ」である場合を除
いては、一律的に分綴表記である。いくつかの例を示す。

약(薬): 보약이올시<韓訓沈/22a><韓訓京/28a><韓訓A/24b> 약의<韓
訓沈/23a><韓訓京/29b><韓訓A/25b> 고약을<韓訓京/21b>
<韓訓A/19a><漂民京上/42><漂民京上/42> 약을<隣語刊四/
5a><隣語刊八/9a><隣語刊九/12a><隣語刊九/12b><隣語筑七
/4b><隣語筑八/9b><隣語京四/12a><隣語A一/4b><隣語A二/
9b><隣語A二/10a><隣語A三/4a><隣語A六/21b><漂民京上/
35><漂民京上/37> 약이나<隣語刊六/11b><隣語筑五/12a><
漂民京上/29> 약은<隣語刊八/9a><隣語京三/6b> 약이<隣語
京四/11b> 고약이<隣語京四/12b>
ㅂ롬(風): ㅂ롬이<韓訓沈/9b><韓訓沈/20b><韓訓沈/24b><韓訓京/13a>
<韓訓京/26a><韓訓京/31a><韓訓A/12a><韓訓A/23a><韓訓
A/27a><隣語筑一/14a><隣語筑五/8a><隣語筑七/2a><隣語
京一/1b><隣語京三/4b><隣語A一/2a><隣語A一/1b><隣語A
一/2a><隣語A五/8a><漂民京上/4><漂民京上/5><漂民京上/9
9><漂民京上/106><漂民京下/78><漂民京下/86><漂民A下/37
b><漂民京下/69><漂民A下/42a><漂民A下/47a><淑香沈b下/4
1><淑香京上/82><淑香京下/43><崔忠沈/3a><崔忠京/3b> ㅂ
롬은<講話A下/19b><漂民京上/5> ㅂ롬 대로<漂民京上/2><漂

民京上/6> ᄇᆞᄅᆞᆯ을<漂民京下/69><漂民京下/69><漂民京下/70><漂民A中/5b><漂民A下/37b><漂民A下/37b><漂民A下/37b><崔忠京/7a>

ㄹ終声体言の場合に、若干の重綴表記が例外的に現れるのみである。

일롤 아ᄂᆞᆫ<隣語刊五/11b> 終日 술롤 먹얼더니<隣語刊六/12a> 皇帝 날롤 命ᄒ여<淑香沈b下/122><淑香京下/126>

名詞形の転成語尾「ㅁ」に主格助詞「이」が接続する場合には連綴表記で現れる。大体『交隣須知』と同じ傾向にあると言えよう。

中心의 헤아리미<隣語刊七/15b> 다ᄅᆞ미 아니오라<隣語京四/2a> ᄇᆞ으ᄅᆞ미 나셔<漂民京上/42> 뵈오미 不行ᄒ여이다<淑香沈b下/55> 내 失信ᄒᆞ미 아니오<淑香沈b下/90><淑香京下/94> 해로오미<淑香沈b下/124><淑香京下/127><淑香京下/127>

2.3.2.2. 活用

次の表からもわかるように、用言の活用も『交隣須知』と傾向を同じにする。

<表-6>

終声	表記法	韓訓			講話		隣語				漂民		淑香			崔忠	
		沈	京	ア	京	ア	筑	ア	京	刊	京	ア	京	沈a	沈b	沈	京
ㄱ	-ㄱ										4	11	11	1	9	2	2
	ㄱㄱ	3	2	3		1								1		1	1	1
	ㄱ-	13	15	15	3	2	29	19	13	25	35	17	100	43	85	29	28
ㄷ	-ㄹ				1	1	4	3	3	4	8	6	26	4	26	12	12
	ㄹㄹ						1										
	ㄹ-									1	1						
ㄹ	-ㄹ	9	11	12	5	5	37	26	19	32	30	28	67	20	50	21	22
	ㄹㄹ						1						1		1		
	ㄹ-												1	1	1		
ㅁ	-ㅁ	2		2								3	9	4	6	1	1
	ㅁㅁ																
	ㅁ-				1	1	1	1	3		9	8	11	5	8	7	8
ㅂ	-ㅂ										4	4	13		13		
	ㅂㅂ																
	ㅂ-	2			2	2	17	14	11	15	10	16	21	8	10	3	4

各項目別に代表的な例を挙げる。

ㄱ： 주기지 아니ᄒᆞ니<淑香沈b下/60><淑香京下/63> 주기려<淑香沈b
下/170><淑香沈b下/171><淑香京下/174><淑香京下/175> 먹으니
<漂民京上/43><淑香沈b下/141><淑香京下/145> 먹겨라<韓訓沈
/17a><韓訓沈/20a><韓訓京/21b><韓訓京/25b><韓訓A/19a><韓
訓A/22b> 먹기고<講話A下/20a> 사 먹길다 ᄒᆞ고<淑香沈b下/122>
<淑香京下/125>

ㄷ： 무러<韓訓沈/14a><韓訓沈/19a><韓訓京/18b><韓訓京/24a><韓訓
A/16b><韓訓A/21a><講話京下/11b><講話A下/10a><隣語刊八/1
3b><隣語京二/4a><隣語A四/7b><隣語A四/7a><漂民京上/50><
漂民京上/56><淑香沈b下/132><淑香京下/136><崔忠沈/7a><崔忠
京/7a><崔忠京/29b>

ㄹ： 밤새도록 우러<漂民京上/29> 우러시니<淑香沈a/160><淑香京上
/51> 울오셔<淑香沈b下/49><淑香京下/51>

ㅁ： 제 술잔의 다마<淑香沈b下/163><淑香京下/168> 삼아<淑香沈a
/158><淑香沈b上/43><淑香沈b下/149><淑香京上/43><淑香京下
/153><崔忠京/12b><崔忠沈/31a><崔忠京/35a> 삼으면<崔忠沈/3
0a><崔忠沈/33a><崔忠京/28b>

ㅂ： 자바<淑香沈b下/33><淑香沈b下/77><淑香沈b下/108><淑香沈b下
/114><淑香沈b下/114><淑香沈b下/116><淑香沈b下/119><淑香沈
b下/121><淑香沈b下/170><淑香京下/34><淑香京下/81><淑香京
下/111><淑香京下/117><淑香京下/117><淑香京下/120><淑香京
下/123><淑香京下/124><淑香京下/174> 좁은<漂民京下/23><漂
民京下/56><漂民京下/62><漂民A下/13b><漂民A下/30b><漂民A
下/34a> 좁으면<漂民京下/19><漂民A下/11a>

『交隣須知』に多用された「먹다」の使役形「먹이다」を「먹키
다」に書いた例が1例見える。

먹켜 보고<漂民京上/71>

2.4. 語幹末子音群の表記

　近代韓国語において、語幹末子音群は大体母音の前では連綴表記となり、子音の前では分綴表記となったり、二つの子音のうち一つの子音が脱落して表記されたりした。そして表記上、語幹末子音群の基底形が現れるのは「ㄺ」と「ㄼ」の形態だけである(洪允杓1994:212参照)。『交隣須知』においても「ㄺ」と「ㄼ」だけが現れているが、後行する母音と子音の前で大体連綴されずに、基本形をそのまま表記している。

2.4.1. 『交隣須知』の場合
2.4.1.1. 曲用
まず曲用においては「ㄺ」の例のみで、ほとんど分綴表記している。

<表-7>

表記法	異本	原祖本系						増補祖本系								刊本類	
		苗	沈1	あ	文	天	沈4	対	ア1	小	ア4	武	ソ	済	会	初	校
曲用	ㄹ-ㄱ															2	
	ㄺ-ㄱ	1						1	1			1				1	
	ㄺ-	15	1		1	1		5	5	2	1	8	9	7	5	3	16
活用	ㄹ-ㄱ	21	2	1	4	2	1	4	1	4	4	8	13	8	4	26	
	ㄺ-ㄱ	6			1	1			1			1	1	1			
	ㄺ-	9			1	3	1	3	8	3	4	12	8	5	2		32

「흙」(土)と「닭」(鶏)の例を挙げる。

흙：　흙을<苗/一18a><苗/二45a><苗/四04a><対/一23b><ア1/一24a><小/四05b><ア4/四07a><武/一24b><武/四07a><ソ/二48a><済/二48a><会話/057><初/四05b><校訂/036><校訂/136><校訂/190>
흙이<苗/一19a><苗/二12b><ソ/三27a><ソ/四07a><済/三27a>
즌흙이<苗/一19b><苗/一19b><対/一24b><ア1/一24b><武/一25a>
닭：　닭은<苗/二03a><対/一71b><ア1/一71b><武/一72b><校訂/080>
닭의<苗/二04b><苗/四15b><対/一73b><ア1/一73b><小/四17b><ア4/四24a><武/一74b><武/四24a><ソ/四24a><初/一58a><校訂/051><校訂/081>　닭이<苗/二06a><対/一74b><ア1/一74b><武/一75b><初/一59a><校訂/081><校訂/082>　닭을<校訂/197>

このような分綴表記は形態素の中でも見える。分綴表記が一般化していることを示す例であろう。

> 늙으니<苗/三18a><苗/四44b><文/三18a><天/三18a><沈/四18a><武/一68b><武/四59b> 늙은이<校訂/210> 넙희<校訂/246>

2.4.1.2. 活用

活用においては連綴と分綴表記が併用されているが、まだ連綴が優勢な表記のようである。とくに古写本類の<苗><文>は連綴中心で、増補本類では<ア>だけが分綴表記を取っている。刊本類においては、初刊本は連綴、校訂本は分綴に統一されている。初刊本において前時代の分綴表記に統一されたのは、連綴表記がより規範的だと判断したからであろうか。

「붉다(明)」の例だけを示す。

> 붉다 : 창이 볼가시니<苗/一10b><沈/一10b> 볼그니<苗/一10b><沈/一10b><あ/一01a><対/一01a><対/一02a><対/一14a><武/一02a><初/一01b><初/一02a><初/一12a> 볼근<苗/二20a><文/三19a><初/一12a><初/二14a><初/三31a> 볼갓습니<武//三22a> 볼것습니<ソ//三24a><済//三24a> 볼가오니<初/四54a> 붉으니<苗/一01a><ア1/一01a><ア1/一02a><ア1/一14b><武/一14b> 붉은<苗/三19b><天/三19b><武/一14b><武/三42b><ソ/二18a><ソ/三46a><済/二18a><済/三46b><会話/018> 붉엇습니<苗/四54b><沈/四28a><武/四71b> 붉어가니<小/四55a><ア4/四76a><ソ/四76a> 밝은 데셔<校訂/003> 밝아 오오<校訂/018>

増補本類の<武>には本来の連綴表記を消して分綴表記に書き直したところがあり、連綴表記から分綴表記への変移を反映している実例と思われる。

> 붉으{볼그}니<武/一01a>

いっぽう、「ㄹ」の代表的な例としては「뚧다(穿)」が挙げられる。写本類は「ㄹ」が保たれた分綴表記であるが、刊本類では、第2子

音が脱落して語幹末子音群の単純化が実現された表記として現れる。

  짧다: 짧고<苗/二.36b><苗/三16a><天/三15b><文/三15b><ソ/三41a>
    <済/三41a><武/三37b> 짧기를<武/三68a> 짧기예<苗/三15b>
    <天/三15a><文/三15a><ソ/三40a><済/三40a><武/三36b>짧는
    <苗/三14b><文/三14a><ソ/三40a><済/三40b><武/三37a> 짧
    어라<ソ/三40b><済/三40b> 짧혀{쭈려}라<天/三14b> 쯟고<
    初/三27b><校訂/215> 쯟기를<初/三50a> 쯟기예<初/三27a>
    쯟어라<武/三37a><初/三27a><校訂/214> 쯟으는<校訂/214>
    쯟은<初/三27a>

 実際、このようなㄹ系語幹末子音群の単純化において、「ㄹ」が維持され第2子音が脱落する例が嶺南の文献に幅広く現れるし(白斗鉉1989:246)、「ㄹㄱ」と「ㄹㅂ」において、二つの子音のうちどちらかの子音を脱落させるのは、大体地方版の文献に現れる(洪允杓1994:218参照)。だとすると、語幹末子音群が単純化した表記に統一された刊本類の韓国語に方言的要素がどれほど介入されたかが問題になる。しかしここでは一応、刊本におけるこのような表記は、方言の差というよりも、実際音に充実した表音的表記を取った結果とみなしたい[8]。それから「넓다(広)」が分綴表記の形で用いられた例が校訂本に3例ほど見える。

  넓거든<校訂/027> 넓으외다<校訂/039> 넓혀라<校訂/028>

2.4.2. 補助文献

 主に用言の活用に該当の例であり、やはり連綴と分綴が並行されていて、『交隣須知』と同じ傾向にあると言える。いくつかの例を挙げるに止める。

---

8) 明治14年版初刊本の緒言には、刊本を編む際、出来るだけ方言的な要素を排除し京畿地方の言語を採用しようとする校正者の意図が明記されている。
 因テ我釜山語学所雇朝鮮国江原道ノ士金守喜ト謀リ更ニ校正ニ従事ス守喜固ヨリ八道言語ニ精シ頗ル刪正スル所アリ偶京城三四ノ学士釜山ニ来ルニ会接ス依テ之ヲ示シ再其当否ヲ質ス・・・

〔連綴〕

긁다 : 비눌 글거라<韓訓沈/21b><韓訓京/27a><韓訓A/24a> ᄌ로 글
그면<漂民京上/28>

굵다 : 글근 거시<韓訓沈/9a> 굴근 거시<韓訓A/11a>

붉다 : 블근 거시<韓訓沈/6b><韓訓京/7b><韓訓A/6b> 블근 것만<韓
訓沈/24a><韓訓京/30b><韓訓A/26b> 블근 부체롤<淑香沈
a/168><淑香沈b下/64><淑香京上/84><淑香京下/68> 블근 칼을
<崔忠沈/48a><崔忠京/45b>블근 부(紅書符)를<崔忠沈/53b><崔
忠京/51a>

얽다 : 얼거미고<淑香京下/8>

〔重綴〕

붉다 : 둘이 붉갓습늬<韓訓沈/10b><韓訓A/12b> 날이 볼셔 붉가더라
<崔忠沈/34a><崔忠京/32a>

늙다 : 죠곰 늙건는가 시브외<漂民A中/47b>

〔分綴〕

묽다 : 묽은 향내<淑香沈a/150><淑香沈b上/7><淑香沈b上/8><淑香京
上/7><淑香京上/9> 묽은 香내<淑香沈a/150><淑香沈b上/10>
<淑香沈b下/78><淑香京上/10><淑香京下/82>

붉다 : 날이 붉으매<淑香京上/85> 둘곳 붉으면<崔忠沈/16b><崔忠京
/16b>

2.5. 母音間の「ㄹㄹ」と「ㄹㄴ」の表記

18世紀初までは母音間「ㄹㄹ」表記が一般的だったが、18世紀の半
ば以降からは「ㄹㄴ」表記が盛んになって19世紀末、20世紀初までも「
ㄹㄴ」表記が一般的に現れる(郭忠求1980:24、白斗鉉1989:218参照)。つ
まり、伝統的な「ㄹㄹ」表記は、近代韓国語の後期に移るにつれ表記
の頻度が少なくなり、代りに「ㄹㄴ」形がより生産的な表記となるの
である。

2.5.1. 『交隣須知』の場合

『交隣須知』の曲用と活用時の状況をいっしょに<表>にすると次の

ようになる。

<表-8>

表記法	異本	原祖本系						増補祖本系								刊本類	
		苗	沈1	あ	文	天	沈4	対	ア1	小	ア4	武	ソ	済	会	初	校
曲用	ㄹㄹ	24			7	8	2	1	3	5	4	16	23	20	6	7	2
	ㄹㄴ				2								1	1	1	22	28
活用	ㄹㄹ	62	2		11	9	10	4	5	16	16	43	37	25	10	21	3
	ㄹㄴ	5					2	3	2	1	1	5	6	4	2	42	44

上の表からみると、写本類が「ㄹㄹ」であるのに対して刊本類は「ㄹㄴ」形として、対照的である。一部の用例を挙げる。

　믈(水)：믈로<苗/三55a><ソ/二59b><済/二59b> 믈로ᄂ<苗/一23a> 몰근 믈노<初/二43a><校訂/259>

　일(事)：일로<苗/一45b><苗/四42a><沈/四15b><対/一52b><ア1/一53a><武/四56b><初/一42a> 일노<初/四42b><校訂/100><校訂/155>

　털(毛)：털로<苗/二07a><苗/二08b><苗/二09b><ソ/二02b><ソ/二03a><ソ/二05a><済/二02b><済/二03a><済/二05a><会話/004> 털노<会話/002><会話/002><初/二02b><初/二02b><初/二04b><初/二16b><初/二27b><校訂/045><校訂/069><校訂/072>

　쌀(米)：쌀로<苗/二21a><ソ/二19a><済/二19a><会話/019> 츕쌀로<苗/二20b><ソ/二19a><済/二19a> 쌀룰<ソ/二19a> 쌀룰<済/二19a> 쌀노<初/二14b><校訂/057> 츕쌀노<初/二14b><校訂/057>

　칼(刀)：칼로<苗/二23a><ソ/二22b><済/二22b><会話/022> 칼노<校訂/060>

　술(酒)：술로<苗/三11a><文/三10b><天/三11a><武/三31b><ソ/三34a><済/三34b> 술룰<初/二43a> 술노<初/四43b><校訂/314><校訂/314>

　날(日)：초엿신날노<初/一14a><校訂/022> 초나흔날노<初/一14a><校訂/022> 초여드렛날노<初/一14a> 초여들헷날노<校訂/022>

刊本類において「ㄹㄹ」より「ㄹㄴ」が一般的表記であることは、

次のような、同一の形態素の中での「ㄹㄴ」の例からもうかがえる。

샐리 : 샹뎐의 샐내 ᄒ면<苗/一54a><対/一61b><ア1/一61b><武/一
62b><初/一48b> 샐니 헌<初/二14b> 샐니허게<初/三16b> 샐
니ᄒ<校訂/057> 샹뎐(上典)의 샐니를 ᄒ여도<校訂/124> 격삼
을 샐니ᄒ게<校訂/231>、샐리ᄒ<苗/二21a><ソ/二19a><済/二
19a><会話/019> 샐래ᄒ여라<苗/三02a><文/三02a><天/三02a>
샐래ᄒ게<武/三22b><ソ/三25a><済/三25a>

写本類では「샐내」と「샐래」の両形が同時に見えるが、刊本類で
は「샐니」の形態だけが現れている。いっぽう、本来「ㄹㄹ」の動詞や
副詞は「ㄹㄴ」の形態が一般的で、このような現象は特に刊本類に著
しい。

놀라다 : 사룸 ᄆ음을 놀낸다<苗/二04a> 쟝춧 사룸을 놀낸다<苗/二
05a> 놀닌 톡기<校訂/072>사룸의 ᄆ음을 놀낸다<校訂/079>
좃곰만 ᄒ여도 놀나기를<校訂/117>
달라ᄒ다 : 닥는 사룸의 달나 ᄒ읍소<武/三08b><ソ/三09b><済/三09b>
닥기 쟝ᄉ에게 달나시오 <校訂/239>
홀로 : 홀노 잇는<初/一29a> 홀노 잇는<校訂/109>
실로 : 실노 다힝(多幸)허오<初/四17a> 실노 텬힝이외다<校訂/317>
널리 : 널니 ᄆ음을<初/四32b>
절로 : 셕희가 절노 만으니<初/二12b> 무러시니 절노 녹는다<初/二
40b> 글씨는 절노 아옵느니<初/三49a> 절노<初/四27a><校訂
/297> 곤보(困步)닛가 절노 뒤써러진다<校訂/024> 셕희가 절
노 만흐니라<校訂/084> 무닛가 절노 녹는다<校訂/111><校訂
/265> 글씨는 절노 알겟소<校訂/159> 주어도 저절노 아느니
<校訂/226> 절노 되는<校訂/317>
별로 : 별노 업는니<初/一22a> 별노 두호(斗護)허여<初/四35b> 별노
<校訂/061><校訂/102> 별노이 두호(斗護)ᄒ여<校訂/316>

ただし「멀리」について言えば、写本類では「ㄹㄴ」より「ㄹㄹ」
が優勢で、刊本類においては、例外的に「ㄹㄹ」の例が初刊本と校訂
本に1例ずつ見える(<初/四47a><校訂/321>)。写本類は「ㄹㄹ」、刊

木類は「ㄹㄴ」を基調としていることがわかる。<苗>と刊本類の用例だけを提示する。

> 멀리 : 멀니 가옵닉<苗/三21a> 멀니 들리옵닉<苗/三22a><苗/三39b>
> 오리는 멀리 눌고<苗/二02b> 멀리 갓는가<苗/二06a> 멀리는
> <苗/二20b> 멀리 들리옵닉<苗/三16a> 멀리 들리옵ᄂ닉<苗/三
> 22a> 잇글고 멀리 가니<苗/三25b> 멀리 씌옵ᄂ니<苗/三29b>
> 살이 멀리 가옵닉<苗/三38a> 아ᄋ라이 멀리 ㅂ라뵌다<苗/四
> 25a> 은은이 멀리 뵌다<苗/四46b> 목목이 깁고 멀리 뵈옵닉
> <苗/四47b> 유유히 멀리 간다<苗/四48a> 묘묘히 멀리 바라뵈
> 닉<苗/四52a> 툐툐히 멀리 ㅂ라뵌다<苗/四53b><初/一48b>
> 들오리는 멀니 눌고<初/一56a> 멀니 들니옵네<初/三28a> 멀
> 니 가옵네<初/三33b> 멀니 들니옵네다<初/三34a> 멀니 가옵
> ᄂ니<初/三35a> 멀니 쒸옵ᄂ니<初/三43a> 살이 멀니 가옵ᄂ
> 니<初/三51a> 멀니 가셔<初/三52b> 멀니 눌고<校訂/077> 멀
> 니 거러<校訂/124> 멀니 가셔<校訂/164> 멀니 들니옵닉다<校
> 訂/180> 멀니 들니옵닉다 <校訂/181> 소리가 멀니 가옵닉다<
> 校訂/182> 멀니 쒸ᄂ니라<校訂/186> 멀니 들니옵닉다<校訂
> /210> 이러케 멀니 오셔셔<校訂/303> 멀리 뵈는구나<初/四
> 47a> 멀리 뵈는구나<校訂/321>

いっぽう、15世紀には「ㄹㅇ」形であった「걸이다(掛)、달애다(誘)、들이다(聞)」などは近代韓国語にいたる過程においてㄹㅇ＞ㄹㄹ＞ㄹㄴに表記が変るが、『交隣須知』では一部の増補本類と刊本類に「ㄹㄴ」形が用いられている。この「ㄹㅇ」は、16世紀末ごろから「ㄹㄹ」の形として現れる(李基文1972:129参照)。『捷解新語』をみると、原刊本ではすべて中期語的な「ㄹㄹ」に表記されているが、改修本では「ㄹㄹ」と「ㄹㄴ」が約半数ずつ現れている(辻1997:83)。

> 걸이다 : 명에 걸닌 일이<初/三45b> 손에 걸니거든<初/四03b><校訂
> /135> 모모이 걸녀 드러<初/四54a> 거믜줄에 포리가 걸녓다
> <校訂/083> 고리가 잘 걸니ᄂ니<校訂/195> ᄆ옴에 걸닌 거
> 시<校訂/275> 모모이 걸니니<校訂/327>
> 달애다 : 달내는 말을<苗/四10b><武/四15b> 쑤며 달내여도<ソ/三

29b><済/三29b> 쏠어가셔 달니여<初/二55b><校訂/271> 달
내여<初/四12b>

들이다 : 우롬소리 들니옵니<武/三04b> 멀리 들니옵니 <武/三38a>
<済/三41b> 산을 넘어 들니ᄂᆞ니<武/三70a><ソ/三75a><済/
三75b> 우롬 소리 들니옵니<ソ/三04b> 징징ᄒᆞ여 멀리 들니
옵니<ソ/三41b> 우롬 소리 들니옵니<済/三04b> 우는 소리
들니옵네 <初/三04a> 멀니 들니옵네<初/三28a> 멀니 들니
옵네다<初/三34a> 산을 넘어 들니느니라<初/三52a> 물 소
리만 들니옵니다<校訂/127> 산을 넘어 들니ᄂᆞ니라<校訂
/167> 우는 소리가 들니옵니다<校訂/175> 청청ᄒᆞ여 멀니 들
니옵니다<校訂/180> 멀니 들니옵니다<校訂/181><校訂/210>

『交隣須知』の写本類において「ㄹㄹ」表記が一般的な形態として現
れるのは、伝写される過程において表記の伝承性に起因するところが
あると思われる。また、初刊本においても用言の活用に「ㄹㄹ」表記
が頻出しているのは、表記の保守性と刊本における規範意識が反映さ
れた結果と思われる。

2.5.2. 補助文献

「ㄹㄹ」と「ㄹㄴ」表記の使用状況を表にすると次のようになる。

<表-9>

文献 / 表記法	韓訓			講話		隣語				漂民		淑香			崔忠	
	沈	京	ア	京	ア	筑	ア	京	刊	京	ア	京	沈a	沈b	沈	京
曲用 ㄹㄹ	2	2	2	7	7	9	3	3	3	7	13	14	14	3	13	13
ㄹㄴ				1		1			7			28	1	26	1	
活用 ㄹㄹ	46	50	47	4	4	17	5	8		4	2	14	11	5	38	44
ㄹㄴ				1	2	6	8	4	14	1		66	16	57	6	5

まず曲用時の用例のうち一部を示す。

일(事) : 일로<韓訓沈/8b><韓訓京/10a><韓訓A/8b><隣語筑二/23a>
<隣語筑六/5a><隣語筑八/18a><隣語京四/3a><隣語A二
/18b><隣語A六/5a><漂民京上/1><漂民京上/91><淑香沈a/16

0><淑香沈a/164><淑香沈a/168><淑香京上/49><淑香京上/66><淑香京上/84><崔忠沈/53a><崔忠京/50b>　일롤<隣語刊五/11b>일론<隣語刊六/17a>일노<隣語刊一/29b><隣語刊七/7a><淑香沈b下/49>　<淑香沈b下/75><淑香沈b下/138><淑香京下/52><淑香京下/79><淑香京下/142>

믈(水)：　믈로<韓訓京/6a>　믈노<淑香沈b下/40><淑香京下/42>　믈노셔<淑香沈b下/40><淑香京下/42>　畔河믈노<淑香京下/81>

술(酒)：　술로셔<講話京上/16b><講話A上/12a>　술롤<隣語刊六/12a>　술노<淑香沈b下/125><淑香京下/128>

발(足)：　발로<漂民A中/25a><漂民A中/26a>

오눌(今日)：오눌노<隣語京四/9b><隣語A一/14b><隣語A五/22b><隣語A六/16b>

補助資料の場合にも大部分「ㄹㄹ」が一般的な表記として現れるが、『隣語大方』の刊本と『淑香伝』の京都大本と沈寿官本bは「ㄹㄴ」表記が多い。活用の場合も大体同じ傾向にある。「오르다(上、登)」の用例だけを示す。

오르다：올나가옵셔<講話京上/9a><講話A上/7a>　올나가<講話A上/7b><隣語刊六/18b><隣語刊十/5a><隣語筑五/20a><隣語京三/9b><隣語A五/17b><淑香沈b下/134><淑香京下/132>　올나가쟈<隣語刊四/11a><隣語A一/9b><淑香京下/138>　올나가시면<隣語刊五/22b><隣語筑一/19b>　올나가시니<隣語刊五/22b><隣語筑一/19b>　올나간습더니<隣語刊八/4a>　올나가시옵니<隣語刊九/5b><隣語A二/4b>　올나가려<隣語刊十/9b><隣語刊十/9b><隣語筑三/7b><隣語A五/21a>　올나가옵더니<隣語筑六/16a>　올나가셔<隣語筑八/8b><隣語A二/9a>　올나갓습더니<隣語京四/9a>　올나오면<漂民京上/38>　올나가올<淑香沈b上/12><淑香京上/12>　올나<隣語刊五/22b><淑香沈a/149><淑香沈a/150><淑香沈a/156><淑香沈a/157><淑香沈b上/34><淑香沈b上/38><淑香沈b下/8><淑香沈b下/12><淑香沈b下/12><淑香沈b下/103><淑香沈b下/122><淑香沈b下/148><淑香沈b下/153><淑香京上/3><淑香京上/7><淑香京上/34><淑香京上/38><淑香京上/39><淑香京下/8><淑香京下/12><淑

香京下/12><淑香京下/106><淑香京下/125><淑香京下/152><
崔忠沈/24b> 올나가리오<淑香沈b下/128><淑香沈b下/173><
淑香京下/132><淑香京下/157><淑香京下/177><崔忠沈/26a>
올나가여<淑香沈b下/128><淑香京下/132> 올나오게<淑香沈b
下/139><淑香京下/143> 올나오리이다<淑香沈b下/140><淑香
京下/144> 올나오셔든<淑香沈b下/142><淑香京下/146><淑香
京下147> 올나가니라<淑香沈b下/174><淑香京下/177> 올나
셔며<淑香京上/75> 올나가고<崔忠沈/25a><崔忠京/23a> 올
나가니<崔忠京/23a>

2.6. 母音間有気音の表記

　近代韓国語に現れた独特の表記法として母音間有気音の表記があ
る。中世文献では「ㅍ、ㅌ、ㅋ、ㅊ」のような有気音は母音の間で連
綴に表記されたが、近代期に入ってからは、分綴の傾向によって、終
声に「ㅍ、ㅌ、ㅋ、ㅊ」などの有気音を表示する形態素表記の必要性
が出てきた。しかし、当時はすでに語幹末子音の体系において、語末の
「ㅅ」と「ㄷ」が中和され、「ㄱ、ㄴ、ㄹ、ㅁ、ㅂ、ㅅ、ㅇ」の7終声
に制限されたので、語幹末有気音を書き表すための新しい方法が生成
された(金尚敦1990:47)。

　有気音を末音にもつ語幹の後に母音で始まる助詞や語尾がくる場
合、近代時期においては主に「겻티、것트니」と「겻희、것흐니」の
二つの類型が用いられた。前者は、先行音節末に「ㅂ、ㄷ、ㄱ、ㅅ」
で破裂音の閉鎖持続を表し、助詞か語尾の語頭に語末子音の実際発音
を反映した一種の重綴表記である。「겻」は語幹を表し、「-티」の
「ㅌ」は語幹末音を表したもので、近代期に一貫して使われた表記法
である。いっぽう後者は一種の分綴表記として、有気音「ㅋ、ㅌ、ㅍ、
ㅊ」を無気音と「ㅎ」の結合と認識する、いわゆる再音素化(rephone
micization)による表記である(金重鎮1986:64)。このような表記法は18
世紀半ば以降19世紀まで多く用いられた。以下、『交隣須知』の有気
音表記について述べていく。

2.6.1. 『交隣須知』の場合
2.6.1.1. 有気音「ㅊ」表記

<表-10>

表記法		異本	原祖本系						増補祖本系								刊本類	
			苗	沈1	あ	文	天	沈4	対	ア1	小	ア4	武	ソ	済	会	初	校
曲用	ㅡㅊ																2	
	ㅅㅊ		48	2	1	10	11	1	12	12	1	1	30	30	30	18	48	48
活用	ㅡㅊ					2									1			
	ㅅㅊ		8				3	2		1	2	3	4	7	4	1	9	9

　曲用と活用、そして語辞内においてもㅅㅊ表記で、「ㅡㅊ」の例は例外的に現れる。まず体言の「몇(幾)」と用言の「및다(及)」の「ㅅㅊ」の用例だけを挙げる。

　몇 : 격군이 멷치 올랏느냐<苗/一28a> 군亽(軍士)는 멷치나 ᄒ온고<苗/一30a> 영웅(英雄)을 멷치나 보시던고<苗/一31a> 쒸댱亽들이 멷치나 갓습늬고<苗/一32b> 아♀는 멷치나 ᄒ온고<苗/一41b> 군亽는 멷치나 잇느고<対/一35a><ア1/一35a><武/一36a> 아♀가 멷치나 잇느냐<対/一48a><ア1/一48b><武/一49a> 군亽(軍士)는 멷치나 잇는고<初/一28b> 구녕이 멷치나 되느냐<校訂/034> 아우는 멷치나 잇느냐<校訂/093> 군亽가 멷치나 되느냐<校訂/103>

　및다 : 밋처 가옵다가<苗/三68b><天/三68a> 몸의 밋치 아니ᄒ오니<苗/四22b><武/四31b> 나죵의 밋츠 리<苗/四32a><沈/四05b><武/四44b> 잉화가 밋치 아니ᄒ오니<ア4/四34a><ソ/四34a> 밋처 가올거시니<ソ/二77b><済/二77b> 밋처 가올쎠시니<初/二55a> 나즁에는 밋츠 리<初/四34a> 몸에 밋츨 니가<校訂/302>

　曲用においては外に「늧(面)、빛(光)、갗(皮)、짗(羽)、곶(花)、낯(箇)」のような名詞が出ているが、「ㅊ」終声が連綴に表記されたのは次の例のみである。

　빛(光) : 가문 비치로다<初/三15b>
　낯(箇) : 세나치 잇셔야<初/三07b>

　なお、活用においても連綴表記は2,3例に過ぎない。

　　묫다(畢)：공亽룰 ᄆ친 후에<ソ/二46b>
　　좃다(從)：ᄯ오차가 자바<文/三67a>　조차가셔 ᄒᆞᆫ의<文/三67b>

　いっぽう、語辞内の母音間有気音の表記は、「ㅅ」表記のある場合と
ない場合がほぼ同じぐらいに現れる。これは当時の表記が反映された結
果と思われる(金重鎮1986:68参照)9)。「ᄆ초다(備)」の例だけを示す。

　　ᄆ초다：긔개를 ᄆ촌 후의<苗/三17b>　긔계룰 ᄆ촌 후의<文/三17a>
　　　　　　<武/三41a> 긔계를 ᄆ촌 후의<天/三17b>　긔계룰 ᄆ촌 후에
　　　　　　<ソ/三44b> 긔계(器械)룰 ᄆ촌 후에<済/三44b> ᄌᆞ초와 둣엇
　　　　　　다가<苗/三56a><天/三55b> ᄌᆞ초와 ᄃᆞ엇다가<文/三52a> ᄌᆞ
　　　　　　초와 두엇다가<ソ/二60a><済/二60a> ᄌᆞ초와 두엇ᄯᅡ가<初/二
　　　　　　43b>　긔계를 ᄌᆞ춘 후(後)에<初/三30a>　음식을 ᄌᆞ초 노하라
　　　　　　<校訂/259>

　その他、終声「ㅅ」ではなく「ㄷ」に表記された例が<会>に1例見
える。

　　블 만초와 <会話/057>

2.6.1.2. 有気音「ㅌ」の表記

　<表-11>

表記法	異本	原祖本系						増補祖本系								刊本類	
		苗	沈1	あ	文	天	沈4	対	ア1	小	ア4	武	ソ	済	会	初	校
曲用	‐ㅌ	2															
	ㅅㅌ	11	1		3	2	1	5	4	1		9	11	9	6	19	
	ㅅㅊ	13	2		2	4		5	3		2	9	6	4	1	12	10
	ㅅㅎ							1	1			1					20
	ㅅㅇ				1												
活用	‐ㅌ				2			1	1			1					
	ㅅㅌ	19			7	6	3	4	2	5	5	17	18	12	8	25	
	ㅅㅊ																
	ㅅㅎ	1						1									29

---

9) 語辞内の有気音表記は、全体的に、17世紀はㅅ表記が少数に過ぎないが、
　18,19世紀にはㅅ表記のある例が増え、ㅅ表記のない場合とほぼ同じ頻度数
　で用いられた。

曲用においては、写本類及び初刊本に「ㅅㅌ」と「ㅅㅊ」が併用されていることが分かる。これに該当する体言は「볕(陽)、귿(端)、밑(低)、밭(田)、솥(鍋)、곁(側)、뭍(陸)」などがあるが、「ㅅㅌ」「ㅅㅊ」形が一般的で、連綴のㅌ表記は「볕」に2例が見えるのみである。もちろん、ここの「ㅊ」は「ㅌ」の口蓋音化である。「밭(田)」の用例と「볕」の連綴表記の例だけを示す。

> 밭： 곳밧티 드니<苗/二10b><ソ/二06a><済/二06a><会話/005> 춤을 밧트면<苗/三71b> 밧티나 가라라<文/三15a><武/三37b><ソ/三41a> 밧티 가라라<済/三41a> 곳밧테 드니<初/二05a> 밧치 거니<苗/二28a><ソ/二28b><済/二28b><会話/029><初/二21a> 밧치나 가라라<苗/三15b><天/三15a> 밧츨 가라라<校訂/220>
>
> 볕： 벼티 내여<苗/二15b> 벼티 뙤와라<苗/二15b>

その他、<会>に「ㄷㅌ」の1例が見える。

> 밑： 첨하 믿티<会話/052>

いっぽう、活用においても連綴の「-ㅌ」はごく僅かで、大部分ㅅㅌ表記が用いられた。これに該当する用言は「밭다(唾)、맡다(嗅)、긑다(如)、흩다(散)、붙다(粘)、옅다(浅)」などである。「밭다」の用例だけを示す。

> 밭다： 춤을 바트면<文/三70a> 보게 바트면<対/一65a><武/一66a> 보개 바트면<ア1/一65a> 춤을 밧트면<苗/三71b><天/三71b><小/四02a><ア4/四02b><武/四02b><ソ/四02b> 아니 보게 밧트면<初/一51a> 우러러 츰을 밧트면제<初/四02a>

特に校訂本に「ㅅㅎ」表記が集中して現れるのが注目される。曲用の 「볕」と用言の「긑다」の例を示せば、次のようになる。

> 볕： 볏히노화<対/一14b><ア1/一14b><武/一15a>볏헤노하<校訂/003> 볏헤몰니여라<校訂/042> 볏헤몰녀라<校訂/090> 볏히<校訂/197> 볏헤 몰녀라<校訂/213>

궅다 : 괴고리 ᄀᆾᄒ되<対/一75a> 개 ᄀᆾᄒᆫ디<校訂/007> 벽녁(霹靂) ᄀᆾ
ᄒᆫ 소리가<校訂/009> 하늘 ᄀᆾᄒᆫ 거시<校訂/027> ᄀᆾᄒ면<校訂
/027> 잣나무 ᄀᆾᄒ니라<校訂/043> 귤 ᄀᆾᄒ니<校訂/055> ᄀᆾᄒᆫ
거시니라<校訂/061> 밤 ᄀᆾᄒ니라<校訂/064> 인ᄉᆷ ᄀᆾᄒᆫ 약이<校
訂/064> 거러가ᄂᆫ 것 ᄀᆾᄒ여셔<校訂/069> 셩낸 것 ᄀᆾᄒ여<校
訂/069> 사ᄅᆷ 모양 ᄀᆾᄒ니라<校訂/071> 밤송이 갓ᄒ니라<校訂
/086> 부모 ᄀᆾᄒ니라<校訂/099> 다 ᄀᆾᄒ되<校訂/127> 텬아셩
과 ᄀᆾᄒ여셔<校訂/181> 무명과 ᄀᆾᄒ나<校訂/245> 날 ᄀᆾᄒᆫ 사
ᄅᆷ이야<校訂/312> ᄀᆾᄒ여셔<校訂/318>

なお、語辞内でも同一の例が見える。

요ᄉᆞ이 붓허야<校訂/020> 잇ᄒᆫ날ᄭᅡ지<校訂/021>　당낭 거털 ᄀᆾᄒ
니<校訂/083>

これらは、有気音系列の子音を[k, t, p, c]と[h]の合成と見做した再
音素化の認識による表記で、主に19世紀以降現れる(金重鎮1986:64参
照)。有気音ㅌ は、17,18世紀までは主に「ㅅㅌ」と「ㅌ」で表記され、
19世紀には「ㅌ」が口蓋音化した「ㅅㅊ」と再音素化した「ㅅㅎ」表
記が中心であったと言える。校訂本には、当時の表記がよく反映され
たものと思われる。

2.6.1.3. 有気音「ㅍ」の表記

<表-12>

表記法	異本	原祖本系						増補祖本系								刊本類	
		苗	沈1	あ	文	天	沈4	対	ア1	小	ア4	武	ソ	済	会	初	校
曲用	ㅂㅍ	14	1	1	1				1	1		2	8	7	7	22	
	ㅂㅎ	3	1		1			4	4	1	1	5	3	2	2	3	23
	ㅂ-	1															1
活用	ㅂㅍ	16			5	5	2	2	4	5	15	14	9	2	20	
	ㅂㅎ	1			2	1									1	21

曲用では「닢(葉)、녑(脇)、숲(森)、무릎(膝)、딮(藁)、앞(前)」のよ
うな名詞が用いられ、上のような表記をする。写本類と初刊本では「ㅂ

ㅍ」表記が一般的であるのに対して、校訂本ではもっぱら「ㅍ」を「ㅂ
+ㅎ」と認識した表記に統一されている。いっぽう、このような「ㅂㅎ」
表記は、<対><ア><武>のような増補本類にも「ㅂㅍ」より優勢に現
れ、伝写当時の表記が反映されているように見受けられる。この「ㅂ
ㅎ」表記は17世紀には「ㅂㅍ」と併用されたが、18,19世紀には「ㅂㅎ」
が有気音「ㅍ」の主な表記となる(金重鎮1986:65)。「숲」の例だけを
示す。

  숲 : 프론 대숩피로다 <苗/四53a><沈/四26b> 프론 대숩피로다<武/四
      70a>
  숲 : 굴숩희<苗/二40b><ソ/二44b><済/二44b><会話/048> 숩홀에는
      <校訂/045> 나무 숩헤셔<校訂/046> 굴숩헤<校訂/048> 대숩홀
      에셔<校訂/081>

いっぽう、分綴表記は次の例だけである。

  닢 : 나모닙을 먹고<苗/二18b> 나무닙을 먹고<校訂/085>

  活用においても、写本類と初刊本は「ㄹㅍ」表記、校訂本は「ㄹ
ㅎ」表記の傾向は曲用時と同じだ。これに属する用言は「갚다(報)、깊
다(深)、엎다(覆)、덮다(蓋)、높다(高)」などである。「깊다」の例だけ
を示す。

  깊다 : 깁픈 ᄆᆞ음올<苗/一25a> ᄆᆞ을이 깁픈 줄<苗/二59a> 죠은 깁
      프고<苗/三10a> 깁픈산듕(山中)의<苗/四49b><沈/四23a><武/
      四65b> 죠은 깁퍼<文/三09b><武/三31a><ソ/三34a><済/三34
      a> 죠은 깁프고<天/三10a> 깁픈 방의<ア1/一52a> 깁픈 줄을
      <武/三18b><ソ/三20b><済/三20b> 깁푼 ᄆᆞ음을<初/一25a>
      깁푼 줄을<初/三13b> 죠은 깁허<初/三22b> 우물은 깁홀수
      록<校訂/038> 깁혼 마음을<校訂/039> 가을이 깁혼 줄을<校
      訂/247> 깁혼 청식이오<校訂/249> 찻좋은 깁허셔<校訂/261>
      졍이 깁헛습니다<校訂/314>

2.6.1.4. 語辞内の有気音「ㅋ」の表記

<表-13>

異本\表記	原祖本系						増補祖本系								刊本類	
	苗	沈1	あ	文	天	沈4	対	ア1	小	ア4	武	ソ	済	会	初	校
ㄱㅋ									1	1	1	1			3	
ㄱㅎ	1			3	2		3	4	1	2	8	6	4	1	7	10

有気音「ㅋ」は主に語辞内に現れる。同類の動詞は「마키다(閉)、바키다(隠)、디킈다(守)」などであるが、他の有気音の場合とは違って、写本類と初刊本に亙って主に「ㅋㅎ」表記で現れる。「마키다」と「바키다」の例を挙げる。

마키다：믈이 막켜시니<苗/一16a> 믈의 막켜<小/四49a><ア4/四67b><ソ/四67b> 막기 어렵 건마는<武/二74b> 물이 막켜쓰니<初/一17a> 산에 막키여<初/一59a> 서로 막키여<初/二36a> 서로 막혀<校訂/198> 물이 막혓스니<校訂/293> 막힌 거슬<校訂/294>

바키다：가시 박히니<苗/四05b><ア4/四09b><ソ/四09b> 돈돈히 박히옵ᄂ니<文/三37b> ᄢ 박혓다 ᄒᄂ니<文/三60a> 돈돈히 박히ᄂ니<武/三70a><ソ/三74b><済/三75a> 가싀 박히니<武/四09a>

中央語の文献においては、17世紀には「ㅋㅋ」と「ㅋㅎ」が併用されたが、18,19世紀には「ㅋㅎ」表記だけが用いられるようになった(金重鎮1986:72)。『交隣須知』はそのような有気音「ㅋ」の一般的な表記の傾向を反映しているものと思われる。

このように、有気音を二重子音文字で表記するのも近代語的表記法で、『捷解新語』にも既にその用例が見え、改修本、重刊本と下るにつれてその数も増えるのである(辻1997:83)。

2.6.2. 補助資料

補助文献については、曲用と活用における「ᅕ、ㅌ、ㅍ」の表記例

をそれぞれ一つの表にして提示する。

<表-14> 曲用

文献\表記法		韓訓			講話		隣語				漂民		淑香			崔忠	
		沈	京	ア	京	ア	筑	ア	京	刊	京	ア	京	沈a	沈b	沈	京
ㅊ	−ㅊ												2		2		
	ㅅㅊ						2	1		2	1	1	9	5	5	3	3
ㅌ	−ㅌ												2		2		
	ㅅㅌ				1		2	1	1		4	2	3	2	3	5	4
	ㅅㅊ						1	1	1								
ㅍ	ㅂㅍ												7	4	4	4	3
	ㅂㅎ				1								1		1		

<表-15> 活用

文献\表記法		韓訓			講話		隣語				漂民		淑香			崔忠	
		沈	京	ア	京	ア	筑	ア	京	刊	京	ア	京	沈a	沈b	沈	京
ㅊ	−ㅊ									1			8		7	1	1
	ㅅㅊ	1	1	1	4	4	1					1	7	6	2	5	5
ㅌ	−ㅌ						1										
	ㅅㅌ						3	3	2		10	13	10	3	8	1	1
ㅍ	ㅂㅍ				1	1	2	2	1		2		20	8	19	4	4
.	ㅂㅎ									1			1		1		

　補助文献においては、曲用と活用の有気音はㅊ→ㅅㅊ、ㅌ→ㅅㅌ、ㅍ→ㅂㅍに表記したものが一般的で、[h]の合成による再音素化の有気音表記は「ㅍ」に若干見えるのみである。この点が『交隣須知』の場合と異なっており、その面で、補助文献の表記は『交隣須知』より保守的であると言えよう。有気音別に代表的な使用例だけを示す。

2.6.2.1. 有気音「ㅊ」

・曲用
빛: 비츈　블빗ㅈ고<淑香沈b下/43><淑香京下/45>　빗츤　이러ᄒ여도<隣語筑二/1b>　빗치　燦爛ᄒ고<淑香沈a/149><淑香京上/4><淑香京上/4>　빗치　누ᄅ거든<淑香沈b下/98><淑香京下/101>　양즈빗츤　桃花ㅈ더라<淑香沈b下/150><淑香京下/154>　빗치　어두워다가

<崔忠沈/46a> 빗치 어두어다가<崔忠京/43b> 빈쵼 이러ᄒᆞ여도<隣語刊一/2a>

・活用

믗다 : 엇지 미츠리오<淑香沈b下/17><淑香京下/17> 미츠 리<淑香沈b下/24><淑香京下/25> 못 밋츨 변ᄒᆞᆼ더니<講話京上/2a><講話A上/1b> 말이 밋츠니<淑香沈a/156><淑香沈b上/32><淑香京上/32>

2.6.2.2. 有気音「ㅌ」

・曲用

믵 : 무틔 ᄂᆞ리니<淑香沈b下/43><淑香京下/45>、믓토로 가면<隣語筑八/4b> 믓틔 ᄂᆞ려<漂民京上/56> 믓틔 나릴<漂民京上/57> 믓틔 노화<漂民京下/49><漂民A下/27a> 믓틔셔 무셔인고<漂民A中/42b>

・活用

흩다 : 散散이 훗터지거ᄂᆞᆯ<淑香沈a/150><淑香沈b上/7><淑香京上/8> 官穀을 훗터<淑香沈b下/38><淑香京下/39> 훗터진 곡셕(穀石)을<崔忠京/46a>

2.6.2.3. 有気音「ㅍ」

・曲用

녚 : 녑픠 ᄭᅵ고<淑香沈a/168><淑香沈b下/161><淑香京上/85><淑香京下/165> 絶影嶋 녑희 와셔<講話A上/1a>

・活用

덮다 : 덥퍼 둘<講話京下/9a><講話A下/8a> 우희 덥플 것도<漂民京上/44> 두로 덥프니<淑香沈a/153><淑香沈b上/19><淑香京上/19> 낄고 덥퍼<崔忠沈/8b><崔忠京/9a> 흙을 덥헛 다가<淑香沈b下/11><淑香京下/11>

この外に、語幹末「ㅈ」の活用形として「ㅅㅈ」表記が古写本類の<苗><天>に1例見える。

ᄭᅩᆺ ᄌᆞ면<苗/三09b><天/三09b>

　これは語幹末の「ス」は有気音でないのに語幹末の閉鎖持続を表記するために「ㅅ」が分綴され、語幹末子音の実際発音を次の音節の初声に反映させた表記で、近代韓国語の典型的な有気音の表現方式に従っている。

2.7. ㅎ終声体言の表記

　ㅎ終声体言の「ㅎ」は曲用においてのみ現れ、語彙によっては19世紀末まで「ㅎ」が用いられるなど保守的な一面もあるが、大体は18,19世紀に入ってからはほとんど消失された。ただし、「ㅎ」の消失時期には段階があって、独立形で終わった体言の曲用に先に起き(18世紀末)、続いて母音で終わる体言において末音「ㅎ」が脱落したものと見ている(鄭然粲1981:20-34)。

2.7.1. 『交隣須知』の場合

　『交隣須知』におけるㅎ終声体言の表記は、次のようになっている。

<表-16>

異本\n表記	原祖本系						増補祖本系								刊本類	
	苗	沈1	あ	文	天	沈4	対	ア1	小	ア4	武	ソ	済	会	初	校
ㅎ	47\n(12)	3\n(1)		19\n(6)	12\n(4)	4\n(1)	14\n(2)	14\n(2)	3	4	35\n(9)	26\n(4)	24\n(6)	8\n(1)	11\n(1)	17\n(1)
非ㅎ	69	2	3	11	20	9	19	19	24	22	57	60	36	10	97	90

＊ ( )は、独立形で終わる体言に付いた「ㅎ」の例で、全体の数字に含まれる。

　ㅎ終声体言は「ㅎ」を保存している形態と「ㅎ」が脱落した形態が併用されているが、古写本類よりな増補本類において非ㅎ形が増加し、刊本類ではその傾向がいっそう強くなる変移相を見て取ることができる。「나라ㅎ」の例を挙げる。

　나라ㅎ： 나라흔<苗/二42a><ソ/二46a><済/二46a><会話/055>　우리나

　　　라흔<苗/二47b><ソ/二51a><済/二51a><会話/052> 우리나라
　　　히셔는<苗/二56b> 나라히<苗/三33b><文/三32a><天/三33a>
　　　나라홀 직희여<対/一44a><武/一45a> 나라홀 직희야<ア1/一
　　　44a> 나라홀 섬기 옵쇼셔<小/四24a><ア4/四33a><ソ/四33a>
나라　：　나라를 직희여<初/一35a><校訂/145> 우리나라는<初/二34a>
　　　나라는<初/二36a> 나라를 진슈허느니라<初/二36b> 나라를
　　　셍기옵쇼셔<初/四24a> 나라를 성기시오<校訂/286>

　「나라ᇹ」は母音で終わるᇹ終声体言なのでまだ「ᇹ」が保存される表記が多いが、刊本になるとほとんど「ᇹ」が脱落した形で現れる。独立形で終わる体言と母音で終わる体言を引っ括めて、ᇹ終声体言の様相を系統的な観点から見ると、古写本類においては、<文>は<苗><天>と異なった様相を見せており、増補本類においては、特に<小>と<ア4>に「ᇹ」を保存した語形が圧倒的に多いのが特徴である。<小>と<ア4>は同一の系統に属するものとみて問題ないと思うが、<小><ア4>と表記の様相が異なっている<済><ソ><武>のような写本類を、はたして小田本系列に入れていいかどうかという、系統的な問題は残されていると言わざるを得ない。第2部の系統論では一応、同系列のものとして分類したが、今後、この問題を解くための、より細かい検討が必要で、それと関連した新しい異本の出現が望ましいところである。
　いっぽう、『捷解新語』にも、原刊本にはᇹ終声語幹がいまだ多く存在していたが、改修本、重刊本と移るにつれてその例も少なくなるわけである。しかし18世紀半ばの改修本の時代にはまだᇹ末音語幹の意識が残っていたようである(辻1997:98-99参照)。

2.7.2. 補助文献

　補助文献においては、全体的に非ᇹ形が一般的で、特に『講話』『隣語大方』は非ᇹ形に統一される様相を見せている。

<表-17>

文献	韓訓			講話		隣語					漂民		淑香			崔忠	
表記	沈	京	ア	京	ア	筑	ア	京	刊	京	ア	京	沈a	沈b	沈	京
ㅎ	2	1	2	1 (1)	1 (1)	3 (1)	2 (1)	1	1	17	27 (1)	67 (18)	14 (2)	59 (15)	26 (5)	27 (6)
非ㅎ	3	3	3	19	19	55	28	21	47	42	61	123	38	102	45	42

「둘ㅎ(二)」の用例を示す。

둘ㅎ : 둘히 ㄴ화<淑香沈b下/96><淑香沈b下/165><淑香京下/99><淑
　　　香京下/169> 둘히 가오며<淑香京上/71>
둘 : 우리 둘이<漂民京上/22><淑香沈a/151><淑香沈b上/13><淑香京
　　　上/13> 그슬 둘이<淑香沈a/149> 구슬 둘을<淑香沈a/149><淑
　　　香沈b上/5><淑香沈b下/103> 아희 둘이<淑香沈a/150><淑香沈
　　　b上/8><淑香京上/9><淑香京上/58><淑香京上/57> 아희 둘이
　　　<淑香沈a/162> 둘을 주며<淑香沈a/164><淑香京上/68> 둘이
　　　가오며<淑香沈a/165> 구슬 둘이<淑香沈b上/4><淑香京上/4>
　　　둘을 주고<淑香沈b下/77><淑香京下/81> 구슬 둘을<淑香京上
　　　/5> 둘을 드려습더니<淑香京下/107>

2.8. その他の表記

　音韻変化に関連した表記、たとえば、「、」の非音韻化、口蓋音
化、円唇母音化、iウムラウトなどの表記について言えば、写本類と刊
本類という巨視的観点からは差異点が認められるものの、写本類内での
近視的な観点からはそれほど目立った変化は見出しがたい。特に「、」
の非音韻化については、古写本類の<苗>でさえ「ㅂ롬」<苗/二29b>
と「ㅂ람」<苗/三08a>が併用されており、語頭の第1音節においても
「매실」<苗/二32b>、「마춈내」<苗/四18a>のように、本来の「、」
が「ㅏ」に書き表されるなど、「、」の非音韻化が相当進んだ表記を
見せている。したがって、このような音韻変化と関連した表記を『交
隣須知』の系統的関係を究明する資料として活用するためには、今後

より綿密な検討が必要であろう。

3. まとめ

　『交隣須知』の韓国語の表記法から見た場合、写本類と刊本類との間には目立った相違点が認められるものの、いざ系統論的に重要な、写本類の中での、各異本間における相違性というものは、それほど目立つものではない。それは、当時の対馬と苗代川における、通詞の間で重んじられてきた伝統性と、転写の過程における保守性に起因するところが大きいと思われる。しかし一部の写本類には、他の異本と区別される表記法がなされていて、第2部での系統的関係を裏付けるものもあった。その主な異本は原祖本系の文政本で、他の古写本類の表記とも傾向を異にし、しかもより古い表記法がなされていること。増補祖本系では、小田本系列に入れられているソウル大本や済州本の表記が対馬本と同傾向にあるものもあって、この両者が同系列のものである可能性もあることを指摘した。ほかに、異本により程度の差はあるが、『交隣須知』の写本類には地方語の表記が反映されている点も認められ、刊本には写本類における表記の保守性と当時の規範意識が反映された表記がなされていることも指摘できると思う。『交隣須知』の韓国語の表記は、全体的には当時の表記を充実に反映しているものと言えることができ、それは、比較資料として用いた当時の補助文献の表記からも立証できたと思う。

第2章
韓国語の誤表記例

1. はじめに

　『交隣須知』には、当時の一般的な韓国語の表記とは違った、一見誤記と思われる表記が多く現れている。その中には、誤表記とは言えない例、たとえば方言的な要素などが含まれている可能性も完全には排除できないが、大体は韓国語の未熟さからくる誤記の場合がほとんどである。それらを整理してみると、字形に惹かれたか書き漏らしたもののような初歩的な誤記と、ほかに起因するところがないのに不自然な表記がなされた場合とに大別することができる。特に後者の中には、日本語の干渉による誤記と思われるものが含まれる。このような誤用の表記が諸異本にどのように現れるかも、『交隣須知』の系統を考えるうえで参考になりうると思われるので、それらについて簡略に触れておく。

2. 日本語の干渉による表記

　各異本の筆写者の問題は別として、韓国語に対する熟練度が落ちる日本人、もしくは渡来人の後裔が韓国語を書き写す時に混同しやすい表記として、『交隣須知』には大体次のようなものが現れる。それらを整理すると次のようになる。

(1) 初声における無気音(平音)と有気音
(2) 中声の「ㅜ」と「ㅡ」、「ㅐ」と「ㅔ」
(3) 終声の「ㄴ」と「ㅇ」

　もちろんこれは、日本語にはこのような音素の対立がないので、発音上区別ができないことに起因する誤用例である。

2.1. 初声における無気音(平音)と有気音

　韓国語の無気音と有気音を混同した場合として、大体「ㄱ」と「ㅋ」、「ㄷ」と「ㅌ」、「ㅂ」と「ㅍ」、「ㅈ」と「ㅊ」の例である。これらはちょうど日本語のカ行・タ行・バ行・ザ行音との関連から生じた表記と言える。

2.1.1. 「ㄱ」と「ㅋ」

　「ㄱ」と「ㅋ」を混同した例を挙げれば次のようになる。

　품의 안켜<苗/一41b> 코롤 미이 코오니<苗/一49a><対/一57a> 밥 먹키는<苗/三11a><天/三11a> 콧챵이<文/三14b> 쓸키롤<文/三17b> 건뎌 먹키 거복흐외<天/三11a> 남그로 사켜<沈/四18b> 걸릿켜<ア4/四47a><武/四43b> 하늘케<武/三01a><ソ/三01a> 막키 어렵건 마는<武/三74b> 움즈켜 이리<ソ/二76a> 주쥬도 잇코<ソ/三16a> 막키 어렵건마는<済/三80a> 홀글 니켜라<初/一19b> 잡숫케 흐시옵쇼셔<初/一53b> 수리는 아무커시나<初/一56a> 부드럽케<初/二02a> 끗밥을 블케 지옵소<初/二15a> 둑겁케<初/二33b> 놉케<初/二37a> 쉽케<初/二37b> 머물밧케<初/三37b> 인군(人君)박케는<初/三37a> 문박케<初/四39b> 당신(当身)케<初/四41b>

　標準的な表記の「ㄱ」を「ㅋ」に書き表した例がほとんどである。とくに語中で硬音に発音される音声環境において激音(有気音)に表記した例が多いが、それは取も直さず、日本語では無気音(平音)と激音、硬音間の区別がないからである。硬音の激音表記は語頭にも現れる。

　업더져 코롤 카이져<ア4/四02b> 등블 크고<ソ/三45b>
　안[아]개 킈이리라 <会話/008>

　このような硬音の激音表記は『交隣須知』の特徴的な表記と言え

る。いくつかの例を提示する。

　　[1688] 手腕・슈완・시우완・데구비 <倭上/身体,17a>
　　　　<苗/一52a> 腕　　　손목 쥐고 홈끠 가읍새
　　　　<ア/一59b> 腕　　　손목 쥐고 홈긔 가읍새
　　　　<対/一59b> 腕　　　손목 쥐고 홈긔 가읍새
　　　　<武/一60b> 腕　　　손목 쥐고 홈긔 가읍새
　　　　<初/一47a> 腕　　　손목 쥐고 홈케 가읍시
　　[3670] 社・샤단 샤・샤・야시로 <倭上/城郭,34b>
　　　　<苗/三48b> 社　　　샤는 하늘끠 졔(祭)ᄒᆞ는 곳이니라
　　　　<天/三48b> 社　　　샤는 하늘끠 졔(祭)ᄒᆞ는 곳이니라
　　　　<文/三63a> 社　　　샤는 하늘긔 졔ᄒᆞ는 곳이니라
　　　　<ソ/三01a> 社　　　샤는 하늘케 졔ᄒᆞ는 곳이라
　　　　<済/三01a> 社　　　샤는 하늘케 졔ᄒᆞ는 곳이라
　　　　<武/三01a> 社　　　샤는 하늘케 졔ᄒᆞ는 곳이라
　　　　<初/三01a> 社　　　샤는 하늘쎄 졔허는 곳지라
　　[4562] 稟・품홀 품・힌・무우시아몌 <倭上/言語,25a>
　　　　<苗/四41a> 稟　　　품ᄒᆞ여시니 쳬분(処分)은 당신게 잇ᄉᆞ오리
　　　　<沈/四14b> 稟　　　품ᄒᆞ여시니 쳬본은 당신게 잇ᄉᆞ오리
　　　　<武/四55a> 稟　　　품ᄒᆞ여시니 쳬분은 당신게 잇ᄉᆞ오리
　　　　<初/四41b> 稟　　　품허여쓰니 쳐분은 당신(当身)케 잇슴네다

補助文献も似たような傾向にある。用例の一部を示す。

　　맛고 죽켜라 <韓訓沈/19b><韓訓京/25a><韓訓京/25a><韓訓A/22a>
　　먹키 좃다<韓訓京/29b> 먹키 어렵다가<漂民A中/50a> 이즈러젓커
　　나<漂民京上/23> 셜취 브ᄅ젓커나 자여젓커나<漂民京下/13><漂民
　　A下/8a> 알코<韓訓京/22b><隣語刊五/2b><隣語筑一/2a> 먹켜 보
　　고<漂民京上/71> 薬도 먹켜 주옵시ᄃ<漂民京上/75> 諸物을 밧커나
　　내여<漂民A中/13b> 내여 주커나<漂民A中/13b> 쓰다 ᄒᆞ커나<漂民
　　A中/32a> 속의 줌키지 아니ᄒᆞ고<淑香沈a/161> 낭ᄌᆞ롤 안보케 ᄒᆞ여
　　라<淑香沈b下/2><淑香京下/2>

次のように、語中の硬音を無気音や有気音で表記した例が見える。

쾨킄리를<崔忠京/52a>
코킄리<崔忠京/52b>

いっぽう、本来「ㅋ」とするべきところに「ㄱ」を書いた例が若干
見える。

승거지 아니게 ᄒᆞ여<苗/三47a><天/三46b> 샹치 아니게 ᄒᆞᆸ소<沈/
四05a> 들너나지 아니게 ᄒᆞᄂᆞᆫ 거시<初/四23a> 샹(傷)치 아니게 허
옵소<初/四33b>

主に、否定を表す補助詞「아니다」に使役の「-게　하다」が結合さ
れた時の語尾「-게」の例である。この「아니다」の原形は「아닣다」
としてᄒᆞ変則語幹を有するものであるので、語尾は「-케」とするべき
ところである。朝鮮資料では『捷解新語』などにもその例が見える。
『交隣須知』では「아니게」と共に「아니케」形が併用されているが、
<ソ>などでは本来の「-게」を消して「-케」に正した例が見え、表記
上の混乱した状況がうかがえる。

비 맛지 아니케{게} ᄒᆞ여라<ソ/二51a> 들어나지 아니케{게} ᄒᆞᄂᆞᆫ
거시<ソ/四30b>

ただし、『交隣須知』では、叙述文の否定を表す補助詞「아닣다」が
「ᄒᆞ」の省略された形の「아니다」で用いられたのが一般的なので、
この「아니게」を一概に誤表記と断定しがたいところもあると思う。
　補助文献では「아니케」が一般的で、「아니게」は例外的である(50
例対5例)。一部の用例を示す。

・有気音表記の例
　点退치 아니케<講話A下/14a> 改撰치 아니케 ᄒᆞᆸ소<隣語刊四/1b>
구지 아니케<隣語刊十/8b> 愆期티 아니케<隣語筑一/10b> 괴이치
아니코<漂民京上/57> 움즉지 아니코 셧더니<淑香沈b下/64> 즉이치
아니케 ᄒᆞ니<崔忠沈/9a>

・無気音表記の例

　　어긋나지 아니게<隣語筑一/10b>　愆期티 아니게<隣語筑五/22a>　愆期치 아니게<隣語京三/9a>　틀리치 아니게<漂民京上/20>　칩치 아니게<崔忠沈/8b>

　しかし、漢字語に接続する「-고져」はすべて無気音表記となっている。これは「ㅎ다＋고져」の縮約形なので有気音表記の「-코져」が正しいのだが、無気音表記となっている。

　　断絶고져<隣語筑六/25b>　謀害고져<淑香沈a/157><淑香沈a/159><淑香沈a/166><淑香沈b上/37><淑香沈b上/47><淑香京上/37>　定고져<淑香沈a/157><淑香沈b上/37><淑香京上/38>　伝고져<淑香沈a/158><淑香沈b上/43><淑香京上/43>　免고져<淑香沈a/163>　伸冤고져<淑香沈a/166>　依托고져<淑香沈a/167><淑香京上/80>　慰労고져<淑香沈a/167>　해(害)고져<崔忠沈/54a><崔忠沈/58a><崔忠京/52a><崔忠京/56a>

2.1.2. 「ㄷ」と「ㅌ」、「ㅂ」と「ㅍ」、「ㅈ」と「ㅊ」

　まず、「ㄱ」と「ㅋ」以外の混同例を示す。

・「ㄷ」と「ㅌ」の例

　　쌔기 더디[티]옵너<武/四39b>　남두[투]셩은<武//一07a>　북두[투]셩은<武//一08a>　東夷(동[통]이)<武//一22a>　현감이 트[드]옵느니<ソ//三56a>　꿀 타[다] 먹느니<武//三81b>　용타[다] ᄒ옵너<ソ/三61b>　탐[담]치 안는<初/四20b>

補助文献にも例が見える。

　　그디[티]나 아프치<韓訓沈/16a>

・「ㅂ」と「ㅍ」の例

　　빙[핑]당은<武/三81a>　朋友(붕[풍]우)<武/一52a>　일쯔 방빅[픽]이라<初/一36a>　동셔를 분변[편]치 못ᄒ는지라<ア4/四69b>

補助文献にも例が見える。

　咫尺을 술피[비]지 못ᄒ기의<隣語京二/2b>

・「ㅈ」と「ㅊ」の例
　ᄉᆞ랑오와 좀[춤]이 업슴니<苗/一11a> 귀경의 조[초]반(朝飯) 먹고<苗/一18b> 돗을 졉[쳡]어 두어라<苗/一26b> 가셔 졔[체]ᄒ옵니<武/一13a> 좀[춤]을<初/四47b> 괴는 쥐만 잡지[치]<苗/二09b> ᄒᆞᆫ 쳑이이셔 반지[치] 샌라<苗/三29a> 엇지[치]<苗/二02b><苗/三38a><苗/四29a><天/三38a> 간쥭[쥭]이<ソ//三48b>

上の例は、主に無気音の「ㄷ、ㅂ」を有気音「ㅌ、ㅍ」に表記した例で、大体<武>にそのような使用例が多い。いっぽう、古写本類の<苗>には「ㄷ」と「ㅌ」、「ㅂ」と「ㅍ」を混同した例はなく、「ㅈ」と「ㅊ」の誤用例のみが出ていて対照的である。以下は語中語節の初声において「ㅊ」を「ㅈ」に混同した例である。

　ᄭᅩ치[지]<ア/一25b><小/四51b><ソ/四71a><ア/四71b><沈/四27a> 만치[지]<小/四28b><小/四30b><ア/四42a><ア/一24a><ア/四39a><済/三14b><済/三62a><ソ/三14b><武/一24b><武/三12b><武/三58a> 낫낫치[지]<ア/一35b><小/四45a><ソ/四61b><ア/四61b> ᄭᅩᆺ치[지]<苗/三05b><天/三05b><文/三05b><初/三11b> 밋치[지]<文/三36b><小/四17b><ア/一73b><武/一74b> 곳치[지]<苗/二37a><苗/二37a> 빗치[지]<苗/二26a><文/三69b> ᄭᅩ치[지]<苗/三26b><天/三26b> 밀치[지]<文/三26a> 낫나치[지]<済/三74b><武/三69a> 불ᄭᅩᆺ치[지]<初/三53a>

特に<苗>では、否定表現の接続語尾「-지」を「-치」に書いた例が60余見え、<天>にも15例ほど現れる。いくつかの例を示す。

[1455] 謀・꾀 모・뽀우・하가루 <倭上/性情,22b>
　<苗/一34a> 謀　 져 사롬은 꾀 쓰는 사롬이니 밋지[치] 못ᄒ오리
　<ア/一39b> 謀　 져 사롬은 꾀 쓰는 사롬이니 밋지 못ᄒ오니
　<対/一39b> 謀　 져 사롬은 꾀 쓰는 사롬이니 밋지 못ᄒ오리

<武/一40h> 謀　져 사룸은 쇠 쓰는 사룸이니 밋지 못ᄒ오리

<初/一32a> 謀　져 사룸[들]은 쇠 쓰는 사룸이니 밋찌{찌} 못허
올네

[3101]

<苗/三08a> 遮日　챠일을 치면 볏치 드지[치] 아니ᄒ리라

<天/三08a> 遮日　챠일을 치면 볏치 드지[치] 아니ᄒ리라

<文/三08a> 遮日　챠일을 티면 볏티 드디 아니ᄒ리라

<ソ/三13a> 遮　챠일(遮日) 치면 볏치 드지 아니ᄒ니라

<済/三13a> 遮日　챠일 치면 볏치 드지 아니ᄒ니라

<武/三11b> 遮日　챠일 치면 볏치 드지 아니ᄒ니라

<初/三08b> 遮日　챠일 치면 볏치 들지 아니허ᄂ니라

[3090] 褥·요 욕·쇼구·후돈　<倭上/服飾,46a>

<苗/三07a> 褥　요홀 둑거이 ᄒ여 질고 자면 칩지[치] 아니ᄒ오니

<天/三07a> 褥　요홀 둑거이 ᄒ여 질고 자면 칩지[치] 아니ᄒ오니

<文/三07a> 褥　요홀 둑거이 ᄒ여 질고 자면 닝티 아니ᄒ오니

<ソ/三11b> 褥　요롤 둣거이 ᄒ여 질고 자면 닝치 아니ᄒ외

<済/三11b> 褥　요홀 둣거이 ᄒ여 질고 자면 닝치 아니ᄒ외

<武/三10a> 褥　요홀 둣거이 ᄒ여 ᄭ고 자면 닝치 아니ᄒ외

<初/三07b> 褥　요를 둣겁게 ᄒ야 질고 자면 츠지 아니ᄒ오니

[3820]

<苗/三59b> 託物　맛즌 믈건을 부듸 닛지[치] 말고 ᄒ여 오ᄂ라

<天/三59b> 託物　맛즌 믈건을 부듸 닛지[치] 말고 ᄒ여 오ᄂ라

<文/三56b> 託物　마촌 믈건을 브듸 닛디 말고 ᄒ여 오옵소

<ソ/二65b> 求請　맛초왓던 믈건을 닛지{치} 말고 ᄒ여 오소

<済/二65b> 求請　맛초왓던 믈건을 닛지[치] 말고 ᄒ여 오소

<初/二47a> 誂物　맛춘 물건(物件)을 부듸 닛지 말고 ᄒ야 오ᄂ라

　このような無気音と有気音の混同した表記、もしくは硬音の有気音表記などは、<苗>のような古写本類に多く現れることを傾向として認めることができると思う。いっぽう、「ᄒ다+게」や「ᄒ+게」を「-케」ではなく平音(無気音)の「-게」で書き表した例は、前者と比べて用例数は少ないが、その中でも古写本類の<文>と増補本類の<小><済><武><ア四>などに相対的に多い。中でも<小>には他の異本よ

りも2倍ぐらい多い約10例が見える。そのうち1例を示す。

[4618] 唐突・당돌・도우도쯔・다이기니 　<倭上/性情,24a>，　猥・외람　
　　　　외・와이・미따리 <倭下/雑語,35a>

　　<苗/四45b> 唐突　당돌히 와셔 긴치 아닌 말을 ᄒ는다

　　<沈/四19a> 唐突　당돌히 와셔 긴치 아닌 말을 ᄒ는다

　　<小/四45b> 唐突　당돌히 와셔 긴치[지] 아닌 말을 ᄒ니 믈리옵쇼셔

　　<ソ/四63a> 唐突　당돌히 와셔 긴치 아닌 말을 ᄒ니 믈리옵쇼셔

　　<ア/四63a> 唐突　당돌히 와[외]셔 긴치[지] 아닌 말을 ᄒ니 믈리옵
　　　　　　　　 쇼셔

　　<武/四60b> 唐突　당돌히 와셔 긴치[지] 안닌 말을 ᄒ는다

　補助文献においても、否定表現の接続語尾「−지」を「−치」に書いた例が多く現れる。『隣語大方』(14例)、『漂民対話』(19例)、『淑香伝』(27例)に比べ、『韓語訓蒙』(98例)と『崔忠伝』(63例)のほうに相対的に多く用いられている。用例の一部を示す。

　쓰다(書)：쓰치 말라<韓訓沈/2a><韓訓沈/2b><韓訓京/2b><韓訓A/2b>
　　　　　　 쓰치 못ᄒ옵ᄂ니<韓訓沈/2b><韓訓京/2b> 쓰치 못ᄒ엿습ᄂ<
　　　　　　 韓訓沈/2b><韓訓A/2b>

　ᄒ다(為)：ᄒ치 마소<韓訓沈/19b><韓訓沈/19b><韓訓A/22a> ᄒ치 마
　　　　　　 오<韓訓京/25a><韓訓A/4a> ᄒ치 말렷다<韓訓沈/11b><韓
　　　　　　 訓京/15a><韓訓A/13b> 슈양ᄒ치 마옵소<韓訓京/8b> 일허
　　　　　　 치 말게 ᄒ소<韓訓A/7b>

　먹다(食)：먹치 말라<韓訓京/15a><韓訓A/13b> 먹치 못ᄒ오매<漂民
　　　　　　 京上/60> 먹치 아니ᄒ니<崔忠沈/57a><崔忠京/55b><崔忠
　　　　　　 京/63a>

　칩다(寒)：칩치 아니ᄒ외<韓訓京/13b><韓訓A/12a> 칩치 아니ᄒ더라
　　　　　　 <淑香沈a/153><淑香沈b上/19><淑香京上/19> 칩치 아니
　　　　　　 게<崔忠沈/8b> 칩치 아니케<崔忠京/9a>

　なお、副詞「엇지」が「엇치」と書かれた例が見え、同一形態素内の、硬音に発音される環境において、無気音と有気音の混同した表記が見える。「엇치」の用例を挙げる。

엊치<漂民京上/60><漂民京上/89><漂民A中/28a><淑香沈b下/34><淑香沈b下/56><淑香京下/35><淑香京下/59><崔忠沈/6a><崔忠沈/20b><崔忠沈/30a><崔忠沈/33a><崔忠京/6b>

2.2. 中声の「ㅜ」と「ㅡ」、「ㅒ」と「ㅖ」

これらは、日本語のウ段音とエ段音に関連した韓国語母音の混同例である。

2.2.1. 「ㅜ」と「ㅡ」

まず、本来の「ㅜ」を「ㅡ」に間違って表記した例を示せば、次のようになる。

날이 어두[드]워시니<苗/一10b> 구[그]술이<苗/一11a> 그[구]믈<苗/一21b> 좁으야이구[그]지<沈/四04a> 잡되이 구[그]지 마ᄋᆞ소<ア4/四22a> 지휘[희]ᄒᆞᆸ신<ア4/四63a> 죽[즉]습ᄂᆡ<武/一71b> 마루 구[그]석의<武/三28b> 쌍을 두[드]드라<武//三48b> 북두[드]들고<武/三70a> 월궁[궁](宮)의 만혼가<会話/038> 몰숙 죽[즉]엇습ᄂᆡ<会話/053> 타국[국] ᄉ신을<会話/056> 숨[슴]어 잇는<初/一29b>

主に古写本類の<苗>と増補本類の<武><会>の例である。これとは逆の、本来の「ㅡ」を「ㅜ」に表記した例もある。やはり<武>に該当の表記が多く、初刊本にも少数見える。

그늬[뉘]는<ソ/三62a> 긔특[툭]ᄒᆞ외<ア4/四59b> 듯[듯]기 슬희여<武/一58a> 듯[듯]ᄒᆞ외<武/一03b><武/一04a><武/一04b><武/一06a> 그[구]지엽ᄉ외<武/四45a> 근[군]시 허는<初/一37b> 긔특[툭]허외<初/一53a> 극열[국]허오리<初/二11b> 조츨[출]허외다<初/二38b>

いっぽう、補助文献には使用例が少ない。

그[구] 뜻을<隣語京四/1b>

2.2.2. 「ㅐ」と「ㅔ」

日本語のエ段音に関連した「ㅐ」と「ㅔ」の混同は、巻一では＜ア＞に、巻二では＜会＞、巻三・四では＜ソ＞＜済＞＜武＞といった増補本類に多く現れる。「개」と関連した例のうちいくつかの例を示す。

> 개[게]가 버혀 먹는다＜武/一01b＞ 못 나오개 ᄒ엿습니＜ア/一03a＞ 비가 오개짜＜初/一02b＞ 돗개 ᄒ엿습니＜ア/一03b＞ 못살개 되엿습니＜ア/一08b＞＜武/一09a＞＜初/一07a＞ 개[게] ᄌ취 위흐＜武/一12a＞ 말 ᄒ개 오옵소＜ア/一13b＞ 드러오시개 ᄒ옵쇼셔＜ア/一14a＞ 늣개야 오옵던고＜ア/一14a＞＜初/一11b＞ 개[게]는 밤사롬을 보면 즌느니라＜会話/005＞ 드믈게[개] 먹으니＜済/二11a＞ 죠개[게]라＜ソ/二14a＞＜済//二14b＞ 소리롤 크개 ᄒ고＜会話/015＞ 소리를 크개 허고＜初/二12a＞ 멋 개[세]＜ソ//三48b＞ ᄒ개 ᄒ옵소＜ソ/四02a＞

初刊本にもこのような誤表記が現れるのは、編集の過程において増補本類、中でもアストン本系列との関連性を物語ることかも知れない。

いっぽう、古写本類では主に文政本にそのような例が見える。

> 동개[게] 살을 꼬자 좃다가＜文/三38b＞ 못ᄒ개 ᄒ옵소＜文/三43b＞ 병이 ᄒ리게[개]＜文/三58a＞

2.3. 終声の「ㄴ」と「ㅇ」の表記

韓国語では終声の「ㄴ」と「ㅇ」が意味の辨別に関与するが、日本語にはそのような辨別機能がない。したがって日本語で転写する場合、「ㄴ」と「ㅇ」は大体撥音「ン」で表記されるのであるが、そのような両国語の食い違いに起因する混同の例である。まず本来の「ㄴ」を「ㅇ」に表記した例は次のようである。

> 원[웡]통(寃痛)흔＜苗/四07a＞ ᄆ장 만[망]ᄉ외＜苗/四33b＞ 무드면[몡]＜文/三15a＞ 분명 ᄒ면[몡]＜文/三35a＞ 경쉬 슌[슝]ᄒ여야＜文/三61a＞

투견[경]<対/一72b> 무명[면]이나 <武/三17b>

主に<苗><文>のような古写本類に用例が多い。反対に「ㅇ」を
「ㄴ」に表記した例は次の通りであるが、ほとんど<文>に現れる例で
ある。

형[현]별은<文/三32a> 정[젼]수롤<文/三32a> 분명[면]히<文/三32b>
민망[만]ㅎ외<文/三50b> 방[반]법을<文/三59b> 민망[만]ㅎ니<文/三
61a> 민망[만]ㅎ<文/三61b> 경영[연]ㅎ여<ア4/四42a>

補助文献には使用例があまりない。

계요 쟝만[망]ㅎ여 두엇ᄉ오매<隣語京四/8b>

3. その他の誤表記

『交隣須知』には、日本語の干渉による誤記というよりは、字形に
惹かれたり音節の一部を書き漏らしたりした誤用例がより多い。「굿
셴[셋]」<対/一66b>のような字形に惹かれた誤記は別として、音節の
一部分を漏らしたり、母音「ㅣ」と「ㅏ」を混同して間違って書き写
したりした例が目立つ。なお、母音の「ㅏ」を「ㅕ」に書いた誤用例
も理解しがたい表記である。

3.1. 終声子音の漏落

終声の子音を書き漏らした例で、古写本類の<文>と増補本類の<ア
4><会>に多く見える。

가족[조]으로<文/三38b> 눈[누]이 블그면<文/三60b> 윈[워]슈 갑파
습니<ア4/四35a> 타는 양[야]이<ア4/四67a> 이슬 먹[머]고<会話/01
8> 업[어]서 민망ㅎ외<会話/053>

いっぽう、<武>には終声の子音が追加された例が見え、上の場合と

対照的である。

　　어[엇]엿브지<武/三22b>　미[민]안ㅎ니<武/四58a>

補助文献にも終声の漏れた誤記が少数見える。

　　홍졍 못[모]되게 구로시니<隣語京三/1a>

3.2. 母音「ㅣ」と「ㅏ」の混同

　母音「ㅣ」と「ㅏ」を書き間違った例で、増補本類の<ア4>と<武>に多く現れる。

　　쓰지[자] 마ᅌᅩ소<ア4/四48b>　노피[파] 밧면<武/四59a>　춤차[치]가이셔<ア4/四60b>　ᄆᆞ둑 차[치]시니<武/四49a>

　このような基礎的なミスを犯すことには、当然ながら筆写者の韓国語の実力が問題になると思うが、それとは別に、系統論的な観点から、このような誤記の問題についても綿密な検討が必要であろう。一応、表記の観点から見た場合、古写本類の<文>と増補本類の<ア4><武><会>当たりが、他の異本に比べて誤記の多い写本であることが言えると思う。
　補助文献にも若干の例が見える。

　　잘[질] 닐럿다던가<韓訓A/1b>　콰히[하] 許諾ㅎ여<講話A上/9b>　졍답ᄉᆞ와[외] ㅎᅌᆞ니<講話A上/11b>　업ᄉᆞ와[외]<講話A下/4b>

3.3. 母音「ㅑ」と「ㅕ」の混同

　主に母音「ㅑ」を「ㅕ」に書いた例である。このような、一見して母音交替にみえるこの現象が、単なる韓国語の未熟さから生じた誤記なのか、さもなければ方言の反映による結果なのかについては検討の余地があると思われる。ここでは、そのような例が<苗><文>のような古写本類、中でも<文>に多く現れていることだけを指摘するに止め

る。「야」に関連した例だけを示す。

  야[여]간 편안ᄒᆞ시니잇가<苗/一12b> 졔야[여](除夜)라<苗/一14b>
  녀허야[여] 돗ᄉᆞ오니<苗/一32b> 즉졔 심거야[여]<苗/二22b> 붓드러
  야[여]<苗/四35a> 서리롤 마자야[여]<ソ/二32b> 지도리롤 곳쳐야
  [여]<済/二51b> 그릇시야[여]<文/三11b> 사려야[여]<文/三16a> 몰
  을 ᄌᆞ로 주어야[여]<文/三20b> 풍뉘 됴하여[야]야<文/三22a> 뫼가
  이셔야[여]<文/三28a> 두어야[여]<文/三35b> 됴하야[여]<文/三37b>

　とくに＜文＞においてこのような誤用例が頻出していることは、当然
ながら＜文＞の成立背景と関係があるからであろう。差し当たり、芳洲
の関わった原「交隣須知」と直接結び付けるには無理があると思われ
る。もし最初から芳洲が関与していたのならば、＜文＞におけるこのよ
うな初歩的な誤りはどうも不自然である。もう一つは、＜文＞の用例文
が相対的に＜ソ＞＜済＞と近い関係にあって、結果的に小田本系列との
関連性が認められることを考え合わせると、＜文＞はそもそも芳洲の手
に拠らない古写本として成立しては伝承され、後の増補本類の元にな
る写本に影響したと見て取ることができるのではないかと思う。
　このような誤表記の例も、芳洲による原「交隣須知」はそもそも一
冊のもので、それがちょうど苗代川本の巻一の本文と重なり合う部分
が多いとの仮説を間接的に裏付けるものと言えよう。

4. まとめ

　以上、韓国語と日本語の構造的・音声的な差に起因する表記上の混
同の例を見てきた。全体的には、このような混同は、主に対馬におい
て伝承・筆写された増補本類よりは、鹿児島の苗代川地方に伝わる古
写本類に多く現れることが指摘できると思う。想像するに、対馬にお
ける日本人の朝鮮語通詞たちに比べ、苗代川地方に根拠地をおく渡来
人の子孫たちの韓国語力が相対的に劣っていたのではないだろうか。
対馬出身者と苗代川出身者の語学力を一概には言えないにしても、日

本における韓国語教育の本拠地である対馬から苗代川に朝鮮語通詞が派遣され、そこで韓国語を教えたという歴史的な背景を考え合わせると、その可能性は十分ありうると思われる。いずれにしても、このような誤表記の実相から、近世日本における韓国語学習書の特徴的な表記や、「交隣須知」なる書の成長に関わる背景的な事情の一面をうかがうことができると思う。

第3章

『交隣須知』の日本語

1. はじめに

　『交隣須知』の日本語は、韓国語の表記法以上に、その言語現象の異同や変遷の様相から系統論的な関係を導き出すことは容易ではないと思われる。そもそも『交隣須知』の日本語は、日本人もしくは日本人化した渡来人の後裔たちの手によって伝書されてきたものなので、書写する時、母語の日本語に対しては恣意に書き換えることが比較的に容易であったと考えられる。そうだとすると、それは本書の成立よりは成長と関わる問題で、成立事情が当面の課題となる系統論においては説得性が弱いのではないかと思う。したがって本章では、あくまでも　『交隣須知』の系統論に関連した参考資料として、本書における日本語の文法と表現法を中心に、諸本の比較対照から得られた言葉の変遷相を通時的観点から考察することを主眼とする。つまり、『交隣須知』の日本語について、言語的特質と時代言語としての位置づけを試みることであるが、言葉の変移相に対しては、通時的な解釈のほかに、2段階の編纂説といった、『交隣須知』の成立に関わる系統論的な仮説に基づいた説明も試みる。

2. 文法

2.1. 二段活用の一段化

　近世語研究の中で、動詞についてよく言われるものに二段活用の一

段化がある。近世前期の上方語では動詞の上二段・下二段活用が一般
的であり、近世後期の江戸語では二段活用は一般に用いないで、それ
らを一段にして用いるようになったので、上方語的な語法と江戸語的
な語法を分別する文法的現象として引用されているのである。

　では『交隣須知』の場合はどうだろうか。動詞の終止形と連体形が
すでに一体となっている時代の文献で二段式と一段式が区別できるの
は、終止・連体形と已然形の場合だけである。そこで、二段形式の動詞
と、同じ語形で一段形式に用いられている動詞の用例を音節別に分類
して数字で示したのが次の表である。ただし終止・連体形の二音節語
は、下二段の「出る」「寝る」の2語だけであるが、その全例が一段化
しているので、対象外となる。

<表-18>

活用＼異本		原祖本系						増補祖本系							刊本
		苗	沈1	あ	文	天	沈4	対	ア1	小	ア4	武	ソ	済	初
3音節	一段	43	1	2	15	20	6	3	4	15	18	34	52	33	50
	二段	21		1	10	12	1	2	2	5	3	7	10	4	12
	%	67	100	67	60	63	86	60	67	75	86	83	84	89	81
4音節	一段	14			4	8	2	4	4	12	9	18	21	15	30
	二段	17			4	4	2	2	2	8	7	4	10	3	17
	%	45			50	67	50	67	67	60	56	82	68	83	64
5音節	一段	11				1	3	1		5	4	12	11	7	9
	二段	4			1	1					1	2	3	2	2
	%	73			0	50	100	100		100	80	86	79	78	82

　いま、一段活用と二段活用を合わせて1例しかない場合を除いて、一
段化率(一段活用と二段活用語の総数に対する一段活用語の占める割合)
をみると次のようになる。まず写本類は

　　原祖本系:　3音節語 69%　4音節語 53%　5音節語 74%
　　増補祖本系: 3音節語 78%　4音節語 69%　5音節語 85%

で、原祖本系・増補祖本系ともに一段化がもっとも進んでいるのは5音

節語で、3音節語、4音節語の順となっている。これは前期近世語資料
において一段化が3音節語・5音節語・4音節語の順に進んだとの調査結
果(坂梨1970参照)とやや趣を異にしているが、『交隣須知』には5音節
語の例がそれほど多くないことによる結果かも知れない。いずれにし
ても3音節語と5音節語において一段化が進んでおり、4音節語の一段化
が遅れていることは、取りも直さず当時の言語現象を反映しているも
のであろう。なかでも原祖本系の＜苗＞＜文＞＜沈4＞のような古写本類
に二段活用語が比較的に保たれていることは、時代言語とともに方言
的要素の反映も考えられよう。そして原祖本系から増補祖本系にわ
たって一段化率が増加することがうかがえる。

　一方、刊本の場合は、3音節語と5音節語の一段化はほぼ同じぐらい
に進んでいるが、4音節の場合は比較的に二段活用が多い。写本類の原
祖本系から増補祖本系に移りながら一段化率が増加するなか、刊本で
増補本類よりも二段型が多用されているのは、刊本の編集者が、依然
として二段式を規範性のある語法と考えたからであろう。それに比べ
て＜済＞や＜武＞のような増補本類では、もっとも一段化しにくい4音節
語の場合でさえ一段化がかなり進んでいる。当時の口語的現象の一面
を表しているものと思われる。

　以下、『交隣須知』に現れる二種の活用形の動詞の例と一種の活用
形しかない例のうち、2回以上の使用例のあるものを示す。(aは、一段
と二段の形式が同時に現れているもののうち下一段動詞の例。bは、一
段と二段の形式が同時に現れているもののうち上一段動詞の例。cは、
一種の形式が現れるもののうち一段化した例。dは、一種の形式が現れ
るもののうち二段式の例)

・3音節語
　a. アゲル(4)/アグル(2)、アテル(6)/アツル(3)、イレル(30)/イルル(2)、ウ
　　エル(9)/ウユル(2)、カエル(2)/カユル(1)、カケル(35)/カクル(2)、キ
　　レル(5)/キルル(3)、クレル(22)/クルル(3)、ソメル(6)/ソムル(1)、タ
　　テル(21)/タツル(7)、ツケル(25)/ツクル(7)、ハレル(4)/ハルル(2)、ミ
　　エル(17)/ミユル　(40)、ヤメル(16)/ヤムル(3)

b. オチル(2) / オツル(5)、スギル(2)/スグル(1)

c. イキル(13)、アケル(11)、カレル(2)、クベル(2)、サゲル(10)、サメル(3)、シレル(5)、ステル(3)、スレル(3)、デキル(5)、デケル(3)、トケル(6)、トメル(4)、ニゲル(3)、ヌケル(9)、ノセル(2)、ホメル(7)

・4音節語

a. アバレル(4)/アバルル(4)、オサメル(1)/オサムル(1)、オシエル(3)/オシフル(1)　オシユル(4)、クラベル(3)/クラブル(1)、コタエル(5)/コタユル(3)、コボレル(1)/コボルル(2)、サダメル(3)/サダムル(1)、スグレル(4)/スグルル(2)、　タスケル(4)/タスクル(7)、ツトメル(4)/ツトムル(5)、トガメル(2)/トガムル(5)、トラエル(2)/トラユル(2)、ナサレル(7)/ナサルル(2)、ハジメル(2)/ハジムル(1)、モチイル(7)/モチユル(4)、ワカレル(6)/ワカルル(1)、ワスレル(2)/ワスルル(2)

c. アズケル(3)、オクレル(5)、オソレル(4)、オホセル(8)、カスメル(3)、コガレル(5)、コマメル(5)、シワケル(3)、ソナエル(4)、チガエル(3)、ツカエル(9)、モトメル(3)、ヤブレル(3)

d. ウラムル(3)、キタユル(2)、クズルル(4)、クダクル(3)、ススムル(3)、タダルル(3)、ナガルル(10)、ノガレル(3)、モマルル(3)

・5音節語

a. コシラエル(13)/コシラユル(5)、サシツカエル(4)/サシツカユル(2)、モウシアゲル(2)/ モウシアグル(1)、

c. ウチアケル(3)、ウッタエル(2)、カコツケル(3)、サシアゲル(2)、シキナラベル(3)、セメツケル(8)、タワムレル(5)、テヅカエル(3)、トトノエル(3)、トリササグル(2)、トリソロエル(3)、ヒキウケル(2)、ユイカスメル(3)、ヨロコバレル(40)

d. アラタムル(4)

　古形の二段活用を見せるのは下二段動詞(a)に多く、上二段動詞(b)は一部の3音節語に現れるのみである。とくに「落チル」は二段型が主である。1例を示す。

[1318] 瀑布・폭포・보구호・다기/다기노미스 <倭上/江湖,09a>
　　　<苗/一23b> 瀑布　폭포 소리는 쿵々 ᄒ고 북 소리 ᄯᅩ 쓸 진글 소리도 ᄒᆞᆫ가지로 쿵々 ᄒᆞ옵닉 / 폭포는 ᄂᆞ려지는 양이 웅장(雄壯)ᄒᆞ외

タキノ ヲトハ ドンヽヽト 云テ タイコノ ヲト
又 コメ ツク ヲトモ トウヨフテ ドンヽヽト ユ
イマスル / タキノ <u>ヲツル</u> ヨウスガヲビタヽシ
ウ コサル

<ア/一29a> 瀑布　폭포 ᄂ려지ᄂ 양이 웅장ᄒ외
タキノ 落ル ヤウスガ 夥シイ

<対/一29a> 瀑布　폭포 ᄂ려지ᄂ 양이 雄壮ᄒ외
タキノ <u>ヲツル</u> ヤウスガ スサマシウ ゴサル

<武/一30a> 瀑布　폭포 ᄂ려지ᄂ 양이 雄壮(웅장)ᄒ외
タキノ 水ノ <u>ヲツル</u> ヤウスガ ヲビタヾシウ ゴ
ザル

<初/一23b> 瀑布　폭포 ᄂ려지ᄂ 양이 웅장(雄壮)ᄒ다
タキノ 落ル ヤウスガ スサマシイ

この「落チル」については、小倉進平博士が1914年に対馬に行って
現地の方言を調査した際にも気づいていたようである。

　　上二段の動詞の活用は多くは文語の活用に近い。厳原あたりでは終
　止・連体は「おちる」であるが、其の他の地方では、多くは「おつる」
　である。(『国学院雑誌』20-11、p.43)

なお、奥村三雄氏が1951年夏に臨地調査した際にも、依然として周
辺部では「落ツル」がかなり存するが、厳原とその他では大抵「オチ
ル」形であったようである(奥村1973:88)。この「落チル」も、それ以
前の、「交隣須知」時代の厳原では古形の「落つる」で用いられたの
ではないだろうか。つまり、『交隣須知』における「落ツル」は方言
的要素と考えたいのであるが、それは当然ながら、対馬の属する方言
圏として北九州の方言とも関係があるだろう。実際、九州方言は古い
二段活用の残存が特徴であり、「起キル」「落チル」などは、対馬・
肥後・筑前・筑後に上二段式が勢力があるとの報告がなされている(上
村1970:78)。

ほかに二段式は「見エル」「教エル」「助ケル」などにおいて優勢
である。とくに「見エル」は圧倒的に二段型が多い。

・ミユルの例

[3019]

  <苗/三02b> 被   닙엇 거시 열워 뵈니 칩치 아니ᄒ온가
        キタ モノガ ウスウ <u>ミユル</u> サムウハ ナイカ

  <天/三02b> 被   닙엇 거시 열워 뵈니 칩치 아니ᄒ온가
        キタ モノガ ウスウ <u>ミユル</u> サムウハ ナイカ

  <文/三02a> 被   닙은 거시 열워 뵈니 칩디 아니ᄒ온가
        キル モノガ ウスウ <u>ミユル</u> サムウワ コサラヌカ

  <ソ/三25b> 被   닙은 거시 열워 뵈니 칩지 아니ᄒ온가
        キタ モノガ ウスウ 見エルガ サムウ ゴサラヌカ

  <済/三25b> 被   닙은 거시 열워 뵈니 칩지 아니ᄒ온가
        キタ モノガ ウスウ 見ル サムウ ゴザラヌカ

  <武/三23a> 被   닙은 거시 열워 뵈니 칩지 아니ᄒ온가
        キタ モノガ ウスウ <u>ミユル</u> サムウ ゴザラヌカ

  <初/三17a> 被   닙은 거시 열버 뵈니 칩지 아니허온가
        キタ モノガ ウスウ <u>ミユル</u>ニヨリ サムウハ アリ
        マセヌカ

・助クルの例

[4301] 輔・도을 보・호・다스계 <倭下/雑語,40a>

  <苗/四21a> 輔   나라 돕기를 힘써 ᄒᆞ옵소
        クニヲ <u>タスクル</u> コトヲ セイダサシャレイ

  <小/四23a> 輔   나라 돕기를 힘쓰신 지샹이올쇠
        国ヲ <u>ダスクル</u> コトニ 力ヲ ツカウ 宰相デ コサル

  <ソ/四31b> 輔   나라 돕기를 힘쓰신 지샹이올쇠
        クニヲ <u>タスクル</u> コトヲ 力ヲ ツカウ 宰相テ コ
        サル

  <ア/四31b> 輔   나라 돕기룰 힘쓰신 지샹이올쇠
        クニヲ <u>タスクル</u> コトヲ 力ヲ ツカウ 宰相テ コ
        サル

  <武/四29b> 輔   나라 돕기를 힘써 ᄒᆞ옵소
        国ヲ <u>タスク(ル)</u> コトヲ セイダサシャレマセイ

  <初/四23a> 輔   나라 돕기를 심 쓰시는 지샹이올셰
        国ヲ <u>輔クル</u> コトニ 力ヲ 用ル 宰相デ ゴザル

　少数ではあるが、古写本類と一部の増補本類に、もと二段活用語が
五段式に用いられている例がある。

・埋める
　　　＜苗/三50b＞　槨　곽의 관을 녀호 무드매 외관이라 ᄒᆞ옵니
　　　　　　　　　　　　槨ニ　クワンヲ　イレテ　<u>ウツム</u>　ユエ　外棺ト　申マ
　　　　　　　　　　　　スル
　　　＜天/三50a＞　槨　곽의 관을 녀호 무드매 외관이라 ᄒᆞ옵니
　　　　　　　　　　　　槨ニ　クワンヲ　イレテ　ユツム　ユエ　外棺ト　申マ
　　　　　　　　　　　　スル
　　　＜文/三64b＞　槨　곽의 관을 녀허 무드매 외관이라 ᄒᆞ옵니
　　　　　　　　　　　　クワクニ　クワンヲ　イレテ　ウツム　故　外棺ト　申
　　　　　　　　　　　　マスル
・仰せられる
　　　＜武/一13b＞　夕　져녁대 되면 미양 도라가고져 ᄒᆞ시니 그 어인 일
　　　　　　　　　　　　이니잇가
　　　　　　　　　　　　夕カタニ　ナレバ　イツモ　カヘロウト　<u>ヲヽセラル</u>
　　　　　　　　　　　　ソレハ　ドウシタコトデ　ゴザルカ
・遅れる
　　　＜済/二78b＞　随　좃차가려 ᄒᆞ오되 다리 알프기의 써러질밧긔 업ᄉ외
　　　　　　　　　　　　ツイテ　ユカウト　スレドモ　アシガ　痛ニ　ヨッテ
　　　　　　　　　　　　<u>ヲクル</u>ヨリ　外ハコサリマセヌ

　九州地方の肥前・肥後・薩隅には敬語助動詞「ルル・ラルル」の最
後の「ル」を脱落した「ル・ラル」を終止形として用いることがある
という(上村1970:75参照)。その語形変化は五段式と下二段式との融合
で、同輩以下に用いる敬意の低い敬語法とされるが、この「ヲヲセラ
ル」「ヲクル」はそれの類推による結果であろうか。しかし、実際の助
動詞「ルル・ラルル」は共通語式で用いられているし、二段型は、主
に明治に入って書写された増補祖本系の写本類と刊本に現れる。刊本
は、明治初期の言葉における規範性にひかれた、やや古めかしい文語
調、書き言葉的な語法に統一される傾向にあると見られる(片茂鎮1991:
39参照)。明治期に書写された増補本類にもそのような日本語の時代性

が反映されていることであろう。

　助動詞「(ラ)レル」の二段化の様相は次のとおりである。

<表-19>

異本	原祖本系						増補祖本系							刊本
活用	苗	沈1	あ	文	天	沈4	対	ア1	小	ア4	武	ソ	済	初
一段	2				1		1	2			3	4	4	5
二段	1					1					2	3	4	6

　この敬語の助動詞「(ラ)ルル」は、方言的には対馬において一段と栄えていたようであるが(岡野1983:165)、それが古写本類にはあまりなく、主に後期の増補本類と刊本に集中しているのは、やはり明治期の文体的影響と思われる。

[2149] 蚊・모긔 문・훈・가 <倭下/昆虫,26b>
　　<苗/二18a> 蚊　모긔는{가} 젹어도 소리를 크게 ㅎ고 믈리면 아모
　　　　　　　　　리 큰 사룸이라도 부어 오ㄹ옵니
　　　　　　　　　カハ チイソフテモ コヱヲ 大ニシテ クエハ トノ
　　　　　　　　　ヨフナ フトイ 人 テモ 身カ ハレアカリマスル
　　<ソ/二15b> 蚊　모긔가 젹어도 소리롤 크게 ㅎ고 믈리면 아모리
　　　　　　　　　큰 사룸이라도 술이 부어 오ㄹ옵니
　　　　　　　　　蚊ガ チイサクテモ 声ヲ ヲ、キニシテ <u>クワルレバ</u>
　　　　　　　　　イカニ フトイ 人デモ ミガ ハレアガリマスル
　　<済/二15b> 蚊　모긔가 젹어도 소리롤 크게 ㅎ고 믈리면 아모리
　　　　　　　　　[라] 큰 사룸이라도 술이 부어 오ㄹ옵니
　　　　　　　　　蚊ガ チイサクテモ 声ヲ ヲ、キニシテ <u>クワルレバ</u>
　　　　　　　　　イカニ フトイ 人テモ ミカ ハレアカリマスル
　　<会話/015> 蚊　모긔가 젹어도 소리롤 크개 ㅎ고 믈리면 아모리
　　　　　　　　　큰 사룸이라도 술이 부어 오ㄹ옵니
　　<初/二12a> 蚊　모긔는 젹어도 소리를 크개 허고 물니면 아무리
　　　　　　　　　큰 사룸이라도 술이 불어 오르느니
　　　　　　　　　蚊ハ チヒサクテモ 声ヲ オホキニシテ <u>クハルレバ</u>
　　　　　　　　　イカニ フトイ 人デモ 身ガ ハレアガル

いっぽう．使役を表す「(サ)セル」の例はほとんど現れない。古写本類に二段型の1例が見えるのみである。

[3683] 霊・신령 령・례이・레이몌ㄴ <倭上/寺利,53a>
    <苗/三50a> 霊　녕험을 뵈려 ㅎ면 미리 알리 일이 잇습ㄴ니
              レイゲンヲ ミョウト スレバ カネテ シラスル コトガ ゴザル
    <天/三49b> 霊　녕험을 뵈려 ㅎ면 미리 알리 일이 잇습ㄴ니
              レイゲンヲ ミョウト スレバ カネテ シラスル コトガ ゴザル
    <文/三64a> 霊　녕홈을 뵈려 ㅎ면 미리 알릴 일이 잇습니
              レイケンヲ ミヤウトテ カネテ シラスル コトガ アル

しかもこれは対馬の方言を反映しているものと思われる。1950年に厳原を中心として行われた吉町義雄氏の対馬方言調査によると(吉町1951:73)、対馬では古形文語式の「読マスル」や「介抱サスル」等の方がいまだ勢力のある統計となっている。

ほかに、語形上、「負う」の使役形と何らかの関係があるようにみられる「ヲヲセル」が全体で8例くらい出ているが、これも対馬方言的要素と思われる[10]。この「ヲヲセル」は韓国語「(짐을)싣다」の対訳として用いられている。

2.2. 音便

『交隣須知』の日本語について、文法的事柄としての音便形はどうなっているかを検討する。

---

10) 大浦政臣の「対馬北端方言集(一)」によると「オホセル」は「牛馬などに荷を負はせる」という動詞。p.140

<表-20>

異本 音便		原祖本系						増補祖本系							刊本
		苗	沈1	あ	文	天	沈4	対	ア1	小	ア4	武	ソ	済	初
イ	未	29		2		7	9		1	6	6	27	12	8	12
	完	210	6	4	75	76	21	26	21	51	58	133	180	120	193
促	未	8		1	2		1		3	1		3		2	139
	完	437	23	23	158	174	45	70	65	119	115	295	338	217	259
撥	未	2					1					1	1	1	18
	完	115	2	4	35	44	13	22	13	32	30	81	71	44	77
ウ	未			1					1						2
	完	124	1	2	35	42	13	19	16	47	49	76	103	53	118

* [未]は「ます形」のもの、[完]は音便形のもの。
* 音便形の右の( )は、「漢字+テ・タ」の形で表面には音便表記が現れないもの。

　苗代川本あたりでカ行五段動詞に一部未音便形が現れているものの、写本類全体としてはほとんど音便形の表記である。それが刊本では未音便形が目立つ。とくに促音便の場合は未音便形(ます形)が圧倒的に多い。

2.2.1. イ音便

　未音便形には、主に「往(ユ)ク」「行(イ)ク」の一部の例のほか、次の例が含まれる。

　　　<苗/二30a> 草簾　빈 셤을 들고 가셔 게 잇ᄂ 거슬 넛고 오ᄂ라
　　　　　　　　　アキタ ワラヲ サケテ ユイテ アレニ アル シナ
　　　　　　　　　ヲ イレテ コイ

　　　<武/三57a> 訓手　훈슈롤 드ᄅ면 노롬이 조츨지 아니ᄒ외
　　　　　　　　　ジョゴンヲ キヽテハ アソヒガ キレイニ ゴサリ
　　　　　　　　　マセヌ

　　　<武/四72b> 緩々　완々이 ᄒ다 밋쳐 못ᄒ리
　　　　　　　　　ユルヽヽシタト 云テ ヲイツキテ シマイカ

　　　<小/四42a> 諫　간ᄒ엿다가 화안(和顔)을 보고 믈러 왓슴ᄂ
　　　　　　　　　イサメ申テ ヤハラギナサレタ ヤウスヲ 見テ 退
　　　　　　　　　キテ キマシタ

　　　<初/一11b> 陽　볏치 ᄃᆺ쯧허니 자리를 실고 말이나 허셰

陽ガ 温タカナニヨリ ゴザヲ <u>シキテ</u> ハナシナリ
トモ シマセウ

<初/一20b> 園　후원(後園)의 꼿치 픠여쓰니 구경(求景)허옵쇼셔
庭ニ 花ガ <u>サキタニヨリ</u> 見物ナサレマセ

<初/一41a> 婢　계집 죵(從)은 긔자허고 녕니(伶俐)ᄒ여야 둇쓰
오니
婢ハ キリャウガ ヨクテ キデンガ <u>キ丶テコソ</u>
ヨウ ゴザル

<初/三60b> 松餅　숑병은 쏠굴우로 쩍을 민들어 콩과 풋스로 소를
넛코 씰우에 솔닙 풀 격쎄 넛코 쪄 내는 거시라
松餅ハ 米ノ 粉デ 餅 コシラヘテ 大豆ト 小豆ヲ
アンニ 入レテ コシキノ 上ニ 松葉ヲ ダン丶丶
ニ <u>シキテ</u> ムシタ モノジャ

<初/四39a> 憑　의빙(依憑)ᄒ야 듯고 왓네
タヨリテ <u>キ丶テ</u> キマシタ

以外はすべて「往(ユ)ク」「行(イ)ク」の例である。

[4479] 繁華・번화・한괴　<倭下/二字類,43b>

<苗/四34a> 繁　번화ᄒ 곳의 가셔ᄂᆞ ᄆᆞ음을 눗치 마옵소
ハンクワナル トコロニ <u>ユキテ</u>ハ 心ヲ ユルサ
シャルナ

<沈/四07b> 繁　번화ᄒ 곳의 가셔ᄂᆞ ᄆᆞ음을 눗지 마옵소
ハンクワナル 処ニ <u>ユキテ</u>ハ 心ヲ ユルサシャルナ

<小/四46b> 繁　번화ᄒ 곳의 가셔ᄂᆞ ᄆᆞ음을 눗지 마옵소
ハンクワナ トコロニ <u>ユキテ</u>ハ 心ヲ ユルサレマ
スルナ

<ソ/四64a> 繁　번화ᄒ 곳의 가셔ᄂᆞ ᄆᆞ음을 눗지 마옵소
ハンクワナ 所ニ <u>ユキテ</u>ハ 心ヲ ユルサレマスルナ

<ア/四64a> 繁　번화ᄒ 곳의 가셔ᄂᆞ ᄆᆞ음을 눗지 마옵소
ハンクワナ トコロニ <u>ユキテ</u>ハ 心ヲ ユルサレマ
スルナ

<武/四46b> 繁　번화ᄒ 곳의 가셔ᄂᆞ ᄆᆞ음을 눗지 마옵소
ハンクワナ 処ニ <u>ユキテ</u>ハ 心ヲ ユルサシャルナ

<初/四35b> 繁　　번화헌 곳데 가셔는 ᄆᆞ음을 방탕(放蕩)이 맙소
　　　　　　繁華ノ 処ニ ユキテハ 心ヲ ユルサレマスナ

　上の表には含めなかったが、サ行五段のイ音便の例もある。サ行五段のイ音便形は現代方言では福岡・大分両県に点々として残っているが(上村1970:78)、前述の奥村三雄博士の報告によると、対馬の周辺部では「オトシタ」に対して「オトイタ」のようなイ音便形が多く用いられていたという(奥村1973:88参照)。『交隣須知』では「刺ス」の語にいくつかイ音便形が見え、しかも大体<苗><沈><天><文>のような古写本類に現れる。やはり方言的な要素と見受けられる。

[4607]
<苗/四44b> 串　　져곳스로 ᄯᅳ저 죽겨도 방ᄌᆞ흔 연놈은 불샹치 아
　　　　　　니ᄒᆞ옵데
　　　　　　クシデ ツキサイテ コロシテ ホウラツナ モノハ
　　　　　　アワケガ ナイ
<沈/四18a> 串　　져곳스로 ᄯᅳ저 죽겨도 방ᄌᆞ흔 연놈은 불샹치 아
　　　　　　니ᄒᆞ옵데
　　　　　　クシデ ツキサイテ コロシテモ ホウラツナ 者ハ
　　　　　　アワレミカ コサラヌ
<小/四45a> 串　　져곳스로 ᄯᅳ저 죽겨도 간악흔 놈은 불샹치 아니
　　　　　　ᄒᆞ오니
　　　　　　クシデ ツキサイテモ 殺シテモ 姦悪ナ 者ハ アワ
　　　　　　レニ ゴサラヌ
<ソ/四62a> 串　　져곳스로 ᄯᅳ저 죽겨도 간악흔 놈은 불샹(不祥)치
　　　　　　아니ᄒᆞᄂᆞ니
　　　　　　クシデ ツキサイテ コロシテモ 姦悪ナ ヤツハ ア
　　　　　　ハレニ ゴサリマセヌ
<ア/四62a> 串　　져곳스로 ᄯᅳ저 죽겨도 간악흔 놈은 불샹치 아니
　　　　　　ᄒᆞᄂᆞ니
　　　　　　クシデ ツキサイテモ 殺シテモ 姦悪ナ ヤツハ ア
　　　　　　ワレニ コサラヌ
<武/四59b> 串　　져곳스로 ᄯᅳ저 죽겨도 방ᄌᆞ흔 연놈은 불샹치 아
　　　　　　니ᄒᆞ옵데

クシデ ツキサイテ コロシテチ ホウラツナ 者ハ
アワレゲガ ナイ

<初/四44b> 串　쇠곳치로 찔너 죽겨도 방즈(放恣)헌 놈은 불샹
(不詳)치 아느니라
鉄串デ ツキサシテ 殺シテモ 放埒ナ モノハ カワ
ヒソウニハ ゴザラヌ

[3199] 串・곤치 천・셴・호꾸시 <倭下/器具,15b>

<苗/三15a> 串　곳치예 고기롤 꿰여 볏티 몰리여라
クシニ ウヲヲ サイテ 日ニ ホセイ

<天/三14b> 串　곳치예 고기롤 꿰여 볏티 몰리여라
クシニ 魚ヲ サイテ 日ニ ホセイ

<文/三14b> 串　고치예 고기롤 꿰여 볏티 몰뢰여라
クシニ 魚 サイテ 日ニ ホセ

[3542]

<苗/三40a> 筒箇　동개의 살을 꼬자 츳다가 흔나식 빼혀 쓰옵는 거
시오니
ユビラニ ヤヲ サイテ サゲテ 一ヅ、 ヌイテ モ
チイル モノチャ

<天/三40a> 筒箇　동개의 살을 꼬자 츳다가 흔나식 빼혀 써{쓰옵}
는 거시오니
エビラニ ヤヲ サイテ サゲテ 一ヅ、 ヌイテ モ
チイル(イル)モノチャ

<文/三38b> 筒介　동게 살을 꼬자 츳다가 흔나식 빼혀 쓰옵는 거시
오니
エビラニ 矢ヲ サシテ 一ツツ、 ヌイテ イル モ
ノジャ

[4001]#眠・조올 면・몐・네무리 <倭上/動静,31a>

<文/三69b> 眠　조으롬 계시니 그만 ᄒ여 자새
ネムリガ サイタ コレマデニ シテ ネマセウ

<小/四01a> 眠　조으롬이 겨오니 그만 ᄒ여 자옵새
ネムリガ サシタニヨリ ソレマデニ シテ ネマセウ

<ソ/四01a> 眠　조으롬이 겨오니 그만 ᄒ여 자옵새
ネムリガ サシタニヨリ ソレマデニ シテ ネマセウ

<ア/四01a> 眠　조으롬이 겨오니 그만 ᄒ여 자옵새

　　　　　　　　　ネムリガ　サシタニヨリ　ソレマデニ　シテ　ネマセウ

2.2.2. 促音便と撥音便

　促音便・撥音便についてはそれぞれ1例を挙げるに止めるが、写本類は
ほとんど音便化が完成した形で現れている。刊本には非音便形が多い。

[2280] 刈・뷜 애・까이・가루 <倭下/田農,03a>
　　<苗/二28b> 刈　　뷔여 밋고 칠모 오느라
　　　　　　　　　　カッテ　クヽッテ　カロフテ　コイ
　　<ソ/二29a> 刈　　뷔여 밋고 질모 오계
　　　　　　　　　　カッテ　クヽッテ　カロウテ　ゴサレイ
　　<済/二29a> 刈　　뷔여 믓고 칠모 오계
　　　　　　　　　　カッテ　クヽッテ　カロテ　コザレイ
　　<会話/030> 刈　　뷔여 믓고 질모 오오
　　　　　　　　　　カリテ　クヽッテ　セホウテ　・
　　<初/二21b> 刈　　뷔여 묵거 질머 오오
　　　　　　　　　　カリテ　クヽリテ　セオウテ　ゴザレヨ
[1409] 使令・슈령・시례이・즈예모지 <倭上/人品,14b>
　　<苗/一30a> 使令　　슈령 블러 잡아오라 ᄒ고 닐라라
　　　　　　　　　　シレイヲ　ヨンテ　トラヘテ　ユイト　云へ
　　<ア/一35b> 使令　　슈령 블러 잡어오라 ᄒ고 닐너라
　　　　　　　　　　使令　ヨンテ　捕テ　コイト　云へ
　　<対/一35b> 使令　　슈령 블려 잡아오라 ᄒ고 닐너라
　　　　　　　　　　ソレギ　ヨンデ　捕テ　コイト　云へ
　　<武/一36b> 使令　　슈령(使令) 블려 잡아오라 ᄒ고 닐러라
　　　　　　　　　　サレグ　ヨンデ　トラヘテ　コイト　云へ
　　<初/一29a> 使令　　슈령 블너 잡아오라구 닐너라
　　　　　　　　　　使令　ヨビテ　トラヘテ　コヨト　イへ

2.2.3. 音便の特殊な例

　音便と関連して、特殊な例を2,3挙げる。

(1) 五段活用語の一段化
    <ア/一14b>　曝　이거시 측々ᄒ니 볏히 노화 몰러여라
                コレガ <u>シメタニヨリ</u> 陽タニ ヲイテ ホセ
    <苗/四36b>　如　ᄯ치 호블호가 업스니 ᄀᆞ려 무엇ᄒ랴
                ヲナシヨウニ ヨシアシカ ナイニヨリ <u>ヱテ</u> ナン
                ニ シヨフ
    <沈/四10a>　如　ᄯ치 호블호가 업스니 ᄀᆞ려 무엇ᄒ랴
                ヲナジヨウニ ヨシ悪ガ ナイニヨリ <u>ヱテ</u> 何ニ シ
                ヨウ
(2) 一段活用語の五段化
    <苗/二49a>　閉　다ᄃ 두면 김이 못 나고 그 속의 거시 곰당 서리라
                ト<u>チッテ</u> ヲケハ キガ デイデ ソノ ナカノ モノ
                ガ カビガ ネヨフ
    <苗/二28b>　擣　뷔여 싸흔 벼가 몰랏거든 두々려라
                カッテ ツンダ イネガ <u>ヒッタラ</u> タ丶カセイ
    <ソ/二07b>　馬走　몰이 ᄃᆞᆺ다가 것텨 업더졋습니
                馬ガ <u>カケッテ</u> ケマヅイテ コケマシタ
    <済/二07b>　馬走　몰이 ᄃᆞᆺ다가 것텨 업더졋습니
                馬カ <u>カケッテ</u> ケマヅイテ コケマシタ
    <初/二06a>　馬走　마리 ᄃᆞᆺ짜가 것텨 업뜰어졋짜
                馬ガ <u>カケッテ</u> ケツマヅイテ ウツムケニ コケマ
                シタ
    <武/一31a>　滋　이거시 브러시니 믈의 둠갓더냐
                コレハ <u>フヱッタニヨリ</u> ミヅニ ツケタカ
(3) 促音のウ音便化
    <武/一27a>　江　강이 어러니 우홀 거러갈밧근 업ᄉ외
                ヱガ <u>コヲウテ</u> 上ヲ アユンデ ユク 外ハ コサラヌ

2.2.4. ウ音便

 「‐フ」型は<苗><天><あ><沈四>のような古写本類と<初>に多い。特に<苗>と<初>には「‐フ」が圧倒的に多い。

[3026] 縫·홀 봉·호우·누우 <倭上/服飾,46a>
  <苗/三03a> 縫   혼 거시 터뎌시니 다시 호와 빨을 녀허라
              ヌフタ モノガ ホコロヒタニヨリ カサネテ ヌフ
              テ コメヲ イレイ
  <天/三03a> 縫   혼 거시 터뎌시니 다시 호와 빨을 녀허라
              ヌフタ モノガ ホコロヒタニヨリ カサネテ ヌフ
              テ コメヲ イレイ
  <文/三02b> 縫   혼 거시 터뎌시니 다시 호고 뾰를 녀허라
              ヌウタ トコロカ ホコロヒタホドニ カサネテ ヌ
              ウテ コメ イレイ
  <ソ/三26a> 縫   혼 거시 터뎌시니 다시 호고 빨을 녀호라
              ヌウタ モノガ ホコロビタニヨリ マタ ヌウテ 米
              ヲ 入レイ
  <済/三26a> 縫   혼 거시 터뎌시니 다시 호고 빨을 녀흐라
              ヌウタ モノガ ホコロビタニヨリ マタ ヌウテ 米
              ヲ 入レイ
  <武/三23b> 縫   혼거시 쳐뎌시니 다시 호고 빨을 녀흐라
              ヌウタ モノガ ホコロヒタニヨリ カサネテ ヌウ
              テ 米ヲ イレイ
  <初/三17a> 縫   혼 거시 터뎌스니 다시 호고 쓸을 너어라
              ヌフタ モノガ ホコロビタニヨリ カサネテ ヌフ
              テ 米ヲ 入レヨ

現代語のように促音便化した例も少数現れる。

  <ソ/四30b> 護   두텁퍼 허믈이 들어나지 아니케{게} 호는 거시
              음덕이오니
              カボッテ トガノ アラワレデヌヤウニ スルノカ
              イントクデ ゴサル
  <苗/三30a> 圇   져비란 거슨 유복거복이니 잘 바드려 호므로도
              못 호읍느니
              クシト 云 モノハ シアワセ ツクテ ヨフ トロフ
              ト ヲモッテモ ナリマセヌ
  <沈/四19a> 刮目 눈을 스스 서로 디흐랴 호읍니

目ヲ <u>ハラッテ</u> タカイニ タイセヨト 申マスル
<ソ/四63a> 刮目 눈을 쓰다가 보니 과연 긔ᄒ외
メヲ <u>ハラッテ</u> 見ニ マコトニ メヅラシウ ゴサル

いっぽう、「行(イ)ク」と「食ウ」の2動詞は、「テ(タ・タリ)」と接続しては音便無表記の「イテ」「クテ」の形を取るのが一般的で、それが「イッテ」「クウ(ッ)テ」となる例はごく僅かである。もちろんそれ以外の環境では「イク」「クウ」の形で用いられる。「イテ」「クテ」も九州方言的な要素かも知れない。

たとえば、「食ウ」の場合、<ソ><済><初>のような「クウ(フ)-」の形はこの例だけで、ほかのところではすべて「ク-」である。

[3738] 舐・할틀 뎌・데이・네부루 <倭上/飲食,49a>
　　<苗/三53a> 舐　할타 먹으니 다 녹어 업습데
　　　　　　　　ネブッテ <u>クタ</u>ニ ミナ キエテ ナクナリマシタ
　　<天/三53a> 舐　할타 먹으니 다 녹어 업습데
　　　　　　　　ネブッテ <u>クタ</u>ニ ミナ キエテ ナクナリマシタ
　　<文/三49a> 舐　할타 먹니 다 녹[셕]어 업습니
　　　　　　　　ネブッテ <u>クタ</u>レバ ミナ キエテ ナウナッタ
　　<ソ/二56a> 舐　할타 먹으니 다 녹어 업습ᄂ니
　　　　　　　　ネフッテ <u>クウタ</u>ニ 皆 トケテ ナクナッタ
　　<済/二56a> 舐　할타 먹으니 다 녹어 업습ᄂ니
　　　　　　　　ネブッテ <u>クウタ</u>ニ 皆 トケテ ナクナッタ
　　<初/二40b> 舐　할타 먹으니 다 녹어 업습네
　　　　　　　　ネブッテ <u>クフタ</u>ニ 皆 トケテ ナクナリマシタ

また「イク」の場合は、以下の4,5例以外はすべて「イ-」である。

　　<苗/二37a> 枯　이 남기가 이으러 가더니 요ᄉ이 새 닙 내옵니
　　　　　　　　コノ キカ カレテ <u>イッタ</u>ニ コノコロ シンバカ デマスル
　　<苗/三11a> 椀　자완을 가져다가 차 부어다고
　　　　　　　　チャワンヲ モッテ <u>イッテ</u> チャヲ ツイテ クレイ

<苗/四38a> 由 　말미를 주시면 잠간 도녀오々리
　　　　　　　　 イトマ　クダサレタラハ　サンジ　_イッテ_　キマショウ
<ア/四52b> 偕 　흠씌 가셔 안밧글 주시 덕간(摘姦)을소
　　　　　　　　 イチドニ　_イッテ_　内チ外ヲ　トクト　見分ナサレイ

　湯沢幸吉郎博士の『徳川時代言語の研究』(pp.101-102)によると、上方語ではまだ必ずしも音便形になると一定しておらず、連用形も併用されていたようである。そして当期の音便形は打ち解けた言い方で、早く一般の人に用いられ、元禄前後にはすでにそれが普通の形であったようである。いっぽう連用形は改まった、ひきしまった感を与えるもので、武士などによって保持されたものと考えておられる。これが江戸語では現代語と同じ形をとるようになったということで、『江戸言葉の研究』では連用形の用例は拾えない。だとすると、『交隣須知』の写本類の音便形は、当時の口語的な言語現象を反映しているものと思われる。なお刊本での連用形は、どちらかというと、改まった、文語調の文体にふさわしい表記として選ばれたものと言えよう。

　一方、ハ行四段活用動詞の場合は写本と刊本ともにすべてウ音便である[11]。これは前代からの用法として、近世前期上方語の口語ではウ音便であった。これが近世後期江戸語では促音便形優勢のもとに両音便形が併用され、上層では逆にウ音便形が優勢であったようである(小松1971:583)。続いて江戸末期から明治初年にかけての江戸語・東京語においても、教養ある人々の間ではウ音便形が用いられた(飛田1964)。

　古田東朔氏の指摘のように、幕末から明治にかけては、一般に、いわゆる「口語」的な言い方と「文語」的な言い方が一つの文章の中で混在していたこと、総じて明治前期は、教養層の間では、古風の、文

---

11) 形容詞の場合は、「—くて」という非音便形が対馬本に若干出ており、刊本ではほとんどが非音便形である。ク形は関東式の言い方、ウ形は関西式の言い方とよく言われたものであるが、明治初年にあっては、ウ形のような関西的な言い方のほうが上品、あるいは「丁寧」と意識されていたようである。(古田東朔「現代の文法」pp.625-627参照)

語的な言い方のほうがより丁寧な言い方、あるいはペダンチックな言い方と意識されていたこと(古田1982:660-632参照)を考え合わせると、『交隣須知』の刊本における音便形と非音便形の混用は、当時の言語現象を反映しているものと見ていいと思う。

2.2.5. 形容詞のウ音便

九州地方において、形容詞は、一応、カ語尾の地域(肥筑・薩隅・壱岐)とイ語尾の地域(豊日・対馬)とに別れ、それの副詞形はウ音便をとるのはもちろんであるが、ウ音便形に「テ」のつく場合は、「嬉シュシテ」のように古風に言うという(上村1983:18参照)。実際、対馬では形容詞の連体終止形は絶対にイ語尾を用いており、この点九州らしからぬ色彩を有することになる(吉町1951:72)。今、『交隣須知』における形容詞のウ音便のうち、「-ウシテ」の形をとる例と、同項目内でそれと対応するところの、他異本の例を表に示せば次のようになる。

<表-21>

異本 活用	原祖本系						増補祖本系							刊本
	苗	沈1	あ	文	天	沈4	対	ア1	小	ア4	武	ソ	済	初
-ウ(フ)テ	7			4	2		4	5	1	3	11	12	7	5
-ウ(フ)シテ	18				3	2			2	4	1	5	1	9
-クテ							2							3
-クシテ												1		2

そもそも漢文訓読の影響の強い文章で用いられてきた文章語的な「シテ」は、近世の話し言葉では「テ」に圧倒されていくのであるが(佐藤1969:448)、いま問題となる「-ウシテ」の用例は、比較的に古写本類の多用され、増補本類の<小>と初刊本で使用の割合が高くなる。古写本の中でもとくに<苗>における「-ウシテ」は対馬方言色の濃いものと思われる。いっぽう<小>の場合も、成立時期の早い異本として、方言的要素と見做しうると思う。

[2383] 板・널 판・한・이다 <倭下/樹木,28b>
<苗/二36a> 板　널은 공이 업서야 쓰느니라

       イタハ フシカ *ノフシテコソ* モチユル

<ソ/二39a>　板　널은 공이 업서야 쓰느니

       イタハ フシガ ナウテコソ ヨイ

<済/二39a>　板　널은 공이 업서야 쓰느니

       イタハ フシガ ナウテコソ ヨイ

<初/二28b>　板　널은 옹이가 업서야 쓰느니라

       板ハ 節ガ ナクテコソ 用ダツ

[1494] 姦・간사 간・간・오라와시고이 <倭上/性情,24b>

<苗/一37a>　詐　그는 간사(姦詐)ᄒ여 못 부릴 놈이올레

       アレハ ワルカシコフテ ツカワレル モノテハ コサ
       ランヌ

<ア/一42a>　詐　그 쟈는 간사ᄒ여 못 부릴 놈이라

       アレハ セチガシカウテ ツカワレヌ ヤツジャ

<対/一42a>　詐　그 쟈는 간사[시]ᄒ여 못 부릴 놈이올쇠

       アレハ セチガシカウテ ツカワレヌ 者テ ゴサル

<武/一42b>　詐　그 쟈는 간사ᄒ여 못 부릴 놈이오니

       アレハ セチカシカウテ ツカワル ヤツデ コサリマ
       セヌ

<初/一33b>　詐　그 쟈는 간사(姦詐)ᄒ야 못 부릴 놈이라

       コノ 者ハ *セチガシコウシテ* ツカハレヌ ヤツジャ

　ただし、初刊本の例まで方言的要素と断定するには無理があると思う。初刊本の「‐ウテ」を再刊本で「‐ウシテ」に直して例が2例ぐらいある。

<初/二15b>　真荏　춤째 기름이 고소허고 맛나니 약과를 지지옵소

       ゴマノ 油ハ *カウバシウテ* 味ガ アルニヨリ 薬
       果ヲ アゲラレヨ

<再/二15b>　真荏　춤째 기름이 고소허고 맛나니 약과를 지지옵소

       ゴマノ 油ハ *カウバシウシテ* 味ガ デルニヨリ
       薬果ヲ アゲラレヨ

のように、初刊本の「カウバシウテ」を再刊本で「カウバシウシテ」に直している。再刊本などでわざと方言に回帰させるような校訂があ

ったとは考えにくい。写本類における古い表現、訛などを直して通商
や外交の場ですぐにでも役立てるような実用的な会話書、またはその
ような人材を養成するために編輯された初刊本であったことを勘案す
べきであろう。初刊本における「–ウシテ」の表現は、やや改まった古
風の表現が好まれた、文体的な特徴による結果であると考えられる。

3. 表現法

3.1. 尊敬表現

　『交隣須知』における尊敬表現は、主に写本類においては「セラル
ル」の変形である「(サ)シャル」、刊本では「(ラ)レル」によって表さ
れている(片茂鎮2002:60参照)。江戸時代に多く用いられた尊敬の助
詞「(サ)シャル」はとくに前期の上方語で多用され、後期の江戸語に
おいては武士階級や僧侶や学者などの準武士階級の間で比較的長く用
いられる傾向にあった(松村1984:47-48参照)。いっぽう、「(ラ)レル」
は後期の江戸語で主に用いられた尊敬の助動詞で、尊敬語としては文
章語に多く、話し言葉には例が少ない(小松1971:353)。

　『交隣須知』の場合をみると、苗代川本のような古写本類には用例
が少なく、対馬本のような増補本類に用例が増え、刊本にあってはも
っぱら「(ラ)レル」という傾向にある。大体、写本類の「(サ)シャル」
が刊本において「(ラ)レル」に取って替えられた結果である。なかで
も苗代川本の「(サ)シャル」が刊本で「(ラ)レル」に替えられた場合が
多い。

　　[1741] 涎
　　　<苗/一56b> ツバキハ 必 ハイフキニ ハイテ カヘニ ハカシャルナ
　　　<ア/一64a> ツワヲ 必ス 灰吹ニ ハイテ カベニ 吐カシャレマスルナ
　　　<対/一64a> ツハヲ 必ス ハイフキニ ハイテ カベニ ハカシャルナ
　　　<刊/一50b> ツバヲ 必 灰吹ニ 吐テ 壁ニ ハカレマスナ

ただし、この「シャル」は、方言的には九州北部から熊本県にかけて
分布するし(上村1970:76)、対馬において広く用いられていたようで(小
倉1915:51)、方言的要素が加わったかもしれない。実際、対馬では敬意
の高い敬語表現として「シャル」が多く用いられたようである(岡野
1983:165)12)。

　「ナサル」は室町時代から用いられてきた尊敬語。独立した形とし
ても、敬語辞「〜ナサル」や「オ(ゴ)〜ナサ(レ)ル」という形としても
用いられた。中でも「オ(ゴ)〜ナサ(レ)ル」は江戸時代後期の代表的な
敬語形式の一つである(小松1971:350)。独立した形の「ナサル」13)は
本書の写本類、刊本に共に用いられているが、敬語表現としての「オ
(ゴ)〜ナサ(レ)ル」の用例は写本類に比べ、相対的に刊本に少ない。や
はり刊本において「(ラ)レル」に代えられた結果である。

　　[1104] 期年
　　　<苗/一08a> 一年ブリニ ヲカエリナサレトモ　詞ヲ ミナ ヲナライナ
　　　　　　　　サレテ キドクニ ゴサル
　　　<あ/一09b> 丸一年振リニ 御帰リナサレトモ コトバヲ 皆 ヲナラヒ
　　　　　　　　ナサレテ 奇特ニ ゴザル
　　　<ア/一11b> 一年フリニ ヲカヘリナサレトモ 詞ヲ 皆 学ウテ ヲカヘ

---

12) なお、『九州方言の基礎的研究』(pp.189、223)にも、敬語助動詞として対
　　馬ではゴザル系・シャル系とあり、とくにシャル系は老年層の間で、両筑
　　および壱岐・対馬に分布しているという報告がある。
13)「スル」の尊敬動詞としての「ナサル」の用例がアストン本に相対的に多
　　い。これは、尊敬表現の「オ(ゴ)〜ナサル」のうち、次のような、接頭語の
　　「オ(ゴ)」の省略されたものと見られる一部の例を含めたからである。
　　[0521] 宰相
　　　<ア/一45a> 宰相ハ 一国ノ 政事ヲ ヨウ ツトメナサレマスル
　　　<対/一44b> サイショウハ 一国ノ 政事ヲ ヨウ ツトメラレマスル
　　[0787] 憔悴
　　　<苗/一59a> 面ガ ヲヤセナサレタニヨリ ミワスレテ イマシタ
　　　<ア/一67a> 面ガ ヤセヲトロヘナサレタ故 見ソンジマシテ ゴザリマスル
　　　<対/一67a> 面ガ ヤセヲトロヘラレテ 見ソンジマシテ ゴザル
　　　<刊/一53a> カホガ ヤセオトロヘラレマシタ故 見ソンジマシタ

リナサレ̮テ 奇特̓コサル
  <対/一11b> 一年ブリニ カヱラ<u>レ</u>マスレドモ 言ヲ 皆 習イナサレテ
       キドクニ ゴサル
  <初/一09b> 一年ブリニ カヘラ<u>レ</u>マスレドモ 言バヲ 皆 学デ 往レテ
       奇特ニ ゴザル

　ここでは特に「ゴザナサル」について触れておきたい。まず「ゴザ
ナサル」が現れている項目(29個)を対象にして、それに対応する語形
を表にすると、次のようになる。

<表-22>

異本\表現	原祖本系						増補祖本系							刊本
	苗	沈1	あ	文	天	沈4	対	ア1	小	ア4	武	ソ	済	初
ゴザナサル	8					1	3	10	4	2	12	10	3	10
ゴザル	5			1	1		5	2	2	4	2	2	3	3
イマス														9
(ナサレル)														1
(ラレル)							2				1			

　まず独立した形の「ゴザル」[14]についてみると、室町期においては
「行く、来る、居る」の尊敬語として、最も軽度の高いものであった
(山崎1963:709参照)。ロドリゲスの『日本大文典』(p.592)にも尊敬語と
しての記述があり、『捷解新語』の原刊本からも15例ほどの用例を拾
うことができる。この「ゴザル」が江戸言葉では「マス」を付けて用い
られるのが普通となり、しかも補助動詞として丁寧表現の用法が多
くなるわけだが、『交隣須知』にも、「来る、居る」の尊敬語として
用いられた例が主に写本類に出ている。

　[1128]
  <苗/一09b> 今夕 오늘 져녁의 말ㅎ게 오읍소
       今夕 ハナシニ <u>ゴザレヱ</u>
  <沈/一09b> 今夕 오늘 져녁의 말ㅎ게 오읍소

---

14)「テ」に後続して補助動詞的に用いられても尊敬の意味を表すものは含める。

コンヤ ハナシニ ヲイデナサレイ
<ア/一13b> 今夕 오늘 져녁의 말ᄒᆞ개 오옵소
今夕ウ 咄ニ コサリマセイ
<対/一13a> 今夕 오날 져녁의 말ᄒᆞ게 오옵소
今夕ニ ハナシニ コサリマセイ
<刊/一11a> 今夕 오늘 져녁에 말이나 ᄒᆞ게 오쇼셔
今夕 ハナシナリトモ スルヨーニ マヰラレマセ

　方言として「ゴザル」を「行く・来る・在る」の敬語動詞として使うのは、肥筑に多いが、豊日・薩隅でも聞かれ、また壱岐では栄えているが対馬ではほとんど聞かないという(岡野(1983:165)。しかし福岡辺りでは「ゴザル」が「行く」「来る」「居る」の敬語動詞としても存立するという報告があるので(『九州方言の基礎的研究』pp.206-207参照)、九州北部方言の干渉があったかもしれない。「ゴザル」は別として、ここで問題としたいのは新しい形の尊敬語「ゴザナサル」である。補助動詞として用いられた例も2,3あるが、用例のほとんどは韓国語「계시다」に対応する日本語「居る」の尊敬語である。

[1554]
<苗/一41b> 祖父 조부가 계시온가 조모가 업서 계시온가
祖父ガ ゴサナサルカ 祖母ハ ゴサナサランカ
<ア/一48a> 祖父 조부가 계시온가
祖父カ ゴサナサレルカ
<対/一47b> 祖父 조부가 계시온가
ヂヽサマガ ゴサルカ
<刊/一38b> 祖父 조부가 계신가 아니 계시온가
ヂヽガ 在マスカ 在マサレヌカ
[4499] 解・풀 히・가이・도계 <倭下/雑語,36a>
<苗/四35b> 解 플러 내니 노롤 긋쳐 계시ᄋᆞᆸᄂᆡ
トケテ イカリヲ ヤメテ コサナサル
<沈/四09a> 解 플러 내니 노롤 긋쳐 계시ᄋᆞᆸᄂᆡ
トイテ ダシタニヨリ イカリヲ ヤメテ コサナサル
<武/四48b> 解 플러 내니 노롤 긋쳐 계시ᄋᆞᆸᄂᆡ

       トケテ イカリヲ ヤメテ コサナサル
<初/四37a> 解 풀러 내니 노염을 긋쳐 계시옵네다
       トイテ ダシタニヨリ 怒ヲ ヤメテ ゴザナサレマス

 しかし、この「ゴザナサル」は、例えば『虎明本狂言集』には次の1例しか出てこないなど、普通の江戸時代の口語文献ではその用例があまり見当たらない。ほかに、『交隣須知』の古写本類と同じく、苗代川地方に伝わる筆写本『淑香伝』に1例がある。

 ・只今此所へ<u>御座</u>なされ、花を御らんあるべきとの御事にて候(『虎明本狂言集』万葉類 p.187)
 ・妾 前日 □□ルニ 明司界ハ 十王 <u>コサナサル</u> 所ト 申マスル(京都大本『淑香伝』p.126)

 このような「ゴザナサル」が『捷解新語』の重刊本(1781)にも7例出ていて、そのうち6例が「居る」の尊敬語として用いられている。安田章博士はこの「ゴザナサル」について、当時の敬語が変性する傾向にあって、より尊敬に言おうとする表現意図の結果と見ておられる(安田1973:322参照)。

 ・かねて さんしの <u>御ざなさる</u> ところも ねんお いれて(6:23a)

 『交隣須知』と『捷解新語』に「ゴザナサル」の用例が多いのは日本の国内資料と比べて珍しいケースで、当時の言語現象の一例を反映しているものと思われる。なお、尊敬語「ゴザル」の場合からも分かるように、両書の日本語にも関連性が認められる。
 本書の写本類において尊敬語「ゴザナサル」がよく現れるのは、また一方で、「ゴザル」の丁寧語化と関係があるのではないかと思う。すなわち、それまで尊敬語として用いられてきた「ゴザル」が近世期に丁寧語化するにつれ、「ゴザル」の尊敬語としての機能が「ゴザナサル」に移られた結果ではないだろうか。一方、アストン本には尊敬語としての 「ゴザナサル」の例が多い反面、対馬本にはそれ以前の形

の「ゴザル」の例が多い。アストン本で書写期の言語が反映されたと言えばそれまでだが、もしかすると両書の成立に関わっている事柄かもしれない[15]。

　写本類の「ゴザナサル」に対応する尊敬を表す語として、刊本に「在(イ)マス」[16]が9例出ている。中世では、「イマス」が「あり」「いる」の尊敬語として、また尊敬の補助動詞としてよく用いられていた（桜井1971:223-228参照）。ここではただ、刊本の日本語がかなり保守的な一面をもっていることを指摘するに止めたいが、明治期の「イマス」の敬意度については、まだ検討の余地があると思われる。

3.2. 命令表現

　近世前期の上方語では四段[17]・ナ変の命令形はそのままで用いるのが普通であるが、「ヨ」「イ」が付くこともある。それ以外の動詞も、そのまま、または「ヨ」「イ」を付して用いる。一方、後期の江戸語では五段活用の命令形はそのままで用いるのが普通で、上一段・下一段・サ変は「ロ」を伴った形をとるのが一般的である。カ変には「イ」

---

15) 筆者は、アストン本(ア)と対馬本の底本は原「交隣須知」ではなく、原「交隣須知」を底本にして書き写した別々の写本類であったと考えている。つまり、原「交隣須知」を底本にして成立したいくつかの写本から今に見る多数の写本類ができたとみて、原「交隣須知」と、いわゆる増補本類の間に中間祖本たる写本類の存在を認めたいのであるが、その仮説については第2部の系統論で述べている。(片茂鎮:1998、2001参照)

16) 刊本の「在マス」は「イマス」と読むことにする。初刊本と再刊本において、前掲の例([1554])の項目「祖父」の次は「祖母」がきて、それの文例は「조모가 계신가 아니{안이} 계시온가」で「祖父」のと似ている。「祖父」の文例では韓国語「계신가」「아니계신가」の対訳として日本語は「在マスカ」「在マサレヌカ」であるが、「祖母」の文例では「イマススカ」「イマサレマセヌカ」となっている。なお、岡上登喜男も『明治14年版 交隣須知 本文及び索引(索引篇)』で「います」としている。

17) 一般に上方語に関しては四段活用という用語を使用し、江戸語の場合には五段活用と言うが、『交隣須』では「オ段+う」の形が一般に用いられているので、五段活用という用語を使うことにする。ただし、上方語に関する事柄として記述するときは、四段活用の用語を使う場合もある。

の付いた形が行われた(湯沢1936:111 115,1954:109 132参照)。すなわち、上方語の「イ」「ヨ」と東京語の「ロ」といった命令表現の対立を見ることができるのである。

　『交隣須知』の場合は、写本・刊本ともに五段活用の命令形はそのままで用いるのを主としているが、それ以外の動詞や助動詞の命令表現においては、命令形語尾の変化に、写本類と刊本の間ではっきりした区別がある。

<表-23>

異本表現	原祖本系						増補祖本系							刊本
	苗	沈1	あ	文	天	沈4	対	ア1	小	ア4	武	ソ	済	初
-イ	312	6		108	114	35	66	67	99	102	276	319	211	6
-ヨ	5	2	2	4		1	1				2			328
-エ(ヘ)	10				1									

　すなわち、動詞(助動詞)の命令形に、写本類には「イ」が、刊本には 「ヨ」が用いられていることである。「ロ」形は現れない。

[1217] 隙・틈 극・계기・스기/히마 <倭下/雑語,39a>
　　<苗/一16a> 隙　　창틈으로 여어보와라
　　　　　　　　　　ノゾイテ ミレイ
　　<沈/一16a> 隙　　창틈으로 여어보와라
　　　　　　　　　　マドノ アイカラ ノゾイテ ミヨ
　　<ア/一20b> 隙　　창틈으로 여어보와라
　　　　　　　　　　窓ノ スキヨリ 覗テ ミイ
　　<対/一20b> 隙　　창틈으로[를] 여어보와라
　　　　　　　　　　窓ノ アイヨリ ノゾイテ ミイ
　　<武/一20b> 隙　　창틈으로 여어보와라
　　　　　　　　　　窓ノ スキヨリ ノゾイテ 見イ
　　<初/一17a> 隙　　창틈으로 엿보와라
　　　　　　　　　　窓ノ スキカラ ノゾイテ ミヨ

　五段活用の命令形をそのままで用いる場合は別として、『交隣須

知』の写本類では「イ」を正とし、刊本ではそれを「ヨ」に統一しよ
うとしたと言えそうである。両者ともに上方語的であり、江戸期の、
対馬と苗代川地方の識者たちの間では依然として京阪地方の言葉を規
範としていたことがうかがえる18)。

　ここで一つ問題は、<苗>の「ミレイ」のように、本来の上一段動詞
がまるで下一段の命令形に用いられた例である。上の例のほかに「見レ
イ」が2例、「ゼンジレイ」1例ある。

```
[2011] 狗・개 구・고우・이누 <倭下/走獣,23b>
   <苗/二07a> 狗    개가 즈즈니 창 여러 보와라
                イヌカ ホヱルニヨリ マド アケテ ミレイ
   [4518]
   <苗/四37a> 殊    슈샹ᄒᆞ니 곳처 ᄎᆞ자 보와라
                フシンニ アルカラ アラタニ タツネテ ミレイ
[3118] 缶・단지 관・관・약관 <倭下/器具,14a>
   <苗/三09a> 缶    탄관을 조히 싯거 약을 졍이 달혀라
                ヤクワンヲ キレイニ アロフテ 薬ヲ ネン入テ セ
                ンジレイ
   <文/三09a> 缶    탕관을 조히 싯고 약을 졍히 달혀라
                ヤクワンヲ キレイニ アロフテ 薬ヲ ネン入テ セ
                ンジレイ
```

　九州方言では、全般的に「見る」のような一段活用動詞のラ行五段
化を見せるが(上村1970:78)、小倉進平博士が対馬を臨地調査した時に、
上一段は別に変ったことはないとしながら、「着る」の将然形として
「キヨウ」の外に「キロウ」、命令形「キイ」の外に「キレ」を用い
る個所がなかなか多いと、この「着る」という語は四段活用にも活か
しているように思われるとしている(小倉1914:44参照)。つまり、当時の

---

18) 同じく苗代川に伝わる『漂民対話』にも、例えば「見い」の用例がある。
　これについて李康民(1990)は、今日の、関東「見ろ」、近畿・中国「見
　い」、九州 「見れ・見ろ・見よ」のような方言的分布図からこの「見い」
　を近畿方言的要素と解している。

対馬では「着る」「見る」のような一段活用語は、意思や命令形のような一部の用法においては五段活用していたようである。だとすると、この「見レイ」は、命令表現に「見ル」が五段化したうえで、またそれに命令の語尾形「イ」が付いたものと推測できる。実際、そのような表現法、つまり五段動詞の命令形に「イ」が重複された例は、<苗>においても数多く出ている。助動詞「(サ)シャル」及び歴史的に四段型と一段型の両立する「ナサル」「クダサル」の例は除いて、それの全例を示す。

　　　往く　　ユケイ<苗/一29b>
　　　飼う　　カエイ<苗/二12a>
　　　搗く　　ツケイ<苗/二47b><苗/三17b>
　　　蒸す　　ムセイ<苗/二15b>
　　　煮る　　ニレイ<苗/二21a>
　　　出す　　ダセイ<苗/二32b><苗/三12a><天/三12a><苗/三69a><天/三69a><苗/四24b><苗/四　27a>
　　　貼る　　ハレイ<苗/二47a>
　　　置く　　オケイ<苗/一23b><苗/一27b><苗/一60a><苗/二47a><苗/二49b><苗/三01b><天/三01b><苗/三32b><天/三32a><苗/四26a><苗/四26b><苗/四35a>
　　　乾す　　ホセイ<苗/一25a><苗/三03a><天/三03a>
　　　打つ　　ウテイ<苗/一25b><苗/三02a><天/三02a>
　　　乗る　　ノレイ<苗/一26b>
　　　刺す　　サセイ<苗/三06a>
　　　揉む　　モメイ<苗/三14b>
　　　引く　　ヒケイ<苗/三15a>
　　　耕す　　タガヤセイ<苗/三15b>
　　　取る　　トレイ<苗/三17b>
　　　括る　　ククレイ<苗/三28b><天/三28b>
　　　継(注)ぐ　ツゲイ<苗/二14a><苗/二60b><苗/三46a>
　　　無くなす　ナクナセイ<苗/三55a><天/三54b>
　　　炊く　　タケイ<苗/三55b><天/三55b>
　　　立つ　　タテイ<苗/三68a><天/三68a>

持つ　モテイ＜苗/四23a＞

たとえば、

[1341] 湿・저즐 습・이우・누루루 ＜倭上/江湖,10b＞
　　＜苗/一25a＞ 湿　　저즈시니 몰러여라
　　　　　　　　　　ヌレタニヨリ　ホセイ
[4370] 余・남을 여・요・아마리 ＜倭下/雑語,32a＞
　　＜苗/四26a＞ 余　　남은 거슬란 곰초와 두어라
　　　　　　　　　　アマリノ　シナハ　カクシテ　ヲケイ

のような例で、このような「四段動詞の命令形＋イ」型は＜苗＞と＜天＞
に集中して現れる19)。＜天＞は＜苗＞系の写本を底本にしたものと思わ
れるので、これはまさに＜苗＞における独特な表現法と言える。この「四
段動詞の命令形＋イ」による命令表現は、九州もしくは対馬の方言的
要素と、当時一般的だった文法的要素が融合したものであろう。ただ
し、「ゴザル」の場合は趣を異にしていて、＜苗＞では五段活用、増補
本類と刊本では下一段活用をしている。

　　ゴザレ＜苗/二09a＞＜文/三56b＞＜苗/三67a＞＜天/三67a＞＜文/三65b＞＜武/
　　四15a＞＜苗/四37a＞＜武/四50b＞　ゴザレイ＜対/一27b＞＜ソ/二05a＞＜済/
　　二05a＞＜ソ/二29a＞＜済/二29a＞＜ソ/二65b＞＜済/二65b＞＜ソ/二76a＞＜済
　　/二76a＞＜小/四11a＞＜ソ/四15a＞＜ア/四15a＞＜ア/四15b＞＜ア/四16b＞＜沈
　　/四10b＞　ゴザレヨ＜初/二04a＞＜初/二21b＞＜初/四11a＞＜初/四12a＞
　たとえば、

[2038] 驢・나귀 려・료・우사믜꾸마 ＜倭下/走獣,23a＞
　　＜苗/二09a＞ 驢　　나귀게 싯고 오웁소
　　　　　　　　　　ウサキムマニ　ヲ丶セテ　ゴザレ
　　＜ソ/二05a＞ 騾　　나귀게 싯고 오웁소 / 당나귀

---

19) ほかにはアストン本の1例があるのみである。
　　[1708] 腋・겨드랑이 익・예기・와기노시다 ＜倭上/身体,17a＞
　　　　＜ア/一60a＞ 腋　　녑회예 씨고 가지
　　　　　　　　　　　ワキノ　下タニ　ハサンデ　ユケヨ

		ウサギ馬ニ 負セテ ゴサレイ
<済/二05a>	騾	나귀게 싯고 오웁소 / 당나귀
		ウサキ馬ニ 負セテ ゴザレイ
<初/二04a>	驢	나귀게 싯꼬 옵소
		ウサギ馬ニ 負テ ゴザレヨ

のようである。もう一つ、<苗>だけの特徴的な表現法として、

[2292] 納・ドリル 납・또우・오사무 <倭下/田農,03b>
<苗/二29b> 納　관가의 밧치라 / 납ᄌᄂ 들이단 말이라
　　　　　　　クワンカニ ヲサメヱ
<ソ/二30b> 納　관가의 밧치라
　　　　　　　公儀ニ ヲサメイ
<済/二30b> 納　관가의 밧치라
　　　　　　　公儀ニ ヲサメイ
<会話/031> 納　관가(官家)의 받치라

<初/二22a> 納　관가의 밧치라
　　　　　　　官家ニ ヲサメヨ

のように、一段動詞の命令形の語尾として一般的な「イ」ではなく「ヱ」を用いることである。用例をまとめると、次のようになる。

イケヱ<苗/二37b>
イレヱ<苗/二24a><苗/二24b>
ステヱ<苗/二18b>
タテヱ<苗/二47a>
ゴザレヱ<苗/一09b>
(サ)シャレヱ<苗/二21a><苗/二22b><苗/二23a><苗/二24a>

「セラル」の転じた尊敬の助動詞「(サ)シャル」の例がもっとも多いが、ほかはほとんど一段活用動詞の例で、この場合の「ヱ」は「イ」の異音と思われる[20]。つまり、連母音eiが[e:]と長音化し、それを発音どおりに書いた結果と見なしたい。このeiに対して、九州では、新し

い字音語や改まった発音では[ei]だが、日常語では一般に[e:]となる(上村1970:82)。とくに対馬と壱岐方言では、例えば「大根」のdaiを[de:]と発音するがごとく、連母音eiの長音化が特徴とされる(『九州方言の基礎的研究』p.218参照)。そのような砕けた発音の表記が<苗>にだけ現れ、それらが以降の写本類では一般的な表記に改められる形で用いられることを考え合わせると、<苗>におけるこのような特徴は、『交隣須知』なる書の成立した初期の事情、学習書として整備される前の初段階にあったことを物語ってくれるものではないだろうか。それだけに、対馬の方言的な要素を含めた当時の生々しい口語が盛り込まれやすかったと考えたいのである。そのような観点から考えると、上で述べた、もう一つの、<苗>の特徴的表現とした「四段動詞の命令形＋イ」も、当時の対馬における口語的言語現象を反映しているものと見て取ることができよう。

　もう一つの問題は、明治期の刊本で関西式の「ヨ」を採用していることであろう。承知のとおり、明治期は規範意識が前代よりも強く示された時期で、その初期にあたっては、日本の「文法」について、それを規制しようとする動きが「国語」意識とともに強くなってくるのである(古田1982:644)。当時、東京の教養層の言葉にあっては、江戸期以来の言い方、すなわち関西的な言い方が上品であるという意識がまだ存していたし(古田1982:619)、そのような言い方が教本の言葉としてふさわしいという規範意識に基づいて、『交隣須知』の刊本に「ヨ」が採用されたものと思われる。実際、明治36年の国定教科書にも「ヨ」の方を用いるのが普通のようで、命令形においては、文章に示されるところでは、後まで西日本式の言い方が残っていたようである(古田1982:727参照)。

　上の表の、下一段活用動詞に命令形の語尾「イ」の付いたアストン本(ア)と対馬本の用例数のなかには、ラ行変格活用に属する「ナサル、クダサル」の用例がそれぞれ2例と5例含まれている。

---

20) 上の例以外に「イ」と「エ」がまた融合した形の「下サレイエ」<苗/二21b>が1例あるが、これは例外的である。

［1453］能
  <苗/一33b>　　　コフシャブラズシテ　タシカニ　サシャレイ
  <ア/一39b>　必ス　功者ナ　フリセスシテ　タシカニ　<u>ナサレイ</u>
  <対/一39a>　必ス　スグレタ　フリセズシテ　タシカニ　<u>ナサレイ</u>
  <刊/一31b>　必　スグレタ　フリセズ　タシカニ　セラレヨ

　諸異本において、「ナサル」が「マス」に接続して「ナサレマセ（イ）」となる例がほとんどなので、これらを下一段活用の例に含めたわけだが、江戸語的な命令表現とも言える「ナサイ、クダサイ」のような語形は現れない。近世前期の上方語では、これらの語は下一段に活用したと言われるので(小松1971:548参照)、『交隣須知』の写本類におけるこのような「ナサレイ、クダサレイ」の命令表現はやはり上方語の要素と見られる。これらは、刊本では当然「ナサレヨ、クダサレヨ」となり、そのような用例が4例ほど出ている。
　丁寧の意を表す「マス」の命令形「マセ」と「マセイ」は、上方語・江戸語で両方が用いられたが、江戸語での「マセイ」は一般の人々の間では行われず、武士・役人などの特別な場合の言葉だったらしい(湯沢1936:486参照)。本書の用例はすべて、尊敬の動詞・助動詞に直接する丁寧助動詞「マス」の例で、より丁寧な意を表すものと思われるが、その例は古写本類の苗代川本には少なく、アストン本(ア)や対馬本に多い。このような傾向は、幾分『捷解新語』の場合と通じるところがあって、そのような例が『捷解新語』の原刊本には少なく、重刊本ではもはや一般的な敬語法となっている。特に『交隣須知』のアストン本(ア)あたりは、『捷解新語』の重刊本が編まれるころの日本語を反映しているように見受けられる。

［1542］画員
  <苗/一40b>　ヱシニ　タノンテ
  <ア/一47a>　ヱシニ　タノンテ　画ヲ　求テ　<u>下サレマセイ</u>
  <対/一46b>　ヱシニ　タノンデ　画ヲ　求テ　<u>下サレイ</u>
  <刊/一37b>　画工ニ　タノンデ　画ヲ　求テ　<u>下ダサレヨ</u>

　この「マス」と関連して一つ、アストン本と対馬本の間に偏りが存することを指摘したい。すなわち、対馬本には「レイ」による命令表現が多いのに対して、アストン本には「マセイ」の用例が多いのである。これは、アストン本で尊敬の「(ラ)レ」に後続して「マス」を用いた結果であるが、「マス」の付かぬままの対馬本に比べ、より近代的な敬語法だと言えよう。両書の日本語についてはなおさら細かい検討が必要であるが、ここで見る限り、対馬本の日本語がアストン本よりやや古い感じがする。

3.3. 確定表現

　ほかの朝鮮資料の場合と同様、『交隣須知』には「ニヨリ」が多く用いられていて、一つの特徴をなす。ここでは「ニヨリ」を中心に述べていくことにする。まず「ニヨリ」と、それに関連した確定表現形式の使用状況を表に示す。

\<表-24\>

異本　　　表現	原祖本系						増補祖本系							刊本
	苗	沈1	あ	文	天	沈4	対	ア1	小	ア4	武	ソ	済	初
ニヨリ	254	8	36	9	58	27	48	69	49	54	162	183	125	329
ニヨッテ	1			7				1				1		
ニツキ	1						8	6	17	18	7	27	10	26
ホドニ	16	2	1	8	3						5			1
ユエ(故)	23	5		8	10	5	8	14	23	24	10	57	33	45
カラ	3	2		1	1	2	4	1		1	1	2	2	2
テ(デ)	238	28	19	63	51	45	117	97	87	89	244	205	138	235
イデ	1	3		4		3	1		5	4	7	7	5	3
トコロニ									2	2		3	1	1
ニ	7				4	1	1	3	4	6	12	32	24	

　理由・原因表現を表す「ニヨリ」は、本来は文章体に多く用いられたもので、「ニヨッテ」とともに前代から江戸後期まで広く用いられたと言われるが、実際「ニヨリ」の用例を江戸時期の口語文献からは探し出すのは難しい。前代の中世口語文献のうち、文章語脈で綴られ

ているが変体漢文調を多分に有している『論語抄』と『三略抄』にあ
わせて6例、狂言資料には虎明本・虎清本・虎寛本3本合わせて26例あ
るが、例のほとんどが「語り」(一種の文章語)中に使われている(小林
1973)。湯沢幸吉郎の『徳川時代言語の研究』(p.615)に次の1例があっ
て、上方語の口語の文献ではその用例が見えるものの、『江戸言葉の
研究』では用例を見ない。続いて幕末から明治初期にかけての大阪の
口語資料にも「ニヨリ」の用例は見出せない(金沢1998:145参照)。「ニ
ヨッテ」に比べて「ニヨリ」が文章語的なので口語的な文献にその用例
が現れないかもしれないが、いずれにしても近世において「ニヨリ」
は一般的ではなかったように見受けられる。

　・あ狼藉物を捕へたといふにより駆け着け見れば腰元おくにぢゃ
　　　　　　　　　　　　　　　　　　(『元禄歌舞伎傑作集』下p.46)

　それが『交隣須知』をはじめ、『捷解新語』や『隣語大方』、苗代
川に伝わる『淑香伝』『韓語訓蒙』のような朝鮮資料にはもっぱら「ニ
ヨリ」である。とくに、より口語的な原刊本『捷解新語』には「ほど
に」であるのに対して、比較的に改まった表現の文章語的な改修本類
では「ゆゑ」「により」「て」などに変えられている。もちろん『捷
解新語』の場合は理由表現の歴史的変遷の反映という面もあるが、朝
鮮資料における「ニヨリ」の多用は特徴的と言える[21]。

　それの背景について推測してみるに、一つには、日本における一般
の国内資料とは違って、朝鮮資料はいわゆる外国語を学習するための
教本である。そのような教本の文体には、たとえば、「ニヨッテ」の
ような砕けた感じの口頭語的表現よりは「ニヨリ」のようにやや改
まった文章語的表現がふさわしいと、当時の人(通詞)たちは思ってい
たのではではないだろうか。もう一つ、『交隣須知』はそもそも対馬

---

21) このことについては浜田敦先生もかつて指摘なさったことがあり、対訳形
　が一種の「きまり文句」のように用いられ、明治15年前後に出版された
　『隣語大方』『交隣須知』にまで引き継がれたと述べられている。(『朝鮮
　資料による日本語研究』p.299参照)

　の朝鮮語通詞たちの、朝鮮との外交業務に役立つための会話書である。そこには「俗」よりは「雅」の、粗野なことばよりは上品なことばが採用されやすいと考えるのが自然であろう。そしてそのような言葉の品位は、とりわけ文章語的な表現とそれの保守性に関わるものであったと考えられる。

　実際、対馬の朝鮮語通詞の間では「ニヨリ」が使われていた。小田幾五郎の『象胥紀聞』(1794)の文の中には、「ニツキ」を主にしながらも、たまに「ニヨリ」が見える。

　　　急キ都ヘ登ラルヘシト教候ニツキ成珪懇ニ揖ヲナシ・・・
　　　　　　　　　　　　　　　　　　　　　（『象胥紀聞』上8）
　　　但諸郡県下吏ヲ勤ムル者ハ皆衙前(カキテ)中ヨリ勤ムルニヨリ百姓外
　　　ノ者ノ子手跡ヲハケムト云　　　　　　（『象胥紀聞』上101）

　しかし小田幾五郎の長男の管作が著した『象胥紀聞拾遺』(1841)には「ニヨリ」の例はなく、代わりに「ホドニ」や「ニヨッテ」の例が若干見えるのみである。

　　　近年ハ家ニ帰リ仕度アルニヨッテ知レヤスシ・・・
　　　　　　　　　　　　　　　　　　（『象胥紀聞拾遺』上34b）
　　　中ニモ親シキ交ハイヤシムルホトニ詞ヲツカウ・・・
　　　　　　　　　　　　　　　　　　（『象胥紀聞拾遺』上35a）

　いっぽう、『交隣須知』において「ニヨッテ」は＜文＞に多く、他の異本に一般的な「ニヨリ」は＜文＞では極端に少ない。たとえば

[3069]
　＜苗/三06a＞ 真　 춈빗이 설픠니 써 아니 나옵너
　　　　　　　　 スキクシガ アライニヨリ アカヾ デマセヌ
　＜天/三06a＞ 真　 춈빗이 설픠니 써 아니 나옵너
　　　　　　　　 スキクシガ アライニヨリ アカヾ デマセヌ
　＜文/三05b＞ 真　 춈빗이 설픠니 써 아니 나옵너
　　　　　　　　 スキグシガ アライニヨッテ アカガ トレヌ

<ソ/三30a> 真梳 줌빗이 설픠니 씨 아니 나닉
           スキグシガ アライ<u>ニヨリ</u> 垢ガ トレヌ
<済/三30a> 真梳 줌빗이 설픠니 씨 아니 나닉
           スキグシガ アライ<u>ニヨリ</u> 垢ガ トレヌ
<武/三28a> 真梳 줌빗이 설픠니 씨 아니 나닉
           スギクシガ アライ<u>ニヨリ</u> アカヾ トレヌ
<初/三20a> 真梳 줌빗시 설픠니 씨가 아니 나오니
           スキ梳ガ アライ<u>ニヨリ</u> 垢ガ トレマセヌ

のように＜文＞だけが「ニヨッテ」である。このような現象は、原祖本系のなかでも、＜文＞は他の古写本と系統を異にすることを物語るものではないだろうか。

　「ニツキ」のような文章語的表現が苗代川本のような古写本系にはほとんど用いられず、刊本と内容的に近いアストン本（ア）や対馬本、とくに小田本系列に集中していることが注目される。古写本類に比べ増補本類や刊本がやや文章語的だとすれば、『交隣須知』の二次編纂にあたる増補祖本においては、原祖本系写本類の砕けた表現などをより改まった表現法に再編纂が進められたと見て取ることができよう。

　　[4276] 過・허믈 과・과・기스/아야마지 ＜倭上/刑獄,53b＞
　　　＜小/四21b＞ 過　　허믈ᄒ더니 겻쯔지 ᄒ기의 굿쳣ᄉᆞ니
　　　　　　　　　　トガメタニ アレホドマデ 云<u>ニツキ</u> ヤメマシタ
　　　＜ソ/四29a＞ 禍　　허믈ᄒ더니 겻쯔지 ᄒ기의 굿쳣ᄉᆞ니
　　　　　　　　　　トガメタニ アレホドマデ 云<u>ウニツキ</u> ヤメマシタ
　　　＜ア/四29a＞ 禍　　허믈ᄒ더니 겻쯔지 ᄒ기의 굿[굿]쳣ᄉᆞ니
　　　　　　　　　　トカメタニ アレホドマデ 云<u>ツキ</u> ヤメマシタ
　　　＜初/四21a＞ 過　　허믈을 겟쯔지 허시기에 굿쳣ᄉᆞ네
　　　　　　　　　　オトガメヲ アレホドニ ナサル<u>ニツキ</u> ヤメマシタ

　『交隣須知』では、前代の「ホドニ」の用例はごく僅かで、全体としては写本類・刊本ともに「ニヨリ」による表現形式が中心であり、なかでも刊本では「ニヨリ」に統合される傾向を見せている。

[4375] 盈・츨 영・예이・미즈루 <倭下/雜語,32a>
　<苗/四26b> 盈　차시니 더 부오면 넘으리
　　　　　　　ミチタホトニ マタ ツイタラハ アマロウ
　<小/四28b> 盈　차시니 그만 부어라 넘는다
　　　　　　　ミチタニヨリ ソレダケニ ツゲ アマル
　<ソ/四39b> 盈　차시니 그만 부어라 넘는다
　　　　　　　ミチタニヨリ ソレダケニ ツゲ アマル
　<ア/四39b> 盈　차시니 그만 부어라 넘는다
　　　　　　　ミチタニヨリ ソレダケニ ツゲ アマル
　<武/四36b> 盈　차시니 더 부오면 넘으리
　　　　　　　ミチタホドニ マタ ツイダラハ アマラウ
　<初/四28b> 盈　차쓰니 더 부면 넘을나
　　　　　　　ミチタニヨリ マタ ツゲバ アマラウ

　「ユヱ」は江戸時期を通じて理由表現の接続助詞としてもっとも広く用いられたものの一つであるし、「カラ」は後期の江戸語の特色として有名である。増補本系の写本に「ユヱ」が相対的に多用されていること、用例は少ないが、対馬本あたりで「カラ」が4例ほど用いられていることは、それらが書写される過程において、当地における当時の言葉が反映されたものであろうか。そして巻一の一部でありながら2例もの用例がある<沈>の場合にも、同じことが言えるかも知れない。

[1003] 月・둘 월・계쯔・스기 <倭上/天文,01a>, 月・둘 월・계쯔・과쯔/과지 <倭上/時候,03a>
　<苗/一01a> 月　둘이 붉으니 심々흔디 말이나 흐읍새
　　　　　　　月ガ サヘテ サビシイホドニ ハナシ(話)ナリトモ
　　　　　　　イタシマショフ
　<あ/一01a> 月　둘이 붉그니 심々흔디 말이나 흐읍새
　　　　　　　月ガ サヱテ サビシイホドニ 咄ナリトモ イタシ
　　　　　　　マショウ
　<ア/一01a> 月　둘이 붉으니 심々흔디 말이나 흐읍새
　　　　　　　月ガ アキラカナニヨリ サビシイホドニ 咄ナリト
　　　　　　　モ 致シマセウ

<対/一01a> 月　둘이 불그니 심々흔디 말이나 ᄒ옵새
　　　　　　　　月ガ　アキラカナニヨリ　サビシイ<u>カラ</u>　咄ナリトモ
　　　　　　　　イタシマセウ

<武/一01a> 月　둘이 붉으{불그}니 심々흔디 말이나 ᄒ옵새
　　　　　　　　月ガ　アキラカニシテ　サビシイ<u>ホドニ</u>　ハナシナリ
　　　　　　　　ト　イタシマセフ

<初/一01b> 月　둘이 불그니 심심헌디 말슴이나 허옵시다
　　　　　　　　月ガ　明カニシテ　サビシイ<u>ホドニ</u>　咄ナリトモ　イ
　　　　　　　　タシマセウ

[1168]

<苗/一13a>明々後日　글픠는 연향히니 그리 아옵소
　　　　　　　　シアサッテハ　エンキョナ<u>ニヨリ</u>　サヤウニ　ヲ
　　　　　　　　モワシャレ

<沈/一13a>明々後日　글픠는 연향이니 그리 아옵소
　　　　　　　　シアサッテハ　ショウヨウデ　ゴザル<u>カラ</u>　サヨ
　　　　　　　　ウニ　ヲモワシャレイ

<ア/一16b>明々後日　글픠는 연향이니 그리 아옵소
　　　　　　　　シアサッテハ　イハチ<u>ユヱ</u>　左様ニ　思召レマセ

<対/一16b>明々後日　글픠는 宴享이니 그리 아옵소
　　　　　　　　シアサッテハ　イハチデ　アル<u>ニヨリ</u>　サヨウ　ヲ
　　　　　　　　ボシメセ

<武/一17a>明々後日　글픠는 宴享(연향)이니 그리 아옵소
　　　　　　　　シアサッテハ　イハチデ　アル<u>ニヨリ</u>　サヤウ　ヲ
　　　　　　　　ボシメシマセ

<初/一13b>明々後日　글픠는 연향이니 그리 아옵쇼셔
　　　　　　　　シアサッテハ　宴享デ　アル<u>ニヨリ</u>　サウ　オモハ
　　　　　　　　レマセヨ

　ただし、確定表現においては、韓国語に対する日本語の対訳が固定
している傾向がうかがえることが注目される。たとえば

　　-(으)니→ニヨリ、テ、シテ
　　-기의(기에、기예)→ニツキ

　　-매→ユエ
　　-ㄴ디→ホドニ(ただし、苗代川本には「カラ」となっている)

などのような例が挙げられる。『交隣須知』の日本語の中には、このような韓国語との対訳意識による言語的要素が含まれている可能性があるとも思われる。それらについても今後細かい検討が必要であろう。

3.4. 意思・推量の表現

　四段動詞の場合は「a-ウ(フ)」もしくは「o-ウ(フ)」のように用いられ特に問題はないが、一段式の場合は方言的な形で現れている例が多い。いま上村孝二氏の対照表(上村1970:76)に倣って『交隣須知』の意思・推量表現の語形を示せば、次のようになる。

	受けよう	見よう	為よう	来よう
九州の大部分	ウキュウ	ミュウ	シュウ	コウ
	ウキョウ	ミョウ	ショウ	クウ
「交隣須知」	ウキヨウ	ミヨウ	シヨウ	コウ
	ウキヤウ	ミヤウ	セウ	
	ウケウ	ミウ	シウ	
	ウキウ			
	ウケヨー			

　上一・二段語は「ミヨウ・ミヤウ(見)」、「する」の場合は「シヨウ」と古い表記の「セウ」がほとんどで、「ミュウ、シュウ」と発音されるはずの「ミウ、シウ」のような方言的な語形は2,3例にすぎない[22]。そして「来る」の場合はすべて「コウ」で方言式と一致する。

---

22) <済>には「マス」の勧誘の意味として「マシウ」と用いられた例が1例ある。
　　クイマシウ<済/二13b>

デキウト＜ソ/四23b＞
シフト＜苗/四08a＞ シウト＜苗/四42b＞
コウカ＜苗/三16b＞＜天/三16a＞＜文/三16a＞＜小/四44b＞
コウト＜ア/一16b＞＜対/一16b＞＜武/一17a＞＜初/一13b＞＜ソ/二06a＞
＜済/二06a＞
コウ＜苗/三04a＞＜天/三04a＞＜初/三16a＞

　問題は下一・二段語の場合で、「ウケヨウ」のように未然形＋助動詞
「ヨウ（ヤウ）」で表現される例はごく僅かである。ただし＜初＞では
「ヨー」で表れる[23]。全例を示す。

テヨフ＜苗/二50a＞　デヤウ＜ソ/三03a＞　デヨウ＜済/三03a＞＜武/三
03a＞　デヨー＜初/三02b＞　テヨウカ＜苗/三16b＞＜文/三56a＞
ネヨウ＜苗/三55b＞＜天/三55b＞＜文/三52a＞　ネヤウ＜ソ/二59b＞＜済/二
59b＞　ネヨー＜初/二43a＞　ネヨフ＜苗/二49a＞
ヲソレヨウカ＜武/四23a＞
ニケヨウカ＜苗/四35a＞
ニゲデヨーカ＜初/四36b＞
エヨフト＜苗/三57a＞＜天/三57a＞
トガメヨフカ＜苗/四03a＞
申シ上ゲヨー＜初/四10a＞

　上のような例を除けば、ほとんど「ウキヨウ」か「ウケウ」の形式
である。これらが転訛した「ウキウ」のような形は＜苗＞＜沈＞に2,3例
あるのみである。

クサリフト＜苗/二48a＞
タチフト＜苗/二48a＞
ニギウカ＜沈/四08b＞

　以下、「ウキヨウ」型と「ウケウ」型の全例と、それらの用いられ
た異本を表に示せば次のようになる。助動詞「（ラ）レル」や「（サ）セル」

---

23) この「ヨー」形は上一段や「する」にも現れる。
　デキヨー＜初/二21b＞ キヨー(着)＜初/三12a＞ シヨー＜初/三54b＞

が付いた語は全体として1例と数える。

　まず「ウキヨウ」型の分布と用例を示す。（○は当該の語例があることを表す）

<表-25>

異本／動詞	原祖本系						増補祖本系							刊本
	苗	沈1	あ	文	天	沈4	対	ア1	小	ア4	武	ソ	済	初
オレル	○		○											
ユケル									○	○		○		
シレル									○	○		○		
タテル													○	
ニゲル	○				○									
タゲル				○										
ワレル									○	○	○	○		
イワレル									○	○	○	○		
オソレル	○			○							○	○	○	○
カカレル									○	○				
ナサレル	○													
ナラレル												○		
フカレル									○			○		
ミラレル									○	○				
ヤブレル	○				○									
アズカレル				○										
イツケル											○			
クミカケル									○	○		○		
ツカワレル							○							○
ツナガレル									○	○		○		
マヌカレル									○	○		○		
アザムカレル											○			
ユラエラレル									○	○		○		
トラエラレル									○	○				
セッタテラレル	○													

［用例］
　　アザムカリヨウカ<武/三27a>
　　アヅカリヤウニ<文/三64a>
　　云イツキヤウト<武/一47a>
　　云ハリヤウ<小/四30b>　云ワリヤウ<ソ/四42a><武/四38b>　云ハリヨウ<ア/四42a>
　　ヲソリヨウヤウガ<文/三13a>　ヲソリヤウカ<ソ/三38b><済/三38b>

　　　＜武/三.35h＞
　　ヲソリヨフカ＜苗/三13a＞
　　ヲリヨフト＜苗/一03a＞　折リヨフト＜あ/一03a＞
　　カカリヤフ＜小/四14a＞　カカリヤウ＜ソ/四19a＞＜ア/四19a＞
　　クミカキヤウ＜ソ/四03a＞＜ア/四03a＞＜武/四03a＞
　　コキヤウ＜小/四05a＞＜ソ/四06b＞＜武/四06a＞
　　コラエラリヤウカ＜小/四08b＞＜ソ/四11a＞＜ア/四11a＞
　　立チヤウ＜済/三81b＞
　　シリヤウ＜小/四03a＞＜ソ/四04a＞＜ア/四04a＞　シリヨウ＜武/四04a＞
　　ツカハリヤウカ＜初/三23a＞
　　ツカリヤウ＜小/四27b＞＜ソ/四37b＞
　　ツカワリヤウ＜ア/一41a＞
　　ツナガリヨウ＜小/四31a＞＜ソ/四42b＞＜ア/四42b＞
　　トラヘラリヤウカ＜小/四51a＞＜ア/四70b＞
　　ナサリヤウ＜初/二53b＞
　　ナサリヨフカ＜苗/一34a＞
　　ナラリヤウ＜ソ/四48a＞
　　ニキヨフカ＜苗/三44b＞＜天/三44b＞
　　ヌキヨウ＜文/三02b＞
　　ヒッタテラリヨフ＜苗/四18a＞
　　マヌカリヨウト＜小/四46b＞＜武/四47a＞　マヌカリヤウト＜ソ/四64b＞＜
　　　ア/四64b＞
　　見ラリヤウカ＜小/四52a＞＜ソ/四72a＞＜ア/四72a＞
　　ヤブリヨウ＜苗/三42b＞＜天/三42a＞
　　ワリヨウ＜小/四02a＞＜武/四02b＞　ワリヤウ＜ソ/四02a＞＜ア/四02b＞

　次は、「ウケウ」型の用例と分布を＜表-26＞に示す24)。

---

24) 語幹部分の送り仮名が表出していない「申上ウ」のような例は除く。ま
　　た、「差支ユ」のように本来ヤ行二段活用語がまるで五段活用語のように
　　音転訛したものは対象から除く。

<表-26>

異本\動詞	原祖本系						増補祖本系							刊本
	苗	沈1	あ	文	天	沈4	対	ア1	小	ア4	武	ソ	済	初
カケル												○	○	○
ユケル										○				○
シレル	○										○			○
スメル									○	○	○			○
タテル											○	○	○	○
ツケル	○								○	○		○	○	
ニゲル											○			
ヌゲル	○				○									
ノベル														
ミエル														
ヤメル									○	○	○			
ワレル	○				○									○
イラレル														○
イワレル	○					○								○
オソレル	○				○									○
クズレル	○											○	○	○
クダケル											○			○
ユキケル	○													
ユタエル	○				○									○
ユボレル	○													
ススメル											○			○
タタセル	○					○					○			○
ツカレル	○									○	○			○
ハジメル														○
ミラレル														○
モトメル	○										○			○
ヤブレル														○
カゴツケル														○
クミカケル	○				○				○					○
タタカレル	○				○									○
ダマサレル	○		○	○										○
ツナガレル														○
マヌカレル	○					○								○
シリゾケル												○	○	○
サシツカエル														○
トラエラレル														○
トリマトメル												○	○	○
ワスレラレル														○
セッタテラレル											○			

［用例］
　イラレウカ<初/三51b>

カケウ<ソ/二09a><済/二09a>

カコツケウト<初/四45a>

クダケウ<武/三39b><初/三29a>

クツレウフカ<苗/二10a>　クヅレウカ<ソ/二05b><済/二05b><初/二05a>

クミカケフ<苗/三72b><天/三71b>　クミカケウ<小/四02a><初/四02b>

コキケフ<苗/四03a>

コケウ<ア/四06b><初/四05a>

コタエフカ<苗/一55a>　コタエフウカ<苗/三02a><天/三02a>　コタヘ
ウカ<初/四42a>

コホレフウ<苗/四11a>　コボレウ<武/四16b>

サシツカヘウカ<初/三50a><初/四14a>

シレフカ<苗/三36b>　シレフ<苗/四01b><苗/四05a>　シレウ<武/三
60b><初/四03b>

ススメウ<ソ/三82b><済/三83a><武/三77a>　勧メウ<初/三57b>

スメウト<初/三03b><小/四37a><ソ/四51a><ア/四51a>

タタカレフト<苗/三71b><天/三71b>

タタセウカ<苗/四36a><沈/四09b><武/四49a>

ダマサレウカ<苗/三05a><天/三05a><文/三05a>　欺レウカ<初/三19b>

ツカレフ<苗/四25a>　ツカレウ<ア/四37b><武/四34b><初/四27a>

ツケフ<苗/二15a>ツケウ<ソ/二11b><済/二11b><小/四26b><ソ/四
36b>　<ア/四36b>　ツケウフ<苗/二15b>

ツナガレウ<初/四30b>

トラヘラレウカ<初/四50a>

トリマトメウト<ソ/二30a><済/二30a>　トリ収メントテ<初/二22a>

ニゲウカ<武/四48a>

ヌケフ<苗/三02b><天/三02b>

ノベウト<ア/四17b>

ハジメウ<初/三30a>　始メウト<初/四17b>

ヒッタテラレウ<武/四25a>

マヌカレウト<苗/四34b><初/四36a>　マヌカレフト<沈/四08a>

ミエウ<初/四04a>

ミラレウカ<初/四51a>

モトメフト<苗/二32b>　モトメウニヨリ<苗/四13b><武/四19b>　求メ
ウニヨリ<初/四15b>

ヤブレウ＜初/二41b＞
ヤメウト＜小/四30b＞＜ソ/四42a＞＜ア/四42a＞
ワレフウ＜苗/三71b＞＜天/三71b＞　ワレウ＜初/四02b＞
ヲソレフカ＜苗/四16b＞　ヲソレウカ＜天/三13a＞　オソレウカ＜初/三
　26a＞＜初/四18b＞
退ケウ＜ソ/三77a＞＜済/三77b＞
立テウト＜ソ/二51b＞＜済/二51b＞　タテウ＜武/三75b＞＜初/三56a＞
忘レラレウカ＜初/四09a＞
云ワレフ＜苗/四28a＞　云ワレウ＜沈/四01b＞

　上の二つの表を比べてみると、＜苗＞と＜初＞はもっぱら「ウケウ」
型が中心で、増補本類には「ウキヨウ」と「ウケウ」の両型が用いら
れているものの、前者が優勢である。いっぽう、原祖本系に属する古
写本類は、どちらかというと＜苗＞と同じ「ウケウ」寄りと言える。原
祖本系の「ウケウ」も発音上では増補祖本系の「ウキヨウ」と同じな
ので、この両者は単なる表記上の問題かもしれない。しかし両者とも
に九州方言的な発音の表記であること、そもそも＜苗＞をはじめとした
原祖本系のは「ウケフ」のような表記で、より古い表記法を取ってい
ることを指摘できよう。そのような面で原祖本系の「ウケウ」と増補祖
本系の「ウキヨウ」はそれぞれ当時の表記法を反映しているものと思
われる。いっぽう、刊本においては「ウケウ」のような古い表記がよ
り規範的と認識したからであろうか。同時に刊本には「ウ」が撥音便
化した例も見える。いくつかの例を示す。

[4020] 倒・걷구러질 도・도우・사가사마 ＜倭上/動静,31a＞
　　＜苗/三72a＞　倒　것구로 미여둘고 코의 진믈 부으리라
　　　　　　　　　　サカサマニ クヽッテ カケテ ハナニ アクヲ クミ
　　　　　　　　　　カケフ
　　＜天/三71b＞　倒　것구로 미여둘고 코의 진믈 부으리라
　　　　　　　　　　サカサマニ クヽッテ カケテ ハナニ アクヲ クミ
　　　　　　　　　　カケフ
　　＜小/四02a＞　倒　것구로 미여둘고 코의 진믈 부으리라
　　　　　　　　　　サカカマニ クゞッテ カケテ ハナニ アクヲ クミ

　　　　　　　　　　　カケウ
　　　　　　<ソ/四03a> 倒　 것구로 미여둘고 코의 진물 부으리라
　　　　　　　　　　　サカサマニ クヽッテ カケテ ハナニ アクヲ _クミ_
　　　　　　　　　　　カキヤウ
　　　　　　<ア/四03a> 倒　 것구로 미여둘고 코의 진물 부으리라
　　　　　　　　　　　サカサマニ クヽッテ カケテ ハナニ アクヲ _クミ_
　　　　　　　　　　　カキヤウ
　　　　　　<武/四03a> 倒　 것구로 미여둘고 코의 진물 부으리라
　　　　　　　　　　　サカサマニ クヽッテ カケテ ハナニ アクヲ _クミ_
　　　　　　　　　　　カキヤウ
　　　　　　<初/四02b> 倒　 걱쑤루 미둘고 코에 진물를 부리라
　　　　　　　　　　　サカサマニ クヽッテ カケテ ハナニ アクヲ _クミ_
　　　　　　　　　　　カケウ

　　　[4032] 拾・주을 습・시우・히로우 <倭上/動静,30b>
　　　　　　<苗/四01b> 拾　 주어셔 혜여 보면 알리
　　　　　　　　　　　ヒロフテ カソエテ ミタラハ _シレフ_
　　　　　　<小/四03a> 拾　 주어셔 혜여 보면 알리라
　　　　　　　　　　　ヒラウテ カゾヘテ 見レバ _シリヤウ_
　　　　　　<ソ/四04a> 拾　 주어셔 혀여 보면 알리라
　　　　　　　　　　　ヒロウテ カゾエテ 見タラハ _シリヤウ_
　　　　　　<ア/四04a> 拾　 주어셔 혀여 보면 알리라
　　　　　　　　　　　ヒロウテ カゾエテ 見レバ _シリヤウ_
　　　　　　<武/四04a> 拾　 주어셔 혀여 보면 알리
　　　　　　　　　　　ヒロウテ カゾエテ ミタラハ _シリヨウ_
　　　　　　<初/四03b> 拾　 주어셔 셰여 보면 알니라
　　　　　　　　　　　拾テ カゾヘテ ミタラバ _シレウ_

3.5. 可能表現

主に否定形として現れ、文語調の「得ズ」「得マセヌ」の形が一般
的である。

<表-27>

異本	原祖本系						増補祖本系							刊本
表現	苗	沈1	あ	文	天	沈4	対	ア1	小	ア4	武	ソ	済	初
エ	5			1	2	2	4	4	22	16	14	30	15	1
エ	12	1			2								1	36
ヘ	3		1			2			2					
ラレル	6			1	1	3			2	2	5	4	3	1

「得ズ」と否定の助動詞が接続する「ラレル」の用例だけを挙げる。

アイエマイ＜苗/四33a＞

欺キエヌ＜初/四18a＞

アワシエヌ＜小/四52b＞　アハシエヌ＜ソ/四72b＞＜ア/四73a＞　アハシエヌ＜初/四51b＞

云イエズ＜ソ/二71a＞＜済/⌐71a＞　言ヒ丅ヌ＜初/二51a＞　云イエヌ＜小/四51a＞＜ソ/四70a＞＜ア/四70a＞

イタシエヌ＜苗/四07a＞　イタシエヌ＜武/四11a＞　致シエヌ＜初/四09a＞

イタシエズ＜対/一16a＞　イタシエヌヤウニ＜ア/一35a＞

イタシエヌ＜ソ/三70a＞＜済/三70b＞＜武/三65b＞　イタシエヌ＜初/三48a＞

ウゴカシエヌ＜小/四45b＞＜ソ/四62b＞＜ア/四62b＞

ウゴキエヌ＜小/四26b＞

オ目ニカカリエマイ＜初/四34a＞

カクシエン＜苗/二51a＞

キエヌ＜小/四49a＞＜ア/四67b＞

クラシエヌヤウニ＜ア/一08b＞＜武/一09a＞　クラシエヌヤウニ＜初/一07a＞

シノビエズ＜初/四08b＞

シエマイ＜ソ/二07b＞＜済/二07b＞＜ソ/四21b＞

ソムキエズ＜初/四35b＞

タヘエス＜ソ/二19b＞　タベエズ＜済/二19b＞

トビエヌ＜文/三07b＞＜ソ/三12a＞＜済/三12a＞＜武/三10b＞　トビエヌ＜初/三08a＞

トメエヌ＜小/四08b＞＜ソ/四11b＞＜ア/四11b＞　トメエヌ＜初/四08b＞

トラヘエヌ＜小/四31b＞

トリアドメエヌ＜小/四49b＞＜ソ/四68b＞＜ア/四68b＞　トリアドメエヌ＜

　　　　初/四48b＞
　　　ノベエヌ＜初/四49b＞
　　　マヰリエヌ＜初/四47b＞
　　　免レエヌ＜小/四32b＞＜ソ/四44b＞＜ア/四44b＞
　　　ミエヌ＜苗/四47b＞＜沈/四21a＞＜武/四63a＞25)
　　　キヤエヌ＜ソ/四67b＞
　　　ユキエマイカト＜済/三55b＞＜武/三51b＞
　　　コラウシエラレマス＜済/二71b＞26)
　　　カチエラレマイ＜小/四12a＞＜ソ/四16b＞　カチエラルマイ＜ア/四16b＞

　ここで問題は、この可能表現の「エ」の例が＜苗＞の巻一と二に極端
に少ないということである。＜苗＞において「エ」(「エ」「ヘ」)は20
例を数えるが、巻一と二にはそれぞれ1例ずつがあるのみである。

　　[1387]
　　　＜苗/一28b＞　揺悩　　심이 빈멀민ᄒᆞ여 마{머}리 드지 못ᄒᆞ올ᄉᆡ
　　　　　　　　　　　　　 (甚)　フネカ　ユッテ　カミヲ　アゲエマセヌ
　　[2500] 堞・셩각회 텹・됴우・시로노가볘 ＜倭上/城郭,34a＞
　　　＜苗/二44b＞　堞　　셩각괴마다 군ᄉᆞ를 직희게 ᄒᆞ면 역적이 용슈치
　　　　　　　　　　　　　 못ᄒᆞᆼ니
　　　　　　　　　　　　 シロガマエコトニ　グンシヲ　マムラスヨフニ　ス
　　　　　　　　　　　　 レハ　キャクソクカヲカシエマセヌ

　とりわけ巻一についてみると、同じく巻一を有する増補本類の＜対＞
＜ア＞には「エ」による可能表現が4例ずつ出ている。＜苗＞の文例が可
能表現となっていない1例([1075])を除くと韓国語は「못ᄒᆞᆼ니、못ᄒᆞ올ᄉᆡ」で、可能の意味を表す文節に対して＜対＞＜ア＞には対訳の日本語

------

25) 韓国語の対訳は「못 보ᄂᆞᆫ도다」である。
26) [3889] 眼膜・안막・ᄡᅡᆫ마구・메노호시 ＜倭上/疾病,51b＞
　　　　＜ソ/二71b＞　眼膜　안막이 ᄆᆞ리워시매 분명이 보지 못ᄒᆞ시게 ᄒᆞ엿ᄉᆞᆸ니
　　　　　　　　　　　　　　 メニ　コスガ　ヲヲタ　ユエ　分明ニ　ゴロウジラレマスマイ
　　　　＜済/二71b＞　眼膜　안막이 ᄆᆞ리워시매 분명이 보지 못ᄒᆞ시게 ᄒᆞ엿ᄉᆞᆸ니
　　　　　　　　　　　　　　 メニ　コスガ　ヲヲタ　ユエ　分明ニ　コラウシエラレマス
　のような状況から見て＜済＞の「コラウシエラレマス」には後ろに「マイ」
　が書き漏れたものと見受けられる。

として「ヱ」による可能表現となっているが、<苗>には単なる否定か
「ラレル」による可能表現である。

[1403] 市人・시인・시신・마지닌 <倭上/人品,14b>
　　　<苗/一29b>　市人　　시졍의 즈손(子孫)은 아모 구실도 못 ᄒᆞ옵니
　　　　　　　　　　　　　マチノ モノノ ナンノ ヤクモ <u>イタシマセヌ</u>
　　　<ア/一35a>　市人　　시졍의 즈손은 아모 벼슬도 못ᄒᆞ개 ᄒᆞ엿습니
　　　　　　　　　　　　　町人ノ 子孫ハ 何ノ ヤクモ <u>イタシヱヌヤウニ</u>
　　　　　　　　　　　　　コサリマスル
　　　<対/一34b>　市人　　시졍의 즈손은 아모 벼슬도[노] 못ᄒᆞ옵니
　　　　　　　　　　　　　町人ノ 子孫ハ 何役モ <u>イタシヱマセヌ</u>
[1575] 曾孫・증손・쇼우손・히마꼬 <倭上/人倫,13a>
　　　<苗/一43a>　曾孫　　증손(曾孫)은 하 여러히니 얼굴을 아지 못ᄒᆞ옵데
　　　　　　　　　　　　　ヒマコハ アマリ ヲ丶イニヨリ カヲ丶 <u>ミシリ</u>
　　　　　　　　　　　　　<u>マセンヌ</u>
　　　<ア/一50a>　曾孫　　증손이 만하 얼굴도 혹 모로옵니
　　　　　　　　　　　　　ヒマコカ ヲ丶テ 顔モ モシハ <u>シリマセヌ</u>
　　　<対/一49b>　曾孫　　증손은 하 여러히니 얼글을 아지 못ᄒᆞ옵니
　　　　　　　　　　　　　ヒマゴハ アマリ ヲウゼイ イテ 顔ヲ <u>知リヱマ</u>
　　　　　　　　　　　　　<u>セヌ</u>
[1653] 鼾・코고을 한・간・이비기 <倭上/気息,20b>
　　　<苗/一49a>　鼾　　코롤 미이 코오니 듯기 슬희여 겻더 줌자지 못
　　　　　　　　　　　　ᄒᆞ올식
　　　　　　　　　　　　イビキヲ キツウ カイテ キ丶タムノフテ ソバ
　　　　　　　　　　　　ニ <u>ネラレマセヌ</u>
　　　<ア/一57a>　鼾　　코롤 미이 코오니 듯기 슬희여 겻더셔 줌자지
　　　　　　　　　　　　못ᄒᆞ올쇠
　　　　　　　　　　　　イビキヲ キツウ カクカラ キ丶トモナウテ ソ
　　　　　　　　　　　　バて <u>ネイリヱマセヌ</u>
　　　<対/一57a>　鼾　　코롤 미이 코오니 듯기 슬희여 겻티셔 자지 못
　　　　　　　　　　　　ᄒᆞ올쇠
　　　　　　　　　　　　イビキヲ キツウ カクニヨリ キ丶トモナウテ
　　　　　　　　　　　　ソバニテ<u>ネイリヱマセヌ</u>

このような傾向は巻二にも認められる。

[2004] 象・코키리 샹・쇼우・쇼우 <倭下/走獣,22b>
    <苗/二06b> 象   코키리는 코희 쥐가 들면 견디지 못ᄒᆞ옵니
                ゾウハ ハナニ ネツミガ イレハ <u>コタエマセンヌ</u>
    <ソ/二01a> 象   코키리는 코의 쥐가 들면 못 견디여 ᄒᆞ옵니
                ゾウハ 鼻ニ 鼠カ 入レハ <u>タエガトウ イタシマスル</u>
    <済/二01a> 象   코키리는 코의 쥐가 들면 견디지 못ᄒᆞ옵(니)
                ゾウハ 鼻ニ 鼠ガ 入レバ <u>コタエヱマセヌ</u>

いっぽう、巻一の欠ける増補本類の<小><ア四><ソ><済>などでは「ヱ」の用例が多くなる。とくに<小>は巻四の1冊でありながら 「ヱ」の頻度がもっとも高い。これらはともに巻一を欠くが、小田本系列の系統的関連から残存する巻の内容を類推するに、欠巻となっているそれらの巻にも「ヱ」の多用が推定可能かと思う。ここで当面の課題として浮かんでくるのは、増補本の<小>と対照される<苗>の巻一・二、なかでも特に巻一における「ヱ」による可能表現の少なさである。

　方言的にみて、可能表現の助動詞「エル」が現れるのは、主に長崎県内でも対馬あたりのようである(『九州方言の基礎的研究』p.224参照)。「ユル」と「エン」まで拡大すると長崎県を中心に佐賀・熊本県の一部で用いられ、主に九州西北部に分布する27)。実際、小倉進平博士の報告にも、対馬では可能を表すのに「行ケル」「行キエル」等の形をもっているところもあるという(小倉1915:50)。江戸時代、薩摩などの九州南部方言では、可能表現は「着ガナル」「着ガナラン」という形が一般的だったようなので(迫野1989:438)、苗代川で伝承された<苗>の日本語にさえも鹿児島方言はあまり影響がなかったように見える。したがって『交隣須知』の写本類は、大体において対馬などの九州北部との関係が深いと見ることが出来そうである。このような状況のなかで、<苗>における「ヱ」使用の偏りをどう説明すべきだろうか。

　そこで筆者は、本書の成立に関わる系統論的な観点から説明できる

27)『九州方言の基礎的研究』pp.94-96.「分布事象一覧表」参照。

のではないかと考えている。つまり、原「交隣須知」は最初から四巻
をもって成立したものではなく1冊の不完全なものであったこと、そし
てその1冊なるものは今にみる『交隣須知』の巻一と二の部分、特に
<苗>の巻一あたりと関係が深いものではなかったかと推定しているわ
けである。『交隣須知』の初期の段階ではより自然な、口頭語の生き
た会話文を志していたため、文語調の「得ズ」のような表現を避け、
より標準的な「ラレル」を用いたのではないだろうか。それが<小>の
ような増補本類においては、学習書の体裁を整えながら改まった、よ
り文語調の「得ズ」が好まれたのではないかと推定する。その面で、
この「ヱ」による可能表現は、『交隣須知』の成立に関わる二段階の編
纂説を裏付けられる1例になると思う。そしてこの「ラレル」による可
能表現は、少数ではあるが、依然として<苗>に多い。その1例を示す。

　　[4476] 逆・거스릴 역・계기・사고우 <倭下/雑語,35b>
　　　　<苗/四33b> 逆　거스지 못ᄒᆞ와 그리 홀 양으로 ᄒᆞ엿습ᄂᆡ
　　　　　　　　　　　　ソムカレマセイテ サヤウニ イタスヨウニ ゾンジ
　　　　　　　　　　　　マスル
　　　　<沈/四07a> 逆　거스지 못ᄒᆞ와 그리 홀 양으로 ᄒᆞ엿습ᄂᆡ
　　　　　　　　　　　　ソムカレマセイデ サヨウニ イタスヨウニ ゾンジ
　　　　　　　　　　　　マスル
　　　　<小/四36a> 逆　거스지 못ᄒᆞ와 담당(担当)ᄒᆞ엿습ᄂᆡ
　　　　　　　　　　　　ソムキヱマセイデ ウケアイマシテ ゴサリマスル
　　　　<ソ/四49b> 逆　거스지 못ᄒᆞ와 담당(担当)ᄒᆞ엿습ᄂᆡ
　　　　　　　　　　　　ソムキヱマセイデ ウケモチマシテ ゴサル
　　　　<ア/四49b> 逆　거스지 못ᄒᆞ와 담당(担当)ᄒᆞ엿습ᄂᆡ
　　　　　　　　　　　　ソムキヱマセイテ ウケモチマシテ コサル
　　　　<武/四46a> 逆　거스지 못ᄒᆞ와 그리 홀 양으로 ᄒᆞ엿습ᄂᆡ
　　　　　　　　　　　　ソムカレマセイデ サヤウニ イタスヤウニ ゾンジ
　　　　　　　　　　　　マスル
　　　　<初/四35b> 逆　거슬이지 못허여 그리ᄒᆞ 량으로 허엿스오
　　　　　　　　　　　　ソムキヱズ サヤウニ イタスヤウニ イタシマシタ

4. まとめ

　『交隣須知』の諸異本に現れている表現法を中心に、その日本語の変異相を通時的観点から眺めてみると、そこからは一応、時代言語としての流れが見取れる。すなわち、写本類における上方語的表現から刊本における現代語(東京語)的表現へという変化であるが、諸異本を通じて、日本語の背景には上方語が本流をなしていると言えそうである。苗代川本・沈寿官本・アストン本(あ)のような原祖本系の古写本類はもちろんのこと、近世後期に書写された対馬本のような増補本類にも、上方語語と対立する意味での江戸語的要素が少ない。一方、刊本の日本語にも江戸語的の色合いは薄いと言える。当時、関東地方の言葉より規範性の高かった関西地方の言葉が教本にふさわしい言語として優先された結果であろうが、それが明治初期の言語実態でもあったのである。

　このような時代言語を反映している『交隣須知』における日本語の方言性についても看過できない。『交隣須知』の写本類、特に古写本類には、二段活用語、サ行のイ音便形、形容詞の「ウシテ」表現、「四段動詞の命令形＋イ」による命令表現のような、北九州の方言圏のなかでも対馬方言と思われる言語要素が多く含まれていると言える。また意思・推量を表す原祖本系の「ウケウ」と増補祖本系の「ウキヨウ」は、両者ともに九州方言的な発音の表記として当時の表記法を反映しているものと思われる。いっぽう、増補本類と刊本は明治期の文体的影響を受けていることも一部認められる。『交隣須知』の日本語は、確定条件表現の「ニヨリ」に象徴されるような、やや改まった文章語的表現と見ていいと思う。『交隣須知』はそもそも対馬の朝鮮語通詞たちの、朝鮮との外交業務に役立つための会話書であった。そこには「俗」よりは「雅」の、粗野なことばよりは上品なことばが採用されやすいと考えるのが自然であろう。そしてそのような言葉の品位は、とりわけ文章語的な表現とそれの保守性に関わるものであったと考えられる。

結　論

　韓国と日本の、両民族の交流がもっとも盛んだった18世紀の初頭3.
に、日本における最初の韓国語学習書として成立した『交隣須知』は、
約200年間写本のまま伝えられ、明治14年になって初めて刊本になるわ
けであるが、その間数多くの異本が残こされ、韓国語の教科書として
重んじられてきた背景をうかがわせている。この「交隣須知」が成立
して刊本にいたる過程と諸写本の系統的関係を糾明することは、とり
もなおさず、本書を言語資料として用いるための前段階として、本書
の基礎的研究に該当すると思われる。本論文は大きく三部に分け、第1
部の資料編では、これまでのすべての異本を対象にした諸本の書誌的
な事柄を見直したうえで、第2部の系統論で、多角的なアプローチから
諸本の系統的な関係を明らかにしようとした。そして第3部の言語篇
では、両言語の変異相から諸本の系統的関係を検証した。
　まず『交隣須知』の成立と成長に関わる諸般の問題について推論し
てきた結果を整理すると次のようになる。「交隣須知」なる書は、元
禄16年(1703)頃、釜山の倭館において、雨森芳洲により編纂されたも
のであるが、その原「交隣須知」は、今にみる4巻をもって完結するも
のではなく、苗代川本のような古写本の巻一の本文が中心をなす1冊の
ものであったと推定される。その1冊の原「交隣須知」は、あくまでも
韓国語の教科書としては不完全なもので、正式の韓語教育の場では使
用に耐えなかった。しかし当時対馬の朝鮮通事の間ではこの書が個人
的に用いられ、しかもそれに増補していく形で伝写されていった過程
がうかがえる。そして『全一道人』を著作した後も依然として朝鮮語
学習書の不足を感じていた芳洲は、当時通事たちの間で使われていた
『交隣須知』を再編集して、寛保2年(1742)に対馬藩に組織された「五

人通詞」の韓語教科書として使わせた。元禄期の一次編纂に対して二次編纂であるが、それを系統的に増補本類の祖本に当たる写本と見なしたい。そして同じ頃、対馬の通事により鹿児島の苗代川に増補祖本以前の古写本が伝わり、それが苗代川本として独自の成長を遂げてきたものと思われる。

　そのような経緯による写本類は、明治14年になって刊本として生まれ変わるわけであるが、その初版は脱字・誤植の多い欠陥のある官版であった。それには、東京外国語学校の朝鮮語学科において生徒用の教科書として使わせるために、至急に印刷された背景があったものと推定される。そして釜山図書館本を底本にして、初刊本の欠陥を補う形で再刊が行われたと推定するのである。

　一方、『交隣須知』の写本類は、苗代川本を除いてはすべて零本である。したがって本書の系統的な論究においては、原祖本系として唯一完本である苗代川本を基準とした異本間の相関関係が有力な手がかりとなる。また初刊本との関係も、写本の系統的関係を糾明するうえで有益である。このように、苗代川本と初刊本を両軸とした諸本間の系統的関係を、形態的要素(増補欄の有無、巻名、行数、巻の構成)と内容的要素(本文の対照比較、標題語彙の比較、対訳の日本語の比較)から分析し、その結果を整理したのが次の図である。(○内は巻No.、■は仮定の写本)

【交隣須知の系図】

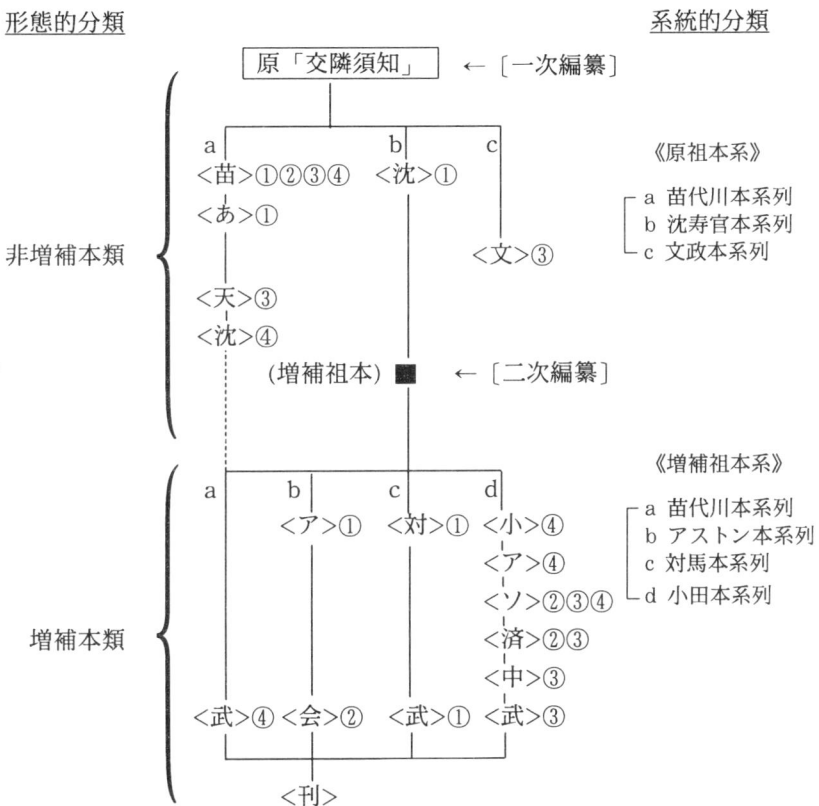

形態的分類　　　　　　　　　　　　　　　　系統的分類

『交隣須知』の写本類は、増補欄の有無も含めて、部門立てのよう
なもっとも基本的な体裁の面においてはっきりした違いを見せるので、
写本類を二系に分けて考えるのは問題ないと思う。しかし、最近新し
い異本が発見されたことにより、増補欄のない写本なのに内容的には
増補本系に近かったり、増補本でありながら古写本類の苗代川本との
酷似性を有するなど、増補欄の有無だけで系統を分けるには不都合が
出てきた。本論文は、そのような『交隣須知』の分類の問題を含めて、

諸本間の系統的関係への推論を試みたものである。まず形態的な特徴
による分類は、諸本を「増補」欄の有無によって、あるものは「増補
本類」、ないものは「非増補本類」とし、そのうち増補本以前の古態
を示すものは「古写本類」とする。一方、系統的分類においては、各
写本間の本文の類似性を数量的に分析した結果に基づいて、巻ごとの
写本がどのような関係にあるのか、同系列なのか異系列なのかを明ら
かにしていく。その際欠巻のある場合は、共有する巻の、他異本との
関係から推定する方法を取った。その結果、諸写本の系統的な関係は、
古写本類から増補本類への転換点ともいうべき「増補祖本」を基準に
して、それ以前と以降の系統に属するものに分けられる。前者を《原祖
本系》、後者を《増補祖本系》とし、各々の下位に属する写本類を「～
系列」とする。ただしアストン本系列の写本は、系統的には増補祖本
系でありながら形態的には非増補本類に属するものと言える。

　結果的に、『交隣須知』の諸本は、原祖本系と増補祖本系とに分け
られる。原祖本系には苗代川本系列と沈寿官本系列、そして文政本系
列の三系列の異本が存在し、増補祖本系には少なくとも四つの共通底
本の存在が認められ、苗代川本系列、アストン本系列、対馬本系列、
小田本系列の写本類がそれに属するものとする。そして原祖本系の中
では沈寿官本系列が、内容的に原「交隣須知」により近い関係にあり、
増補祖本はそれの系統を引くものと推定される。一方、刊本は、増補
祖本に属しながら増補欄のないアストン本系列の影響をより多く受け
たものと考えられる。

　このような『交隣須知』の系統的関係は、本書の韓国語と日本語か
らも一部確認できる。まず韓国語の表記法をみると、古写本類の中で
も苗代川本と文政本あたりに古い表記が多いこと、特に文政本には誤
記も多く、『交隣須知』の成立や成長といった系統的な事柄と関連し
て、苗代川本とともに重要な古写本であると言える。なお『交隣須知』
の韓国語は中央語を基調としながらも一方では地方語の要素が反映さ
れていることが指摘できた。

　『交隣須知』は、日本人にとって外国語の教科書であるだけに、そ

れの日本語には、規範意識による、やや改まった文章語的な文体が基調となっていることが認められる。そのような文体的性向は原祖本系から増補祖本系、そして刊本にいたるにつれてだんだん強くなるのであるが、近代日本語から現代日本語にいたる過程において、言葉の規範性に支えられ成長してきた言語史的な一面を、『交隣須知』は示してくれるのである。なお『交隣須知』の写本類の日本語は、大体において対馬などの九州北部の方言と関連性が認められ、語彙の面だけではなく、文法や表現法においても北九州・対馬方言的な要素が含まれていることが指摘できると思う。今後、このような『交隣須知』の系統的関係に基づいた体系的な言語研究が期待される。

▪ 参考文献

泉　澄一編(1982)『芳洲外交関係資料・書簡集　雨森芳洲全書三』(関西大学
　　　　東西学術研究所資料集刊11-3), 関西大学出版部

梅田博之(2001)「雨林芳洲の韓国語教育論」, 大韓日語日文学会

大浦政臣(1932)「対馬北端方言集(一)」『方言』2-2

大友信一(1959)「桑韓筆語による国語音の研究」『文芸研究』33,pp.49-59

大曲美太郎(1935)「釜山に於ける日本の朝鮮語学所と『交隣須知』の刊行」
　　　　『ドルメン』4-3, pp.201-205

＿＿＿＿(1936)「釜山港日本居留地に於ける朝鮮語学教育　附朝鮮語学書の
　　　　概評」『青丘学叢』24, pp.146-163

大武　進(1996)『薩摩苗代川新考』, 鹿児島

岡野信子(1983)「壱岐・対馬の方言」『講座方言学9九州地方の方言』
　　　　pp.143-171, 国書刊行会

奥村三雄(1973)「対馬方言の性格」『九州文化史研究所紀要』18, pp.83-121

小倉進平(1914)「対馬方言(上)」『国学院雑誌』20-11, pp.34-45

＿＿＿＿(1915)「対馬方言(下)」『国学院雑誌』21-3, pp.49-58

＿＿＿＿(1934)「釜山に於ける日本の語学書」『歴史地理』63-2, pp.169-176

＿＿＿＿(1936)「『交隣須知』に就いて」『国語と国文学』13-6, p.1-16

＿＿＿＿(1944)『朝鮮方言の研究』(上), 亜細亜文化社

＿＿＿＿(1964)『増訂補注朝鮮語学史』, 刀江書院

小田幾五郎(1794)『象胥紀聞』(対馬叢書7集)

小田管作(1841)『象胥紀聞拾遺』(下編), 厳原中央公民館所蔵

鹿児島県編(1939)『鹿児島県史』2, 鹿児島県

春日和男(1971)「古代の敬語I」『講座国語史5　敬語史』pp.33-96, 大修館書
　　　　店

金沢裕之(1998)『近代大阪語変遷の研究』, 和泉書院

上垣外憲一(1989)『雨森芳洲　元禄享保の国際人』, 中公新書

上村孝二(1970)「九州方言の諸相」『鹿児島短期大学研究紀要』12,pp.71-84

＿＿＿＿(1983)「九州方言の概説」『講座方言学9九州地方の方言』pp.1-28,
　　　　国書刊行会

岸田文隆(1997)「W.G.Aston旧蔵　江戸期・明治初期　朝鮮語学書　写本類에
　　　　대하여」, 第5回朝鮮学国際学術討論会発表論文

＿＿＿＿(1998)「アストン旧蔵の『交隣須知』関連資料について」『朝鮮

　　　　　学報』167, pp.1-39

＿＿＿＿(1999)「漂流民の伝えた朝鮮語―島根県高見家文書『朝鮮人見聞書』について―」『富山大学人文学部紀要』30, pp.113-143

＿＿＿＿(2000)「アストン旧蔵江戸期・明治初期朝鮮語学書写本類調査報告」『青丘学術論集』17, pp.141-167, 財団法人韓国文化研究振興財団

九州方言学会編(1991)『九州方言の基礎的研究(改訂版)』, 風間書房

小林千草(1973)「中世口語における原因・理由を表す条件句」『国語学』94, pp.16-44

小松寿雄(1971)「近代の敬語II」『講座国語史5 敬語史』pp.283-366, 大修館書店

齊藤明美(1995)「『交隣須知』の増補本に関する一考察」『韓日語学論叢』pp.216-242, 国学資料院; [(2001)所収]

＿＿＿＿(1997)「『交隣須知』の沈寿官本について」『日本文化学報』3, pp.127-147, 韓国日本文化学会; [(2001)所収]

＿＿＿＿(1998a)「明治16年版『交隣須知』について」『日本文化学報』5, pp.159-177, 韓国日本文化学会; [(2001)所収]

＿＿＿＿(1998b)「『交隣須知』の系譜」『北東アジア文化研究』7, pp.17-28, 鳥取女子短期大学北東アジア文化総合研究所; [(2001)所収]

＿＿＿＿(2001a)「増補本系『交隣須知』について」『日本語学研究』3, pp.125-137, 韓国日本語学会; [(2001)所収]

＿＿＿＿(2001b)『『交隣須知』의 系譜와 言語』, J&C

坂梨隆三(1970)「近世世話物語における二段活用と一段活用」『国語と国文学』

＿＿＿＿(1982)「近代の文法II」『講座文法史4 文法史』pp.467-536, 大修館書店

桜井光昭(1971)「近代の敬語I」『講座国語史5 敬語史』pp.183-282, 大修館書店

桜井義之(1956)「宝迫繁勝の朝鮮語学書について―附朝鮮語学書目―」『朝鮮学報』9, pp.455-465

＿＿＿＿(1974)「日本人の朝鮮語学研究(一)―明治期における業績の解題―」『韓』3-8, pp.107-120

迫野虔徳(1989)「文献方言史総論」奥村三雄編『九州方言の史的研究』pp.393-445, 桜楓社

＿＿(2001)「対馬方言集『日暮芥草』」日本語研究会編『日本語史研究の課題』pp.227-245, 武蔵野書院

佐藤喜代治(1969)「て(で)―接続助詞<古典語・現代語>」『古典語・現代語 助詞助動詞詳説』(松村明編、学灯社), pp.443-448

佐藤喜代治編(1981)『国語学研究事典』明治書院

滋賀県教育委員会編(1994)「雨森家関係年譜」『雨森芳洲関係資料調査報告書』

志部昭平(1988)「隠徳記 高麗詞之事について―文禄慶長の役における仮名書き朝鮮語資料―」『朝鮮学報』128, pp.(1)-(102)

幣原 坦(1904)「『校訂交隣須知』の新刊」『史学雑誌』15-12,pp.43-54

白藤礼幸(1967)「京都大学文学部国語学国文学研究室編『交隣須知』複製・解題・索引」(新刊紹介)『国語学』70, pp.99-100

宗家文庫「久和系図」対馬歴史民俗資料館所蔵

高尾新右衛門(1916) 『元山発展史』p.51, 啓文社

高橋敬一・不破浩子・若木太一編(2003)『『交隣須知』本文及び索引』,和泉索引叢書50

田代和生(1981)『近世日朝通交貿易史の研究』, 創文社

＿＿＿＿(1991)「対馬藩―の朝鮮語通詞」『史学』60-4, pp.743-769

＿＿＿＿(2003)『倭館 鎖国時代の日本人町』, 文芸春秋

月脚達彦・伊藤英人(1999)「朝鮮語」『独立百周年記念 東京外国語大学史』

辻 星児(1997)『朝鮮資料における『捷解新語』』(岡山大学文学部研究叢書16), 岡山大学文学部

土井忠生訳(1955) ロドリゲス『日本大文典』三省堂

徳永和喜(1994)「薩摩藩の朝鮮通事について」『黎明館調査研究報告』8, pp.18-33

飛田良文(1964)「和英語林集成におけるハ行四段活用動詞の音便形」『国語学』56, pp.22-34

中村栄孝(1961)「『捷解新語』の成立・改修および『倭語類解』成立の時期について」『朝鮮学報』19, pp.1-23

長崎県教育会対馬部会(1917)『郷土資料 対馬人物志』

浜田 敦(1965)「「が」と「は」の一面―朝鮮資料を手がかりに―」『国語国文』34-4,5；〔(1970)所収〕

＿＿＿＿(1966a)「薩摩苗代川に伝えられた交隣須知について」京都大学文学部国語国文学研究室編『交隣須知』解題, pp.21-55

＿＿＿＿(1966b)「交隣須知の言語―二言語の相互交渉―」『交隣須知 本

文・解題・索引」，京都大学文学部国語学国文学研究室編

_____(1970)『朝鮮資料による日本語研究』，岩波書店

_____(1983)『続朝鮮資料による日本語研究』，臨川書店

福島邦道(1968)「『交隣須知』の増補本について」『国文学言語と文芸』
57, pp.1-8

_____(1969a)「朝鮮語学習書による国語史研究」『国語学』76, pp.47-58

_____(1969b)「新出の隣語大方および交隣須知について」『国語国文』
38-12, pp.41-53

_____(1983)「『交隣須知』の初刊本」『実践国文学』24, pp.22-38

_____(1990)「解題I」『明治14年版　交隣須知　本文及び総索引』(福
島邦道・岡上登喜男編) 3-41, 笠間書院

福島邦道・岡上登喜男編(1990)『明治十四年版 交隣須知』，笠間書院

藤井茂利(1989a)「朝鮮資料による九州方言史」奥村三雄編『九州方言の史
的研究』pp.568-586, 桜楓社

_____(1989b)「薩摩苗山に伝わった朝鮮語資料の一性格—『韓語訓蒙』
の表記法をめぐって—」奥村三雄教授退官記念『国語学論叢』，
桜楓社

不破浩子(1996)「長崎大学附属図書館経済学部分館武藤文庫所蔵文学・
語学関係貴重資料－その２－」『長崎大学貴重資料』，
pp.133-216, 長崎大学

_____(1997)「武藤文庫蔵『交隣須知』について」『長崎大学教養部
紀要(人文科学編)』37, pp.17-50, 長崎大学

古田東朔(1982)「現代の文法」『講座文法史４ 文法史』pp.615-792, 大修
館書店

前間恭作(1909)『韓語通』，丸善

松原孝俊・趙真璟(1997)「厳原語学書と釜山草梁語学所の沿革をめぐって
—明治初期の朝鮮語教育を中心として—」『言語文化論究』8, 九
州大学言語文化部

松村　明(1984)『古典語現代語　助詞助動詞詳説』，学灯社

宮地幸一(1977)「「～まする」から「～ます」への漸移相—笑話・小咄・
黄表紙詞章の考察—」『国学院雑誌』78-11, pp.234-262

武藤長平(1978)「朝鮮俘人の遺族」『西南文運史論』，同朋舎

安田　章(1964)『全一道人の研究』，京都大学国文学会

_____(1966)「苗代川の朝鮮語写本類について—朝鮮資料との関連性を
中心に—」『朝鮮学報』39,40, pp.210-237;〔(1980)所収〕

＿＿＿＿＿(1967)「類解巧」『立命館文学』264;〔(1980)所収〕

＿＿＿＿＿(1968)「辞書と文例」『国語国文』37-2;〔(1980)所収〕

＿＿＿＿＿(1973)「重刊改修捷解新語解題」『三本対照　捷解新語　釈文・索引・解題篇』

＿＿＿＿＿(1980)『朝鮮資料と中世国語』，笠間書院

山崎久之(1963)『国語待遇表現体系の研究(近世編)』，武蔵野書院

山田寛人(1998)「朝鮮語学習書・辞書から見た日本人と朝鮮語—1880年～1945年—」『朝鮮学報』169, pp.(53)-(83)

湯沢幸吉郎(1936)『徳川時代言語の研究』，刀江書院

＿＿＿＿＿(1954)『増訂江戸言葉の研究』，明治書院

吉町義雄(1951)「対馬の方言」語法調査告　『人文』1, pp.71-76, 日本人文科学会

『日本史大事典』(1993), 平凡社

郭忠求(1980)「十八世紀 国語의 音韻論的 研究」『国語研究』43, 国語研究会

具良根(1976)「明治日本の韓語教育と韓国への留学生派遣」『韓』5-12, pp.98-167, 韓国研究院

金尚敦(1990)「近代国語의 表記와 音韻変化 研究」高麗大 博士学位論文

金義煥編(1969)『釜山市立図書館所蔵貴重本 図書解題』，釜山市立図書館

金重鎮(1986)「近代国語 表記法 研究」圓光大 博士学位論文

　　　(1999)『国語表記史研究』太学社

南相瓔(1991)「日本人の韓国語学習—朝鮮植民地化過程に焦点をあてて—」『教育学研究』58-2, pp.121-131, 日本教育学会

문금현(1998)「신체 어휘의 변천사」沈在箕編『国語 語彙의 基盤과 歴史』, pp.211-294, 太学社

白斗鉉(1989)「嶺南 文献語의 通時的 音韻 研究」慶北大 博士論文

宋　敏(1986)『前期近代国語 音韻論 研究』, 塔出版社

沈保京(1995)「交隣須知(明治14年版)에서의 非韓国語的表現 몇가지考」南学李鍾徹先生回甲紀念 刊行委員会編『韓日語学論叢』, pp.791-808, 国学資料院

＿＿＿＿(1996)「交隣須知異本比較—沈寿官所蔵과 外務省所蔵本의比較—」『語文研究』92, pp.107-124, 韓国語文教育研究会

윤평현(1989)『국어의 접속어미연구-의미론적 기능을 중심으로』, 한신문화사

李康民(1990)「薩摩苗代川に伝わる『漂民対話』について」『国語国文』5

9-9, pp.1-26

_____(1996)「朝鮮資料의 一系譜—苗代川本의 背景—」『日本学報』36, pp.89-114, 韓国日本学会

_____(1998)「아스톤本 『交隣須知』의 日本語」『日本学報』41, pp.111-127, 韓国日本学会

이근영(2001)「교린수지(交隣須知)의 음운론적 연구」『한말연구』8, pp.107-137, 한말연구회

李起東(1978)『李朝時代小説의 研究』, 成文閣

_____(1981)『韓国古典小説研究』, 教学社

李基文(1972)『国語史概説(改訂版)』, 塔出版社

李福揆(1992)「林慶業伝研究」慶熙大学校大学院 博士学位論文

李恩周(1996)「原刊『捷解新語』における条件表現の日・韓対照—「～バ」形を中心とした順接の条件表現について—」『岡山大学言語学論叢』4, pp.49-76, 岡山大学言語学研究会

李翊燮(1985)「近代韓国語文献의 表記法 研究—特히 分綴表記의 発達을 中心으로—」『朝鮮学報』114

李鍾徹(1982)「沈寿官 所蔵本『交隣須知』에 대하여」『백영 정병욱 선생 還甲記念論叢』pp.89-114, 新丘文化社

田光鉉(1967)「十七世紀国語의 研究—특히 表記・音韻・形態의 問題点에 대하여—」『国語研究』19, 国語研究会

鄭　光(1982)「『明治字典』의 国語語彙에 대하여—19세기 国語資料를 위하여—」『徳成女大論文集』11, pp.25-41

_____(1988a)「訳科의 倭学과 倭学書—朝鮮朝 英祖 丁卯式年試 訳科倭学 玄啓根 試券을 중심으로—」『韓国学報』50, pp.200-265

_____(1988b)「薩摩苗代川伝来の朝鮮歌謡について」『国語国文』57-6, pp.1-28

_____(1990)「壬辰倭乱 被拉人들의 국어학습자료—京都大学所蔵 苗代川 朝鮮語資料를 중심으로—」基谷姜信沅先生華甲記念論文集刊行委員会編『国語学論文集』pp.187-208, 太学社

_____(1996)「일본 対馬島 宗家文庫 소장의 韓語 物名에 대하여」『李基文教授 停年退任記念論叢』pp.704-737, 新丘文化社

鄭炳説(2001)「朝鮮後期 東아시아 語文交流의 한 断面 —東京大所蔵 한글飜訳本 『玉嬌梨』를 中心으로—」『韓国文化』27, pp.55-84

鄭然粲(1981)「近代国語 音韻論의 몇 가지 問題」『東洋学』11, pp.1-34, 檀国大 東洋学研究所

曺喜雄・松原孝俊(1997)「『淑香伝』형성연대 재고 ―일본측 자료를 중심으로―」『고전문학연구』12, pp.115-147

陳南沢(2002)「朝鮮資料による日本語と韓国語の音韻史研究」東京大学博士論文

崔彰完(1994)「『交隣須知』에 나오는「말하다」「보다」「있다」意味의 敬語에 대하여」『里門論叢』14, 韓国外大大学院

_____(1996)「『交隣須知』에 나오는 「ゴザル」의 用法」『日語日文学』6, 大韓日語日文学会

_____(1999)「『交隣須知』에 나타난 人称代名詞에 관한 연구」『日語日文学』12, pp.27-48, 大韓日語日文学会

片茂鎮(1986)「『倭語類解』と『交隣須知』の相互交渉について―原「交隣須知」復元への試みから―」『岡大国文論稿』14, pp.22-33

_____(1991a)「『交隣須知』의 韓国語에 대하여」『瑞松 李栄九博士 華甲記念論叢』pp.249-272

_____(1991b)「『交隣須知』の筆写本と刊行本の日本語について」(「活用篇」) 大友信一博士還暦記念論文集刊行会編『辞書・外国資料による日本語研究』pp.375-394, 和泉書院

_____(1998a)「対馬本『交隣須知』에 대하여」『日本文化学報』5, pp.139-157, 韓国日本文化学会

_____(1998b)「釜山市立市民図書館蔵『交隣須知』에 대하여」『古岩 黄聖圭教授 停年退任記念論文集』pp.175-189, 한누리미디어

_____(2001a)「東京外国語大学所蔵の『交隣須知』」梅田博之教授古稀記念論叢刊行委員会編『韓日語文学論叢』pp.879-895

_____(2001b)「交隣須知の系統―巻一の対照比較分析―」『稜伽林学報』4, pp.255-267, 大友信一博士古稀記念論集刊行委員会編

_____(2002a)「東京大本『玉嬌梨』の裏打紙に用いられた初刊本「交隣須知」」『日本의言語와 文学』10, pp.97-109, 檀国日本研究学会

_____(2002b)「武藤文庫本『交隣須知』について」『日本文化学報』15, pp.139-157, 韓国日本文化学会

_____(2003a)「交隣須知の系統(2)―巻二の対照比較分析―」『岡大論稿』31, pp.(18)-(26), 岡山大学文学部

_____(2003b)「『交隣須知』再考」『麗沢大学紀要』77,pp.27-45, 麗沢大学

_____(2004)「『交隣須知』の系統について」『朝鮮学報』190,pp.(17)-(51)

洪思満(1996)「마리/머리攷」『韓国語学』3, pp.501-535, 박이정출판사

洪允杓(1986)「近代国語의 表記法 研究」『民族文化研究』19, pp.113-140,

高麗大 民族文化研究所

_____(1994)『近代国語研究(1)』, 太学社

韓国方言学会編(1973)『国語方言学』, 蛍雪出版社

Allen, H. N. (1904) Korea: Fact and Fancy, Seoul : Methodist Publishing House.

Hayashi, N. & Kornicki, P.(1991) Early Japanese Books in Cambridge University Library－A catalogue of the Aston, satow and von Siebold collections－, Cambridge: cambridge University Press.

О.П.Петрова(1956,1963) Описание письменных памятников корейской культуры Выпуск 1, Акалемия СССР, Москва-Ленинграл, Выпуск 2, Москва.

『交隣須知』の基礎的研究

著 者
片茂鎮
ピョン ム ジン

1956年生まれ
1974年 崇田大学校(現 韓南大学校) 日語日文学科卒業
1985年 (日本)岡山大学大学院 修士課程修了(文学碩士)
2000年 (韓国)中央大学校大学院 博士課程修了
2005年 (日本)聖徳大学 博士(日本文化)
現在　檀国大学校語文学部 教授. 日本語史 専攻
論著　[交隣須知異本叢書]1,2,3 (弘文閣)
　　　「『交隣須知』の系統について」(『朝鮮学報』190)
　　　の外, 論文多数

・ 저자와의 협의 하에 인지는 생략합니다.

初版印刷 2005年 8月 3日 ｜ 初版發行 2005年 8月 17日

著　者　片茂鎮
發行處　(株) J&C
登　錄　第7-270號

132-031 서울市 道峰區 雙門洞 358-4 晟周 B/D 6F
TEL (02)992-3224(代)　FAX (02)991-1285
jncbook@hanmail.net ｜ www.jncbook.co.kr

・ 저자 및 출판사의 허락없이 이 책의 일부 또는 전부를 무단복제·전재·발췌할 수 없습니다.
・ 잘못된 책은 바꿔 드립니다.

COPYRIGHTS ⓒ2005 by Pyon, Mu Jin All rights reserved including the rights of reproduction in whole or in part in any form. Printed in KOREA

ISBN 89-5668-246-1　93830
정가22,000원